森　林　纪

我的树　你的国

胡平　著

GUANGXI NORMAL UNIVERSITY PRESS
广西师范大学出版社
·桂林·

森林纪：我的树，你的国
SENLINJI: WO DE SHU, NI DE GUO

出 品 人：刘景琳
责任编辑：凌金良
责任技编：秦雪虹
装帧设计：鲁明静

图书在版编目（CIP）数据

森林纪：我的树，你的国 / 胡平著．—桂林：广西师范大学出版社，2020.7
ISBN 978-7-5598-2804-0

Ⅰ．①森…　Ⅱ．①胡…　Ⅲ．①报告文学－中国－当代
Ⅳ．①I25

中国版本图书馆 CIP 数据核字（2020）第 066881 号

广西师范大学出版社出版发行
（广西桂林市五里店路 9 号　邮政编码：541004
网址：http://www.bbtpress.com）
出版人：黄轩庄
全国新华书店经销
北京盛通印刷股份有限公司印刷
（北京经济技术开发区经海三路 18 号　邮政编码：100176）
开本：710 mm × 960 mm　1/16
印张：27　　　字数：380 千字
2020 年 7 月第 1 版　　2020 年 7 月第 1 次印刷
定价：128.00 元

目　录

A. 喂，我是森林

即使进入森林，你们也多寸步不离地带着手机，你们怕脱离世界的万丈光芒：

一天之内，全球会有 20 万辆车被制造出来，消耗 7900 万桶石油，有上千万个麦当劳汉堡被卖出，卖出的还有 400 万台智能手机。每天 YouTube 上的视频被观看 50 亿次，有 15 亿人使用 Facebook，还不算中国的微信…… 看我，则不是成就，森林外的斑斓华彩、迷离炫目，才是你们的成就。

我至少喊了 300 万年

喂，我是森林，

喂，我是森林，

喂，我是森林……

这五个字，自有人类在地球上存在，我至少喊了 300 万年。

这五个字，其殷殷呼唤，不亚于美国国家航空航天局（NASA）从 1960 年开始的搜索外星生命计划：若有外星人存在，肯定是具有一定智能的高等生物。NASA 通过星际的电磁波，使用先进的频谱分析仪和射电望远镜，向银河系发出强大的脉冲信号。大半个世纪以来，斗转星移，黎明子夜，从不间断：

喂，有智慧的生命吗？

喂，有智慧的生命吗？

你们——自然，我指的是人类，比起外星人至今毫无反应，你们要好一点，可只是好上芝麻、绿豆那样大小的一点点，只有极少数的人，听见了我的呼唤。大概风、云、雨、阳光、大地、花草，都比人类更能感知我的呼唤。

我的辽阔怀抱中

其实，我与你们，有许多相似性——

自人类诞生以来的三四百万年漫长的历史、我存在地球的一亿六千万年的极为漫长的历史中，都没有精确的时间刻度，流逝的只是滔滔光阴，难以标识年代，大约记得的只是春夏秋冬。

近些年来，科学家们通过大量观察、实验发现，树木拥有声音、语言、视觉、嗅觉、触觉。加拿大生态学家苏珊·西玛德，通过在加拿大森林中30年的研究，最终得出一个惊人的发现——树是会说话的，而且它们经常说话，“语言”传递还非常远。在优酷网上，可以查到她的多个讲座，讲座的题目就叫“树木如何彼此说话”。我的大家族许多成员，与你们一样，拥有心智，具有形成记忆、保持记忆、提取记忆这样的功能，可以适应、平衡各种艰困的地形。面临危机时，多有自保方案。比如在中国台湾地区，原生种树木都是直根系，宝岛上台风频频探访，根扎得深才能存活，这便是树木择地而栖的智慧。

我有友谊、亲情，也有你们一样隐秘的性生活，这些不妨待到以后的章节去说。

我的大家族成员，许多具备相互交流的能力，相互扶持，相互告诫，照顾生病的邻居，有自己地上地下的网络世界。按你们的看法，树是不能行走的——我的看法和你们不一样，就是说，树木在走和不走之间。看起来不走，实际上，树在太阳升起来的时候，就开始一天的行走，将自己的枝蔓延展到另一棵树的枝蔓，将自家树叶那绿色的精灵，轻荡到附近树上的绿叶。于是，在一片漫长的所谓的树道中，树木悄悄地开始长征，不分日夜，不分阴晴，不分季节，风在树冠上引导其方向感……

与你们一样——

我有喜乐、焦灼、忧虑、哀恸、痛感，情况严重、紧急时，也有撕心裂肺感。

我有容乃大，忍辱负重，如你们一旦成为父母，必呵气如兰，善待自己的孩子。

你们可以研发出人脸识别系统，一个人即使藏进针眼里，也能将他拖出来。你们大概也想做出人心识别系统，可你们永远做不来受我庇荫、托我照拂的一个庞大家族的识别系统：

从拥有世界雨林面积的一半、占全球森林面积的20%、乃全球最大及物种最多的热带雨林——巴西的亚马孙雨林——看起，高大的乔木耸入云天，密不透风，多是龙脑香、柚木、檀香、香椿及橡胶树，巴西因而成为世界上天然乳胶产量最多的国家之一。没错，你们在这里云雨巫山，粗俗一点说，啪啪啪，安全套的大多祖籍，却在万里之遥的亚马孙。再瞧，北美地区广阔的阔叶林带、针叶林带，白松、花旗松、铁冷杉、红杉，红橡（又称红栎木、红柞木）、白橡（又称白栎木、白柞木），还有白蜡、樱桃、核桃木、硬枫、软枫。密歇根州北部41号公路的许多路段，在秋天，铺天盖地的红色、铁红、绛红，遮蔽掉整个世界，也顿时淹没了你。你不知你是谁，你要去哪里。北密歇根一带的红叶，是美国中西部口耳相传的绝佳之景。再往上，就是麦基诺岛，岛上除了南岸附近有市镇模样，其他地区被茂密的森林覆盖。岛上遍植丁香树，每到盛夏花朵初放时，凝露喷香，烟霞漫岛，丁香花丛化成一片紫色的浮云。

罗马，这座已有2700余年历史的城市，从机场到宾馆的途中，衬着放眼皆是的古老遗存，街头随时可见肉体炮弹般的美女，总见有参天的松树映入眼帘，一棵棵伟岸挺立、气宇轩昂，却没有抹去丝毫古迹与美女的风采：阿庇乌大道上的松树，笔直遒劲的树干，支撑着精心修剪的一团团墨绿色的松枝，让人想起罗马军团曾经拥有的强壮与光荣；卡塔科巴附近松荫下的墓场，苍茫的暮色下，仿佛有咏叹调缓缓升起，意味着帝国遥远、庄严的过去。三

进入 10 月，北密歇根州没有一树不红

者之间的关系，如画中有歌、歌中有火，视觉冲击力极大。意大利作曲家雷斯皮基（1879—1936 年）最重要的作品，就是交响诗罗马三部曲——《罗马的喷泉》《罗马的松树》《罗马的节日》。其中最知名的，就是《罗马的松树》。1926 年，雷斯皮基亲自指挥费城管弦乐团演出这部作品。在节目单上，他写道："为了唤起对罗马亲切的回忆，我以罗马自然风景中富有特征意义的罗马松树，作为这首乐曲的描绘对象。"

我的辽阔怀抱中，可见澳大利亚丛林，考拉、鸭嘴兽、袋鼠、袋熊以及其他特有的本土野生动物，目不暇接。城在林中、林在城里的墨尔本，只要你手上有食，无数色彩各异的鹦鹉，不管不顾，纷纷向你身上扑来，停在你的头上、肩上、手上，仿佛你们是失散多年的朋友。北美草木葳蕤的群山里，山猫、灰狐、红狐、赤狼和野猪，竖起两耳，像华尔街的投资客，倾听全球风云的动静；

罗马街头的松树阵

白头鹰在高处盘旋；鼯鼠在林中逃犯一般逡行。灰狐、臭鼬、浣熊、黑熊、土拨鼠、红松鼠，睁大眼睛，寻觅自己晚餐的食材，或攀附下一个寻欢的目标。华盛顿，绿树成荫的波托马克河畔，环嘴鸥、加拿大雁、绿头鸭等鸟类，悠闲自在地觅食，打理羽毛，任凭游客围观，岂管国会山上正罡风烈雨、明枪暗箭。巴西热带雨林里，有世界上最凶残、最阴沉的鳄鱼、蟒蛇，体积最大、身高达 1.4 米的美洲鸵鸟，羽毛五彩缤纷的金刚鹦鹉，还有自然生长着的成片的帝王莲，它的叶子直径最大可达 2 米，开出全世界花朵最大的莲花……

无须坎坷签证，不用颠倒可怕时差，你们就能去的国内湖北神农架，那里有珙桐、水杉、水青树、连香树、领春木等，大多是举世闻名的第三纪冰川树种。四川雅安，多年来森林覆盖率全省第一，除珙桐外，生长有大量你们很少听到过名字的树木——丝栗栲、瓦山栲、木荷、尖叶山矾、紫花冬青、

深秋的墨尔本街心花园

柃木、海桐、水青冈、毛序花楸、山樱桃、中华槭、长尾槭等。浙北山区著名的白茶产地安吉，像一方晶莹、温润的玉，千百年来，静静地遗落在杉木林、毛竹林、原始淡竹林和紫竹林等构成的林木峡谷里。龙蛇云物，飞动腕指间。现在找到能做毛笔杆的竹子，却很难，必须要三年以上的竹子。如今用作毛笔杆的，多是一年速成的，用不了多久，笔杆就会开裂。安吉，是书法家和书法爱好者的一道没兑水的心灵鸡汤……

说起我怀抱下的动植物，几近一个天文数字。

在巴西，科学家已敲定有 5.5 万种野生植物、517 种两栖动物、3150 种蝴蝶、1622 种鸟类以及 468 种爬行动物。

在欧洲，纯属灌木类的植物，有花朵为鲜艳玫瑰色的柳叶绣线菊、野山楂、开大量粉红花朵的金银忍冬；鲜花令人眼花缭乱、颜色深浅不同的单花鸢尾，从浅蓝直到深紫；各种颜色的兰花、驴蹄菜、聚花风铃草、铃兰、林堇菜，朴素的野草莓花、鲜艳的石竹花，以及红、黄、橙黄的野百合花。草本花丛里，开鲜红花的八角茴，花朵分泌大量香精油；开裂叶蓝花的草乌头，与其争艳的有大剑形叶的勺兰，枝叶娇嫩的唐松草，椭圆叶火红丰满的大花剪秋萝，成丛的金莲花……其间翩翩起舞的主要蝶类有光彩逼人的深红蓖麻蛱蝶、淡黄色带黑红斑点的绢蝶、深蓝色的大凤蝶、吸食花蜜的小苎麻赤蛱蝶。2019年开春，阿拉伯半岛和以色列，降雨量超出往年，沙漠地带植物生长茂盛，小苎麻赤蛱蝶数量激增，经塞浦路斯、土耳其，被迫来欧洲寻食。此次迁徙总数约7亿至10亿只，乌泱泱、呼啦啦的，俨然著名的以色列空军表演队，遽然飞临欧洲。

中国南部的群山里，不仅有珍贵类的鹅掌楸、三尖杉、三角枫，可作名贵药材类的厚朴、杜仲、黄连和野石斛……更遍及如路人甲一样不起眼、至贱无敌的野菜野草。兵荒马乱，或路有饿殍的年月，其中有些穷人常摘来果腹：猫眼草、蒲公英、山萝花、狗尾草、野燕麦、猫儿菊、泥胡菜、水杨梅、二月蓝、香附子、狼紫草、异型莎草、紫花地丁、牛筋草、红蓼、玉竹、眼子菜、北重楼、益母草、半夏、菟丝子、曼陀罗、斑种草、鹅绒藤、龙须菜、点地梅、牛耳草、和尚菜、金狗尾、麦家公、刺儿菜、千金子、地榆、地黄、苍耳、铃兰、婆婆纳、绣线菊……

绣线菊，这名字颇有诗意，又名笑靥花，粉红色，性喜半阴，在弱阴下最利生长，花直立，花瓣长12—20毫米，具甜浓的芳香，倘若有一片开在战场，打不死你，醉死你。打破碗花花，这名字，让你脑海里浮现初进大观园的刘姥姥，西北婆姨站在塬上甩出信天游时那嘎嘣脆、土得掉渣的嗓音。花呈紫红色，或粉红色，又称湖北秋牡丹、大头翁、山棉花、秋芍药、野棉花……

南方至少有几百种草本类的野生植物。卿卿哝哝、腻腻歪歪的鸣禽里，最常见的是布谷鸟，体不大，色胆不小，一棵树还没有泡热，又跳去另一棵树上，岂有工夫“布谷”？像是调情专业户。还有杜鹃，古时称子鹃、子规、伯劳、杜宇。杜鹃给你们的印象是，可为忠贞、忠烈，啼血而亡。屡屡引入古诗里的鹧鸪，“暖戏烟芜锦翼齐，品流应得近山鸡”，“江晚正愁余，山深闻鹧鸪”，“苦”呀“苦”地叫着，如祥林嫂，似有道不尽的幽怨。红嘴蓝鹊，从脖子到尾翼，披一身宛如汉代裙服的天蓝，古人称青鸟。红腹锦鸡，又叫太阳鸟，全身羽毛颜色互相衬托，赤橙黄绿青蓝紫俱全，光彩夺目，飞起来俨然一个袖珍型的杨丽萍。还有一种比麻雀体型还纤巧，叫柳莺的小鸟，因腹羽颜色不同，分为黄眉柳莺、黄腰柳莺、极北柳莺。柳莺在枝间跳跃时，不时地发出一声声斯文却清脆的“吱儿”声，像是在揣摩、温习哪种外文……

厚德载物，大概说的就是我

老子说：“含德之厚者，比于赤子。”

厚德载物，大概说的就是我。

除了海洋，地球上所有动植物的生命链，不是起自于我，就是把握于我。

就是海洋，也有我早年的履痕。

2015 年 1 月，英国海洋保护协会的一位项目负责人——45 岁的女性潜水员道恩·沃特森，在英国北海潜水。起初，海岸线很难潜入，她决定稍微潜远一些。离开沙滩 300 多米后，突然发现一片长长的黑色脊状物。游近去看，才认出来那些是树干。树干的顶端还有许多树枝，其中一棵，像是有 8 米长树枝的完整橡树。整体看上去，树木都如同醉酒卧倒长街的宿汉，形成天然珊瑚礁，有大量五颜六色的鱼类和植物前来。沃特森在北海潜水 16 年，据她的经验，这些树是一座巨大森林的一部分，或绵延数千公顷。有专家也认为，这片史前森林，应该是 1 万多年前，冰盖融化、水平面上升 120 米后，陆地被完全淹没后的遗留。

你们人类不必说了，衣食住行、生老病死，哪样离开得了我？

明朝万历年间，李时珍花费 27 年完成《本草纲目》，共 52 卷。全书收录植物药有 881 种，附录 61 种，共 942 种；再加上具名未用植物 153 种，共计 1095 种，占全部药物总数的 58%。这是民修本草，还有朝廷动用国力耗费十多年反复考究、校对及验证后，才能成书的官修本草。前有成书于唐显庆四年（659年），被认为是世界上最早出现的药典《唐本草》，原书21卷；后有成书于北宋早年的《经史证类备急本草》，共31卷。两书大抵归类于草、木、果、兽、禽、虫、鱼、玉石、金土多部，其绝大多数，都不脱我彀中。其内容难免芜杂，与现代医学肯定隔了几条马路，但你们世世代代的祖先，每逢病灾苦痛，就靠它们熬了过去，从阎王那里活了回来。

即便在今日医药科学最为完善发达的美国，制药厂商仍从野生物中抽取大量有效药物成分，处方药里，约有25%萃取自植物，13%取自微生物，3%取自动物，总计约有41%系源自野生动物。尤其全美最主要的10种处方药里，有9种源自野生动物，其商业及医疗价值高得惊人。此外，在1998年的美国非处方药市场中，源自野生植物的占到约200亿美元，而估计全球市场，更高达840亿美元。

我常常在远处眺望、沉思

我当然会有满足感，或者说是成就感。

可往往，你们听不懂，看不见，也没有兴趣。

即使进入森林，你们也许寸步不离地带着手机，你们怕脱离世界的万丈光芒：

一天之内，全球会有20万辆车被制造出来，消耗7900万桶石油，有上千万个麦当劳汉堡被卖出，卖出的还有400万台智能手机。每天YouTube上的视频被观看50亿次，有15亿人次使用Facebook，还不算中国的微信……看我，则不是成就，森林外的斑斓华彩、迷离炫目，才是你们的成就。

你们竞相拥入的许多城市，大块大块地裸露着水泥森林的肌肉，为了埋下或者修复蜂巢一样密集的电线电缆、煤气管道和供水管道，已经麻木于一次又一次的开膛手术。这是个花里胡哨的家伙，昨天还在争先恐后地往自己身上贴着马赛克、铝合金，犹如一件硕大无朋的百衲衣披在身上，今天又装置起整版整版、烈日下可以毒瞎眼睛的玻璃幕墙。这是个无情无义的小人，它用几乎无处不有的废气，让男人女人们，即使从不抽烟，患上支气管炎、肺气肿，乃至肺癌，多米诺骨牌一样哗哗地一排排倒进了医院；它以几乎无时不响的噪声，让你们耳膜欲裂、脑袋欲爆，身子烦躁得几乎能在空气里擦出火来；它以死蛇一样软塌塌堵塞住了的车流，让汽车失去了汽车的意义，只剩下在华丽或是晦暗的金属壳里，被滚滚汗味与汽油味蒸腾着的一堆堆人肉……

少有城市，不见嫌贫爱富，跪伏在厚厚的纯羊毛地毯上，一边伺候着富人们吃得一个个油光满面，肚皮下凸起来怀胎六月似的脂肪；一边又在桑拿房里，忙不迭地加炭添水，引来浓浓包裹着的蒸气，以挤去那些黄澄澄的脂肪。在它许多朦胧如雾的灯影下，都藏着一个暗道，如它怀抱里星级越来越高的宾馆，越来越属于少数人一样。这些神秘的暗道，普通民众都是进不去的。

城市，叼开了你们有史以来最坚固的潘多拉盒子，恰如林子里四处蔓延、窃窃私语的菟丝子，释放出数以亿计的民众要求分享天文数字般的财富红利，要求也“潇洒一回”的强烈愿望……

2010年的上海世博会，对城市的功能或目标进行了最好的诠释，那就是“城市让生活更美好”。但这个美好的命题能够成立的一个前提，得是生活在城市中的居民，能够对城市的发展说了算。事实上，许多城市不是这样，对城市发展说了算的，是左右这个城市财富增值的资本。按照亚当·斯密的经济人的原理，城市的GDP增长与生活更美好，本该是一致的。而资本无形巨掌下，如核桃一样把玩、玩得油腻腻的许多城市，首先不是让生活更美好而变化，而是让资本增值更美好、让GDP的增长更美好而炫目。城市GDP财富的增长，带来的不是生活更美好，却是普通民众实现生活美好的压力与成本不断加大，乃至遥不可及。

城市，这是一头被工业化创造出来却并不一定驯服于现代性的巨兽。它一旦表现出野性，便无时不渴望并抓住一切蹂躏人的机会。这种蹂躏，首先表现在不断制造差别、制造阶层。从大街上行驶的汽车品牌乃至车牌号，到林林总总的小区、学区，无不以差别为天堑。学区俨然成为未来社会分层的跳板。城市已然成为成功者的城市。冷漠、算计、猜疑和敌对等负面情绪，很多时候如雾霾天气一样，在人群的胸腔中扩散。

我常常在远处眺望、沉思，伴随着深深的牵挂。

我有太多的优质儿女，被你们放逐去了城市。

水泥、柏油、砖块，将土地覆盖，如古代犯人脖子上的枷板，将树干和树根隔开。水、泥，本是多么柔软的两个东西，一旦经你们的创造结合，就成为物质世界的硬核。许多城市的路面是不吸水的，每逢下雨时，我看到雨水滚滚而流，流进下水道，而不是树根，我就想，树干渴了怎么办？

秋天是离别的季节，林子里千千万万的叶子，都在跟母树惜别，不只是惜别，也是一个“长生殿”上的约定。而有了坚固的路面，城市里的树，树高千尺，也难以落叶归根，它们被扫去、烧掉，或随风而飘，如一群找不到父母的孩子。

城市，到底是人类命运的黄昏，还是一座你们智商情商正枯竭的纪念碑？

你们可曾想过，当资本像潮水一样向城市涌来，一不小心，文明或以同样的速度收拾而去……

一　橄榄树，海天山地间

一切，从唇齿间黑橄榄的苦涩味中涌出

西方有一个笑话说，上帝创造世界之前，先留了一小块地方，给自己退休后住。待他老人家聚精会神在地球上安顿完各个国家后，发现竟遗忘了希腊。希腊人不干了，上帝说，那就让我的地方给你们好了。于是，希腊人住在了上帝退休的地方。

与上帝安排的顺序恰恰相反，西方文明的源头就是希腊。若古希腊的哲学、思想、文化、艺术、科学和民主理念，可浓缩在“雅典”一词，我们由此沿着“雅典—罗马—文艺复兴—工业革命—民主立宪—信息社会”一路走来，风流蕴藉，风姿摇曳，看见的，便是今日“花重锦官城”的欧洲、北美。

希腊神话传说，变成了世界神话传说：

普罗米修斯创造了人类，并将火种带到人间。这触怒了第三代的众神之王，即奥林匹斯山中十二主神之首——宙斯。愤怒的宙斯命人用铁链将普罗米修斯束缚于悬崖之上，并让恶鹰日日啄食他的身体。以此，今日的人类社会，都以普罗米修斯来赞颂各国历史上那些不惧强权与暴政，为信仰与思想自由而作出牺牲的仁人志士。

希腊历史踪迹，亦多成世界文化遗产：雅典卫城、德尔菲太阳神殿、克里特岛迷宫、苏尼翁海神庙遗址、奥林匹亚古运动场遗址、古城普拉卡、哈

德良拱门等，尽管沧海桑田、金戈铁马、灾害毁损，却丝毫未黯然其恢宏的气势，无不令各国游客心折神往。

尤其是高大的雅典娜神庙前那一片只剩下几块大理石的废墟，原是雅典古老的市区广场，当时四周环绕的是壮丽的神殿、法院和其他政府机构、商店、音乐厅，甚至还有一个大型的体育场。广场上，走过哲学家亚里士多德，文学家荷马、索福克勒斯、塞菲里斯，天文学家托勒密，医学之父希波克拉底，历史学家修昔底德，数学家阿基米德……

罗马共和时代杰出的学者西塞罗（前106—前43年）曾说："希腊人在纯粹数学上遥遥领先，而我们只能做点计算和测量工作。"现代哲学家怀特海认为："阿基米德死于罗马士兵之手，是头等重要的世界变迁的象征：热爱抽象科学的希腊人在欧洲世界的领导地位，被务实的罗马人所取代……"也是哲学家的苏格拉底，常来广场凑热闹，与市民们交谈，与其学生柏拉图争论，有时还会抓住一个扛着一瓶橄榄油的路人请教。今天人类耳熟能详的许多字眼，诸如"政治""民主""经济""历史""生物""物理""数学""逻辑""神学""哲学""伦理学""心理学""理论""方法""概念""系统"……都是从这个人类新文明曙光的广场上展翼起飞的。

上帝对希腊确实偏心，给了希腊一塌糊涂的美，神奇得不像话的美，惊艳得几乎像鸟要啄瞎你眼睛的美。

法国著名文艺理论家和史学家丹纳在《艺术哲学》里说，希腊人是世界上最好的艺术家，尤其擅长雕塑。但似乎希腊人无须雕塑，生下来，男人一不小心，就是被现代人称为太阳神的阿波罗——阳光、英俊、健美。有一个未经调查的说法是，美国女人最希望的就是，嫁给希腊男人，生下一堆孩子。女子稍不留神，就是智慧女神雅典娜，大都丰肌秀骨、目波澄鲜、朱唇皓齿、"嫣然美姝"。大街和海滩上，检视不尽的帅哥美女外，让游客掉落一地眼珠子的，还有与蓝天蓝海一色的门窗，与白云轻抚的白屋白旗（希腊国旗由蓝、白两色组成。蓝色象征着爱琴海蔚蓝色的海水，白色则象征着常年飞溅这个岛国的浪花），总也不见关门且造型精巧的咖啡屋、酒吧，粗犷如脱缰野马的黄土山地，陡峭嶙峋的岩石连绵起伏，犹如一排排危难前咬紧牙关的战士……

太多的斑斓光色中，更有令人难以忘怀的橄榄树。

从一出机场，到进入雅典，到伯罗奔尼撒半岛平原，再到克里特岛和爱琴海群岛，随处都能看到这希腊国树，在风中翻卷着别致的银绿波光。其中，雅典与橄榄树的关联最为紧密：在古希腊神话中，是宙斯与其第一位妻子墨提斯所生的女儿雅典娜，将橄榄树作为礼物送给了雅典城。而且智慧女神发明了农具，驯服了牛羊，教给了人们纺纱织布、制车造屋，让百姓过起安居乐业的生活。她得到雅典人普遍的尊敬和爱戴。这招来宙斯的两个兄弟之一——雅典娜叔叔海神波塞冬的嫉妒，他要鲸吞雅典这块肥肉，为此与侄女一争高下。但最终雅典娜赢得比赛，从此成为雅典的守护神。

可以说，橄榄树是开启雅典城的金钥匙。伯罗奔尼撒半岛，则拥有世界上最多最古老的橄榄树，树龄超过 1000 年的，在这里一抓一大把。面积相当于 8 个中国香港的克里特岛上，有满山遍野的橄榄树，家家户户，随随便便都有成百上千棵，仿佛每打下一个喷嚏，就有其种子落地。一棵已有 3500 年的古橄榄树，今天仍然健康生长，每年开花结果。橄榄树独特的银绿波光，源于其叶子正反两面是深绿与银白两种不同颜色。朝太阳的那一面呈青铜色，反面很柔软，是灰白色的，在阳光中“就像撒在地上一层银子”。

地中海沿岸的古希腊地区，山岭纵横交错，平原支离破碎，土地干旱贫瘠，因处于地中海气候带，夏季干热少雨，冬季湿润多雨，不利于一般农业的开展。古希腊人引入橄榄树的种植后，却发现希腊的 60% 可耕地非常适合其生长。这一属亚热带常绿乔木的树种，生命力极为顽强，身高 6—8 米，有的能高达十多米，有着黄白色的小花和椭圆形的绿色果实。生长时果实为绿色，成熟时多为黑褐色，耐干旱、耐盐碱、抗海风。为适应干热的夏季，保持水分，与地中海的其他植物一样，橄榄树会分泌出蜡质，由此变得坚挺似刮，而柔软的树叶是无法胜任编制冠冕的。在古希腊四大赛事中最具规模的

闪着银绿波光的橄榄树

奥林匹亚竞技会上，总以橄榄枝编织的头冠，作为最神圣的获胜奖品。

20 世纪 60 年代，英国考古学家亚瑟·伊文思在克里特岛上发现，米诺斯王宫遗址中有许多存放橄榄油的陶罐和榨油的石具，壁画中还有描绘当地先人用橄榄油祭神的场面。由此推断，公元前 3500 年前后，橄榄树开始在岛上栽种，渐次开花散叶。其兴起，恰巧与地中海文明同一个从东往西的发展方向，沿地中海东部的塞浦路斯，西岸与北岸的意大利、法国、西班牙，北非的突尼斯、埃及等国，最后围绕地中海一圈，地中海地区没有哪个角落没有橄榄树！至今，该地区的神话、宗教、民俗及饮食习惯，与 5000 余年的橄榄树历史交织，维系一脉独特的文化江山；且橄榄树栽培和橄榄油生产，可谓祖宗的衣钵，也是一代代地中海人的农业经济以及各国贸易来往中最重要的活动。

曾长期生活在地中海沿岸的英国诗人劳伦斯·达雷尔，在其长篇小说《亚历山大四重奏》中写道：整个地中海，所有的雕刻、美酒、月光、英雄、思想、哲学家，这一切的一切，“似乎都是从唇齿间那些黑橄榄的苦涩味道中涌出。那味道，比酒肉更香醇，比凉水更清洌。没有任何其他大自然的产物，能造就从遥远的古代直到今天的文明”。

生命不可承受之“慢”

橄榄，是食物，也是橄榄油的来源，荷马称颂后者是“液体黄金”。世界上分布最广的饮食文化，都是基于每天食用橄榄油作为主要油脂的来源。可供食用的高档橄榄油，是用初熟或成熟的油橄榄鲜果，经过物理冷压榨工艺提取的天然果油汁，是世界上唯一以自然状态的形式供人类食用的木本植物油。早在半个世纪前，北欧、美国、意大利就各有研究，但共同发现，地中海式的饮食文化，最有益于人类的长寿，并能减少疾病，例如心血管和其他消化系统疾病。

拌沙拉时放橄榄油，这个就不用说了，地球人都知道。在希腊，还有意大利、马耳他诸国，不管哪个饭店，街边摊儿也好，高大上的餐厅也罢，只要你落座，服务生就会端上来一盘面包，随之上桌的一定是两个瓶子：一瓶橄榄油，一瓶苹果醋或者葡萄醋。希腊人的吃法是：把橄榄油倒在一个小碟里，再滴上几滴水果醋，面包就可以直接蘸着吃了。在希腊最大的橄榄油生产、消费地区，克里特岛人一日三餐不离橄榄油，还用它来制作甜点。他们有着国中最长的预期寿命和最好的身体条件，岛上五世同堂家庭随处可见，百岁以上的老人岂有“限量版”。

古希腊医学家希波克拉底，在公元前5世纪就发现，橄榄油还有一种“地中海甘露”的功能。古希腊人崇尚体育运动，其中五项基本运动是赛跑、跳远、摔跤、铁饼、标枪。运动员在比赛前会用橄榄油涂抹身体，以免身体被对手或意外划伤；赛后用来擦身按摩，可以恢复损伤、放松肌肉。早在古希腊竞技会就被广泛使用，以至于“擦橄榄油”成了“训练”的同义词。橄榄油下闪闪放亮、健硕优美的形体，大约直接催生了古希腊雕塑的诞生。除了极佳的天然保健功效，橄榄油还有美容功效，将其调上花粉便是上等的化妆品。传说，古希腊爱神维纳斯、古希腊爱情女诗人萨福、古埃及艳后克娄巴特拉，都曾用此种化妆品美容。难怪塞菲里斯在《神话和历史》中咏道：“橄榄树带有我们祖先的皱纹。”

现在，希腊人的橄榄油消耗量每年每人平均 23.7 公斤，列全球之最。西班牙每年人均消耗 13.62 公斤，排名世界第二。第三名意大利，人均消耗 12.35 公斤。希腊每年的橄榄油产量一半用于出口，大部分销往西班牙、意大利。意大利等地中海国家，购买希腊优质橄榄油后，与本国酸度较高的橄榄油掺配，再出口至其他国家。中国，现在是法国、意大利之后的第三大橄榄油进口国。越来越多的消费者开始追逐已成为世界稀缺资源的橄榄油，节庆日里很多国人会以送亲朋橄榄油为时尚。市场上却极少见到希腊的牌子，常见到的是西班牙、意大利的牌子。仅 2015 年，西班牙出口到中国的橄榄油超过 25000 吨。

网上《西班牙南部城市橄榄油出口中国数量大增，中国市场潜力无限》一文中称，Iznaoliva 品牌的橄榄油，在包装厂进行装瓶时，会在主要标签上使用西班牙文，后面的标签上使用中文汉字，且按照中国方面的规定，标明生产日期等符合标准的数据。随后，这批“黄金液体”，便从瓦伦西亚或阿尔赫西拉斯的港口运往中国。前些年，我游土耳其几天，导游是一个兼做对华贸易的当地大叔，问他土耳其出口中国的大宗商品是什么，他随口说出橄榄油、地毯、挂毯等几样。我说：“好像在中国市场上看不见贵国的橄榄油啊？”他面带浅笑，毫不讳言：“中国人购物一窝蜂地认牌子，你们说西班牙牌子好，那土耳其过去的橄榄油，就都贴上西班牙的牌子。”

地中海沿岸的人们，都喜欢、崇仰橄榄树。这一地区盛行的基督教、犹

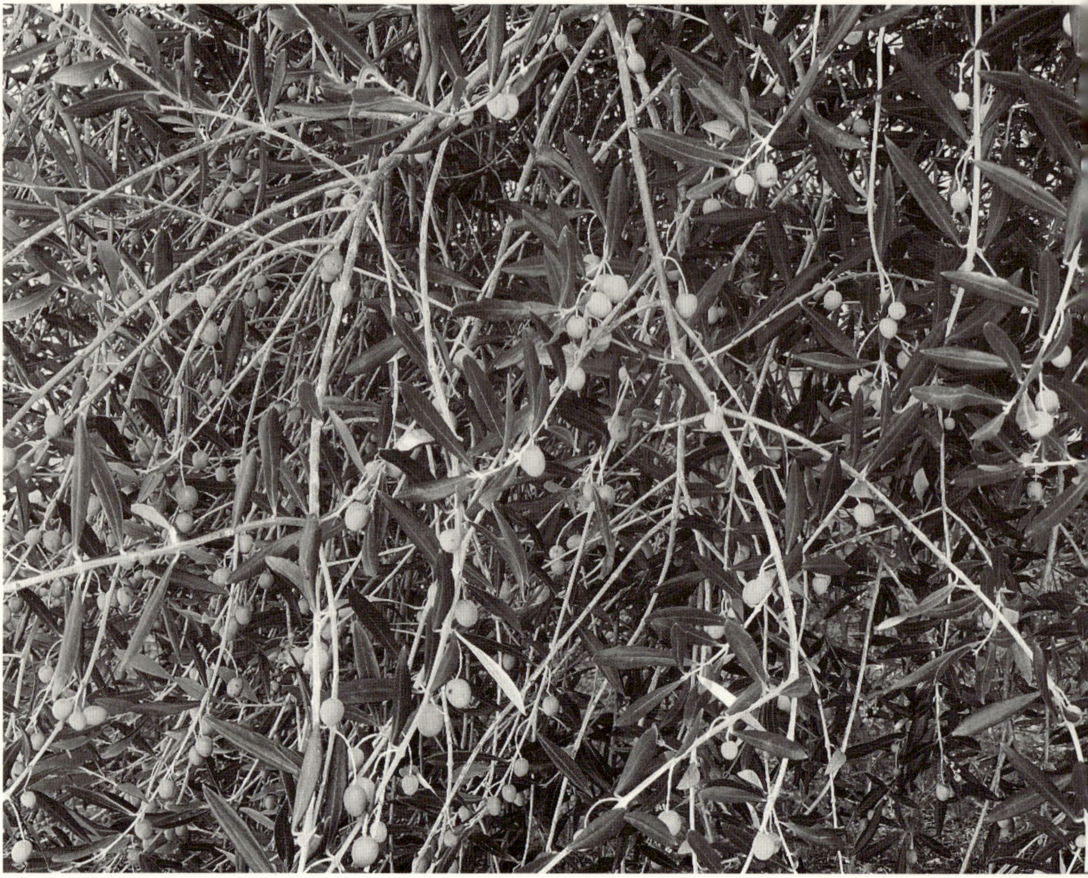

将要成熟的橄榄果

太教和伊斯兰教，都与橄榄树有着不解之缘。

《圣经·创世记》记载，公元前 4000 年前后，一场滔滔洪水自天而降，人群和动植物全部陷入没顶之灾，连世界上最高的山峰都低于水面 7 米。此前，挪亚花了 120 年造成一艘庞大的方舟，并听从上帝的嘱咐，将全家八口搬了进去，并带着各种飞禽走兽。370 天后，挪亚打开方舟的窗户，放出一只乌鸦去探听消息，乌鸦飞来飞去，直到地上的水都干了。挪亚又放出一只鸽子，遍地皆汤汤之水，鸽子找不到落脚之处，又折回方舟。7 天之后，挪亚再次放出鸽子。黄昏时分，鸽子飞了回来，嘴里衔着一枚新鲜的橄榄叶，明显是从树上啄下来的。这个意味着大洪水终结的故事，成为犹太教、基督教解释人类创世的经典。

《古兰经》里，安拉在西奈山栽种一棵树，“它生产油，供食者作调味之用”。又说：“安拉是诸天与大地的光，他的光好比壁龛中的一盏明灯，那灯被玻璃罩着，那玻璃好像灿烂的明星，它是用一株吉祥的橄榄树（的油）点亮的。”至今，橄榄树仍是一些国家企盼和平与安宁的图腾符号：以色列以蓝色作底色的国徽上，两侧各有一根橄榄枝；塞浦路斯的国旗上，有两根绿色橄榄枝作底衬，其国徽中部的和平鸽，还衔着一根橄榄枝……

橄榄树的神圣性，在希腊尤其被推崇。英国学者 J.C. 斯托巴特的《光荣属于希腊》一书介绍说，公元前 480 年波斯人入侵希腊，在雅典焚城时，伊瑞克提翁神庙那对少女石柱旁，传说中的希腊第一棵橄榄树被烧毁，但过后，“这棵爱国的橄榄树又焕发出勃勃生机”，即“在同一天，这棵树又增高了两尺”。现在游客看到的这一棵，是 20 世纪 20 年代奥尔加皇后亲自补种的。这虽是传说神话，但珍贵而独特、神圣又神秘的橄榄树，海天山地间凛冽不可侵犯的橄榄树，始终根植于希腊人的精神土壤和希腊的延绵历史——自有一种不屈不挠的力量，在守护着雅典，荫庇着希腊。

橄榄树对于古雅典人意义如此重大，以至于有谁敢捣毁一棵橄榄树，就会被判处死刑，而且，雅典人不允许在任何一棵橄榄树附近种植其他树木。按照希腊风俗习惯，每当小孩出生时，家人就栽种一棵橄榄树。小孩 6 岁上学时，橄榄树开始结果。小小的橄榄树将伴随着孩子一起成长。婴儿的洗礼上，牧师将橄榄油涂在婴儿的脑门和身体上，父母要保留几日才能洗去。复活节时，家家户户去教堂，用从耶路撒冷一路传递来的圣火，点燃自己的蜡烛带回家，同时点燃一只橄榄油灯，油得经常添加，以保证满室光华灿灿 50 天。逢节假日、雅典娜祭典等，民众用满缀装饰物的橄榄树枝做成“花柱”，在巡游中唱着古老的橄榄树之歌，颂神祈福。少男少女在橄榄树下星流电激，沽酒伴醉。一定终身了，男青年将刚摘下的橄榄枝献给新郎新娘，以示祝福。伴娘们则会突然啸聚新郎身旁，甩出早藏在一处的橄榄枝来抽打他。经得住抽打者，被视为不会叛变婚姻。

伊瑞克提翁神庙前雅典娜的橄榄树（雅典娜凭此在竞选雅典守护神比赛中获胜）

其实，太好的阳光、太多的海鲜，还靠着一个爱琴海。希腊人有着浪漫的两性风情，但此种仪式性的“抽打”依旧，在今日反添了某种喜剧色彩……

每年 11 月，橄榄果的采摘季节，不啻是一场盛大的国家嘉年华。政府、学校和许多公司放假，让人们回到故乡的橄榄园去，名为帮工，实是狂欢。每个城市都会举行庆祝活动，相邻的城市，无不如夜游看花的锦衣少年，彼此争艳斗美、攘臂而争。在雅典，庆祝活动的游行，穿过城市大部分地区，在位于卫城的帕特农神庙前达到高潮。游行的参加者除市民外，还有政府官员、地方法官、牧师和修女。许多人举着橄榄树枝，其中一些人还头戴橄榄枝制成的冠冕，他们是老人或少女，前者为获得过某项功勋的老战士，后者显示其来自某些最优秀、重要的家庭。在古希腊奥林匹亚竞技会上，能够获得橄榄枝编织的桂冠，是最高的荣誉，此外可实际用得着的物质奖励，是一个装满橄榄油的罐子。用于编织桂冠的橄榄枝，须由一名双亲健在的12岁儿童，用纯金刀子从树上割下来。奥运会成了全球赛事后，纯金刀子不会用了，其历史上一共出现35个大项、53个分项和超过400个小项，那得耗费多少把刀子？但2004年的雅典奥运会，主会场内外，仍到处舞动橄榄树的枝条，所有的奖牌获得者都戴上了橄榄枝编成的圆环。古奥运会期间，各城邦约定互不交战；现代奥运会期间，交战各国亦偃旗息鼓一段。因此，美好传统传之久远，橄榄枝也成了和平的象征。

开源西方文明的希腊人，有一种无可名状的风骨，硬要拽出来，大概便是当初雅典贵族的高尚与风雅。人们有着高度幽默感、爱说笑，能将很严肃很严峻的事情，掰成笑谈的淡淡云烟。比如罢工，参加者本该满脸秋风霜刻，可每次罢工都嘻嘻哈哈，弄得像日头高照、鸥翔鳞集，其心旷神怡状，连媒体也说示威游行的人们仿佛是头一回去看丈母娘。

民众懂得享受生活，对生活品质的要求非常高。这种高要求并不意味奢华、上档次，而在于有足够的精神品质。比如听音乐会，有中国游客的观察是，“他们可以在古剧场，也可以在专业的音乐厅，也可以坐在某个音乐学校破旧的院落里，甚至可以就挤在某个住宅楼里的某个大房间里。可别误会，无论哪个场合，音乐家都是高水平的，比如我们就在一个挤满了人的大房间里，听到了希腊Rebetiko音乐最高水平音乐家的演奏。在音乐会全过程中非常安静，没有一部手机响起，没有一个人离席，甚至后来我们才知道，原来还有十多个小孩子也在现场”。

希腊人没有操不完的心、受不完的累、装不完的孙子、求不尽的大爷，也没有将视线永远落在赚钱或所谓“事业”上。

以国家为例，其拳头产品橄榄油，本该做龙头老大，地中海一带早被揍得纷纷掉牙，尤要打进全球最大的消费市场中国，却对西班牙人“狸猫换太子”之举，如一只温和的猫，施施然走开，也不使土耳其人的那一套雕虫小技。似乎不争还是不屑之心，一目了然。民众的生活方式也如此，一天只工作三五个小时。希腊人有午休习惯，一般从下午 2 点持续到 6 点，这段时间绝大多数商店、银行挂牌休息，几乎整个下午不工作。繁星丽空之下，伴着清凉的海风，美好的晚餐如笨重的海龟一样隆重“上岸”。晚上 8 点，大街小巷里的酒吧、餐馆，粉白黛绿，杯盘叮当，舞裙歌板，欢笑不绝。许多人午餐喝过，晚餐接着喝，不会喝得天昏地暗，却人人沉醉于微醺之态，持续到深夜 1 点，甚至 3 点。当地人每天花在用餐上的时间，平均得超过 8 小时。

此外，每天必须喝足咖啡；如开小车携美女私奔，得喝足汽油。老人不必说了，大学生模样的青年人，大白天也坐在太阳底下喝咖啡，一磨叽几个钟头；爱琴海边住着的人，还喜欢钓鱼，酷爱游泳、冲浪，那一身釉亮如缎的皮肤不晒出来，对不起祖国，也对不起自己。希腊神话里便有一位叫纳西索斯（Narcissus）的美少年，爱恋自己在水中的倒影，最后他为了拥抱自己的倩影，溺水而死（又有一说，斯人憔悴而死）。他死后的湖边，长出了一丛紫蕊白瓣的花，后来人们称为水仙花，此花的英文，正是 narcissus。每年还得有度假日子，圣诞节前后两周，希腊东正教复活节前后一周及每年 7 月、8 月，在雅典、克里特岛等地，当地居民与外国游客换了一茬人。生意人都知道，这时候去希腊谈买卖，无异于去非洲推销皮草、去南极圈销售冰柜……

不见得知道李太白，希腊国民却深得其神髓“人生得意须尽欢，莫使金樽空对月”。在外国人眼里，可能会想，你有啥事值得“须尽欢”呢？中国人恐会追一句，李兄下面还说：“天生我材必有用，千金散尽还复来”——你是抱负爆棚，看谁都是只能买根红头绳给喜儿过年的杨白劳，还是连续 6 年债务危机，如黄世仁砰砰打上国门呢？危机始发在 2009 年，财政收入剧降，政府眼看得关门，欧盟给了一些钱救急，希腊却当这是海风刮上岛的，没几个月花了个干净。欧盟的舵主德法两国急了：你这样玩，地主家也没隔夜粮，得与希腊讲条件。条件一讲就是 6 年。在此间，超过 30 万的希腊人，选择背井离乡，去其他欧盟国家或海湾国家谋生，其中大部分是学者和高素质的专业人才。在此国濒临“破产”之境，一些中国人，恐觉希腊人现在大概生活在水深火热之中了吧，起码也该惶惶然不可终日。那片岛上，却还是“须尽欢”，人们无论工作还是生活，仍像是在度假——生命不可承受之“慢”，慢生活可谓全球之最。

此处可作两解，一是当代希腊人晏安苟且，破落户子弟脾气，失业率居高不下也无所谓，只要逼迫政府不降低公共福利，每天还有咖啡美酒喝，小日子便过得下去；至于政府财源从何而来，那是肚腩团团的政客们该伤脑筋的事。二是在这天净风熏、水软沙白之畔，祖上曾经那样显赫的希腊人，更接近自然主义者：人生不过是宇宙间的蝼蚁，百年之后皆为尘埃，辉煌恢宏如古希腊、古罗马，今日不过一段神话、几页传说。世上之事，来往如梭，瞬起瞬落，与其执迷苛求，不如“闲看秋风，洛水清波”。

似乎这种自然主义，还反映在希腊人的建筑审美观上。岛上很少看到北京、上海那般座座欲冲霄汉、霸气十足的摩天大楼，他们青睐的是与自然亲近的建筑。

但可以肯定的是，希腊民族是永远不能被轻视的。

无论身陷债务危机中曾经多么窘迫，在不堪的经济救赎中骨子里的骄傲遭受啃噬，或许滋生出了几分与其天性相悖的自卑，但希腊人并非永远长不大、得欧洲各国宠着让着的稚子，雅典大学政治史教授瓦瑞米斯就说，“希腊人很懂得算计，尤其是在危机的时刻”；其性格与本能，“介于刺猬和狐狸之间”，“希腊人可以很坚持，有耐力，但该变通的时候，也可以从善如流”。希腊神话中，特洛伊战争中想出木马屠城计的希腊联军的“诸葛亮”奥德赛，便是此种性格最好的代表人物。在新时代的木马屠城计下，希腊的经济，迟早会重现地中海灿烂阳光。

“赶快上山吧，勇士们”

再者，希腊人自古热爱自由、视自由为一切之上的性格，是不变的。其国旗左上角，有象征宗教在希腊富含重要意义的白色十字图案，其余空间由蓝白相间的九道横条组成，相对的是克里特岛上一句格言“不自由，毋宁死”的希腊文音节数；希腊人为捍卫自由而激荡在灵魂中的古斯巴达人的英勇与彪悍，亦是不变的。

克里特岛，希腊人口最多与面积中最大也最具战略位置的岛屿，被统治者公认为全球最难啃下的“骨头”之一。罗马帝国曾三次入侵，三年苦战，才拿下该岛。在帝国的扶持下，克里特岛迅速崛起，经济和战略地位与首都罗马相差无几；随后近半个世纪里，广大希腊化地区被纳入罗马的版图，从而引起阿拉伯与拜占庭帝国的觊觎，土耳其人用了一个多世纪的时间，终将希腊及周边岛屿纳入帝国版图。雅典卫城上的帕特农神庙，被拆成了穆斯林的“洋葱头”；希腊及基督教的传统文化被视为异端，孩子不可学习希腊语，改读《古兰经》；各种苛捐杂税恨不能将民众抽筋扒皮，许多社会精英逃亡欧洲。1814 年，希腊侨民在俄国成立秘密组织“友谊社”，策划国内反土运动。1821 年 3 月，伯罗奔尼撒半岛率先举起义旗。随之，希腊的北部、中部地区，以及各岛屿也跟着铸铁为剑、斩木竖旗。

最激烈的抗争，发生在克里特岛，800 名斯伐基翁村民，与 1.2 万名土耳其士兵拼杀，牺牲 300 人；但对方更惨，抛尸 8000 人，差不多每一个斯伐基翁人，报销 10 个土耳其人。登岛士兵被杀的比例，大到无人敢去驻守，土耳其无奈将该岛廉价卖给埃及。埃及买下后，即觉火中取栗，放任不管。1828 年 5 月，希腊宣布独立，土耳其恼羞成怒，欲再次收回。在英、法、意、俄四国介入后，次年土承认其独立。这是希腊第一个国庆节的来历。

1940 年 10 月，墨索里尼向希腊发出最后通牒，要求希腊允许意大利军队进入希腊，希腊总理以“OXI”（不）回绝，当日意军进攻希腊。次年 5 月，希特勒将目光投向克里特岛，下令德军新组建的第七空降师，向克里特岛发起攻击。岛上民众纷纷拿起步枪、粪叉，甚至是石头，给那些还在半空或刚落地的德军伞兵致命一击。德军遭受巨大损失，伤亡超过

5000 人，几乎占全师的 3/4；损失飞机 220 架，其中运输机 179 架。德国空降师的首创者司徒登中将，在战后的访谈中承认，“克里特岛是德国伞兵的坟墓”。在战争对手那边，克里特岛之战却激发了盟军建立空降部队的决心。美国对空降兵建设尤为看重，其后短短的 18 个月内，将克里特岛作战时还是营规模的美国伞兵部队，迅速扩充为师编制。在后来的战事中，这支伞兵部队在诺曼底登陆等战役中发挥了极大作用。

克里特岛激战历时 12 天，该岛还是沦陷了。守岛英军撤出 1.7 万人，希腊军残部 6000 余人，来不及撤走而全部被俘。6 月 2 日，德军占领全岛。岛上许多村庄被付之一炬，逾 3000 名被嗅出有丝毫抵抗气息的平民遭处决。民众表面上对德军认虎口之羊，暗夜里磨刀霍霍、魅影幢幢，参与行刑的德军士兵，当晚大多神奇死于非命；次日，又发生德军水源被投毒致死数百人事件。1944 年 4 月 26 日晚，驻扎岛上的德军司令、第二十二机降步兵师师长海因里希·克莱佩少将，在离司令部一公里处的阿坎纳斯，被当地抵抗组织和英国军事人员绑架，并利用潜艇迅速转去北非……

有“二战”史专家指出，克里特岛的抵抗运动，是导致纳粹德国推迟入侵苏联而终遭覆灭的致命性因素之一，同时也严重损耗了其在中东和非洲战场上可调动的军队数量。克里特岛居民也自认，这段历史极富神采地塑造了先辈们的荣誉。战后，岛上哪怕巴掌大的村庄，也建有纪念碑，碑文各有不同，但一个意思：克里特岛有史以来都是自己解放自己，一代代男女老少都是爷们儿，都舍得为自由而肝脑涂地！

从 1942 年开始，10 月 28 日这一天，被称为“说‘不’纪念日”（OXI DAY），是希腊、塞浦路斯和全球范围内的希腊人每年共同庆祝的纪念性节日，又被当作希腊第二个法定国庆日。

大约 50 岁以上的中国人，小时候都激悦地看过那灰暗年代里的一部大片《宁死不屈》，说的是阿尔巴尼亚游击队抗击纳粹占领军的故事。其主题曲很长日子里在坊间流传，尤其是年轻人，有意无意都会哼上几句——

赶快上山吧，勇士们

我们在春天加入游击队

敌人的末日就要来临

我们的祖国要获得自由解放

……

不知怎的，写到这里，电影里的众多镜头，与我曾在克里特岛看到的犬牙交错的山地形胜融为一体。当然了，在浩荡的天风海浪的映照下，放眼山地，皆为橄榄树的银绿波光……

B. 我有一颗浩荡之心

在天猫、淘宝上，你们像“崽卖爷田不心疼”一样，大把地砸钱花钱；你们无尽地开掘人工智能，技术革命的飞跃，大概让你们觉得自己操控世界的能力已越来越接近一个造物主的角色，但可惜，这个造物主后面，有房贷、车贷，更有上学难、医疗难，养老更难，咻咻鬣狗般追逐。你们总是很忙，忙于开会，忙于加班，忙于随领导鞍前马后，忙于接送孩子……极少有人问我、了解我自哪里来、怎样来。

真正的我，必是原生状态的处子般的完整森林

你们很少有人，平时会在一棵大树下伫立、沉思十分钟。

除非鸡蛋一落地便成荷包蛋的酷夏，还有当患上可怕的癌症，据说清晨去环抱大树，可借其生命伟力、精魄灵气，荡涤病魔。你们中，亦少有人，会如梭罗一样，到我的怀抱里住上几年、几个月，除非历史上那些淡泊人生七情六欲，或躲避尘世迫害的隐士。

陶渊明的出生地，是浔阳郡柴桑县（今江西九江），境内上京里、园田居、南村，无不绿树葱茏、古木远久。陶渊明告别官场江湖之时，就脱去了怒恨的铁甲，换上粗布大衫，在南山下过起冲淡闲适的生活。能因黑暗，而无视南山上那郁郁葱葱、飞鸟往还、晨夕总有氤氲的林子吗？能因窒息，而不为白露过后那金菊上晶莹滚动的露水而欢欣吗？能因“避席畏闻文字狱”，就折断笔杆、砸烂砚台，让那方方正正、有骨头有筋血的汉字，从此黄埃一样迷失于岁月的太空吗？

在那样一个时代，采菊东篱，濯足清流，醉卧明月，目送归鸿……俨然一个看客，却并非消极弃世，“道不行，乘桴浮于海”，而是一种姿态、一种坚守。

再有，便是借我的地盘，韬光养晦，养精蓄锐，一朝醒来，便要发动革命或暴乱的猛士。位于今山东省西南部水泊梁山的密林，啸聚着 108 名天罡

地煞；在英国诺丁汉郡的北边，有一片广袤的森林，那就是欧洲广为传说的侠盗罗宾汉的大本营——舍伍德森林，林中一棵已经屹立千年的大橡树，说是他的主要藏身之处……

你们中的大多数人，从未进过真正的森林。

山野郊外，河畔溪谷，你们所去的森林，不过是受人类活动剧烈干扰后的次生林和人工林。真正的我，必是原生状态的处子般的完整森林：铺满地面与树干的肥厚苔藓、斑驳地衣，从高处树枝垂下的宛转松萝，如一场盛大法事道场里高扬的幡幔。万木淌着唐朝的水线，鸟绿得滴水的鸣啭声，徜徉在来自宋代的风里。夜晚，透过枝丫看去，漫天硕大的星斗，每一颗都在问候你。清晨，雾岚弥漫，树影幢幢，颇像20世纪五六十年代国营厂子里大人嚷小人钻的大澡堂。

完整森林，还指面积大于500平方公里，线性尺度高于10公里，在近30年至50年，没有受到砍伐、烧荒、修建等明显人为活动干扰的森林地区，这是世界绿色和平组织对森林的权威评定。中国的森林面积，约175万平方公里。然而，完整森林的面积，只有8.5万多平方公里，仅占国土面积的0.89%，比重庆市大一点点。现仅剩下四片完整森林，滇西北凉温性针叶林，位于大理州和怒江州交界的志奔山上。其代表树种是云南铁杉，最高一棵达34米，胸径3.93米，是地球上现存最古老、最粗壮的云南铁杉。处于西藏高原上的林芝市墨脱的云杉林，也是其中一片。林芝云杉林，处于温暖湿润的印度洋季风的通道中，树木不是生长，像是喷涌、怒放，其密度超过世界平均值的28倍，且巨大的树干往往超高，达六七十米。

最古老的树木，其诞生之日甚至先于人类纪年。走进这里，你会瞬间感受到我的特别。

那种庄严，那份空寂和肃穆，仿佛走进地球的核心。

这是一个比古老还要古老，远高于人类、远庄严于你们的所谓历史之处。

人类开始踏上霸凌节奏

你们对我的历史，也曾有高山仰止的时候。

“昼拾橡栗，暮栖木上”，你们祖先的生活和生产，与我息息相关。

中国人很早就有老树成精的观念。古印度人认为，我是具有魔力的。这个魔力叫“沙克提”，一种超强大的生命动力，主宰着宇宙星辰的运行和能量的运转。很古老了，你们的祖先，一直在寻找一种抚慰我灵魂的办法。到了中国人引为骄傲的唐朝（618—907 年），人们在砍树之前，会对着我深深地鞠躬，一瓣心香发誓：一定会合理地运用木材，谨慎地使用木材。这个传统，在今天的日本还保持着。

在欧洲，伐树是人类早期从自然界获取资源的原始手段。最初获取木材的方法，是用燧石打击树的底部。树木成为他们的燃料、过河的小木桥和跨越沼泽地的浮筏，也成为他们用来遮风避雨的屏障。这时还处于一种试探性的状态，久而久之，目睹着一棵又一棵雄伟古老的大树踩在自己的脚下，敬畏与神秘感也随之渐渐失去，人类开始踏上霸凌节奏。

公元前 400 多年前，希腊哲人普罗泰戈拉说，人是万物的尺度。比普氏晚生几十年的亚里士多德说，自然万物，都是有目的及有用的。到了 16 世纪法国的笛卡尔，更是张扬跋扈：“人是自然的主人，自然万物除了役于人以外，别无其他价值，只有人类具有内在价值，且是一切价值的来源。”大概这就是人类中心主义的滥觞了。

其登峰造极的例子，得举一个——

一百多年前，在中国东北乌苏里森林靠近小霍别河畔的一段，发现一连串鹿窖，即在鹿去饮水处的小路上，用倒木设置栅栏，并用尖桩将其加固，为的是怕鹿用蹄子将栅栏刨开。鹿不得不绕开栅栏，旁边却挖着深窖，坑面用草和枯叶加以伪装，鹿十有八九会跌入陷阱。这一连串鹿窖，竟长达 24 公里，有 74 个陷阱。附近的一个架在木桩上的仓库里，堆满了一捆捆鹿筋，约有700公斤。在乌苏里森林住着的土著赫哲人说，只有来此“营生”的汉人，会干这种缺德事，他们每年有两次将干鹿筋运到符拉迪沃斯托克（原称“海参崴”），再由此转运烟台，卖到国内。

一个俄国探险家，就此不无夸张地评说：“中国人在自己的祖国消灭了所有的动物，他们国内剩下的只有乌鸦、狗和耗子。甚至在海里靠近海岸的地方，他们消灭了所有的海参、螃蟹、软体动物和海带……”

尽管近百年来，人类中心主义，早在其滥觞地被打得伤痕遍体、满地找牙，代之而起的是一个生命中心论时期：自然万物，凡具有生命的个体，都具有天赋价值，皆为地球生物圈之成员；人类及其他物种相互依存，具有同等价值，均应受到同等肯定和尊重。但在中国，很长岁月里，你们打着呵欠，在欧洲早期的迷雾中没有醒过来。不是太久前，你们对我，仍是皮里阳秋、浮皮潦草、了无不了。反之，对互联网、5G、PPT、区块链，如一度着魔于刘谦的魔术，趋之若鹜。

在天猫、淘宝上，你们像“崽卖爷田不心疼”一样，大把地砸钱花钱；你们无尽地开掘人工智能，技术革命的飞跃，大概让你们觉得自己操控世界的能力已越来越接近一个造物主的角色，但可惜，这个造物主后面，有房贷、车贷，更有上学难、医疗难、养老更难，咻咻黧狗般追逐。你们总是很忙，忙于开会，忙于加班，忙于随领导鞍前马后，忙于接送孩子……极少有人问我、了解我自哪里来、怎样来。你们也看过地雷天火、溪流奔湍、雪谷消融、草木荣枯，你们是当作一幅幅风景画来看的，而不知道，统揽这一切的，该是怎样漫长、剧烈的变迁、磨难、劫难，而后才有我的庞大家族，凤凰涅槃，破蛹化蝶，推进至全球包括沙漠在内的任何地域。

之所以如此，是否因为你们中的一部分，对父辈、家国的历史，都是一知半解，如一块烤得三分熟七分生的牛排，便端上桌来。也有十分用心者，去河滩上专拣那些流光溢彩的卵石，墨色凝重、血痕尚在的，却几脚狠狠地给踩入沙砾里。所谓历史，就是胜利者的历史。有些人啊，读着鲁迅先生的书长大，最终却活成了先生笔下的人物。

许多国家的故事，与我有关

我外表一派熙和温柔，无边刹境，春华秋实，鸟飞兔走，不涉人世。

地球上许多国家的故事，却与我有关，不言自明，有心悟者，便在当下。

朱光潜先生的《谈美》中，古松俨然变成一个人，人也俨然变成一棵古松。

百万年来，我的疆域，总有你们有端无端地闯入、践踏。

几万年来，我的每一道年轮里，都嵌满看不见的火焰。

看起来，树海无边，绿浪翻滚，我有一颗浩荡之心。

有时，又像李后主的词，“无言独上西楼，月如钩。寂寞梧桐深院锁清秋”，陷于排遣不去的惆怅。

有时，还会有某种荒诞感，牵出我嘴角的一缕苦笑——

比如，早上太阳从树梢上升起来，远处圈养的几只公鸡，都以为是自己叫出来的；

一个 6 岁的孩子说，大人们一面砍倒大树，运去造纸；一面又在纸上写：保护森林。

二　垂在“御神木”树上的一枚月亮

“上古有大椿者”

19 世纪头 50 年，西方世界同日本接触的次数，少到可以忽略不计。

1638 年，一个葡萄牙的官方代表团，为说服日本放弃孤立主义政策进行了最后一次努力，他们不避艰辛与风险来到日本，其中的 13 个人被斩首示众。当时还没有共同通信社，电视放送网株式会社，但这并未妨碍让世界听到德川幕府的声音，它放了幸存者回澳门，并要后者带话给西方世界：“让他们不要再打我们的主意了，就当作我们不存在这个世界吧！”

直到 1853 年 7 月，已近退休的花甲之年的马休 · 佩里准将，以巡防舰“密西西比号”为旗舰，带领另外三条船舰，登陆小笠原群岛，并于浦贺入港。四艘船里，有两艘是不久前西方工业革命的产物——蒸汽船，船身涂得漆黑，汽笛像怪兽一样不停地嗷嗷叫唤。住在海滨成千上万的日本人，从未见过这样的庞然大物，他们永远地记住了这一天，史称“黑船来航”。

美国人很快就发现，这个岛国，远不及珍珠项链般镶在西太平洋上的南亚诸国，没有黄金、象牙、钻石，没有矿藏、橡胶及适合小麦、棉花等作物生长的土壤和种植园。倘若说有丰富的，那就是灾难。从 1854 年到 1860 年间，6 年里，大地震 3 次，小地震 3000 多次，还有瘟疫肆虐。再有丰富的，便是森林了。从海上登陆，即见大片的水田，水田尽处，便是森林密布的无边山岚。

日本的森林

一个个城镇，宛若素净蚕儿一样，卧在一片片硕大的桑叶上，悄吐幕府时代之“丝”。不过这片片桑叶，水墨般化开，颜色由墨绿到深绿，再由青绿到浅绿，自然和谐，不着一丝人工的痕迹。

日本列岛的面积，大概只有中国的 1/26，比意大利大一点，没有一个地方离海岸线超过 100 公里，典型的海洋国家。绳文时代，即公元前 1.2 万年至公元前 300 年，西邻还处于三皇五帝的神话时代，列岛几乎都为森林所覆盖。原始日本人虽靠狩猎采集为生——春季采集山菜，夏季捕捞鱼贝，秋季采集树果，冬季捕猎野猪和鹿，年年如此，周而复始——但目睹树旺盛的生殖力和顽强的生命力，先民们惊羡不已，“横树之即生，倒树之即生，折而树之又生”。他们通过各式联想、手段，想将树的生命力嫁接到自己身上，从而使子孙繁衍兴旺。诚如“绳文”字面所示，将树木的纤维编成绳子，缠绕在陶器上，以形成各种纹样，这大概便是一种“信托”。树木被视为圣物，其历史近 2000 年的伊势神宫的祭神仪式，表达的就是对树木和柱子的信仰；树木也利用于人们的生活器具，从岛上 1.2 万年前的绳文遗址中发掘出的木制品，就有住宅、农机具、日常杂货、燃料、武器、独木舟等不同用途，达30多种树种。大概日本的森林文化，便滥觞于此。

绳文时代之后，一个主要依赖水稻种植的农作时代到来，被称为弥生时代，即公元前300年至公元300年，大致相当于中国的秦汉之际。随之而来的，由于战乱频仍，东亚地区两次气温下降，朝鲜、中国乃至俄罗斯贝加尔湖地区，有大量民众迁徙日本，据说其中有秦始皇的后人胡苏系、胡亥系的皇族。已被日本学界普遍接受的一个看法是，移民和古蒙古人种的绳文人结合，生下的混血儿是新蒙古人种，其特征是身材较高、骨骼精细、脸盘偏瘦长。此混血人种多在西日本。其西南部森林，是以榉树、楠树、椿树等为主的常绿阔叶林带，四季常绿的风土，使生活在这里的人们性格较柔和细腻。而古蒙古人种，即日本原土著民，如北海道的阿伊努人，多分布在东日本。其东北部是以柞树、栗树、枫树等为主的落叶阔叶林带，季节变化分明，人们有突出的五官和厚重的头发，性格粗犷硬朗。小滨基次在《语用、身体》一文中就谈到过，从体质人类学的立场看，很少有像日本人那样，在一个种族内表现出显著地区差别的民族。[①]

弥生人复原模型（于日本国立科学博物馆）

① 孔祥旭:《樱花与武士：那些决定日本的细节》，北京日报出版社2007年版。

有日本学者做过一个统计——像日本人一向秉持的几乎在蜻蜓身上也能探出血压的精准——除北海道外，日本绳文后期为16.1万人，弥生时代增至60.15万人。进入弥生时代，人们开始砍伐森林以开垦农田。但绳文时代万年之信仰不会磨灭，“上古有大椿者，以八千岁为春，八千岁为秋”，且行云降雨，化生万物，依然让手把禾苗撒满天、脚踩乌泥的原始先民认为森林就是神明，或神明已降临在其高耸的树梢上。在北海道等北方地区，土著人每伐一棵树时，都会祈祷：请把你的生命交给我。我必须得到你的命才能活下去，所以，无论如何请你把命给我。我也会郑重地把你的灵魂送回去……

只会有限的砍伐，如在菩萨口中分食，农田收的五谷，够吃饿不死人就行了。“日食四合糠糙米，豆酱蔬菜足矣。”至今很多日本人吃饭，先得瞑目凝神，合掌感恩一会儿，开动了，袖珍的木碗里筷子几粒几粒地扒拉，似乎只有一个鸽子嗉囊般大的胃。

更有绝对不许砍伐之处，即神社的森林。岛上很多神社，都位于被称为“镇守之森”的森林中。据日本文化厅的《宗教年鉴》统计，在当今日本各地，正式登记过的大小神社，有8万多家，星罗棋布，加上未经登记的，超过10万。由于一张道统上的“丹书铁券”，东京新宿御苑、日比谷公园和明治神宫等，以及岛上主要公园和神社等处，即便是古朴简陋的神社四周，也满压大树、古树、名树，树龄达数百年的巨树随处可见。杉木、樟木及红楠等树木特别巨大者，就会被称为“御神木”，并系上注连绳（表示神圣之物的象征），以便祭典或节日时，神明以“神木”作为地标，降临凡间。日本最南端鹿儿岛县屋久岛上的一棵杉树树龄最长，达到3000年以上。青森县北金泽，长有一棵当今世界最大的银杏树，树冠直径22米，树龄约1000年。神奈川县知名禅寺建长寺的一棵桧柏，树龄750年，树干周长6.5米，树高13米……东京皇居前广场种植的一圈松树，虽然低矮，却整整齐齐，修剪得像昭和天皇漂亮的小胡子。

一个清秋之夜，一轮如宫门黄铜扣环色的月亮，静静地，唯美地，飘浮在这圈松林之上，我油然生出一个念头，那月亮，不就是日本吗——

日本，就是垂在“御神木”树上的一枚月亮。

倘若佩里将军还在人世

自德川家康统一日本后，以江户城、骏府城和名古屋城为首，武士邸、将军府，如壮士的青龙白虎、朱雀玄武文身，密匝匝遍及列岛，更多的寺院神社和街屋，乘机而起，森林第一次遭大量砍伐，导致水灾和泥石流灾害频发。

1666 年，幕府颁布《诸国山川法令》，对森林开发加以限制，并奖励植树造林，尤其在沿河沿海植树造林，以减少自然灾害的发生。进入江户时代，知识界已有“山乃国之宝也，山衰则国衰”的见解，对山林的保护变得严格起来。在中部的木曾谷，居城是名古屋城的尾张藩等地，这里将森林划分为几种区域：“留山”，不允许民众进入；“巢山”，被划定为猎鹰的生息地。两处若擅自进入，惩罚是“一棵树，一颗人头”。靠近村落、灌木林居多的“明山”，或称“里山”，可自由进出，砍柴、烧炭，采摘野菜、蘑菇、栗子、核桃及各种药草等，以解百姓日常生活之需。

对那些已草绿不生的荒山，政府及时采用、推广多种有效方案，还原成森林。其中一个方案，出自哲学家、日本阳明学派的代表人物熊泽蕃山（1619—1691 年），“要想让树木在一座山峰、一道峡谷地依次生长起来，可以在山上撒上稗子籽，上面再放些枯草或茅草。鸟儿们就会飞来啄食稗子籽”。“混在鸟粪中的树籽很容易发芽。在表层覆盖枯草，是为了让鸟儿不容易啄食到稗子籽，停留的时间会延长一些。这样经过 30 年后，杂树就会枝繁叶茂。杂树生长茂盛，村民就不用担心无柴可烧了……”

与西方文化交融激荡的明治维新时期，“邑无不学之户，户无不学之人”，急于甩掉走起路来岛上俨然拨浪鼓的一片木屐之声，造成森林砍伐的又一次“大跃进”。其中期，是日本历史上森林受损最严重的时期。用于基础建设的木材，工地的脚手架、木桩、矿山的坑木、造船材料以及码头，无不是吞吐木材的巨虎。这“大跃进”，却不是炫目一阵即随风在半空中闪爆的气球，或者如女人经过十月怀胎的辛劳，临阵呼天号地的撕裂，落地的竟是一个死婴。它实实在在是个“新生儿”，让日本这“海岛 + 森林”文化的古老混合体，满溢现代化的气息——夜雨春韭般冒出来的电线杆，连天铺地，汽笛的猎猎长鸣，叩开了无数村庄迷蒙的眼睛。1872 年，新桥到横滨的第一条铁路开通。火车的出场成了举国的一件大事，民众纷纷以乘火车为第一快事，火车票顿成奇货，其价格要高出许多生活必需品。即使如此，哪怕疏衣陋食过一段苦日子，全家人也要来体验一番坐火车的感觉。“汽笛一声别新桥，我的火车要出发……”当时，人们哼在嘴边的《铁道之歌》，被编进小学课本后，其欢快的旋律，在列岛上空广泛传扬。

1897 年，明治政府在这欢快的旋律中，制定、颁布了《森林法》，此后对森林的砍伐严加限制。

“二战”中乃至战后，日本森林面积在空袭中减少约两成，人们又大量砍伐松树、挖掘松树根，提炼汽油替代品，甚至用木材取代金属板制造飞机等。战争中烧毁的约 223 万户住宅（约占总户数的两成）亟待重建，600 多万名归国者的简易住宅也得安排，基础设施的完善和工厂的恢复生产任务也很繁重。从一片原爆辐射、焦土瓦砾上爬起来的日本，血影模糊，蹒跚跌扑，破衣烂衫，不怨不艾，一头栽进残剩的森林。当时的媒体，一致呼吁“将丰富的国内木材资源用于战后复兴”，政府再度松绑了昔日的禁令，岛上的天然林里一片砍伐之声。其锯斧之凶蛮，浑如北海道冬眠后出洞的黑熊。

森林的采伐面积，从 1932 年的 42 万公顷，暴涨到 1945 年的 80 万公顷，然而获得的木材总量却急速跌落。森林的萎缩与空心汤团化，引发各地由台风带来的大规模河水泛滥和山体滑坡、泥石流等次生灾害。1947 年的凯瑟琳

“二战”后几年间，日本岛上加紧伐木

台风，侵袭关东和北日本地区，30 多万户居民因此受灾，死者超过千人。接着，有 1950 年的珍妮台风、1958 年的狩野川台风和 1959 年的伊势湾台风，后者席卷了以纪伊半岛到东海地区为中心的大片区域，导致 4759 人死亡，282 人失踪。森林的破坏，还殃及大量野生生物。人工针叶林中没有树木的果实可吃，鹿和羚羊等只能啃噬植物的幼苗和树皮活下去；吃不到橡子的黑熊，眼珠里透出通红的血丝，出没于村庄，乃至道路……

1946 年，日本颁布《森林资源造成法》，允许造林者以造林总成本的一半数额购买政府发行的造林债券，政府在造林后以票面价值回购这些债券，亦即对造林成本给予一半补贴。1950 年，日本政府制定《造林临时措施法》，要求林地所有者必须于 5 年之内，在政府分给的林地上造林，否则，政府可指定第三方在指定地区造林，这意味强制林地所有者造林，并有权裁决造林方和所有者之间收入分成的合同。同年，“国土绿化推进委员会”成立，开始在被砍伐后的荒山上植树造林，在全国范围内设立植树节。1951年和1953年，政府先后出台政策，在重要河流水源附近购买林地，大规模兴建保护林，以利水源涵养；为造林等行业发放补贴、提供长期低息贷款，鼓励种植经济价值高、生长迅速、最适合用作建材的扁柏和杉树等针叶树种。

20世纪50年代中期，日本的森林植被已得到部分恢复，东京一带，被厚皮香、细叶冬青、黄杨、马醉木、百日红等常绿灌木或小乔木环抱。奈良、京都风景中的寺塔，如小蛮腰一样摆动于鱼鳞般细细绿波的松林之中。1960年前后，被砍伐过的阔叶林的空地上，栽种了大量速生的人工针叶林，其面积增加30%。国土2/3又被森林覆盖，其中40%的人工林大部分也到了可以使用的树龄。

倘若佩里将军此时还在人世，再来日本，依然是漫天浓重的绿海，几乎能吞没了他。

在这一扩大造林时期，日本民间森林保护意识日渐复苏，其导火线是山毛榉林的衰退。山毛榉林，从北海道南部到鹿儿岛均有分布，占日本天然林面积的17%。其木纹非常漂亮，却容易腐烂，加工后变形严重，曾被称为“无优势的树种”，所以在短时间内约有1700万棵山毛榉相继消失。事后，民众放下锯斧，回过神来，多有忏悔：岛上的万物，都是神的选择，即使没有经济价值，树木的美感和呼吸，及其挡风遮雨、吸附泥土，也是神送给日本厚重的伴手礼。如花期短得只有1周左右的樱花，可谓转瞬即逝，每年从3月底开始由南向北、向东依次绽放，6月初全列岛与日本人的心扉，都被如云似锦的绯红嫣红照亮；山毛榉林，春天也让日本沿海岸山地镶上一圈翡翠，秋天其淡黄色的花瓣，给北海道、鹿儿岛的高山和峡谷，打上一层金箔……山毛榉树由此翻身解放，重新登台，备受呵护，被34个地方政府指定为“市町村树”。

1964年，日本国产木材价格居高不下，南亚木材不仅价格低廉，且能保证大批量稳定供给，政府全面放开木材进口自由化的闸门，促使木材进口量激增，再加上日元升值的影响，1955 年，日本国木材的使用率约占 95%，到 1980 年已跌至 31%，90 年代仅维持在 20% 左右。日本人夹着皮包的身影，先出现在菲律宾，继而前往印度尼西亚、马来西亚、巴布亚新几内亚，以后远至美国、加拿大、俄罗斯，鲨鱼逐腥甩尾一般寻求新的产地。几乎所到之处，都有舆论指责“小鬼子”“砍了树就走人，溜之大吉”，谓之日本的木材进口，造成东南亚森林资源的枯竭。一个例证是，1945 年菲律宾的森林覆盖率约为 60%，20 世纪 50—60 年代，菲律宾成为日本重要的原木出口国，1969 年其森林覆盖率下降至约 33%。与之对应，日本大大减少了森林的砍伐量。

在西邻，20 世纪 80 年代，算是中日友好素来“熊长牛短”的牛市光景，也有白眼珠袭来。流传颇广的一个段子说：日本人买走的，全是我国东北的木头。买回去后，削成一次性筷子，给其 1.1 亿人口使用。用完后，没有一根筷子丢掉，全部收起来，再碾磨成纸浆，制成新闻纸出口中国。《人民日报》等多家堂皇大报，用的就是这种纸。这意思是，中国的木头，在“小鬼子”的舌头上舔了一圈，又回到中国……不知这是说日本人精明，还是夸中国人敦厚。

若要说东南亚森林资源真有枯竭，那便是和南亚一样，其几乎木材生产的 3/4，被作为燃料烧掉了；与此相比，日本的木质燃料还不及木材生产量的 1%。这个统计，出自权威的“联合国森林议题”网页。自由贸易的条件下，买卖与精明还是敦厚无涉，并非“他们树木一棵都不砍”。据日本 2012 版《森林和林业白皮书》的说法，日本木材的年使用量，合计为 7000 万立方米，自产木材使用量占 26.6%，其余来自进口，进口量第一为加拿大，第二、第三位分别是美国、澳大利亚，来自印度尼西亚和中国的，各占总量的 3.6%。

近些年，事情渐渐起了变化。2010 年以来，日本每年人工造林面积，虽不及 20 世纪六七十年代的 1/10，在植树上明显慢步金莲，但至 2016 年底，日本森林蓄积量在过去 40 年间翻了一番，计 49 亿立方米；国土面积是日本 26 倍的中国，森林蓄积量却约为 151 亿立方米。在日本列岛，由于生活生产方式日趋节能化、精细化、清洁化，森林资源在原料、燃料领域的作用不断减少，木材市场饱和，价格持续疲软，太多人工林早进入成熟收获期，却翘首踮脚，暂效力无门。恰好此际，西邻一场举世罕见的城乡大改造、大拆建兴起，岛上的人工林，纷纷放下足尖，飞快拔脚走人。中国的房地产业、纸业，成为吞纳日本木材的主要行业。2017 年，日本木材出口额达 326 亿日元，产品主要销往中国。中国的木材、纸浆和纸产品消费市场，已位居世界第二，仅次于美国。在全球各国的森林脸谱上，不用锣鼓激越铿锵，这边的黎明静悄悄，“森林保护大国”的日本，一下变成“木材出口大国”。

不知禅，不知日本

不变的是，日本人对森林的感情，由绳文时代一直延续到现代。

日本当代哲学大师梅原猛，专研日本神道与佛教，并扩及历史与人类学范畴，其学说称“梅原日本学”，或“梅原古代学”。在《日本的森林哲学：宗教与文化》一书里，他指出，森林的存在，主导着日本人的世界观，与日本文明之间有着深刻的相关性。日本信仰的基础是神道，神道的基本就是对生命的崇拜，并视树木为一切生命的中心。在岛上，一切生命都是平等的、有关联的，并没有人类特别拔尖、得享用“特供”的概念。

树木的生命，就是人类生命形态的呈现。或者说，树木在日本是灵魂的寄寓之所。

森林、树木与宗教、信仰，不离不弃，如一对由白衣少年牵手走进银发飘飘的老人。列岛上九成——包括被指定为国宝的重要文化遗产的建筑物——是木结构。奈良市的东大寺大佛殿，以拥有大佛而闻名，是国宝级木结构建筑物的翘楚；其保存了古代宝物的正仓院，是大约 1300 年前建成的世界最大的木造建筑物。此外，在三重县伊势市，被定为神社本厅所属所有神社的中心，以供奉天照大御神的伊势神宫正殿，按最古老的建筑模式，用桧木建成，并且，每20年便依照传统建筑模式重建一次……它们正好象征，虽有所迂回曲折，大和民族确是对林木文化尊崇有加，风雨同行。与其他国家比起来，日本如汪洋大海里一条颠簸不息的小舟。日本人对脚下承载了民族命运的这片森林与土地，怀有深深的感恩之情。无论是大树、高山、巨岩、冰雪，还是一只湖边“已是黄昏独自愁”的野鸭……

幕府末到明治时期，造访日本的欧美人，对其野生动物种类之丰富以及日本人爱护动物的态度印象深刻。1873年，应邀以北海道开拓使的身份来日本的美国兽医埃德温·谭恩，第一次走在东京街道上，看到：“雉鸡从草丛中露出脑袋，英国大使馆前的皇居护城河里，黑压压地落满大雁和野鸭等水鸟。狐狸卧伏在自家餐厅的餐桌上，吃着盘子里的食物。”

1854年，佩里再次率舰队来访，日本开放下田和箱馆（函馆）两港，美国船员可上岸购买柴薪、淡水和食品。佩里在《日本远征记》描述：“以大雁和野鸭等各种可以捕猎的鸟为主，我们看到了很多鸟，但我们舰队的狩猎者们，仅猎杀很小的一部分。”一个叫石冢官藏的松前藩士（江户时代侍奉各藩的武士及各藩成员的称呼），在日记中记下：“异邦人在船桥上岸，来到龟田海滨、七重海滨和有川一带，用拖网和步枪捕杀鸟类，下午4点前全体撤回船上。”[①] 当地人见此情况，颇为惊诧，当面不敢发作，背后连叹：“亚墨利加人真是野蛮啊！”

佩里随行摄影师用银版摄影法为石冢官藏拍了一张照片。此照作为日本最早的照片，得以保存在函馆市图书馆，并被指定为重要文化遗产。

幕府从第三代将军德川家光以来，200年以上的闭关锁国体制，因“黑船来航”事件走向终结，日美两国签下《日美和亲条约》，列岛进入“改革开放”新时代。条约附录有13项条款，第10条为“鸟兽游猎于日本皆禁，故亚墨利加人（美国人）亦应遵从此制度”。这一条是应日方强烈要求下纳入条

---

① 见函馆市图书馆藏《美国来使记》。

款附录，用现代话讲，即“日本全面禁止从事猎取鸟兽的狩猎活动，所以美国人也应当遵守这一制度”。国际社会商讨鸟类保护事宜，始于1995年的巴黎会议。以此为契机，鸟类保护条约和鸟类保护组织诞生。故167年前的《日美和亲条约附录》，可视为此类条约的老祖宗。

很少有国家像日本这样，森林、树木以及栖息于其中的动物，如此大量地出现在诗歌和文学作品中。《万叶集》是日本最早的诗歌总集，相当于中国的《诗经》，所收诗歌自公元4世纪至8世纪，共4500首长歌、短歌。作者上至天皇，下至广大普通民众。其中1/3，吟咏的是树木和花草：

才见乔叶绿 / 又闻杜鹃鸣 / 夏至木鱼美 / 独钓此山中。

矾上棂木花 / 信手折一枝 / 欲赠人已逝 / 生悲已太迟。

山中多树木 / 频滴清秋露 / 待妹伫终宵 / 吾衣湿漉漉。

磐代海滨松 / 结枝频祈祝 / 如得保平安 / 或许能来复。

…………

反复玩味这些诗句，不免让中国人心里浮起《诗经》的辞藻、韵律，两者在思想和艺术价值上，确有相通之处。亦可由此窥见，比起那些不幸的岁月，在历史的大视野中，中日关系还是“牛长熊短”。俳句，是由17音组成的定型短歌，“是传播微光与战栗的诗”，其由瞬间感悟中带出悠远的意境，能够打动世世代代的读者。这里，瞬间便是永恒。

日本近代诗人小林一茶，有几首俳句，令我每读常新，如：

在我们国里，就是草也开出樱花来呀。（《咏樱草》）

从今天起是日本的雁了呀，舒服地睡吧。（《外之滨》）

一再咏叹如此的俳句，会感觉到，有禅意如陌上微风拂面，琴旁素烟袅袅。

禅宗，乃印度佛教思想与中国哲学思想相结合的产物。北宋时期，随日本僧人来中国习禅，临济宗、曹洞宗先后传入日本。南宋之后，禅宗在中国逐渐式微。在日本，两宗却被延续下来，且开枝散叶出二三十个流派，与本土的神道相融合，形成“日本禅”。

“中国化”的禅宗，本简单易行，有“不立文字”“见性成佛”“直指本心”等特点，认为劈柴担水、饥事困眠，皆可参禅，关注于个人内心的顿悟，而不必打坐禅修、念经唱佛；遇上生存空间狭窄、物质资源匮乏、人生凉薄寡趣的幕府时代（1185—1867 年），恰好给席无暇暖、不畏生死、“生死一如”的武士阶层与忍者，以钢铁般的毅力铠甲，燃灯似的灵台高照。禅宗并渗入一般民众心理，若月泻松间、泉流石上，使太多的日本人，连名字也染有一层疏影浮光的禅意。在看过的几部日本影片演职员表中，我随便淘出来的就有草见弥生、天乃雀、入江悠、五十岚文郎、草笛光子、川端茅舍、天佑海希、稻叶真希子、清水叶月、望田章男、牧村、飞鸟凛、岛村笃史、白鸟玉季、大宫雪……

日本禅，让日本人的生存方式，更朝着天然、清简的方向发展。

注重天然，是因为他们希望在日常生活中与大自然融合为一。以沸水注入以实心桧木造成的浴盆中，会散发阵阵的桧木香味，就是那种在森林中感受到的清香，令全身心都得到放松。浴室并非只是用来清洁身体之处，而是分享大自然的一角。岛上大大小小温泉，恒河沙数，可让人远离尘嚣，忘却利禄，在星空皎月、杂树生花之下，一面品尝清酒美食，一面从容感受自然的细微脉动。日本有很多锅物料理、汤汁料理，民众不太偏好繁复料理，更喜欢接近本色的食物，其主打的寿司、生鱼片，世上大概没有比这更简单且美味的食物。

有关清简，古代日本人的说法是：“日食四合糠糙米，豆酱蔬菜足矣”；现代日本人，以上层人士为例，有媒体称，日本参议院 242 名议员、众议院 465 名议员，其平均资产，折合人民币 177 万元。177 万元在北京够买 20 平方米房子不？还有 35 位议员是零资产，穷得叮当响。现任首相安倍晋三，算是个有钱人，资产不过折合人民币 510 万元。前首相村山富市，告老还乡，回到九州滨海的大分市，住的是祖宗传下来已有 130 年历史的老房子，屋内院内，简朴整洁，来几个客人顿显局促，主要靠老两口自己收拾打理。已近期颐之年，村山前几年还骑着自行车去超市买菜。白内障需动手术。手术有两种，医生问："是要选择看近的，还是远近都能看的？"村山选的是可看近的，因为后者的费用得 100 万日元（约合人民币 8 万元），且不适用医疗保险……

日本禅，更撩拨大和民族的情感深处。

"眼见它起高楼，眼见它宴宾客，眼见它楼塌了"，如在熹微的晨光或幽幽如豆的烛光下，寐醒未醒之人，在壁上狂书一个大字：梦。但哪一年的樱花不是梦呢？哪一年樱花树下没有新人换旧人呢？满列岛如雪如雾，活色生香，恰是一种生命的偈语，隐隐暗示其美丽与无常，当繁华铺排到盛处，风雨一来，旋即香消玉殒……

还有，与樱花并列为日本最美景色的北海道秋日的红叶，每年有 100 万以上的国内外游客专程到此。但仅仅两周后，那海立泼天般的红色，以及在红色中跳跃欢腾的花栗鼠，便黯然退去了。所有的生命，都是偶然的红尘一瞬，一花一木，皆如熊猫朱鹮，是唯有一次、不可复制的"珍稀动物"。

日本著名诗人西胁顺三郎（1894—1982 年）的随笔《自然的哀愁》中有一句名言："自然的风情是一种哀愁感，和恋爱的哀愁一样，是人们先天具有的东西。"

"倾宇宙全力活在眼前一瞬"，便如金石之刻，高悬在大和民族神殿上的当头之匾，并深化其"物哀""空寂""清幽"等审美理念，其对自然万物持临风延伫、敬迓高车之情跃然纸上。

这些，自然算不上什么深刻完整的哲学思想。

福泽谕吉，这个明治时期力主"脱亚入欧"、以避"恶邻"的可怜思想家，在江户开私塾传授西学，"爱国贼"们盯上了他。他家中棉被橱内的地板，特意设计成可掀式，以便遭人暗杀时可从地板下逃走；长达十二三年的时间里，他晚上从不外出，不得不外出旅行，就编一个假名，行李上也不敢写“福泽”两字，以避人耳目。他后来回忆道：“那样子就好像逃亡者避人耳目，或宛如小偷四处逃窜一般。”此外，日本“既没有出现过孔子、老子、柏拉图、亚里士多德、摩西、释迦牟尼、穆罕默德等这样有世界影响的人物，也没有过朱熹、王阳明、培根、卢梭、休谟这样的时代性人物。在日本有名的思想家，在国外往往并不为人所知。即使是在日本成为亚洲第一个近代化国家时，日本也没有出现过像孙中山、甘地那样有世界影响的人物”①。

日本的岁月长河里，还真扒拉不出一个曾打破世界最高、最硬天花板的思想巨擘；日本禅却力透本土，深刻影响到日本人的生活形态及文学、艺术、匠艺创作。

不知禅，不知日本。不知森林，不知禅。

中国禅，明朝之后的六七百年来，在屡见不鲜的打打杀杀中，愈见生疏萧索。我们的祖先，曾焚香饮茶，插花制香，恐海棠睡去，便烧红烛，“举杯邀明月，对影成三人”，“行到水穷处，坐看云起时”，“无波真古井，有节是秋筠”……当下国人与月光流水、风帘翠幕的感应力，远逊唐宋，不及明清，多皮厚刀钝，刹车熄火；与此同时，明朝后国中森林大面积蒙难，民众相关森林祭祀活动亦见稀薄。这两者之间，是否正有暗合？

亲近禅意的日本人，必然地亲近森林，连林中一种极为普通的低等植物苔藓，也受追捧。在藤井久子的畅销书《苔藓》和《我亲爱的朋友》热卖的推动下，2011 年以来，观赏苔藓，正日渐成为一项时尚。年轻女性族群，更是趋之若鹜，纷纷钻入各地铺满苔藓的森林。苔藓是一种在潮湿地区茁壮成长的植物物种，通过在死叶和细胞中保持水分。不像普通游客那样走马观花，年轻女性们一两个钟头跪在甚至趴在地上，用放大镜仔细欣赏苔藓这“瞬间”的生命，朝其轻洒水雾，看叶绒的颜色如何变化。现在若没有布满苔藓的山

---

① 孔祥旭：《樱花与武士：那些决定日本的细节》，北京日报出版社 2007 年版。

石或石灯笼，就不能称作日本庭园。

不是时尚却早成大势的是，民众喜欢把神妙的森林风光简化后搬来周边。在居民区，在公司，在学校，都会看到面积大小不一、形状各异的林地。其间假山沙水，石径绿篱，栽植各种果树和花卉；或干脆把林园缩小搬到房间架子上，使自然变得抬头可见、触手可及。这便是有悠久历史，以池坊、小原、草月为首的3000多种流派的插花艺术和微型盆景文化。

早已走出寺院古刹的日本禅，渗透到日常生活的方方面面，从庭园、茶道、花道、剑道、沐浴、烹调、打扫、电影，甚至漫画，每一项活动都是修禅；每一个行为，都深深浅浅地与森林、树木结缘。

日本商人有关未来最常见的比喻，就是树木。《日本公司》漫画书上的主角工成，将转包商和供应商比作企业的根须，支持着巨木的成长。树根向树干聚集，而树枝却向外扩张，这又成为企业发展的最佳隐喻。

“日本失去的二十年”？

日本，至今自豪是一个工匠国家。

日本人不擅长搞那些虚无缥缈的东西，“东亚共荣圈”“武运长久”搞过一段，花了眼，折了腰，就金盆洗手，回头是岸。专注于一切有形事物，对“型”的探求，重在其技术和艺术上，必讲究精、讲究细、讲究专。

日本传统工艺界中，木匠是终年覆有冷冷雪光的富士山，岛上享用尊奉地位的皇宫、寺庙、神社等传统建筑物，历来为木匠执牛耳。日本最长寿的企业，是创办于578年的“金刚组”，593年负责建设位于大阪的四天王寺。1500多年来，寺庙多次被摧毁，多次精心重建，其建筑风格和布局仍保持6世纪的风貌。607年，金刚家族又建造奈良的法隆寺，又称斑鸠寺，拥有48座佛教建筑，占地面积约18.7万平方米，达到日本木造建筑的鼎盛；其后，法隆寺遭受7次破坏，屡被修补，一直保存至今，是岛上第一个世界文化遗产。从始建到后来的重建、维修，四天王寺、法隆寺，皆为金刚家族包揽。其首任“堂主”，是飞鸟时代由朝鲜百济招聘而来的柳重光。柳氏子孙因兴建法隆寺而备受青睐，并顺势组成金刚组，至今已传至第40代。

执牛耳之外，木匠的美感，也漂染着岛上的每一个行当。

美感包括专业精神、职业道德。举一个例子，大木匠为选新建寺院的材料，或是修缮古寺，得自己去森林里勘查。因为材料取自不同的地势，日后各部位的收缩程度便会不同。根据森林所处环境的不同，树的习性也会不同，若是生长在山谷，终日接受的是来自同一方向的风，其形状便会有些扭曲，砍伐下来作矫正，树会有一定程度的反抗。当树材一剖四瓣使用时，位于四瓣南方的部位，总是会有很多的节眼，须让它用于南方。观察一下日本飞鸟时代、白凤时代（645—710年）、奈良时代的古寺庙，就会发现，用于后侧和北侧的，都是外表平整、好看的木料，南侧用的都是些有节眼的木料。

木匠们坚信，树木如同岛上其他生物，有神灵栖于其中。小小的一粒种子，能长成婆娑参天、鸟音流啭的树木，人类在树木的恩泽下世代生活；当一个木匠砍倒、使用一棵树的时候，就承担了一种道义上的责任——节俭和精准，对“型”的出品必须苛刻，而浪费和粗糙会有报应。空间上的表现在于，两者在资源消耗上判若云泥。时间上的反映，后者便会快，乍看有一时的“春风得意马蹄疾”，或许还会自诩“后发优势”，但往往人们抛弃或遗忘起来也快；前者必然慢，杜绝一切抄袭模仿，自身去研发、打磨、圆润，如钻石一样传至久远，或得穷尽一生去钻研、做好一件事，甚至如金刚组，一个家族十几代人，只做同一件事。

岛上的大树，有着稳定的预期，可活上几百、上千年。

不仅是“千里共婵娟”，也是人树“共婵娟”。

2008年，在调查了41个国家后，韩国银行发布一份“日本企业长寿原因及启示”的报告。内称：在全球超过200年的5586家公司中，日本最多，达到3146家。德国有837家，荷兰有222家，法国有196家，无一家中国企业上榜。日本有一家最大的商业调查公司“帝国数据库”，他们调查的数据为：至2019年8月，日本百年以上企业34944家。其中，千年以上的企业有7家，如金刚组一样的金刚不坏之身。建于705年的“西山温泉庆云馆”、建于1295年的旅馆“法师”以及建于1296年的旅馆“千年汤古”等，它们绝大多数是中小型私营企业。

未及长寿的，也在与南山不老松竞跑的路上：

这其中，有一个仅有45名员工的哈德洛克株式会社——高速行驶的列车和铁轨不断接触，形成的震动非常大，一般的螺丝在这种震动中很快被震松震飞。不想被震飞，就得螺丝和螺母丝丝入扣，死死咬合。至今全球能做这种永不松动螺母的，别无分店，就此哈德洛克一家；神户一个叫冈野信雄的工匠，30多年来，只领着家人专做古旧书修复，任何污损严重、破烂不堪的旧书，只要经过他的手，即光复如新，就像施了魔法。

类似哈德洛克这样的小公司、冈野信雄这样的工匠，布满各个领域，比如和服、西阵织、人偶艺、陶艺、刀艺、漆器、藤竹艺、金属网编、蓝染、铁器……不要太多哦，在岛上真会晃花了你的眼睛。

于是，世人看到了——

一个连马桶垫都要保持恒温的国度，一个任何的路面都有残疾人黄色通道的国度，一个护士与病人说话都要下跪的国度，一个小到只有十多人座的料理店都有婴儿椅的国度，一个图书馆的工作人员只能站立为读者服务的国度，一个区政府人员不能乘坐电梯不能过度使用空调的国度，一个连厕所的芬芳剂都有数百种的国度，一个连80岁的老太不化妆就不出门的国度……

与此同时，没能爆出思想老炮的日本，在过去的19年中，连续获得了

19 次诺贝尔奖，仅次于美国，位列全球第二。这些获奖的科学家，随便请一位出来，无不是对其研究领域有着近乎神经质般追求完美的“匠人”。而他们的背后，就是一群高科技的产业：半导体芯片、光学、超级计算机、超高精度机床、工业机器人、顶尖精密仪器、工程器械、碳纤维等 67 个核心科技领域。其领先到何种程度呢？以工程器械而言，世界排名依次是卡特彼勒（美国）第一，小松（日本）第二，迪尔（John Deeri）（美国）第三，日立建机（日本）第四，电视广告做得气壮山河的中国徐工，进入前十。在高端军事、工业、生活、汽车、飞机等都离不开的碳纤维领域，其技术基本被日本东丽、东邦、三菱丽阳垄断，目前中国国内 T800 还不能大批量产，东丽当下已经在玩 T1100G 了。波音、空客，是东丽的大金主，2010—2025 年期间，空客要从东丽进口价值 21 亿—32 亿美元的碳纤维材料，波音只会更多……

日本的经济大厦，就是倚仗素面朝天、寡言疾行的“匠人”们，和小至做马桶，大到小松、东丽、三菱等产业群支撑起来的。

这座大厦，无疑也经历过地震、海啸、台风的摇撼与冲击。我改定此章的日子，2019 年第 19 号台风“海贝思”，携带暴风圈逼近东日本地区，政府已向东京、千叶、静冈等 11 个都县 460 万人发出避难指示和劝告，但不到两天，有 30 余人死亡，已成东日本史上最大的狂风暴雨……

从 1989 年以来，全球众多媒体，仿佛中了咒，个个乌鸦嘴，称日本经济泡沫破灭，或指过去的二十年为“日本失去的二十年”。我不懂经济，但凭着“种瓜得瓜，种豆得豆”的简单道理，遥看列岛上漫山满岭的大树，有着这样坚实地基的大厦能崩溃吗？

美国学者鲁思·本尼迪克特，曾以“菊”与“刀”来揭示日本人。“菊”是日本皇室的象征，“刀”是日本武士道精神之体现。她用这两个词诠释日本人的两重性格：黩武而好美，傲慢而尚礼，呆板而善变，驯服而倔强，勇敢而懦弱，保守而喜新，等等。

老夫对日本禅，略感皮毛。当今世界，日本凸显世人的，不妨借用本尼迪克特的说法，倘若其绿海无边的山河是“菊”，有“菊”的清秀、清丽、温婉；那么，其所拥有的高科技技术、产业，则是“刀”，折射出不可轻辱的实力的凛冽，又总是那样低调地置入剑匣，持有长久的沉默。

这二十年里，是日本失去了什么，还是我们自己失去了什么呢？

“一朝被蛇咬，十年怕井绳。”

不仅是受日本和平宪法所限，当年在帝国的名义下，“不惜一亿人玉碎”，招致地雷天火、城狐社鼠的惨景，仍历历在目。战后从幼儿园到小学、中学、高中，直至大学，“爱国”都是个明令禁止的词语；连“为了国家”这几个字，都像虫牙一样在教科书中剔除，学校甚至不能强迫学生齐唱国歌。在如此“不爱国主义”的教育之下，却诞生了一代又一代对家国及生存环境无比珍惜、挚爱的日本人、日本企业，为学生所享的森林，为志工社群所享的森林，为企业所享的森林……

20世纪末，国内有林业部门组团访日，在某处森林中看到一棵没见过的树，有团员上前折下一根枝条。陪同的日本林业官员，脸色顿然一片惊惶，赶紧让其把树枝藏在草丛中：“如果让林业厅上司知道了，我的工作没了，你们也别想如期回国！”

民众充分感受到，森林就是生活及生命的一部分。

参与森林营造的民间团体逐年增长，1997年277个，到2003年已经有1165个，短短6年增至4倍多，及至2008年增加至2357个。全日空集团（ANA），深知森林对于二氧化碳及噪声的吸纳具有极大贡献，2004年发起“十年森林计划”活动，第一件执行的森林志工方案，就是在日本境内ANA所服务之50座机场外围进行森林复育工作。全日空员工，除了负责种植和照顾森林，还积极联系当地志工团体及居民共同参与，每次活动都有上百人到上千人参加，栽种下日本黑松、山茶、水蜡及俗名是野桂花蜜的光叶柃木。这些树种四季常青，抗病虫害，抗多种有毒气体，是园林绿化优良的抗污染树种。丰田汽车（Toyota），许多年来，也致力于将生态与经济放在企业经营的两端，鼓励员工投入在各项以森林为服务目标的志工计划中。公司本身也将森林的保育及维护放入企业经营目标，在每年企业年鉴中，翔实地向其股东及利益持有人报告……

日本人口密集度排名世界第25位，却是世界上森林覆盖率最高的国家之一，在发达国家中仅次于芬兰和瑞典，居世界第三位。林木常绿，水源丰美，岁月静好，气候宜人，列岛的空气湿度，经常是法国的两倍。2014年，日本政府在全岛进行“国民对自然的关心程度”问卷调查，回答“非常关心”和“在某种程度上关心”者的比例，占到89.1%。尚未见到其他国家的相关数据，但九成国民，不为家里孩子老人操心揪心、不为上学就医费心熬神、不为房贷车子举债为奴，而用心痴心于大自然，在世界上恐怕也是鲜见的吧。

一衣带水的中日两国，彼此不应是“恶邻”。

犹如唐宋之时，中国对于日本文明的哺育，光风霁月，金针度人，可谓“芳邻”。

在今日，有识见的中国人，应如史杰鹏先生一样：

> 每当我看世界地图，眼睛放在东亚，看到在我们旁边也有一个高度文明的国家日本，就不由得额手称庆，在我们的一衣带水之处，就有一个学习的榜样，这是世界上大多数发展中国家所不具备的……

C. 穿过地球演化的重重迷雾

地球只把生存与繁衍的机会给那些与其他留存物种抱团取暖、与生态环境更为和谐的物种。当一些物种毁于一旦，总会有一些新的物种悄然而起。它们暗暗里汲取教训、总结经验，在基因中一点一滴地修改遗传密码，犹如初春的料峭寒风里钻出来的柳芽，开始小心翼翼，只是米粒般大，直到完全被环境认同后，才抖擞起不尽的风流，繁衍开一个有着“好运气”的家族。

我活了下来，且与你们在地球上相逢

宇宙大爆炸，那爆炸之前是什么呢？点燃超级“二踢脚”的，又是谁呢？

还有，1992 年前，人类只知道一个行星系，即地球所在的太阳系。此后，据科学家推算，太阳系外，还存在着类似于太阳系的行星系，至今发现不少于 123 个。这些行星系里，是否也曾发生轰轰烈烈的大爆炸，真的存在一个壮观莫名的平行宇宙？

如此于我闲（咸）吃萝卜淡操心的问题，得由你们人类中那些最智慧的大脑去死磕。现只从我的来处说起。

太阳系中，金星、火星上的二氧化碳浓度很高，无法供养生命。地球，也曾经像她的邻居，有着令人窒息的二氧化碳浓度。在前寒武纪的某个时间，大气中二氧化碳的比例高达 98%。那时，陆地上一片荒凉，只有风与水，日复一日地冲刷着裸露的地表。难能可贵的是有水。水中、大气中的二氧化碳被转化为碳，保存在温暖海域的碳酸盐贝壳中。在碳的基础上，生命之吻降临，浅海环境下微生物密密层层、交叠沉浮，其繁盛持续超过 10 亿年。可惜它们不是生命，生命必须具有复制自己、新陈代谢的能力。一些微生物，通过光合作用产生氧气，这真正叫新鲜的空气，向陆地一股股地拂来，二氧化碳遭挤压，最初的生命形式得以诞生，如细菌、藻类、地衣、真菌、水母和海绵动物。苔藓作为敢死队之一，率先登陆“诺曼底”，将生命的旗帜——绿色——率先插满海边裸露的岩石。跟随左右的，大概是成群结队、柔弱如水、一身软体却有鼻子有眼的三叶虫，日后它们被坚硬地镶嵌在化石里。化石里能证实它来报到的时间，距今有 5.6 亿年。

随后，在苔藓、三叶虫打开的“扇面”上，蕨类植物、裸子植物和被子植物等一类新植物，接踵而来，慢慢扩延至整个水滨和丘陵，成为地球绿化大演变的先驱者。水中植物，娇娇嫩嫩，莫不是易折的“楚腰”，脱离水宫生存，最大难处便是如何站立。好在它们体内有如吸管一般的维管束，源源不断地传输养分，还能支撑身体向高处生长。最初的身形仅有几厘米高，“草色遥看近却无”，却是我生命拂晓的第一抹鱼肚色。

大气含氧量达到巅峰值的 35%（如今只是 21%）之后，地球变得越来越温暖，植物从水滨地带进一步向大陆腹地延伸，某些植物蹿到数尺之高；看似苔类，细胞壁却厚得多，如木贼，其茎已皮实，使其不怯风雨，一片长势。进入我生命的八九点钟，远古森林出现，那是由节蕨、真蕨、石松、木贼等树状蕨类组成的原始雨林。林下湖沼纵横，水汽氤氲。奇异的物种，在此寻得一片天地。典型的如石松，与你们今天看到的蕨类植物，有云泥之别，“腰围”2 米以上，高可达 40 米，像一座座跳伞塔，一塔擎天。根部有无数小根，竞相钻出泥土，长到约 30 米高，树干才开始分杈，顶端散着 1 米长的叶子，墨绿，丰盈，放荡，无不要求拥有最大份额的阳光和水，如后宫中偶被皇上临幸的玉人。

一代代树木死亡后，沉入林下的沼泽，缓慢的地壳沉降，使植物遗骸越积越厚。微生物跳跳蹦蹦，遗骸上开着盛大的广场舞，在地热温度和压力的作用下，煤层形成范围之广、储量之大，可从中国所产煤层的厚度上看出。有的煤层厚度竟然超过 120 米，相当于 2440 米的原始植物质的厚度。把煤碾成薄片，放到显微镜下观察，会发现非常清晰的植物组织和构造，有的煤层里还包裹着完整的昆虫化石。这一处于公元前 3.55 亿年至公元前 2.9 亿年的阶段，被命名为石炭纪，为你们亿万年后的近代化、工业化，早就准备好了至今未竭的能源和动力。

蕨类植物高大生猛，生殖细胞却不相称，一旦离开水体或潮湿处，容易因干燥而死亡。抵达我生命的中午时分，自带种子繁殖的裸子植物，逐渐取代蕨类，占据地球地表。一种叫苏铁的常绿棕榈状木本植物，茎高达 5 米，长达 18 厘米，羽状复叶长达 0.5—2.4 米，边缘显著反卷，遍及此刻已连成一体的盘古大陆。四川攀枝花的苏铁自然保护区内，生长着 20 万余株苏铁，堪称地球上现存最古老的森林之一。深圳罗湖区的仙湖植物园，有一棵树龄 1010 年的篦齿苏铁，是这座年轻的城市最古老的树。比苏铁稍后繁盛的是针叶树，两者都是雌雄同株，生殖方式也一致：雄穗借风力将花粉传送到雌球果上，经成长、发育，球果干裂，掉出小而包裹密致的棕色种子，这是生物界首次实现无须借水的“媒婆”，却能完成受精的植物卵子。今日全球的森林，有 1/3 是由针叶树形成。我的远古怀抱里，还有偏爱温暖地区的银杏家族，高寒地区也不畏惧的松、杉、柏家族。它们出现较晚，却繁衍至今，今日你们最为常见，在中国更以 65% 的占比撑起森林总量的半壁江山。

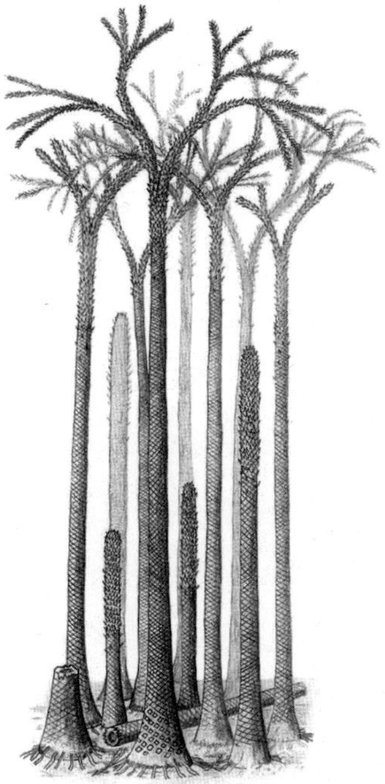
艺术家绘制的远古树木生长情况

这个时代，叫裸子植物时代，处于因恐龙而闻名的侏罗纪和白垩纪，约公元前 2 亿年至公元前 6500 万年。大陆自然环境焕然一新，大气里勃发的氧离子，撩动、刺激着当时一切动植物的力比多。你们可能在好莱坞的科技幻想大片中看过，今人习以为常的小型无脊椎动物，当时蜻蜓翅膀长可达 70 厘米，蜘蛛长至十来米。尤其是各种恐龙，满地球云水飞扬、浩浩荡荡地行走，在几十米甚至百米高的巨树间，自由地咆哮和夺食。树叶树皮，是当时的食物主要来源。体形最大的梁龙，紧伸脖子可达 30 米，只及北美一株最高红杉的 1/3。蜥脚类恐龙的颌部，只能撕咬树叶，不能嚼碎，得借其他的方式消化食物。直到侏罗纪中期到晚期，恐龙掠食开始多样化，如今日许多庙里，有吃素如磐，也有酒肉穿肠，或荤素一概不拒者。以其后肢支撑身体直立行走的恐龙，雄居全球陆地生态王国霸主地位，达 1.6 亿年之久。

这也意味，我，这霸主随意践踏、吃拿索要的"国库"，丰赡，坚实，永固。且当包括恐龙在内的爬行动物，绝大多数未能逃过 6500 万年前的那场大劫难，成为历史长河中的匆匆过客，我依然活了下来，且与你们在地球上相逢。

我生命时间的薄暮时分

那场大劫难，是怎样发生的呢？

白垩纪末——公元前 1.45 亿年至 6500 万年前，相当于我的生命时间已经到达薄暮时分。

那一天，大约也是在傍晚，橘黄的光影与黛色的山岚正在变淡。热带森林中，许多不同种类和形态的恐龙，像往常一样，或在湖边漫步，或在水中觅食；森林的边缘，一只刚刚孵完卵的鸭嘴龙，昏昏欲睡；一片开阔的原野上，一头全身鳞甲像巧克力瀑布的霸王龙，正准备扑向一只同样巨大的三角龙……

突然，一阵地球上从来没有听到过的尖厉的呼啸声，打破了这个世界的宁静。一个直径约 10 公里大的小行星，以比最快的子弹还要快上几十倍的速度，猛烈地向地球西部撞来。速度如此之快，在流星抵达大气层的刹那，下面的空气来不及让路，而是骤然被巨力给压缩。你们现在骑共享单车了，但父母辈用过自行车打气筒的人都知道，受到压缩的空气马上会变热。地面上空气的温度，陡然升高到一万摄氏度以上，大大高于太阳的表面温度。"热冲击"，形成摧毁力极为强悍的冲击波，点燃森林，引发全球大火。原来蓝色的天空，很快呈现电炉丝般的红热状态。地面上的一切，除了那些躲在洞穴或是水中的生命体，得以暂且偷生，其他的都在几小时之内化为灰烬。

倘若一颗氢弹有着 100 万吨 TNT 的当量，这个小行星，便相当于广岛原子弹爆炸威力的 10 亿倍。撞上西半球后，在以爆炸点为中心的 150 公里方圆内，凡在小行星进入大气层过程中没有被烧死的生物，此刻都会在爆炸中死于非命。还至少会炸飞 1000 立方公里的岩石、尘土，它们被抛射向天空，又裹着热浪，形成一个巨大的蘑菇云，升腾、翻滚。同时，冲击波还撞击海面，产生波及全球的猛烈海啸和剧烈地震。大量溅射的岩石尘埃和气体，滞留在平流层，阳光遽然消失，地球笼罩在厚重的黑暗里，地面的平均温度渐渐降低了 18℃—22℃。这种黑暗、寒冷，并非冬天，却比冬天更恐怖，持续几年，造成地球表面冰盖扩大，海平面下降，新一轮的冰期再次降临。地球上约 50% 的生物属，和几乎 75% 的生物种，其中最悲摧的就是恐龙，从地球上永远地消失了。

本次小行星撞击地，在中美洲的墨西哥湾附近。一个叫希克苏鲁布的地方，撞击坑直径 300 公里左右。2007 年 9 月，美国科罗拉多州美国西南研究院的研究人员威廉·波特克，与数位捷克籍的科学家，运用电脑技术开展研究。2010 年，全世界 41 位著名科学家联名宣布，确认 6600 万年前那颗坠落的小行星，是造成地球物种灭绝的罪魁祸首。看似权威的结论，有科学家仍表怀疑，以为包括恐龙在内的地球上的大多数生物，不是在某一次灾难性事件瞬间集体灭绝的，而是历经数百万年，大范围持续不断的巨大火山喷发，由此引起的气候变化，缓慢地收拾掉恐龙和其他物种。还有科学家认为，这一次小行星撞击外，地球还接连受到许多次撞击，不过小行星的直径小一些，破坏烈度也要小。可以证实的是，在北美洲、欧洲和澳大利亚等 100 多个地点，先后发现 6500 万年前海洋的沉积物，已经形成坚厚的地层，并被后期的地壳运动抬升起来，地层中富含铱元素。而铱元素，广泛地存在于某些天体里，地球上罕见存在。

中国西藏的冈巴地区，几年前也发现了含铱地层，中国探月“嫦娥工程”

首席科学家欧阳自远，曾亲自去考察，并采集回岩石样品进行系统研究，取得6500万年前这次撞击事件诱发的气候环境灾变和生物灭绝的大量科学证据。

当阳光重新穿透烟霾，地球如一片地狱：

海洋干涸，陆地覆满尘灰，我的家园里满是烧焦的树桩，幸存动物的嚎叫，哀鸣此起彼伏。很多年里，藻类和真菌可能是这颗星球上唯一的生物。地球也像变了性子，2.5亿年前，还是一个整块超级大陆，地壳运动剧烈，将其分割成今天的面貌——七大洲、四大洋。地震频频，火山爆发，随之引发海啸擎天、冰川消融……全球一年得发生5.4万多次大小不等的地震，日本列岛就约占1/10。印度尼西亚、菲律宾、美国西海岸一带，凡是大陆板块的边缘处，都是地震和火山的集中区域。

据美国“阿波罗号”飞船放上月球的地震仪测定，月震每年释放的地震能量，大概只有地球的千万分之一到一亿分之一。这意味着，月球的“时钟”，早就静静地停摆了，大抵上已是悬浮在茫茫太空中的一块硕大僵死的石头；而地球，还处在敢长恨大爱、长歌浩哭，体内力比多和荷尔蒙都蓬蓬勃勃的壮年。虽是一个不安分的家伙，生命演化的车轮依旧滚滚向前，地球只把生存与繁衍的机会，给那些与其他留存物种抱团取暖、与生态环境更为和谐的物种。当一些物种毁于一旦，总会有一些新的物种悄然而起。它们暗暗里吸取教训、总结经验，在基因中一点一滴地修改遗传密码，犹如初春的料峭寒风里钻出来的柳芽，开始小心翼翼，只是米粒般大，直到完全被环境认同后，才抖擞起不尽的风流，繁衍开一个有着“好运气”的家族。

森林—草原—农田

我就是有“好运气”的家族。

虽山火时有发生，数十数百公顷的森林，往往只剩下树木的残骸和灰烬，大火仅仅过去几天，不可抑制的生机便开始探头；又过几年，过火的森林里的物种，会和此前一样丰富。我生命孕育的时间为晚上8点左右，开出了几朵“小花”。裸子植物是没有“花”的，其雄性生殖器官叫小孢子叶球，雌性生殖器官叫大孢子叶球。“花”是被子植物的性爱结晶，这一进程始于花朵间传粉，然后受精，从而形成种子并加以传播。在你们眼中，便是花朵凋谢，代之以累累硕果。

白垩纪时就有早期被子植物，白垩纪晚期被子植物蹿红，裸子植物掩泣而退。青铜盾牌似的月光，无声地浇铸在森林里。被子植物群，诸如山毛榉、榕树、柳、枫、白杨、栎、杨、樟、桦、悬铃木、棕榈等，像斯巴达克勇士一样，戟立于原野、群山、湖泊之畔。这是我的历史上一次重大变革，意义不亚于你们中国1978年的改革开放。

我的“改革”，为太多的新生动物，如昆虫、鸟类、哺乳类动物，提供了重要粮仓和天然社区，使它们得以安身立命，繁衍壮大；反过来，它们为树木传播花粉，散布种子，让我的怀抱里被子植物欣欣向荣、千姿百态、各擅胜场，仅中国就有约2.9万种。东北大、小兴安岭的寒冷山地中，被子植物的先锋白桦，与裸子植物落叶松并肩而立；中部秦岭的山坡深谷之间，被子植物的阔叶林，与裸子植物的针叶林，杂居而处，浑然交响为五彩斑斓的针阔叶混交林。胡杨，则生长在西北大漠戈壁，其耐旱能力远超裸子植物；南方热带地区，气候湿润，降雨充沛，日照强烈，更适宜被子植物的生长……

哺乳动物出现后，其鬼怪精灵的，首推灵长类的猴子。距今600万年至400万年前，常被你们称作黑猩猩的猿猴，生活在非洲大森林，住在树上，靠攀爬摘取果实为生。为了能摘取枝梢上的果实，它们得学会直立身体用前肢去摘取，还需伸直后腿，用后足蹬树干以借力。秋意萧索时，一些猿猴被逼下地寻找食物。再后来，气候极寒或极旱，森林大片锐减成草原。它们更多地翻下树梢，尝试在地面上用后腿直立行走。科学研究证明，电视里见到过黑猩猩的镜头的你们，与黑猩猩有99%的DNA相同。200万年前，在非洲能用双脚走路，走出森林进入草原觅食的猿出现了，俗称猿人或地猿。距今3万年，再演进到周口店的一处处洞穴里生活的北京山顶洞人。当其后代发现燧石，举起了火把，真正由“它们”变成“他们”，至今又是3万年光阴过去……其间，生死轮回，声气起伏，连绵不绝，沿着这样一条路径行进：森林—草原—农田。

地球上不同区域的人类文明形态，千差万别，从区域流动的历史轨迹上看，都沿袭和走向这样的一条路径：森林—草原—农田。最后得以唱响全球，首先依赖农耕技术的产生。这条路径，也极大改变了世界的面貌，当今地球上有1/3的土地是农田。农田，与森林、草场一起，除矿物质外，为人类提供了几乎所有的原料；除海产品外，为人类提供了几乎所有的食物。

或许，人与树拥有同一个祖先

我，穿过地球演化的重重迷雾，生命一次次在生死存亡的边缘擦过。为人类的起源，我已做了上亿年的基因准备。

今天的你们，不但与黑猩猩有99%的DNA相同，有科学家说，“人与树拥有同一个祖先，并共享1/4的基因”。地球上的现存生物，虽各自经历数十亿年的进化历程，却都可以追溯到共同的祖先。正是在我的怀抱里，你们的远祖，没有混沌于三叶虫而不可自拔，没有混迹于燕雀而不知鸿鹄之志，没有做只猴子、啃只蟠桃就此心旷神怡，而是“主体意识”终将觉醒，人与猿拱手作别，人开始成为人。

我，更为人类的到来，廓清一片碧蓝的天空，铺上一条绿色的地毯——

树木是氧气制造无限公司。1公顷阔叶林一天可以吸收1吨二氧化碳，释放出0.73吨氧气。

树木是全天候的“生物泵”，吸收土壤中的水分并将之蒸发，使水分进入大气层。一棵成年的树，一天能将1000升的水蒸气释放到大气中。

树木是粉尘过滤器。当含尘量大的气流通过树林，随风速受阻降低，空气中颗粒较大的粉尘会纷纷下落。此外，有些树木的表皮长有绒毛，或能够分泌出油脂，它们能把粉尘粘住，让经过树林的气流，为之清爽。

树木是杀菌兵团。主力来自许多树木生长过程中分泌出的杀菌素。据统计，每立方米空气中的含病原菌量，百货大楼为 400 万个，林荫道上为 58 万个，公园里为 100 个，而林区只有 55 个。林区与百货大楼空气中的含病原菌量，相差 7 万余倍。

树木，还是永远不必担心垮塌的天然蓄水库和一台硕大无朋的无电空调。

对人生，十年可见春去秋来，百年可证生老病死。人类有文字记载的历史，打死了不过 5000 年；而乌黑厚实的煤层，如刻如镂的化石，证明我经历的石炭纪、侏罗纪、白垩纪等各个地质年代，太过苍茫寥远，在你们的教科书里，每个年代的误差都在 60 万年以上。

千年可叹王朝更替，对我只是一次咳嗽；

万年才见斗转星移，不过够我一阵呼噜。

三 “沉重之轭”

白桦，“俄罗斯树”

俄罗斯真称得上地大物博，尤其就人口和国土面积的比例而言。俄罗斯拥有世界上 1/5 以上的森林，绵绵的森林占其国土面积的 49% 左右，使其成为世界上最大的森林国家。20 世纪 80 年代末，苏联在木材出口（多是原材料锯材原木的出口）方面排名世界第二，仅次于美国。

从中俄国际列车经过的西伯利亚大地，到莫斯科、圣彼得堡，白桦树是俄罗斯北部和中部地区最普遍的树木之一。尤其是万斛明珠般美丽的贝加尔湖畔，生长着大片原始纯净的白桦林，更让人沉醉，不忍离去。树皮黑白分明，远看，枝干上的稀疏黑色，恍若从天空落下的黑色雨点，风干在枝干上。近看，黑与白组成的许多抽象图案，像无数只溢满失望又总在企盼的眼睛，如一颗颗敏感而多情的心灵……

走进这天然画廊，你仿佛能听到这片土地的呼吸。

没有白桦，俄罗斯大森林就不成其为森林。

没有白桦，似乎也失去俄罗斯大地的空间特色，因而它有“俄罗斯树”之称。

冬天临近，白桦林树叶虽都落光，树梢却是紫红色的，密密麻麻，顶风傲雪，巍然屹立，直指天心，一排排迤逦而来、蜿蜒而去，俨然临战前不动如山、屏息以待的大军，庄严，凝重，坚毅，还似有宗教的仪式感。大雪过后，被雪覆盖的树干，像是身披白色风衣、腿套白色毡靴的百万野战士兵，在蓝天的衬映下，显得更加仪表堂堂。漫长的严冬之后，太多的生物还在冰雪的铠甲下等待之时，白桦树发芽绽叶。那小小的芽茸，如一串串密码，向天地间不倦地发电，报告春天的兵团即将出击。

随后，从布良斯克到西伯利亚，从伏尔加河到贝加尔湖，白桦林绿到哪里，俄罗斯就绿到那里。古代俄罗斯人据此认为，白桦树有某种超自然的神力。

白桦，是与俄罗斯人日常生活联系最紧密的树木。

从前，俄罗斯农村没有电灯，蜡烛又十分昂贵，老祖宗们便点燃白桦树的枝干照亮屋子，用白桦树柔嫩的枝条代替绳索，把细碎的东西捆扎一起。割开白桦树的树皮，吸吮那露珠一般清凉的汁液，既美味又醒脑清心，可谓

莫斯科郊外

当时的红牛、可口可乐呢。树叶树枝散发出特别的清香，是细菌的克星，在湿热的空气中熏蒸一番后，用其枝条扎成的扫帚抽打身体，可洁肤祛病健身。俄罗斯人穿白桦皮“草鞋”，用白桦皮写字记事。其树皮焦油，可做润滑油及木材的防腐剂。其木纹坚实，盖房、做家具等，都不可或缺。此外，老人们说用白桦枝条装点住房会辟邪，把白桦枝条扔到庄稼地里会增产……

白桦，在俄罗斯传统节日和风俗中，也扮演着重要角色：

有白桦节，白桦树亭亭玉立、汁液饱满，在如水的霞辉月光下，撒娇似的轻轻摇曳满树绿生生的叶子，鲜亮、柔情、美丽。“江畔何人初见月，江月何年初照人？”亦不知何时约定俗成的，在俄罗斯很难挑选一个比这更好的事物——小白桦——作为少女、女性的象征。

这一天，姑娘们走进林子里，用彩带和花环来打扮白桦树，并围着它唱歌。“圣灵降临周”（复活节后第 7 周）期间，人们用白桦树枝装饰街道以及教堂的墙壁和供台，空气中满是桦树的芳香。人们还在树林里选一棵中意的白桦树，采其树枝放入家中壁龛，供奉食品，围绕它唱歌跳舞。这或许与古俄罗斯人习惯将亲人葬在白桦树下，或在亲人的墓上栽一棵白桦树有关。女儿到了谈婚论嫁的年龄，母亲把白桦树枝编成花环，投入河中，来占卜女儿的婚姻大事。媒人上门提亲，姑娘无须言语，手执桦树枝，示意绿灯；手执松树枝、云杉树枝和橡树枝，则示意红灯。姑娘在出嫁前得举行辞别仪式，女伴们在待嫁姑娘闺房的桌上放一束白桦树枝，在一片悠扬缠绵的歌声中，表达对少女时代的留恋和不舍……

俄罗斯人爱白桦，唱白桦，跳白桦。有一个驰名国际的歌舞团，以“小白桦”命名。白桦林中，不知诞生过多少文学作品。高尔基的笔下：“森林像一队黑幢幢的军队，向着我们迎面开来。枞树撑开翅膀，像大鸟，白桦树像小姑娘，沼地的酸气从田野上吹来……越近森林，外祖父的兴致越高；开始他断断续续、模模糊糊地说，后来，他陶醉了，说得快乐而且美妙：‘森林是上帝的花园，它不是谁种植起来的，是上帝的风，神圣的呼吸把它吹大的……’”[1] 屠格涅夫的代表作《猎人笔记》，记叙了19世纪中叶俄国农村生活。作家借着自己打猎的经历，记录下俄国大地上夜气未散的森林清晨，笔直金黄的白桦林，农村小屋里燃烧的柴火红光，空气中混合桦树清香、荞麦甘香、苦艾的新鲜苦味，以及不知哪片轻风里传来的喃喃细语。在书中，当人们谈到故乡，就会想到白桦树。

卫国战争时期，许多作品中的“白桦”更是“祖国”的代名词。

1941年，诗人西蒙诺夫在《祖国》一诗中写道：

是的，可以受冻挨饿，可以面对死亡……

但是，只要一息尚存，我们的白桦树决不让给别人。

白桦，更是一代代俄罗斯画家的魂牵梦萦之树。

希什金（1832—1898年），被称作“森林的歌手”，被公认的“俄国风景画发展的里程碑”，“他一个人就是一个画派”。作为巡回画派的创始者，他行走在俄罗斯的森林里，画笔下那些摇曳多姿的白桦树昂然挺立，充满生机。繁木菁林，疏密有致，大森林的美与神秘，被渲染得淋漓尽致。希什金的一生，经历多次失去亲人与命运不公的痛苦，其中包括两次亲自埋葬自己的儿子。沉重而孤独，似乎只有融入俄罗斯如此广阔、浑厚的林间景色里：林中的小路、村道、荒废了的风车和石磨，还有乡村墓地、简陋的教堂、不知何年何月被雷电山火击倒的枯树……他的心灵才能涵虚化清、飞扬远举，让其画布上无论是独株还是丛林，都具有史诗般的特质。至今，他的画深受民众的喜爱，常常被染印在家庭装饰的台布上、女性们的围巾上、孩子们爱吃的巧克力的包装纸上……

不少著名的俄罗斯画家，如库因吉（1841—1910年）、列维坦（1860—

① ［苏联］高尔基：《在人间》，楼适夷译，人民文学出版社1998年版。

1900 年），都有描绘白桦林的传世名作。后者的《白桦林》，被称为“俄罗斯印象派”的代表作。画面上呈现的是小白桦树林的一角，阳光在白色树干和鲜绿色叶子上追逐、颤动、嬉戏，一边是鲜嫩多汁的青草，星星点点的蓝色小花，画面色彩柔和、新鲜、明亮。这是列维坦吸收法国此时正兴起的印象主义外光画法的一种新尝试，着重描绘阳光照在桦树林中的光感和空气感，使人有种莫名的惬意和投入，仿佛这片桦树林就在咫尺之间……

关于森林的风景画，在今天俄罗斯的画品市场上，可谓满坑满谷。莫斯科有好几个大小不等的油画和工艺品市场，有三个最有名：一个是众所周知的阿尔巴特街，这里的艺术品以“老外”（当然也包括中国人）为目标；另一个是伊兹梅洛沃公园，这里要大众化一些，价格也便宜一点；再就是位于文化公园附近的画廊，以白桦林为题材的画，占了 2/3 以上。

莫斯科河畔

我是外行，乍看还行，买回来挂在家里，不像如今许多国内人家都有的俄罗斯套娃、彩蛋、酒壶酒杯，至少会少几分俗气、烟火气呢。但有从俄罗斯美术馆里走出来的国内专业人士，觉得亵渎了眼睛。他们网上发文，兜头泼来一盆冰水：用中国的传统说法，这些大多是匠人画。俄罗斯桦树林的秀美、灵气，或者浑厚、大气，不见了，俄罗斯那独特阳光下变化万千的森林不见了，剩下的是那刻板的、千篇一律的、糟践人们审美情趣的几棵死板的树。他们认为，撇开那些专为观光客制造的白桦画，寻找其他题材的画作，倒可能找到几幅颇有意境的山水、花卉画。

老夫歇菜了！

冰冷黑暗的大森林中

俄语中，人们日常见面中常说的“здравствуйте”（您好），其本源意义是“与树木在一起，你会吉祥”。但白桦，对俄罗斯人精神、心灵、民俗与审美的折射，只是森林对这个民族的一个面向。

仅仅知道这一个面向，就如同对苏联的记忆，许多中国人只剩下一曲唱了大半个世纪的《莫斯科郊外的晚上》；或是苏联“二战”影片里，随一声高亢的“乌拉”，无数士兵从战壕腾跃而起，开始英勇无畏的集体冲锋。比起白桦林的美好与诗意，这林子里其实更多的，是苦难、悲怆与血腥。

仅在20世纪，由于强力推行农业的全盘集体化，苏俄成立后不到三年，粮食总产量下降50%。伏尔加河流域、乌克兰、西伯利亚西部、哈萨克斯坦等主产粮区，发生严重饥荒。两次大饥荒，导致1300万人死亡，其中有当局将富农和抗拒交粮的农民家庭，押解到天寒地冻的森林里，任由其饥寒而死。

这悲怆，也给了外国人。1943年4月15日，柏林电台向全世界广播了在斯摩棱斯克附近卡廷森林的发现：“一个深沟……28米长，16米宽，里面有3000多具波兰军官的尸体，被堆积成12层。”大部分受害者是跪着被人从后面近距离开枪处决的。斯大林宣称，德国人在战争中试图利用“卡廷事件”歪曲事实，贼喊捉贼，这是德国人自己干的。这一“二战”以来悬而未决的谜案真相，标有“永不开启”的禁令，一直存放在苏共中央政治局档案库。1991年12月23日，苏联总统戈尔巴乔夫，在移交总统权力时，同叶利钦一道阅读了该密档第一卷。戈氏在回忆录里说，在开启封印、阅读了档案之后，“我们的头发都竖起来了”，“我们无权向波兰隐瞒事实，我们当即认为，不论后果如何，也应当向波兰方面通报。我对叶利钦说，鲍里斯，现在该由你做这件事了……”

血水汩汩流出的，还包括过去的统治者——

叶卡捷琳堡一处森林空地上，1918年7月17日凌晨，已经退位的沙皇尼古拉二世一家，包括沙皇本人、妻子、四个女儿、只有13岁的长子阿列克谢、仆人、御医等，总计11人被处决。尸体都被剥光，女孩子们束身胸衣里的宝石被拿走，然后尸体被抛到一个废旧矿井中。杀手们扔了一些树枝盖到上面。天亮后，士兵们又奉命把硫酸泼到尸体脸上，让他们无法被辨认。直到1991年，俄罗斯政府重新找到沙皇一家的遗骸，并通过DNA鉴定，予以确认，随后被隆重安葬于圣彼得堡的彼得保罗教堂……

在俄国的历史图像中，太多天灾饥馑与农奴悲惨的生活景象、种种社会不合理制度，与帝俄时期沙皇政府的残酷统治，加上外来敌人的断断续续的侵略，以及战争所带来的灾害，几乎都与森林有关。

其性格幽深复杂的背景，亦出自包括大森林的辽阔国土，还有常常是冰天雪地的极寒气候。

俄罗斯起源比较晚。沙俄帝国发源于蒙古鞑靼人统治下的莫斯科公国，建国之初，地域不过数百平方公里。当欧洲多数国家站立在高大的三桅帆船上，进入大航海时代，在全球范围探索开辟新航路，去海外寻找资源、拓展贸易的时候，俄国结束了长达240年（1240—1480年）蒙古统治的阴暗梦魇，又跌入持续300多年的农奴制社会的泥淖。到18世纪末期，俄国全国农奴比例，约占农民总数的53%，即当年在欧洲部分的俄罗斯人口，每5个人里就有一个农奴。其农奴制度延续时间之长，在欧洲殊为罕见。

一直实行以农奴制为基础的沙皇专制制度，简单重复的农业生活方式，极为封闭的村舍农民生活，加上宗法村社制与沙皇专制对农民的绝对统治，在农民中形成了驯顺的心理特征。屠格涅夫笔下，俄国农民淳朴、热情、有才干、有“黄金似的”心，只希望有一块黑土地，却对一切都满足，“对一切都感谢”，不抱怨，不诉苦，生命不断地卷曲化与退缩化，直至对于死亡也抱着冷漠的态度。他们尽是“温和的、忍辱的、柔顺的——他们可以使得一个善良的人流泪，但是希望在他们身上发现一点积极的创造性的原则的人看来，他们就会撩起厌恶之情”。苏联时期用刺刀、铁蒺藜建立起来的集体农庄，加剧了生命的卷曲化与退缩化，形成一种“众人如一人”的局面。

1861年沙皇亚历山大二世的农奴制改革前，欧洲诸如文艺复兴、宗教改革等先进思想，因新教改革而分润的资本主义青葱岁月，以及第一、第二次工业革命带来的技术革新、经济起飞，似乎都与俄罗斯无关。大概除了芭蕾舞——这一肇始于法国路易十四时期的宫廷舞，面貌焕然一新的西方，对俄罗斯显得十分遥远，它像是巴黎的一个边远省份，精神生活隔绝而闭塞，仍是个“二手”东正教国家。

之所以说它“二手”，是因为俄罗斯早先信奉比较原始的多神教；15世纪中叶，拜占庭覆没后，莫斯科大公伊凡三世迎娶拜占庭末代公主索菲亚，才将东正教奉为莫斯科公国的国教。传统东正教是一神教，教堂只有一个大圆顶，而数不胜数的葱头式教堂，是遍布整个俄罗斯的一大景观。俄罗斯最著名的十大教堂里，如位于莫斯科红场南侧的圣瓦西里大教堂，圣彼得堡安葬尼古拉二世沙皇一家遗骸的彼得保罗教堂，现称滴血大教堂，教堂顶上都是一堆五颜六色的大小洋葱头。连葱头的形状，也与东正教教堂圆顶不太一样，远处乍一看，误以为是清真寺呢。这堆洋葱头隐示着，以拜占庭帝国衣钵传人自居的俄罗斯，却残存着原来多神教的影子。被一座乌拉尔山劈成两大板块的俄罗斯，面对西方，俄罗斯算是东方；面对东方，俄罗斯却是西方。其双头鹰的国徽，证实了这个隐示。

“进入西方，成为欧洲强国”，是从彼得大帝开始、至今不衰的几百年俄罗斯民族之梦。

彼得一世比康熙爷小18岁，算是同时代人。在康熙爷忙于治权贵、平内乱、编字典时，他在欧洲最大的造船中心之一的荷兰赞丹学习造船，凿木头、架龙骨、学驾船，样样出色，被工友们推荐为“优秀工匠”。在英国，他冒充学者上门拜访牛顿，与著名数学家弗哈森攀上交情；在瑞典，他扮作游客，攀上高处观察要塞地形，画出要塞平面图……在浪迹欧罗巴的日子里，他随身携带一枚印章，上面刻着：“我是一个寻师问道的学生。”1689年，彼得一世亲政，称沙皇；1721年，元老院授予他“全俄罗斯皇帝”称号，俄国成为“俄罗斯帝国”。

彼得大帝一生，干了三件大事。

第一，是为没有出海口的俄罗斯争夺出海口。其在位43年，进行了53次战争，平均每半年多打一仗。18世纪中叶到19世纪末的150年中，沙俄平均每年扩张出相当于一个荷兰的领土。其版图从最初的280万平方公里，扩张到2280万平方公里，增长了7倍。俄罗斯民族对占有土地的病态迷恋和渴望，的确是惊人的。不光是皇家，平民百姓亦是如此，哪怕家徒四壁，但一听到国家多了一寸土地，也会搜出最后一两个卢布，买瓶伏特加，喝个醉里挑灯看剑。通过战争，彼得大帝拿到高加索和中亚的部分地区，向南打开了黑海的出海口。

打仗和善战，却是两回事；打别国和遭别国痛打，更是两回事。单说19世纪和20世纪初的几场战争。1812年，拿破仑进攻俄国。俄国坚壁清野，粮食都烧光了，莫斯科火光熊熊，几乎只剩一副骨头架子，借助漫长的严冬，才把拿破仑大军拖垮。1853年，克里米亚战争，100万英、法、土联军远道而来。70万俄军主场作战，俄军死伤52.5万，血流漂杵，命填沟壑，英、法、土联军死伤30万左右。列宁评价这次战争说，克里米亚战争“显示出农奴制俄国的腐败和无能”。1905年日俄战争，太平洋舰队、波罗的海舰队，全军覆没。

1914 年“一战”，1917 年 11 月俄国退出战争，通过《布列斯特条约》，德国霸占了俄国几乎一半的工业。1919 年 2 月至 1921 年 3 月苏波战争，镰刀斧头国旗下的苏俄，并不比沙俄有发达的腱子肉，又是战败，割让了西乌克兰和西白俄罗斯。这成为“二战”开始后苏联即伙同希特勒瓜分波兰的心理契机……

有人这样评价“战斗民族”：“尚武，但不善战。”俄国人的历次战争，不管胜败，多是损失惨重。苏波战争中，骁勇善战的波兰骑兵让苏联人吃尽了苦头，最终波兰折兵 4.7 万人，苏俄死亡 6 万人，苏军被俘 8 万，波军被俘 5.1 万。即便是被视为伟大的卫国战争，其实也是惨胜险胜。主要战场在苏联本土，苏方的伤亡人数却远多于德方。有说苏德双方伤亡比为 6∶1，有说达到了惊人的 10∶1。具体伤亡数字，至今云锁雾盖，斯大林承认 1000 万，后来又变成 2700 万，甚至有史学家认为达到 4200 万。仅德军俘去的苏联红军，就达到四五百万人之多……“战斗民族”终极取胜，似乎还得靠俄罗斯广袤的森林、苦寒的严冬帮忙。

此外，要不就打的是“软柿子”，碾压西伯利亚和中亚那些还在农牧时代磨盘里呻吟的文明和民族，以拿到黑海出海口；要不撞上的是“猪对手”，无须大动干戈，只要狐假虎威，趁火打劫，仅我堂堂天朝作揖打躬，被迫割让的有包括北方库页岛、海参崴等在内的 150 多万平方公里领土。据说，当年有人问慈禧太后，俄罗斯和美国相比，您更相信哪国？慈禧回答：俄国人只要大清的土地，给他们一点地，什么都解决了，咱有的是土地；美国虽然不要大清的土地，但是，美国总想要大清政府下台，支持成立同他们一样的什么共和国，还权于民，这太可怕了……

老佛爷若真这么说的，那就太有眼力劲儿了！

第二，是选择涅瓦河与芬兰湾之间泥泞不堪的沼泽之地建都。“涅瓦”在芬兰语的意思，就是沼泽地。1000 年以前，这片地区还在海平面以下，上面满是狼和熊出没的灌木林，春天冰雪融化后，便被一片浓雾笼罩，而大风又常常使河水漫过堤岸。总之，这不是一处适宜人类居住的地方。但来自高加

芬兰湾南岸森林中的彼得大帝夏宫

索和西伯利亚等边远地区的25万农奴和士兵，夜以继日地砍伐森林、挖掘运河、铺设道路和建造宫殿。木匠和石匠（法令规定他们不得到别处工作）拥进这座新城市。“一切工作都是用原始的手工工具，以一种简单粗陋的方式完成的：斧头比锯子在数量上更占优势，他们并且用未经剥皮的树干，配上用细小的桦树枝做成的车轮，制作出简易的手推车。对石料的需求巨大，因此每一艘抵达城里的船只或者车辆，都必须携带一定吨位的岩石。然而，各种新兴工业很快涌现。”[①] 圣彼得堡以神奇的速度建立起来，成为窥视欧洲、挺进

① ［英］奥兰多·费吉斯：《娜塔莎之舞：俄罗斯文化史》，郭丹杰、曾小楚译，四川人民出版社2018年版。

欧洲的前沿。

彼得大帝一边督城，一边建立沙俄海军。崇尚军事、精通木匠活，且懂几分数学和力学的他，亲自设计监造三桅杆的巡洋舰，使俄海军的战斗力对周边国家有了威慑。修建夏宫时专门修了一条运河，可直接通航到波罗的海俄国北方的军港。

第三，是彼得大帝一生主持颁布了3000多条法令，上至改革行政机关、军队，建立军事工业，引进千余名各类专家，派出一批批年轻人，到国外学习……下到让贵族们大惊失色，如丧考妣，必须剪掉各自的长胡子。花里胡哨的胡子，曾是俄国男人的特色，在大帝眼里却是进化落后的象征。他念兹在兹，力图使俄国社会转型，由“多神教文化+拜占庭文化+蒙古－鞑靼文化”的一个古怪混合体，进入近现代化，从精神、文化上，将俄罗斯人翻牌成欧洲人。

叶卡捷琳娜二世，帝国史上在位时间（1762—1796年）最长的女皇，跟随其所景仰的彼得大帝的步伐，继续依据西欧模式，对俄罗斯进行掏心摘肺的大手术。欧洲经典得到大规模引进，启蒙时代如火苗一般，落在这片冻土地上。她与伏尔泰、狄德罗、让·勒朗·达朗贝尔等法国著名学者交往甚欢。她喜欢读书，十卷本德国史，每8天读完一卷，又通读四卷本哲学史，床头案上还有大量的俄文书籍。她热爱艺术，扶植歌剧，如今占据整个冬宫的埃尔米塔日博物馆，便源于她的私藏……

这一切，让伏尔泰等人如待天音；结果等真见面，他们给女皇开讲民主、自由、博爱时，她饱满如新月的天庭下，却如断炊的瘾君子，面目一片茫然，打不起精神。但随着叶卡捷琳娜时期大力推动教育，有些地主会让农奴识字读书，继而从事贸易和商业，这是当时农奴离开土地的唯一方式。也正是在她手里，俄国连年杀伐不断。她曾经异常骄傲地说，作为一个德国嫁过来的女子，两手空空来到俄罗斯，现在终于通过我的努力，为俄罗斯送上了一份嫁妆，这就是克里米亚和波兰。“如果上帝让我再活上两百年的话，我就会占领整个欧洲。”

西化运动与扩张之旅的同步推动者，还有叶卡捷琳娜女皇的长孙亚历山大一世·帕夫洛维奇（1801—1825年在位）。1813年，作为反法同盟的共主，他以战胜者的姿态，骑着一匹白色高头大马，碎步徐行在香榭丽舍大街上。这是历代沙皇（包括彼得大帝）都不曾享过的无上荣耀，但他做到了。战胜国的皇帝，却被眼前战败国的首都——巴黎那举目恢宏、典雅的建筑，如梦似幻的奢华景象，深深打动、震撼和折服。凯旋回国后，亚历山大希望借助直捣欧洲黄龙的余威，开始改革，着力解决限制俄罗斯发展的落后农奴制，让农奴可通过赎身手段获得自由。

做下来，鸭听打雷，火点不着水，大多数农奴甘愿在贵族庄园里待着；贵族阶层更是白眼朝天，理由是农奴一旦获得自由，将会造成全社会的动荡。最后通过赎身手段获得自由的农奴，还不及总数的5%。改革方案，宛如一个个炫目的网球，但所有的球，都被守旧势力轻而易举地给弹了回来。亚历山大意兴阑珊，索性退出“球场”，转而醉心于神秘主义研究。1825年12月，皇宫宣布，亚历山大一世在亚速海疗养的时候因疾病驾崩。却有传说他并没有死，而是看透帝国将避之不及的劫运，隐身于西伯利亚的莽莽森林……

到头来，俄罗斯的“西化运动”，便有些类似我大清朝瘸了脚的洋务运动。

“西化”，在宫廷和上流社会。

“西化”，当时主要就是“法国化”。从贵族大爷们被迫剪胡子弃袍子、换起西服的外形改造，到一改昔日熊抱狼搂为彬彬有礼、云流水滑的宫廷仪式；从冬宫、皇村叶卡捷琳娜宫等新建筑，纷纷为法国巴洛克风，到上层社会以说德语为时髦，然后是法语和拉丁语。法语风靡将近两百年，普希金的处女作是用法语播种的，托尔斯泰的《战争与和平》中有大段大段的法语对白。不会讲法语，或者法语说得不好，会被视为外省人而受到嘲笑。托尔斯泰说：“大家知道，在俄国，法国话本身仿佛就代表着一种官阶等级。”

声色犬马的享乐生活，圣彼得堡、莫斯科，不会亚于巴黎；就接受文明与西方教育的程度来说，俄罗斯上流社会，也不会亚于西欧任何一个国家的贵族。19—20世纪的沙皇俄国，“沉吟屈指数英才”，诗人或文学家，如普希金、托尔斯泰、屠格涅夫、果戈理、契诃夫、陀思妥耶夫斯基；音乐家，如柴可夫斯基、拉赫马尼诺夫、肖斯塔科维奇；百科全书式的科学家罗蒙诺索夫，化学元素周期律的发现者门捷列夫……个个如电射目，令人肃然起敬。

其流风所及，百余年后，今日在美国的各界俄裔名流，居然有如此之多：著名画家夏加尔，歌星迈克尔·波顿，魔术师戴维·科波菲尔，音乐人邦乔维，影星莱昂纳多，演技派男星肖恩·潘、奥斯卡影后娜塔丽·波特曼，彭博社创办者兼纽约前市长布隆伯格，以及谷歌创始人之一布尔……

其袅袅余韵，是否还在民族基因里润泽？当今俄罗斯没有文盲，普遍有较高的文化修养和文明素质，喜欢读书，知识面比较广。退休后的老头老太，也戴上老花镜，手捧大部头的俄国名著，津津有味地阅读。无论在豪华酒店或在乡镇饭馆就餐，除轻柔的音乐和低声细语外，绝无嘈杂的喧闹声。公共场所、公共汽车上，也从不大声说话。即便是在苏联解体后一段生活最困难的日子，物价飞涨，排队成风，囊中羞涩的工薪阶层，有的连足够的蛋白质和卡路里都缺乏保障，但莫斯科大剧院、圣彼得堡亚历山德拉剧院等，历演不衰的《天鹅湖》《黑桃皇后》《胡桃夹子》《叶甫盖尼·奥涅金》等，其门票却预订到几个月以后……

遑论底层社会，即便是上层社会，倘若有人真要在“西化运动”中取来真经，沼泽上垒起的圣彼得堡，便会以大半身子沉在水里的巨鳄特有的警觉与残忍，将其迅速吞没。

1825年12月，趁着亚历山大一世突然驾崩的契机，部分军官发动起义。他们绝大多数出身富裕的贵族家庭，生活优渥，荣誉加身，其中不乏官宦子弟，如西伯利亚省督军、俄国驻西班牙公使的公子。他们都有着不错的学历：莫斯科大学，莫斯科纵队长学校（后改名为总参谋部军事学院），或皇村高等法政学校。当时在莫斯科，每天晚上要举行几十场舞会，他们只需脱下银鼠

莫斯科大学主楼

皮的斗篷，即可融进皇宫、官邸里的灯火辉煌、衣香鬓影……年轻人却把大量的时间花在读书、讨论上。当年他们远征并占领法国后，作为征服者，搂抱了太多温香软玉的法国女人，但同时也被法国的自由、平等、博爱的惊雷熏风所击，由此结识伏尔泰、卢梭、狄德罗、孟德斯鸠等一批法国启蒙运动的领军人物。1816 年，秘密团体“救国协会”在圣彼得堡成立。30 个成员里，多是年轻的近卫军军官，还不是一般的近卫军，而是护送宫廷从圣彼得堡暂迁莫斯科一年的混成近卫团的近卫军，它的宗旨是解放农奴，反对君主制，反对专制政体。

1825 年 12 月 27 日（俄历），这一天，议员们要向新沙皇尼古拉一世宣誓效忠。因这个月份，历史授予其英名的十二月党人，率领近卫军莫斯科团和榴弹兵团 3000 多人，列队行进枢密院广场，齐声高呼口号：“拒绝宣誓！拒绝效忠！宪法万岁！民主万岁！”他们向围观的市民宣读《致俄国人民书》和《俄罗斯共和国宪章》。贵族视如生命的荣誉、正派和尊严，不允许他们在对手还没做好准备的情况下就扬剑出枪。从上午 10 点到下午 5 点，广场上一个铁铸般的方阵，在飞舞的雪花中静候沙皇的答复。沙皇有了足够的时间，向广场调动了四倍于起义者的兵力，答复由36门大炮随飞溅的霰弹一并发出……

当晚，一切都结束了。沙皇及其控制的新闻机构，千方百计地缩小被打死的人数：一会儿说只死了80个人，一会儿又说发现上百具或两百具尸体。尸体被迅速运走，急急拖来新雪，遮盖大片已殷红的旧雪，再在广场上烧起篝火，想让触逆鳞者的鲜血顺着融化的雪水流进下水道。警察局派人挨家挨户传达命令：不得上街，大门一律上锁。

次年7月13日（俄历），5名十二月党人“首犯”，被沙皇政府成立的军事审判委员会列为“特等罪”，判处分尸刑，即砍掉四肢和脑袋。在殿下的一片抽泣声里，尼古拉一世对自家子弟表现出不忍之心，改为绞刑。当脚下的凳子抽掉，身体刹那间已成物体，以“噗噗”的沉闷之声，跌落坑里后，在押的十二月党人都被带到要塞院子陪绑。随后，每人都受到降职、褫夺官衔和贵族称号的惩处。起事的3000人里，主要是十二月党人的121名起义者被流放西伯利亚服苦役，300名军官被贬为士兵，1000多名士兵遭受鞭刑……1856年，尼古拉一世归西，新皇亚历山大二世加冕典礼，大赦了十二月党人，准许他们由西伯利亚返回各自家园。这时，尚活着的只剩下40人，多数人已在长达30年的流放、苦役中死去。

十二月党人，不仅仅是仗剑者，他们与俄国文化有很深的联系。其中，有不少直接从事文化活动，如雷利耶夫，是5位被处绞刑者之一。无论作为诗人还是革命家，他的名字在俄国都家喻户晓。在皇村就和未来的十二月党人成了莫逆之交的普希金，亦把自己视为十二月党人的歌手。沙皇尼古拉曾问普希金：“如果12月14日那天你在彼得堡，你会在哪儿？”普希金毫不犹豫地回答：“当然在起义者队伍里！”

在审讯十二月党人时，尼古拉一世下了一道俄国文学史永远不会遗忘的命令：“把所有的带煽动性的诗，统统从案卷中抽出来烧掉。”这是因为几乎在每个起义者的来往信件中，都有普希金的诗句。起义失败多年后，普希金仍噙着热泪，在诗中吟唱——

在西伯利亚矿坑的底层，
望你们保持着骄傲忍耐的榜样。
你们悲惨的工作和思想的崇高意向，
决不会就那样消亡。

“我觉得我不是放霰弹和获胜者一方的人……彼斯捷尔及其同志之被处死，终于把我的心灵从童稚的蒙昧中唤醒”，写出这段话的人，是赫尔岑。十二月党人，还对俄国最伟大的作家与批评家——莱蒙托夫、格里鲍耶多夫、涅克拉索夫、车尔尼雪夫斯基、杜勃罗留波夫等人——的写作，产生过巨大的影响。列夫·托尔斯泰的巨著《战争与和平》，从广义上说，也反映了十二月党人时代。作家原来想把它写成一部描述十二月党人的小说。普希金、别林斯基、陀思妥耶夫斯基等，先后被流放过，在离莫斯科 6000 多公里的西伯利亚广袤森林，“享受”过常人难以想象的苦难。今天，我们从托尔斯泰的作品，柴可夫斯基的《天鹅湖》《第一钢琴协奏曲》和《D 大调弦乐四重奏》里“如歌的行板”，都可隐隐找到，冰冷黑暗的大森林中，他们在逆境中苦斗并与逆境共舞的痕迹。

在俄罗斯的审美辞典里，甚至认为艺术，就是某种对苦难的担当与享受。这一传统，进入苏联时期也无法弥散。“西伯利亚”或“古拉格”，成为世人说起俄罗斯绕不开的话题。

一般的广大民众，却未受到“西化运动”的深刻影响。

伏尔加河畔，还是一拨拨穿着破烂、肩膀上勒着绳印，一步一步踩着黄沙的纤夫；赶着三套车的车夫，还在低垂的乌云下独自忧伤，歌声中充满无奈、凄凉……19 世纪初，俄罗斯还是一个农业国家，大多数俄罗斯人有农民的背景，许多生活在城市的俄罗斯人，仍保留着乡下的生活习惯、封闭的农村传统与思维，加上专制主义下的忍耐、驯服，使其隔了一大片林子看世界，犹如今日隔了网络视全球，没有忧患，没有情怀。冬宫却早已涌动衰败的气息，不停地滚着情妇白花花屁股的龙床上，沙皇好像要赶在时代的永夜降临前，把所有的精虫都释放掉……

俄罗斯人普遍居住在纯木头建造的木刻楞房里，整栋房子不用一颗铁钉，完全由粗大的圆木互相咬合而成，外面刷上清漆，结实而简朴。这样的房子冬暖夏凉，严冬里不会被冻裂。初次见识这种房子的人，都会被它粗犷的美所震慑。直到 19 世纪初，莫斯科 2/3 的住宅仍是木刻楞房；真正扑打、稳定在一张俄罗斯民族性格老脸上的，仍是来自以森林、草原为主的雄肆野风。

历史学家乔治·维尔纳德斯基在《俄罗斯的历史》一书中说："某种程度上说，所有的文明都是地理因素的产物。但是，没有哪个民族，像俄罗斯那样受地理因素的影响如此之大。"

在俄罗斯文化中，森林意象作为一种文化形态，有着举足轻重的作用。

"娜塔莎之舞"

宽广辽阔、无边无际的森林，培养了俄罗斯人心中举目苍茫、千山我独行的感觉。大森林外，一头是成吉思汗麾下的猎猎铁骑，一头是中欧农耕民族的环伺窥探，森林又代替了群山和城堡，是俄罗斯人逃避外敌最可靠的避难所。森林两头的任何一点风吹草动，都会牵动俄罗斯人敏感的神经。

敏感之外，似乎还有一种对欧洲的爱恨交织。直至 19 世纪 40 年代，俄罗斯的知识分子还在为俄罗斯民族的所属激烈讨论，莫衷一是。不甘为亚洲人，自以为是东斯拉夫人种的欧洲人，却长期拖着东方专制主义尾巴，遭到宪政、民主、自由开始当成空气呼吸一样的西欧人的婉拒：从 20 世纪 60、70 年代的"匈牙利事件""布拉格之春"可见端倪，连西斯拉夫人种的波兰人、匈牙利人、捷克人，乃至南斯拉夫人种的克罗地亚人、斯洛文尼亚人、保加利亚人，对俄罗斯人也都心存腹诽。

心理上有极强优越感的一个民族，却像有一晚端坐如仪于圣彼得堡亚历山德拉剧院某包厢里看芭蕾舞剧的老夫，坐了不到一个钟头，溜了，实在感觉东西无着，十三不靠……

与此对应的，是俄罗斯人高大魁伟的身躯，孤僻冷傲、警惕多疑的气质，有哥萨克人和鞑靼人的彪悍，崇尚武力解决问题。单个拉出来，大约下巴上能摸到胡茬的，个个都是好汉。一起上阵，骨子里的精明、狡黠，却拖着你往后缩，加上长期怀抱大锅饭的温热，磨洋工、懒汉、酒瘾者，便层出不穷。

森林里的荒泽险壑、野物出没、莫测气候和寂寥长夜，又使俄罗斯人深感孤独无助，有一种不可名状的压抑，一种乃至凡经门前拉到屋内皆是客的慷慨。

“风雨如晦，鸡鸣不已。既见君子，云胡不喜？”自古以来，俄罗斯人对待客人热情大方，对待尊贵的客人习惯用面包和盐来招待，面包代表富裕与丰收，盐则有辟邪求安之意。待一般客人，也像俄谚所说，“炉子里有啥，往桌上端啥”。祈望某种理想国烛光的下意识，让产权是贵族大地主、本质仍为宗法共同体的农村公社，在操作层面由农民代表召集各家各户开会，从土地规划、农活安排，到赋税、教堂费用的分摊，道路桥梁的修缮……均在一种貌似古朴、务实的氛围中解决了。马克思曾为之惊叹：“俄国是在全国范围内把‘农业公社’保存到今天的欧洲唯一的国家。”

还不仅是压抑。

2018 年 6 月初，先到莫斯科后，我再来圣彼得堡。朋友所花不菲请来的当地导游谢尔盖先生，十几年前从圣彼得堡大学毕业，学过一段中文，又学平面设计，现自由职业，有业务做设计师；有酬劳满意的中国小型旅游团，就兼做导游。当日四个多小时前出发时，莫斯科还是阳光明媚、云淡风轻；到此一出车站，便是天气阴沉、冷风嗖嗖，风中飘着似有似无的细雨，哪像是迷人的仲夏时令？上身穿深色厚夹克的谢尔盖，指着街上急急匆匆、已有小伞撑开的行人："你们发现没有？圣彼得堡人不会笑。"

真是这样呢，男女老少，一个个面无表情，像是从一个模子里倒出来的塑料制品。有表情亦是凝重有余，若有所思，俨然普京总统刚刚结束与特朗普的通话。

令人惊诧莫名的是，近90年前徐志摩去欧洲游历，第一站就是苏联，也是如此印象："……不但在月台上，连站上的饭馆里都有，无数成年的男女，也不知做什么来的，全靠着我们吃饭处有木栏，斜着他们呆顿的不移动的眼，注视着你蒸汽的热汤，或是你肘子边长条的面包。他们的样子并不恶，也不凶，可是晦塞而且阴沉，看见他们的面貌，你不由得不疑问，这里的人民，知不知道什么是自然的喜悦的笑容。"①

谢尔盖说，一年里有大半年，整座城市埋在冰雪世界里，不见天日。早上八点多了，外面还是一片漆黑；其他时候，不是下雨就是刮风，阴郁潮湿，触目可见。能真正稳住太阳、不是那种如街头女郎抛个媚眼便掉头而去的日子，一年中不过五十几天。纬度比圣彼得堡要低一点的莫斯科，要好一些，有阳光的日子多一点。况且哪个国家的首都，不是精装修？自然笑容也会多一点。尤其在距离克里姆林宫只有800米的阿尔巴特大街上，街心花团锦簇，橱窗琳琅满目，灯饰流光溢彩，红男绿女"笑语盈盈暗香去"……但整个俄罗斯大地，除了中亚部分，气候不比圣彼得堡好多少。这样一个拥有取之不竭的资源、让世人心生羡慕的国家，却偏偏有一种稀缺资源——笑容、笑声。

还有忧郁。

在莫斯科、圣彼得堡，我注意到，从在街头嬉戏的少年和情侣们的脸上，才能够看到幸福的孔雀开屏。与俄国人打交道，他们给人的第一印象，往往是热情豪放、大大咧咧、不拘小节，与他们喝酒时用不着劝酒，妇女和老人，

---

① 徐志摩：《欧游漫录》。

也会把自己往死里整；交往稍长一些，你就会发现对方往往笨拙壮硕的身躯里，深藏着一颗林黛玉般纤细如絮、多愁善感的心。就是可以春风得意或激愤满怀之时，也或会流露出几丝淡淡的伤感，一缕若隐若现的忧郁。人们高歌着走向战场，却流着泪参加亲人朋友的婚礼。刚才还因酗酒而斗殴至半死，酒醒即熊抱一处，互相请求宽恕。

你听格林卡、柴可夫斯基、拉赫马尼诺夫的那些音乐，尤其是后者的《D小调第三钢琴协奏曲》第一乐章第一主题，典型的俄罗斯古歌风格的旋律，贯穿全曲的难抑而宽广的忧伤；还有列宾的油画《伏尔加河上的纤夫》，普希金《茨冈》里面的流浪者，契诃夫笔下对乡下爷爷倾诉的孩子《凡卡》(又译《万卡》)……你会沉思，舍去《红莓花儿开》《喀秋莎》等美妙、明媚、缠绵的花边流苏，尽管跳出了人类历史上最精美的艺术珍品芭蕾舞；一度所拥有的核打击力量，强大得能够毁灭地球几十遍，但在俄罗斯民族的骨子里，仍溢有忧郁、忧伤，乃至悲伤、悲痛。

俄罗斯的原始基因来自哪里？

恐怕还是这块土地“瀚海阑干百丈冰，愁云惨淡万里凝”的深深印记，来自在动物们纷纷冬眠的同时，森林的小木屋里点燃起一盏盏昏黄灯火的古俄罗斯人……

缺什么，便会补什么。

为着日子还得过下去——幽默，是人力精加工的笑容笑声，是还击苦难的橡皮子弹；自嘲，则是稀释忧郁的某种心灵试剂，是抵御高压的精神理疗。

果戈理与契诃夫，分别塑造了一个由纨绔子弟伪装的“钦差大臣”和一个趋炎附势、迎上压下的“变色龙”警官。这两个活灵活现的艺术形象，至今仍栩栩如生地活动在中国人的眼前。独具特色的幽默刊物《鳄鱼》杂志，在俄罗斯曾拥有最广大的读者。苏联时期各种各样的段子都刊登在这里，如打开格瓦斯饮料后激越喷出的泡沫。美国中央情报局原欧洲站站长皮特·克莱门特，在20世纪80年代负责苏联情报分析。他回忆说，每到年底，美国驻莫斯科大使馆都会把搜集到的民众中流传的段子，用密电传回华盛顿。“我们总是像盼望过年的礼物一样，等着接收发回来的笑话。”

夏宫外的林子

俄罗斯的伟大作家里，有两位托尔斯泰。一位是中国人十分熟悉的列夫·托尔斯泰，生于 1828 年。后来他遭到起诉，法庭宣告托尔斯泰的一切书毁版；还在卖的，全化成纸浆。但 100 年过去，托翁的书，如滔滔大河，各国屡印不绝。

其最重要作品《战争与和平》的人物中，有一位含着金钥匙出生、深受法籍家庭女教师影响的贵族小姐娜塔莎。在接受战争洗礼之后，她逐渐成熟，最终成为志向高远和意志坚定的“新女性”。她是托翁道德理想和“新人”的化身。一次，娜塔莎和尼古拉，到乡下的叔叔那里度假。晚饭后，大叔弹着巴拉莱卡琴，唱起乡下的民歌，她情不自禁地与农奴出身的阿尼霞跳起了民间舞，随着音乐节拍，舞姿随意而又曼妙。这种民间舞很难模仿，甚至无法教授，娜塔莎却无师自通，如鬼出电入，她“突然发觉自己的身上流着农民的血液”……

英国著名学者奥兰多·费吉斯，以“娜塔莎”聚焦于俄罗斯的“文化认同”

和“身份认同”，在《娜塔莎之舞》一书里指出：“欧化了的俄罗斯人，有着分裂的人格。他的思维一分为二。表面上，他有意识地按照约定俗成的欧洲惯习生活；然而，他的内心，又为俄罗斯的风俗和情感所影响。”

另一位是阿列克谢·托尔斯泰，生于1883年，跨越了沙俄和苏联两个历史时期，代表作是《彼得大帝》和《苦难的历程》三部曲。徐志摩访苏时，曾就托尔斯泰作品被禁毁一事，拜访列夫·托尔斯泰的女儿。后者没有正面回答，只是说：“现在父亲的书买不到了，屠格涅夫、陀思妥耶夫斯基等人的书，也都快绝迹了。”徐志摩问：“莫斯科还有哪些重要的文学家？”得到的回答是：“跑了，全跑了，剩下的全是不相干的。”阿列克谢·托尔斯泰就是跑掉了的重要作家之一，他先流亡巴黎，后移居柏林。在莫斯科葬有太多名人的新圣女公墓里，我见到其墓碑，那就是一幅大型厚重的群雕作品。

大约记得《苦难的历程》中有这样一段话：俄罗斯人“要爱就要爱得丧失理智，要吓唬人就来真格的。要骂人就在气头上骂，要砍人就抡开胳膊使劲砍！要是吵架那就大胆地吵，要惩罚那就当回事，要原谅，那就用整个心灵原谅。要是摆酒宴，那就摆得热闹丰盛！”

“树号”

俄罗斯啊，冰美人是它，北极熊是它。

在其复杂丰富的外表下，始终缺少一个稳定的精神内核，罕见西欧的纯粹理性。

这是一个令人惊异的国家，有着太多奇特的故事。冲进冬宫、开创新篇之时，历史跌倒在沟壑里头破血流；风掣旌旗、破疆略地之时，又给后代留下诸如克里米亚、“北方四岛”一样的难题困局；20世纪70年代末，还轻启战端，如一头眼瞎的黑熊，一头扎进老牌英帝国都征服不了的阿富汗，从此开始衰落的十年，直至苏联解体……

在森林里，不知道有什么意外事情发生，但在这块土地上，永远可期待有意外事件发生。你看男人们一个个喝得烂醉，如泥浆倒地，突然又一个个站起来，冲进零下几十摄氏度的野外，扒光衣服，露出茸茸的体毛，猛地跳进冰窟窿中去。许多俄罗斯思想家、学者认为，极端性是俄罗斯鲜明的民族文化心理特点。说得最率直的，是被举国公认为20世纪俄罗斯文化大师的德米特里·利哈乔夫："在俄罗斯民众中，善与恶之间的摇摆特别大。俄罗斯民族是一个极端性的，从一端迅速而突然转向另一端的民族，因此，这是一个历史不可预测的民族。"

我去莫斯科时，整座城市都在为2018年世界足球锦标赛而欢腾、忙碌。其开幕式与中国2008年奥运开幕式有很大不同，后者强调"和"的概念，试图把世界放入"和谐框架"中，其中只见中国古代历史，隐去了近代和现代中国历史；俄国此次开幕式，突出"自强不息"的主题，从彼得大帝西征开始，然后是亚历山大一世击败拿破仑，再进入色彩明亮的"红色苏维埃"时代，最后伴以柴可夫斯基的抒情音乐，进入"新俄国时代"。

这似乎表明，俄罗斯终于敢面对自己的历史了。不再纠结"黑暗沙俄"，不再忌讳"红色恐怖"，亦不在乎"改革迷乱"——在几代人的时间里，俄罗斯经历了太多的动荡和激变。官僚特权阶层趁改革之风大肆侵吞国有资产，化公为私，实际上成为公有制最有力的摧毁者和私有化最卖力的推动者；西方国家因多个事件对俄的制裁，加之国际油价大跌，更让经济雪上加霜。尤其在西伯利亚和远东地区的近千万平方公里范围内，由于人口锐减和剩余人口向欧洲地域回迁，一个个工厂、村镇，一座座城市在成片地废弃，正变成世界上最大的工业、民用废墟和城市"墓群"，宛若斯皮尔伯格星球大战片的爆破拍摄现场。

一只脚踏在废墟、"墓群"上的总统，做完两任再做总理，又从总理接着做总统，2018年获得连任，将至少执政到2024年。普京这让人眼花缭乱的变帽子戏法，算是俄罗斯现代政坛的一绝，也让世界政坛的其他强人，看得心里痒痒的。

可你不服还不行，普京自己先亮家底，再通过官员公布个人财产的法律，追缴官员海外私产，打击裸官，铁腕治贪惩腐，既打苍蝇，更打老虎，好些年俄罗斯出现官不聊生的局面。对下层民众倾力照拂，“亡党”了，但国民的福利并没有亡，坚持实行免费住房、免费医疗、免费教育、国家养老。没那么多生存压力，人民情绪基本稳定，社会维稳成本不高。国际舞台上，该投赞成票还是反对票，依据的唯有俄罗斯利益，既不扎穷国的堆，也不抬富国的轿。谢尔盖告诉我，普京确是人民每人一票直接选出来的；2018年的总统选举，其得票率高达76%。普京每每骑马、开战机、秀肌肉的照片流传网上，似要告诉世界：强人余生，要为恢复俄罗斯昔日一流强国的地位而拼了！

2018年10月31日，纪念苏联政治迫害时期遇难者的“悲伤之墙”在莫斯科中心地段揭幕。这座青铜雕像，是俄罗斯第一座国家级纪念碑。整体是一座弧形的墙，形似一把巨大的镰刀，由许多参差不齐、面目不清的人形构成。这个设计的含义是，一个压迫性的国家机器，像割草机一样扼杀了许多无辜的受害者，或如高尔基在给托洛茨基的一封信里所说：

> 我们创造了一个神祇来摧毁敌人，我们一手孕育它，以受难者的鲜血喂养它，现在敌人被消灭了，但它并未满足。它已不在乎是敌是友，有罪或无辜，它渴望鲜血，首先是知识分子，因为他们很弱……

墙中间有一些缝隙，人们能够走进去，用自己的肩膀，亲身感受历史曾经的重压。双鬓已经灰白的普京，出席了揭幕仪式，他说，关于设立纪念碑纪念政治迫害受害者的构想，是在多年前“解冻”时期提出来的，但相关材料只是最近几十年才准备充足。这座纪念墙是宏伟的、感人肺腑的，不论是它的内涵，还是它的造型。它唤醒我们的良知和情感，及对受害者的深切同

莫斯科“悲伤之墙”

情，促使我们诚实地思考那段历史……

俄罗斯的马车，仍背负着沉重之轭。

靠着长时期国际市场高昂的油价赚得盆满钵满，苏联垮了，国内社会的保障体系却没有垮。可近几年美国因页岩油钻机技术、水力压裂技术等，石油产量激增，越来越多地夺走俄罗斯的全球石油市场份额；中国，各种新能源叫得震天响，太阳能电板，电动车，各种风电项目……你便知道油价前途堪忧。普京为俄罗斯人打造的保险箱里的日子，能否天长地久？

根据俄罗斯公民倡议委员会 2016 年给出的报告，从 1989 年到 2015 年的 26 年之间，共有 450 万俄罗斯人移民海外，报告数据不包括非法移居国外的俄罗斯人。报告预计，实际离开的俄罗斯人，要比统计数据高出 3—4 倍。3—4 倍是什么概念，俄罗斯目前总共 1.4 亿人，相当于总人口的 1/10！而且，大多数移民出去的俄罗斯人，要么有钱，要么是高学历或专业技术人才。许多俄罗斯移民喜欢有着“阳光沙滩”的美国佛罗里达州迈阿密。在迈阿密，有 30 多家俄罗斯人开办的月子中心，有配套的俄罗斯超市、医生和月嫂，相关的产业一应俱全。

俄罗斯帝国历史上发生过两次解体。第一次在20世纪初，即1917—1918年，罗曼诺夫王朝灭亡，沙俄帝国瓦解后，芬兰和波兰脱离帝国，宣布独立建国。第二次发生在20世纪90年代初期，即1991年，苏联解体分裂成15个国家：东斯拉夫三国、波罗的海三国、中亚五国、外高加索三国、摩尔多瓦。曾担任普京总统的首席经济顾问、自由主义的经济学家伊拉里奥诺夫，不久前预计，俄罗斯可能会发生第三次解体——一些非俄罗斯民族领土，将再一次与现在的俄罗斯联邦分离，其过程可能将伴随着流血；一旦发生，这是历史的自然构造力量，无法阻挡。

俄国人已经走出广袤浑厚的大森林吗？

或者问：在一位不世出强人的带领下，这个民族已结束《多雪的冬天》的冬眠，面朝大海，春暖花开，真有一种精神季节的《复活》？

且行且存疑吧。

好在俄罗斯有“树号”。

大森林中跋涉的先行者，在树干上砍去树皮，为后人留下的一个长方块斧迹，即为树号。两个树号之间的距离，大体上是从这个树号，可以肉眼看到另一个树号那么远。

没有树号在目，不知是否偏离。即便走了回头路，或濒临悬崖死谷，也浑然不觉。

可只要循着树号向前走，在莽林中就不会迷失方向。

D. 四季歌

大量历史和考古学信息，都指向同一个结论：我的广袤怀抱里，很久很久的岁月里，无论亚洲、非洲，还是欧洲、北美，都有鹿群徜徉、嬉戏、溪边饮水的影子，林间格斗的一团团飞叶扬尘。鹿族，包括梅花鹿、马鹿、白唇鹿、驼鹿等，一直是主要的大型食草哺乳类动物，直到 19 世纪人类的枪炮将其逐出森林。“20 世纪早期和中期那些没有鹿的森林，是偏离常态的森林。”

一半站着度过，一半倒在地上度过

2 月，大地，“桃始夭。玉兰解。紫荆繁。杏花饰其靥。梨花溶。李花白”[①]。

我的怀抱里，花讯，从四面八方涌来。比起以上落叶灌木或小乔木的花，针叶树的花设计特别，没有阔叶树的花瓣，其锯齿形的雌花色彩鲜明，精巧的鳞片螺旋分布，似出自瑞士钟表工匠的手下，有利于抵挡风吹进来，更宜留下雄花的花粉。北美，最早开花的树，可能是连翘，之后玉兰、桃、李、杏之类的苹果科花树，玫瑰家族的野山楂树，也一一绽开迎春的笑容。不过，多数的树木，这时还有些慵倦，金莲花、银莲花、野百合、风信子、紫罗兰、蒲公英、雏菊、雪割草……及大量连我都叫不出名字的各色野花，趁其没有睡醒，在树冠劫走赋予万物以生机的光能之前，争先恐后地铺开，林地像一片春色旖旎的海边浴场。

3 月，林中的所有雌花，朝雄花的花粉伸展触须，微风中摇曳着爱的游戏。无数的花粉弥散在森林里，形成一片迷离的云雾。蜜蜂翩翩出场，返场时，其满是蜡质小格的巢穴，注满闪闪的金色蜂蜜，这是工蜂的能量来源。除了风，蜜蜂是林中最忙碌的授粉者，但也有熊蜂和袖黄斑蜂，挂羊头卖狗肉，常常咬破花的底部偷吃，而不给花授粉。

---

① （明）程羽文:《花月令》。

水之外，光线和温暖，是森林所有生命的基础。光线投过树冠，渐渐能照进林中地面，落叶林和常绿林中，响起鸟儿的合唱。只习惯生活在树木、草地、灌丛的白鹳，一旦加入，便意味林中人类活动干扰很少，森林甚至在扩大。白鹳咔嗒咔嗒，像是争吵般的声音，却能吸引来大批其他动植物。许多国家，白鹳成了吉祥物。林蚁窝蠢蠢欲动，沉闷很久的池塘因雨水充沛，泛出涟漪。松鼠，兔子，野猪，麂子、梅花鹿，麋鹿……甚至溪里的河狸，也纷纷出笼，啃食细枝，吞卷嫩叶，吸吮花苞。昆虫也不会嘴里淡出个鸟来，大天牛，黄缘蛱蝶，马蜂，鹿角虫……麇集大树的某个创口周围，那里溢出富含糖和蛋白质的新鲜的汁液。

春天，我给林子里所有生命，摆出一席盛宴。

4 月末，绿意如上升的潮汐，从地面往上爬至我的头顶。霞光变成粉色，在地平线上进一步扩散开来，日光照在皮肤上也有了热度。树叶开始舒展，

春日的维也纳森林

几天内树冠合上，以树形呈现各自的风韵。一棵生长在开阔处、享有充足阳光的树木，枝条会从树干低处开始，朝四面铺展开去，形成休休有容的富态感。反之，过于拥挤，枝条被逼往高处走，叶子伸展不开，树形憋屈伶仃，神情如你借了它钱不还。大抵立足在哪里，命运就在那里，并不存在中国家长们听得耳朵起腻的“同一条起跑线”。

林子显得越密，地面便会越暗，短命的野花大多凋零。余下都是一些喜阴的植物，在幽暗的林下叶层中缓慢生长。其中，蕨类植物最为繁茂、惹眼，溪流岸边便有一丛木贼。恐龙出现之前，它曾经长得像树木一样高大，现在却只能在树荫下伏低做小。

5 月末，泰戈尔诗云“生如夏花之绚烂”，林子里又一拨花讯袭来。

除了举一串花铃的千屈菜、蓬蓬勃勃的大蓟、一头白绒零乱如演艺界染发小子的白头翁、小家碧玉一样惹人怜爱的瓣蕊唐松草、草丛间紫色的马蔺（即你们小时候可能尝过的马兰花）等野花，树花亦猛烈地投身进来，羊蹄甲、洋紫荆、石榴花、木棉花、串钱柳、蓝花楹、玉兰花、黄花风铃木、二乔木兰、相思树、火焰树……在浓密的叶子间，争抢镜头，抖尽风流。其花瓣，变化多姿之妙，色彩与几何形态搭配之谐，使我难解其妙：这莫不是冥冥之中，上帝给世界打出的某种“手语”？

入夏的夜晚，林地边，溪河畔，萤火虫出场了。李时珍先生曾在《本草纲目》引陶弘景的话说：“此是腐草及烂竹根所化，初时如蛹，腹下已有光，数日变而能飞。”绿色萤光，来自一种叫作荧光素的物质。雄虫打着灯笼，一闪一闪，快速上升又俯冲。萤光骤暗后，一动不动地悬在半空，停留一会儿，看是否有雌虫回应。而多情的雌虫，常爬到草茎顶端，好让自己更显眼。倘若雌虫没及时到位，或对不上眼，仍藏暗处，雄虫便悻然又毅然地飞去，继续爱的历程……

七八月，你们的日子进入碳烤模式，即使不出空调房，一天洗三次澡，身上还是黏糊糊的。这时，你们难得地念叨我。

在江西、湖北、浙江、福建的群山里，我倾力给你们提供一处处纯天然避暑胜地，潭水清亮，云雾起伏，古树苔藓，满目苍翠，大雪一般的月光落满林子。在山风习习、平均气温25℃的舒适日子里，你们可曾听到空调生产商、经销商们牙关紧咬的咯咯声？即便是在西欧、北欧，森林也是被夏日折磨得焦躁不堪的人们的好去处，可以采摘草莓，与朋友一道去林间小径骑车，夜间生团篝火，烤上香肠、刚钓上来的鲈鱼；孩子们在树林里看星星，大熊星座、仙女座、人马星座、半人马星座、飞马星座、猎户星座……比其他地方看得要多、要清楚。直至枕着云雀直入云霄的歌声，进入好梦……

而我自身，却面临夏日台风、热浪的反复侵凌。亿万枚树叶一概被强风兜转过去，枝条的柔韧性单薄，风势便集中全部暴力，摔打树干，我的五脏六腑，几乎被吹得翻腾出来。宛若有革命、起义，或是暴乱的灰犀牛，已进入前奏。只听噼啪一声，树木便被拦腰折断，或是连根拔起，尤其是那些身有空洞且覆满菌类的树。一场台风过后，总会刮倒、拔起一片树。暴风雨过去，阳光大把大把地泼了出来，林子里一片新绿，像刚做过爱的男女，气色红润，眼睛亮闪闪的。

空地上会有新的动植物来临，野猪最喜在空地上寻食，一目旷然，剑及履及。但迟迟不退的热浪，使得云杉的树皮裂开，黏稠的树脂从中流下。林蚁收集干了像是琥珀的树脂，成块地运回蚁穴，建立起自己的“同仁堂”，能防止蚁穴内真菌的滋生、蔓延。前去“同仁堂”的旅途，却不无风险，林蚁自己有可能被裹进一团黏糊糊的树脂里——这一出，和几百万年前被埋没在琥珀里的树木，别无两样。

天气干燥，或因电闪雷击，还有人为因素，也容易引起山林大火。你们国家，人为因素引发的森林火灾占98%以上。可堪回首，1987年大兴安岭的那场“5·6”特大森林火灾？

倘若非人为因素，如2018年7月和8月，美国加州北部的两处山火汇合一起，形成门西多诺复合山火。被火焰包围的巨大红杉，像大火炬一样熊熊地燃烧起来。枯草、落叶和倒木，加速了火势，可以听到活树被大火烧裂的噼啪声和呻吟声。黄烟一大团一大团地腾空而起，无数火星在空中暴跳，动物的嚎叫、哀鸣，不绝于耳。鸟禽像打了激素，从这片树飞到那片树，野猪干脆泡在水洼里……我并不心焦。除开着直升机在半空中作鹫鹰般盘旋，老美们也不见魂惊天外，大动干戈，直到几场大火烧过，终被雨水浇灭为止。

几千年来，每隔三至九年，加州这山那山，都会有一场雷击火灾。自然山火，对红杉森林的成长持正面影响：高温炸开红杉树结的果，让种子落入大火之后的灰烬滋养的泥土中，更易生长；火焰烧树的同时，那些与红杉争抢阳光、水分和营养的杂树，也悉被焚去；对那些攻击幼树的昆虫和微生物，更是一次空前的“打黑除恶”；且壮烈倒下的焦木，森林的守护者昔日视作死树，将其清理掉；现在研究发现，焦木能吸收雨水，卧地的那一片格外保湿，落叶、球果、蘑菇、昆虫等，喜在周围聚集。它们腐烂后回归土壤，化作高效肥料，直接刺激红杉树皮含有的休眠芽，促其落地生根，长出树苗。

许多树的生命，其实，一半是站着度过的，还有一半，是倒在地上度过的。

如果你们在森林中看到，一棵大树并非因锯斧而倒下，无须为此惜叹。一棵大树的倒下，不只是一个旧生命的结束，也是许多新生命的开端。

说到生命与死亡，这是我的土地上每天都会发生的自然循环。世上万物皆有死，每时每刻都在死，其数量，跟每个早晨、每个春天，你们走进树林，让你们醒目的新生一样多。你们忽视前者，大约是你们从不会在意一棵树的倒下，也没有机会像我一样，洞察动物界的一个奥秘：北美、欧洲的林子里，几乎一年四季都有松鼠，但我从未在任何地方见过一只死松鼠。即便是最大、最招眼的动物，濒临死亡之前，也会设法隐蔽自己。南亚的热带丛林里，倘若一头老象最后走不动了，倒在了明处，象群们不会让它留在那儿。群象会抬起它离开，直到找到一个合适的地方，可隐藏遗体。如果遇到明处的同类骸骨，大象们也像订有契约，有条不紊地一块块捡起来，搬运去附近的密林之中……

不妨这样对你们说，动植物的生，是我的一部分；它们的死去，也是我的一部分。

动物世界一年里最壮观的事件发生了

9 月、10 月，当最早的秋雾弥散林子间，雄鹿表现异常，很少采食，常用蹄子扒土，频频排尿，用角顶撞树干，或干脆折断小树。它们的喉间不时咕咕作响，白天叫声很低，多半在夜间，逐渐高亢，又渐入低沉。“饱暖思淫欲”了，雄鹿开始不停地寻找年轻的雌性，以更新自己的“后宫”。

动物世界一年里最壮观的事件发生了，猫头鹰、狐狸，面挂几分紧张、几分羡慕。小鹿们纷纷退去安全线外，惊骇地观望动物们突然到来的厮斗，嘴角还挂着没能咽下去的青草——两只体型健壮、匀称的公鹿，从不同方向走了出来，起始双方展示自己宽大、蓬勃的鹿角，试图震慑对方。震慑无果，投身决斗，风嗖角鸣，鹿角的撞击声，伴有鼻腔喷出的一股股热气，及胸腔中发出的剧烈喘息。两头雄鹿打得难解难分之时，一头或几头美丽的雌鹿，杵在原地不动，眼睛里一片玻璃般的冷漠，仿佛在说：“不管谁胜谁负，都无关爱情，俺们只是被绑架者。”对抗持续约半个小时，弱者招架不住，并不坚持到底，而是撒腿败走了事；强者也不追赶，只求抱得玉人归，雌鹿终成为胜出雄鹿的财产。10 月末，交配季结束，雄鹿又恢复平时绅士一样彬彬有礼、清心寡欲的样子。鹿群也逐渐地回归原先的生活，继续努力地撕树皮，啃小树，一心保持、扩大族群的栖息地。

大量历史和考古学信息，都指向同一个结论：我的广袤怀抱里，很久很久的岁月里，无论亚洲、非洲，还是欧洲、北美，都有鹿群徜徉、嬉戏、溪边饮水的影子，林间格斗的一团团飞叶扬尘。鹿族，包括梅花鹿、马鹿、白唇鹿、驼鹿等，一直是主要的大型食草哺乳类动物，直到 19 世纪人类的枪炮将其逐出森林。“20 世纪早期和中期那些没有鹿的森林，是偏离常态的森林。”

10 月初，白天时间变短，气温逐渐转凉。风，却变得斯文，白云如丝如缕，淡薄高远，你们谓之秋高气爽。更显著的是，阳光映在脸上酥酥的，落叶植物开始分解叶片中的叶绿素。春日，光合作用下，叶子吸收阳光中的红色光、蓝色光，将绿色光反射出来，使叶子呈现出绿色。此刻，叶绿素被分解，叶子的绿色越来越浅，之前被叶绿素掩盖的两类光合色素，显露出本色，一种是橙黄色胡萝卜素，一种是黄色叶黄素。还有，如果类胡萝卜素被一种叫单宁酸的化学物质给氧化浸染，叶子颜色便变为棕色，如橡树叶。一些树木，如枫树、漆树叶子里，还暗含有花青素。当秋天叶绿素退去，它在偏酸性的细胞液中呈现红色，千树万枝又抖出一团团红叶。妙的是这素那素，沉潜在各类叶子里并非胶柱鼓瑟，在多在少，率性所为，蔚然天成，一朝峥嵘本来面目，让林子呈现一条色彩的河流——从黄色、金色、橙黄色、棕色，到绯红、绛红、铁红、鲜红。

树叶斑斓多姿的同时，成熟的果子也日渐压弯枝头。山毛榉、枫树、橡树、松树，砰砰落地的果实，对昆虫一类小生命，如小行星撞击地球；对大动物，则是天上掉下只“绣花鞋”，无不喜大普奔。被子植物的子房参与了果实发育，形成果皮。膜质的外果皮、肉质的中果皮和骨质的内果皮后，才见褐色的种子。松柏杉一类裸子植物，没有真正的花和果实，种子是裸露的，成熟后从孢子叶球中溅落。

午后，一般是林子里风力最张扬的时辰，松果如同密集的雨点一样落下来，打得地上噼啪作响，听起来像燃起了一阵山火。松果是松鼠的最爱，它们将它忙不停地拖进储藏室。

十月：木叶落。芳草化为薪。苔枯萎。芦始荻。朝菌歇。花藏不见。[①]

秋风带剑气。也有不为时序所动的常绿树种，例如冷杉、雪松，还是那样高耸，一层层的针叶，密匝匝的，犹如老鹰的翅膀一样压下来，浓得黑黢

---

① （明）程羽文：《花月令》。

北美红叶

黢的，由下往上，形成一柱威武的锥体。墨绿的针叶依然，拂了一层银霜似的也依然。你们或会想起镜头前那些极少情感流露，貌似睿智、稳重，俨然确是天降大任的官员。可多数树，叶与枝却终究要雁影分飞，万枝千柯，摇摇瑟瑟，风中满是闹纷纷、乱嚷嚷，如大学校园中的毕业季、营房里的复员退伍日。千千万万的叶子，都在与母树道别。有繁华照眼，就有灯下楼台；有雍容优雅，便有神凄魂恻。何况一个轮回、一次循环，该经历的，都已经历，如风雨如晦之刻，一员将伤疤与桃花一起披挂身上的战将，倒下前，勉之朋辈曰："该行的路，我们已经行过了。该打的仗，我们已经打过了。我曾过眼的天地烟云，我曾亲炙的当世贤哲，我曾结交的美人英雄，也许是他三世也不能遭逢的幸运。"①

落他个稀里哗啦，痛快淋漓吧。

秋夜，欧阳修先生秉烛夜读，有一种声音，自西南方向传来，乍起窗外。他告童子："此何声也？汝出视之。"童子回屋说："星月皎洁，明河在天，四无人声，声在树间。"果不其然，"初淅沥以萧飒，忽奔腾而砰湃，如波涛夜惊，风雨骤至。其触于物也，鏦鏦铮铮，金铁皆鸣；又如赴敌之兵，衔枚疾走，不闻号令，但闻人马之行声。'"②

这就是秋声，随那夜无边的落叶，说来就来了。

若远离林子，古人们便靠附近的梧桐树识节气。宋代，立秋这天，皇宫的太监们会将栽种在盆中的梧桐移入宫殿内。立秋时辰一到，太史官高声奏报"秋来了"，若是梧桐应声落下一两片叶子，便是寓意报秋了。你们读的唐宋诗词中，梧桐，常常作离情别恨的意象。白居易《长恨歌》里有"春风桃李花开日，秋雨梧桐叶落时"。温庭筠《更漏子·玉炉香》更是，"梧桐树，三更雨，不道离情正苦。一叶叶，一声声，空阶滴到明"。但梧桐，亦被有

---

① 野夫语。

② （宋）欧阳修：《秋声赋》。

秋日上海梧桐树

些看透历史堂奥、尘世凉薄，能适时躲去寂地清心里的政治人物所垂爱，如宋美龄。其中一个原因，或许便是梧桐不像有的树，拖泥带水，狐疑重重，寒冬冷月枝柯上还支棱着几片枯黄的叶子，恨不能在这叶子上再刷上一道绿漆……

11月，秋雨绵绵，雾气越来越大。森林里已少见浓稠的树叶。挺拔的松树、杉树、桦树，还有椤树、青冈树、山毛榉，层层叠叠，枝蔓交错氤氲。贴地的草丛，透着深浅的黄色，以戒备姿态，应对霜降的到来。在霜冻来临之前的好些日子，植物就开始准备，将DNA和其他的精妙结构，转移到细胞中心，再用保护层包裹起来。变形的细胞厚实、柔软，且忍耐性一流，能够消解霜晶的侵凌，不受丝毫损伤。林中的大小动物也不闲着，林鼠每次回洞里，都要衔点东西，小蘑菇、野菜根和松子。“深挖洞，广积粮”，储存足够两年吃的。为了不让食物腐烂，太阳高照时会把食材搬出来，放在倒木上晾晒，傍晚再收回洞里。

亚洲丛林里多为深褐色、黑色，在美洲多为棕色、灰色的熊，为过冬要寻觅的主要食材，是榛子、橡实、山核桃、松果、款冬叶和其他草本植物。这个内八字脚的大家伙，能够爬到树上，见高枝上那些够不着的橡实，会一边摇树，一边俯视地下能落下几何。食材搬进打算冬眠的树洞后，它会在洞上面的树干咬出一个不大的通气孔。真到冬眠了，那通气孔的周围便挂满白霜。狩猎者据此知道，树洞里一定有野物。怪不得猎人会叫它“熊瞎子”呢……

12 月，树木和生命都被冰雪覆盖。到冬至，所有树木的叶子皆脱光，色彩离退了，树干枝丫刺向天空。像一个昔日有声有色、热气腾腾的老厂子，突然停工，不管是献出了青春，还是干到了大雪袭顶，几十年后刻在记忆里的颜色，不是黑不是白，而是两者之间的灰。

暴风雪来临时，林子里的气温骤然下降到 −15℃。中国东北、日本北海道等地区，温度更低。天空、大地，统统不见，唯有暴风雪无际的身影，似数千条陕西汉子齐吼信天游，几十座广场上中国大妈嗨高了舞……其势之猛烈，可将树连根拔起，树根带土被翻出来的黑洞洞窟窿，在白雪之下，像大嘴巴抽气一样时张时合。每刮一阵旋风，风道上就倒下一片树木。厚重的积雪及冰凌，时间长了，也会压趴下一片树木，随一阵痛苦、沉闷的巨响，大大小小的冻土块子弹般射向四方。

然而，暴风雪过后，光秃秃的灌木和乔木，看上去与其说是一片枯涩凝重，莫如说是在冬天攥紧的铁掌中至死不悔。那一刻，我化万千之态，附体于雪景中的巨树，进入长时间的休眠。休眠，为的不只是保护自己，也是从之前的季节累积的重度疲累中恢复过来。

深雪里安然若素，冷峻里热力暗流，疏离间“微信”点发，如你们家里窗台上，已有三四寸长的水仙叶子，清丽脱俗，奕奕生动，静候春风的到来……

四　一棵大树，在世界站成永恒

过了好多时辰，依旧听到树声

“因为森林内植被繁密，除日耳曼人之外，外人极易迷路。”

德国电视二台（ZDF）推出的《我们的森林 2017》系列纪录片中的这句话，道破了森林对于德国人“根”“起源”等的意义。

早在公元前 500 年前，游牧民族日耳曼人就已经在森林里寻生，和各种野兽搏斗，与各类野生植物为伴，接受的第一自然法则，就是弱肉强食、物竞天择。公元 1 世纪时，日耳曼人突然从条顿森林里冒了出来，将远征至此、视入无人之境的罗马军团，杀个落花流水。罗马军团装备精良、训练有素，一向凯歌高奏，竟败在森林里钻出来的一拨拨“土拨鼠”手下，这成了日耳曼各原始部落间认同感的滥觞。

远在现代德国成立之前，森林就与这片土地上的先民，结下不解之缘；换句文学点的话说，比起世界上其他任何一个国家，德国人的心灵，更容易受到森林的激荡与吸引。18—19 世纪以来，以森林和树木为题的诗歌，在德国文学的长廊里，目不暇接，流光溢彩，许多诗人、哲人，都热衷于礼赞森林、歌颂树木。流布最广的，首推歌德的《漫游者的夜歌》：

一切峰顶的上空

静寂，

一切的树梢中

你几乎觉察不到

一些声气；

鸟儿们静默在林里。

且等候，你也快要

去休息。

条顿森林，又称黑森林，是德国最大的森林山脉，面积达 9000 多平方公里，位于德国西南部的巴登－符腾堡州。在南北长 160 公里、东西宽 20—60 公里连绵起伏的山区内，密布着大片由针叶林为主的原始森林，树叶颜色深，且树盖庞密，挤挤挨挨，“呼天号地”，远看一片黑压压的。走进林子深处，除去踩过树叶发出的沙沙声，四围万籁俱寂，树干如阵，枝叶如堵，如入迷宫，适宜躲藏，适宜抛弃，你突然发现自己被世界遗忘在一个角落。

根据树林分布稠密程度，黑森林分为北部、中部和南部三部分。北部黑森林，从巴登巴登到弗罗伊登施塔特，这里分布着大片由松树和杉树构成的林子，远远望去呈现浓重的墨绿色，色调最为浓稠；中部黑森林，从弗罗伊登施塔特到弗赖堡，汇集了德国南部传统风格的木制农舍建筑；南部黑森林最具吸引力，从弗赖堡延伸到德国和瑞士的边境，树林逐渐被草地间隔分开，风光渐渐向瑞士风格靠近。

站在黑森林中海拔最高的费尔德贝格峰上眺望，没有一览众山小的王者气派，有的只是绿茵茵扑面而来的莱茵平原，清新美丽的瑞士西部风景，巍峨却朴实的法国斯特拉斯堡大教堂。其间，棉花和羊毛一样松软的白云，山岚袅袅，河溪轻流，不时点缀着蜂箱和谷仓，而河谷地上大大小小、色彩各异的村镇，宛如上帝漫不经心散落的玩具。一派田园牧歌、世代和平、老百姓悠然过日子的腔调，一下让在“革命年代”“宏大叙事”里好不容易走出来的人们嫉妒、温热，又莫名酸楚，被箭矢一般锐利地击中！

与德国许多地方一样，黑森林的森林，至少有着350年以上的历史。其肇始于削平四分五裂与诸侯专制统治为特征，之前存在着将近300个诸侯国的德意志。登上近代化起点的勃兰登堡大选帝侯，即腓特烈·威廉（统治时期为1640—1688年），在1685年颁布法令，规定每一对新婚夫妇，必须种植6棵果树、6棵橡树，方能成婚。200多年过去，相沿成习。到了19世纪末20世纪初年，尽管德国已一跃为世界第二大工业国，但是德国的森林，并未在工业化的滚滚车轮下破碎，其覆盖率还是占到德国国土面积的1/3。

若要问德国人喜爱的树，首推椴树。

在首都柏林，最亮眼的大街，无疑是菩提树下大街，德语名为“Unter den Linden”，意为“椴树下”。其中的“Linden”，中国人或按音译成“林登”，或由日语转译为“菩提树”。椴树在日语中称作“菩提树”，深受日文影响的中文便将错就错。菩提树是桑科榕属的植物，与椴树相比，菩提树的叶子要大很多，雨滴尖也会长很多。台湾佛光山上，便有一大片长势旺相的菩提树。

作为连接东西柏林之间的中心干道，菩提树下大街穿过勃兰登堡大门，经巴黎广场向东延伸，直到高耸的柏林电视塔，全长约1500米，宽60米。沿街两边有许多重要景观名胜，如洪堡大学、阿德龙饭店、腓特烈大帝骑马雕像、国家歌剧院、德国历史博物馆、宫殿桥和柏林博物馆岛等。16世纪时，这条观光大街的前身，还只是一条骑马的石子路。1753年，腓特烈·威廉二世治下，将这条路延长加固，并在路边种植椴树、胡桃，前后经过400年时光的磨洗。

“二战”快结束时，这条大街遭完全炸毁，饥寒交迫中的柏林市民，不得不将椴树砍倒用作燃料。冷战时期，这条大街又成了东柏林阴森的边界。柏林墙倒塌后，修复与重建的工作逐渐完成，柏林人再度种上椴树。今天，菩提树下大街早已恢复昔日的繁华与热闹，远远望去，其漫延的浓荫穹顶，就像滑过一片古典建筑群而去的绿色波涛。

椴树，是德国市区街道最常用的行道树、装饰树。

柏林马路边的树木

每年5月前后，满树小白花簇开，每一朵花都带有半边生的翼片，嗡嗡蜜蜂，丝丝甜香，飞落时似螺旋桨在空中打转，引来绿蝶翩翩飞舞。因为其花特别香，酿出来的蜜特别醇，又被人们称作蜜蜂树。以前中欧的很多地方，每个村落中心都会种上一棵椴树，椴树下经常是聚会、信息交流或者是举行婚礼的地点。椴树下也经常成为“村庄法院”，故椴树还被称作“法院树”。在日耳曼人心中，椴树是神圣的，且与橡树相对，常被认为是女性的植物，其名字也与德语“柔和”（lind）一词音近。从前，德国先人在孩子初生时，会在自家花园里植下一株椴树，相信椴树长好长坏，能预测孩子未来的命运。椴树木质软，易切割，是德国人制作木质餐具和其他家用物品的主要木材。椴树叶是一种草药，其花可增添饮料、甜点、糕点的芳香，喝椴树花茶能帮助发汗、预防感冒，椴蜜则被列为特等蜂蜜。可谓一木一枝、花开叶落，均与德国人的日常生活息息相关。

椴树更被普遍视为“思乡树”。

对一个德国人而言，它勾起的联想是温馨甜美的家园、和平静谧的生活、温暖的爱情和亲情。舒伯特有一曲《椴树》，歌词来源于一位快要病死了的德国青年诗人米勒的《椴树》，听起来柔美且感伤，有着不得不离去的惆怅——

在城门外的井边／长着一棵菩提树／在它的绿荫之下／我做过美梦无数／在它的树皮上面／我刻下许多情诗／不管忧愁和欢喜／我总要常去那里……／现在我离开那里／已过了好多时辰／我依旧听到树声／那里能获得安静！

圣诞树，也是德国国树之一。

关于圣诞树的传说有很多，但德国是圣诞树公认的起源地。银枞树，学名冷杉（松杉目、冷杉亚科、冷杉属），被认为是最传统的圣诞树。在北美洲、欧洲，常用作圣诞树的，还有香脂冷杉、欧洲云杉、欧洲赤松、塔松等。早在16世纪，德国北部的民众喜欢把长青的松柏枝拿到屋中去摆设。19世纪初，这个传统慢慢遍及全德，松柏枝亦演变成现在的圣诞树。1840年，英国维多利亚女王和来自德国的阿尔伯特王子结婚，后者将家乡的圣诞传统引入英国皇室。维多利亚女王一家人围坐在圣诞树下的照片，在《伦敦新闻画报》上登了出来，自此，圣诞树在英伦三岛登陆。后来，随着大批德国移民抵达新大陆，圣诞树也引起美国人的注意及模仿。

现如今，世界各地的圣诞节里，圣诞树成了最重要的Logo，点缀着圣诞节的多彩多姿，也象征着快乐与希望。今日德国，圣诞树一般是塔松、冷杉等，要求树叶颜色绿中透亮、枝叶繁茂、枝干匀称。根据德国圣诞树生产协会估计，德国圣诞树销售每年总产值达7亿欧元，仅在2014年，就售出2300万至2500万棵圣诞树。在人口只有8000多万的德国，这意味几乎每个家庭都购买了圣诞树。市场上销售的圣诞树90%为德国本地产，10%来自欧洲其他国家。一棵圣诞树的价格多由其高度来定。在柏林，一棵一米高的圣诞树价格，是18—24欧元。树越高，价格越贵。面对如此庞大的需求，若是砍伐森林，后果不堪设想。德国人购置的圣诞树中，绝大多数来自专门的大型种植农场，全德圣诞树农场种植总面积达5万公顷。

德国，还有一种“五月树”的传统，大约开始于13世纪。关于其来历的说法莫衷一是，有说是对森林之神的尊重与崇拜，有说与基督教有关，还有说是为了庆祝严冬过去，春暖花开。

在5月1日这天，德国许多城镇都会在市中心的地方竖起一根高大笔直的树干，顶端套着用绿树枝和各色彩带扎成的一个大花环，或者系满缤纷彩带。南部巴伐利亚州的“五月树”比较特别，只是一根蓝白相间的杆子，顶上放一个纯以树枝扎成的环。距离慕尼黑市20公里的小镇艾舍罗，2010年的“五月树”，干脆竖起一整棵高达57米、重达18吨的黄松，被载入吉尼斯世界纪录。

最具德国特色的山毛榉森林

对于年轻人来说，“五月树”更多的意味，在于昭示爱情。它一年一次，却比单独给心上人送一束玫瑰花来得隆重、公开、壮观，一代人雨露均沾，天下共美为之大美。它的规矩：首先，树种得选对，不懂植物学不行，树种仅限白桦或者云杉。其次，“五月树”竖立的时间，不能大白天，而是半夜三更。早不行，迟了也不行，好像4月30日的子夜雾起，才是春情泛滥、洪波迭起的至妙时辰。此外，不是闰年，由小伙子们送给姑娘们，闰年则由姑娘发动“夜袭”。

德国人以严谨、理性而闻名于世的性格，似乎让这个民族多了些呆板和冰冷的气质，若这就是你对德国的全部印象，那便走眼了。能孕育出格林兄弟、歌德、席勒、舒曼、勃拉姆斯和贝多芬的国度，骨子里怎么可能少了优雅浪漫呢？

德国有一棵著名的橡树，几乎全德妇孺皆知。

奥伊廷镇（Eutin），汉堡东北约100公里的一座小城，市内有漂亮的中世纪城堡、美丽的湖泊，总人口不及2万人，可谓一张邮票般大小的袖珍城市。其郊外，有一棵500岁的老橡树，被称为“新郎橡树”。树干上有一个颇大的树洞，得踩楼梯才够得着。传说，1890年，当地一位名叫明娜的姑娘，爱上了名叫威廉的年轻巧克力师傅。明娜的父亲不允许两人见面，两人偷偷通信，并约好将信放在这棵橡树的树洞里。一年后，明娜的父亲脑洞大开，两人在橡树下终成正果。此事传开，当地单身男女纷纷效仿，把自己难以启口的情愫、烦恼、揪心，写下丢到这个洞里。丢到树洞里的信不被公开，凡来到者都可以翻阅。唯一的规则是，如果拆阅后不想回复，必须将信放回洞中，待后来人回复。

1927年之前，橡树“红娘”，在小城促成了100对以上姻缘。从这年开始，邮局为它设立邮址。在交友应用平台推特出现之前，全世界各地的人写信寄到这邮址，希望以一枚邮票的价格找到自己的另一半。每周六日，都有一名邮差风雨无阻穿过森林，爬上3米高的梯子，把翘首期盼几乎冲出信皮的信件塞到树洞里。卡尔－海因茨·马滕斯，递信的时间最长。在他为此送信的 20 年里，只有 10 天没有信，多的时候一天要递送 50 封信。一年收到大约 1000 封信。信多数是夏天寄来，大概在世界各地夏天都是单身男女心头浪打浪的季节。其中，1988 年，寄信人是民主德国一名 19 岁的姑娘克劳迪亚，联邦德国的一位农夫弗雷德里克・克里斯琴森读到这封信，并给她回信。在一封信变成 40 封信后，两人坠入爱河。跨境通信近两年，当柏林墙倒塌后，他们才第一次见面，并于次年结婚。

1989 年，德国电视台做了一期关于这棵橡树的特别节目。在节目上，主持人问马滕斯本人有没有在橡树下找到爱情。他说没有。几天后，他在树洞里发现一张字条，是一位叫雷纳特的女子寄给他本人的。上面写道："我想要见你。你就是我喜欢的类型。现在我也是单身。"1994 年，两人结婚，在橡树下办了婚礼。

德国人寄情于森林，并予以丰富绮丽的想象，在世界民族之林中，尤为突出。

去过科隆的游客，少有人不被莱茵河畔的圣彼得大教堂震撼。它是德国最大的教堂，也是世界最高的教堂之一，以高峻、轻盈、雅致著称于世。其独特的哥特式造型，即来自古罗马人入侵德国地区时对其大片高耸、冷峭原始森林的印象；教堂里各种扭曲精致的塑像，则象征森林里纷繁的生灵。犹如森林里不会有两株一样的树，在德国，也很难见到有两座同样的建筑物。

德国古典严肃音乐，与德国森林的关系极为密切，每三个音符中就有一个是森林的气息。另外两个，是爱情和上帝光辉的灵魂。韦伯的歌剧处女作叫《森林的少女》。勃拉姆斯有《林中夜》。翻开各种版本的贝多芬传记，都记载贝多芬经常隐没在维也纳近郊寂静森林的浓荫处。散步时，他随身带着笔记本和铅笔，不时化吉光片羽，为灵动的音符。这样的笔记乐谱，在他的遗稿中有 2500 页之多。1815 年，他日记里的一段话，至今保留在小路旁边竖起的一块绿色牌子上："仿佛大地上的每一棵绿树，都在向我述说。神圣啊，神圣！森林里的一切，都让人心旷神怡。谁能把这一切用语言来表述？森林里的甜蜜和静谧……”

致力于民间童话和传说搜集、整理的格林兄弟，让笔下受到继母虐待的白雪公主，逃进森林里遇到七个小矮人相助，摆脱后母的诅咒，终于找到真爱的王子。戴顶小红帽的小姑娘，给祖母送食物，森林中迷路，遇见了狼，她从未见过狼，向狼问路，狼知道后，诱骗小红帽去采野花，自己跑到林中小屋，把小红帽的祖母吃了，又乔装打扮为祖母，等小红帽来时，一口把小姑娘吃了……今天，年轻的爸爸妈妈、幼儿园的老师，给孩子们讲的第一个故事，是《格林童话》。世界上流传最广的文学作品，是《格林童话》。

森林，常常是德国建筑、音乐、文学的经典背景组成元素。

森林，更多地反哺于德国人的心灵与精神。

德国现代作家、诗人赫尔曼·黑塞说：“树木对我来说，曾经一直是言辞最恳切感人的传教士。当它们结成部落和家庭，形成森林和树丛而生活时，我尊敬它们。当它们只身独立时，我更尊敬它们。它们好似孤独者，它们不像由于某种弱点而遁世的隐士，而像伟大而落落寡合的人们，如贝多芬和尼采。世界在它们的树梢上喧嚣，它们的根深扎在无垠之中；唯独它们不会在其中消失，而是以它们全部的生命力，去追求成为独一无二：实现它们自己的、寓于它们之中的法则，充实它们自己的形象，并表现自己。”

德国当代历史学家亚历山大·德曼特认为：“森林和树木，对于德国人而言，是他们的自我意识、他们对乡土的眷恋、他们的内心幸福的一个组成部分。在这一点上，世界上没有一个民族，可以与之相比。”

走出森林，如一只受伤的动物

森林里有仙子般变幻不定的云气，林中的悄然投影，与各种神奇的色诱图变，必然的风来雨行，与偶然的露珠水滴，篝火渐渐黯然的长夜，天上如谜一样撒出来的星子，还有春天的律动，夏日的蓬勃，秋季的惆怅，冬日的潜藏……

对此，古往今来，太多的德国人，摒弃红尘与热闹，以孤独体验观察，以孤独沉思冥想，用孤独打磨烦躁；在孤独中既仰望上帝，又回到自己，孤独成为“天人合一”、与自己心灵以及与宇宙中神秘力量悄然私语的“天涯海角”。在其他民族到达不了或到了却不可表述的思维盲区，德国人却如一群受伤也决不放弃的孤狼，在孤独的森林中找到出路。

宗教改革后几百年来，从德国森林里走出的黑格尔、莱布尼茨、康德、爱因斯坦、尼采、叔本华、海涅、巴赫、贝多芬、歌德、席勒、舒伯特……每一个人无不“朝闻道，夕死可矣”，在人类思想、艺术的巅峰上，作风雨之声，拥大吕之响。尤其康德，生来身体羸弱，个子矮小，体弱多病，身材有点畸形，一边的肩膀比另一边高。他终身没有离开东普鲁士省首府哥尼斯堡[①]，终身保持在下午去林中散步的习惯。一些本地居民，有个对准时钟的办法——康德开始散步时，总准时在下午三点半钟。他从生长着菩提树的中心街道，走到一片菩提树林，再由此返回。后来当地居民就把这条街称为哲学家路。

这个很难吸引女人目光多停上一刻的踽踽独行男，却以洪荒之力，把此前哲学的视野从天上拉回了地上，写出《纯粹理性批判》《实践理性批判》和《判断力批判》三本书，至今仍是全世界哲学系学生的必读书目。1795 年，即他 71 岁这一年，写下的一篇长文《永久和平论》，可以简要总结为八个字：内有自由，外有和平。内有自由，是指国内秩序；外有和平，是指国际秩序。两者的结合，就是康德预见到的未来世界秩序的理想模型。

你看看，今天世界范围内由发达国家组成的共同体，大体上不就是随这个踽踽独行男投向林中的影子，在亦步亦趋吗？有学者认为，康德一人，足敌得过世界上所有哲学家。姜太公在此，诸神退位……

---

① “二战”德国战败，苏联占领哥尼斯堡，将其改名为加里宁格勒。

大森林里，走出了最古老的海德堡大学——德国浪漫主义的象征和精神圣地。海德堡位于法兰克福和斯图加特之间，四周山峰重叠，树木郁郁葱葱，清澈的内卡河静静地流淌。古老的双塔桥，悄无声息地横跨在南北两岸。欧洲著名的古堡之一——海德堡古堡——就在小城脚下。海德堡大学的教学建筑楼，散落在内卡河两岸，大学没有高高的围墙，也没有显著的标志，好像海德堡就是大学，大学就是海德堡市。在其 600 多年的历史中，黑格尔、胡塞尔、海德格尔、叔本华，都留下了他们的足迹。有 3 万名来自世界各国的学生在这里就学。这里先后有 27 位教授获诺贝尔奖，如今该大学已是具有近 20 个学院的综合大学，其中医学院临床学和哲学研究，在世界上享有盛誉。

大森林簇拥着驰名全球的马克斯 · 普朗克研究院。

其被命名者，揭示并推动了 19 世纪末至 20 世纪 30 年代量子论、原子物理学以及相对论风急浪涌般发展的伟大理论。1900 年，深秋的一个傍晚，普朗克像往常一样在柏林近郊森林中散步，落叶在脚下沙沙作响。他突然停步，抬头看看树梢中露出的碎碎的蓝天，顷刻，对走在身边的儿子说："刚才，我好像有了一个发现，它和牛顿的发现一样重要。"当天晚上，他在笔记本上写下一个从诞生起就注定要光耀千古的等式：$\varepsilon = h \cdot r$ ，这就是日后普朗克定律（或称黑体辐射定律）的缘起。看来，林中小道，不但有哲学冥思如鸣禽流啭不绝于耳，亦有理论物理、理论数学的猜想、破解，如林中云纱间隐约浮现的仙子……

1954 年以来，德国有 108 名诺贝尔奖获得者，其中 32 位来自这个研究院。

大森林里，孕育了德意志深厚的人文精神。还有一条日耳曼式精准可靠的工业流水线，从汽油发动机、电动机车、汽车、柴油发动机、直升机、雷达、磁悬浮列车，到电话、X 光射线、微型照相机、电子显微镜、传真机、扫描机、磁带随身听，直至细小至摔在地上十多次捡起来还可以用的圆珠笔，都是德国人的原创。德国是一个崇尚技术的"工程师国度"。英、法完成第一次工业革命时，德国还是个农业国，很晚才开始跟进工业化。没有哪家企业是一夜暴富，“厉害了，我的哥！”往往是专注于某个领域、某项产品的小公司，文火煲汤，十年磨剑，百年树木，慢慢熬成了全球驰名公司。

德国人，不承认有“物美价廉”这回事，你跟日本人可以谈价格，但你跟德国人砍价格，不啻要拔蚊子的眼睫毛。德国30%以上的出口商品，在国际市场上没有竞争对手。8000万人口的德国，居然有着2300多个世界名牌。

在近现代史上，德意志民族也强烈地凸显其独特的战争价值观念和战争行为。森林社会的法则——弱肉强食，物竞天择——在日耳曼民族心灵打上的烙印之深，是其他农耕民族、游牧民族、航海民族所无法比拟的。

日耳曼人，长年在森林中以打猎为生，眼疾手快，设陷伏击，杀伐决断，凭着自身的智谋、勇气，成为森林之王，并产生最初的优越感。一旦拥出森林，把莽林中练就的伏敌胆魄、擒敌谋略，带入人类厮杀疆场，高卢人、罗马人落花流水，曾横扫欧亚大陆的匈奴人，也望风披靡。在杀戮和毁灭中，也在意志的张扬中，感受到极度的快乐。从铁血首相俾斯麦的第二帝国开始，德意志民族就以铁血传统著称，彪悍而狂妄。且看阿道夫·希特勒，“阿道夫”在古高地德语中的意思是狼。他的第一个情人，叫他“狼”。他是作为“狼先生”被引荐给爱娃·布劳恩的。其游艇叫“海狼”，私人飞机叫“飞狼”。他在东普鲁士、乌克兰和法国的现场指挥部，使用“狼”这个化名。“二战”中，他的一个最得力战法，是U形潜艇使用的“狼群战术”。这战法重创了盟军海军，这U形舰艇本身就叫“灰狼”。希特勒还有“白色方案”“黄色计划”“巴巴罗萨计划”等接踵而至的闪电战，令欧罗巴大地惊恐万丈……

希特勒俨然可主宰人类命运的宙斯。在纳粹党献给希特勒50岁生日的献礼——黑森林附近上萨尔茨堡山中的一座别墅“鹰巢”里，上门者除了孩子，无不是大吹法螺、谀辞如潮之辈，让此前神经紧绷、显得有点歇斯底里的阿道夫·希特勒，身心获得极大的满足、愉悦。他听着瓦格纳的歌剧，偶尔走上阳台俯瞰壮丽无边的绿海，鬼使神差般，很快写毕《我的奋斗》第二卷……

20世纪最杰出的传记作家艾米尔·路德维希，以犀利的眼光，在其著作《德国人》中指出："条顿人灵魂深处，始终潜伏着一种不安全感。"即藏在骄纵感后面的，其实是"不安全感"，"黝黑、阴森、充满恐怖和残酷事件的'黑森林'，是早期日耳曼人灵魂深处'不安全感'唯一真正的来源"。

上古时期，日耳曼人一直在迁徙、缠斗，一个又一个部落，在罗马军团的刀剑下湮灭。待终于咸鱼翻身，从公元8世纪到11世纪，北欧维京海盗，又驾着龙头船，在欧洲不断挑起祸端，毗邻丹麦的德国，始终不得安宁。进入现代，理性主义大行其道，但是那种来自民族集体无意识的深层次的气质，始终没有消失。这给解释自古至今日耳曼人数次"不可抑制地向远方发展"，提供了一条注脚。每当这个民族面临历史大动荡时，"不安全感"就会莫名其妙地被放大，导致极端的"寻找安全"行动，只不过这类"返祖"现象，涂上了几层当下纳粹主义的狂言呓语而已。[①]

德国民众是怎样放弃康德的理性精神，去相信这番狂言呓语的呢？

开场约在1939年。德国外交部说，波兰侵略德国早有预谋，此前，其境内5万多德裔居民被波兰人残忍杀害。指波兰侵略德国，如同说梵蒂冈入侵意大利、不丹占领中国一样荒唐，德国普通民众却都信了；即使是素有名望的知识分子，内心半信半疑，也不去公开质疑，除非想被骂成"舔波兰人屁股的卖国贼"。

纳粹政府的谎言，像跳蚤一样蹦得更起劲：犹太人控制着波兰。紧接着，苏联被犹太人控制了，英国被犹太人控制了，美国也被犹太人控制了，一场对付犹太人的战争，已迫在眉睫。几乎所有德国人，都将应有的理性完全交

---

① 倪乐雄：《森林与"猎人的优越感"——日耳曼民族战争意识探源》，《德国研究》1999年第2期。

了出去，在集体的喧嚣里淹没个体的窃窃私语；于异常惨烈、破碎的现实高墙上，抹上一团信仰的光晕。

1943年的平安夜，在柏林离总理府不远的一家叫夏里特的医院里，小礼堂有个聚会。参加者，除了个别对纳粹作为有所不满、怀疑者，如业界声望卓著，后卷入陆军冯·施陶芬贝格上校策划在狼穴暗杀希特勒未遂事件的外科教授；大多数人，其中包括承担该城市“实验小孩”处理的小儿科男医生，即对残疾儿童，哪怕是遭空袭后变成残疾的孩子，甚至是自己妻子生下的患了脑积水的女婴，统统实施安乐死（纳粹德国共“处理”约20万名病残儿童）的人；神经病科大夫也未闲着，常有军队的伤残病员送来，盖世太保等着他们的检查报告，若是自残以活了下来，即执行枪决；订婚未成，即向警察局举报男友是同性恋的美丽动人的女护士（纳粹德国有5万名同性恋者遭判刑）；还有偷偷将首饰或鞋子衣物，带去勃兰登堡门下的黑市换来几块面包，价值观却始终不曾变动的医院家属……就是这群人，在一片暖融融的烛光前，集体唱着：

平安夜　至善夜
万暗中　光华射
照着元首　也保持警惕
德国的未来　也受到眷顾
指引祖国
平安静享　天赐安眠

平安夜　至善夜
万暗中　光华射
照着圣母　也照着圣婴
多少慈祥　也多少天真

指引祖国
平安静享　天赐安眠

这对“信仰”一词，是何等悲摧且辛辣的嘲弄！这于人性，得有何等巨深至创的分裂？

其实，纳粹建立在谎言上的宣传，能有多高级呢？连戈培尔本人也时常指责宣传部门“战争第二年，我们将会获胜；战争第三年，我们必定获胜；战争第四年，我们不会失败……”的宣传口径不能让老百姓相信。

当德国老百姓终于能够将理性一点点收回来，希特勒本人，早由“鹰巢”退去被炸毁的国会大厦下面的地下掩体内，其指点地图、拨弄盘中的素食，戳着下属的鼻子勃然破口大骂、轻抚爱娃俏丽的脸蛋的嶙嶙手指，又痉挛一般地抖动。无数孩子、父亲，再也回不了家门；德国也将自己的锦绣山河，在战火中化为一片焦炭废墟。

戈培尔（坐着）

落幕的钟声敲响，德国领土比战前缩小了约40%，整个国家分裂成东德、西德两个阵营。

枝叶烧了，根还在。

森林暂时不能环抱残破家园了，人类思想巨匠的森林，却能抚慰民族之痛。

走进康德、爱因斯坦、尼采、胡塞尔、歌德、巴赫、贝多芬、海德格尔的森林去吧，与他们长青的灵魂相拥，用他们的文藻音泉梳洗。德意志，如一只受伤的动物，昔日血糊糊的伤口——浪漫、狂悍与骄纵感并存的“不安全感”，明明是条狗链子，却当成施华洛水晶链戴上脖子的梦幻感——终于结痂蜕皮后，走出森林给世界的第一个感觉，就是有着稚子般深深的歉疚与真诚的谦卑。

联邦德国首任总理阿登纳，上任后，第一件事就是向“宿敌”法国真诚道歉，赢得了法国的宽容，为与全欧洲的和解铺平了道路。1951 年 9 月 27 日，阿登纳在联邦议会发表历史性演讲，誓言德国负有赔偿纳粹受害者的历史责任。1956 年，德国联邦议会通过《纳粹受害者赔偿法》，数以百万计的纳粹大屠杀受害者或其后人，将依据该法获得赔偿。此后，1959 年至 1964 年，德国与 11 个西欧国家签订《全球协议》，为包括大屠杀受害者在内的纳粹受害者支付赔偿金，还与以色列、波兰、俄罗斯等多个遭纳粹涂炭最严重的国家，签订《卢森堡协议》等多个双边或多边国际条约，为其大屠杀受害者或后人，提供长期与全面经济赔偿。迄今已有超过 80 万名大屠杀幸存者获得政府赔偿，总额超过 800 亿美元（约合人民币 5517 亿元）。

这天文数字般的赔偿，绝非打开水龙头便有水哗哗地流淌。20 世纪五六十年代之交，联邦德国政府的 17 个部长中，有 8 人曾在纳粹德国国家机关中担任过领导职务，或者担任过纳粹党及其附属组织的负责人。50 年代末期，仅联邦德国司法界担任法官和检察官的前纳粹分子，便多达 9000 余人。之后对这些人的解雇，不是选择性的、丢卒保车式的摘除手术，而是犁庭扫穴、抽丝剥茧般的全面清洗，其中的冷枪暗箭、孤注一掷以及诘难、博弈、曲折，可想而知。

1970 年，时任西德总理勃兰特，访问波兰，跪倒在华沙犹太人受难者纪念碑前。面对 600 万犹太人的冤魂，他是“替所有必须这样做而没有这样做的人下跪了”。1985 年 5 月 8 日，是德国“二战”投降日，时任联邦德国总统魏茨泽克发表讲话，认为德国在战后 40 年仍将这一天定为“战败日”是不妥的，“今天我们大家应当说，5 月 8 日是解放的日子，它把我们大家从国家社会主义的独裁中解放出来了”。1995 年 6 月，科尔总理继勃兰特之后，在以色列的犹太人受难者纪念碑前长跪不起，重申国家的道歉。1998 年，时任德国总理施罗德，在获得大选胜利后发誓，要对那些还没有获得赔偿的纳粹受害者进行赔偿。德国的一些大公司，西门子、奔驰、大众等，提出为“纳粹劳工”设立巨额赔偿基金，共拿出 50 亿美元，再次对纳粹迫害的 100 多万劳工幸存者作出赔偿。

2010 年，俄罗斯为庆祝“二战”胜利 65 周年，在红场举行隆重阅兵仪式，阅兵队列中有英、美、法、波（兰）军队。令许多中国人惊讶的是，站在梅德韦杰夫总统身后的不是中国领导人，而是应邀参加阅兵观礼的德国总理默克尔。我相信，正是德国政府和人民对“二战”和纳粹的深刻检讨，默克尔总理才能坦然应邀并出席阅兵仪式。最近的 2019 年，德国政府向仍然在世的大屠杀幸存者提供赔偿，每人可以获得 2500 欧元（约合人民币 1.96 万元）。此时，约有 1000 人在世，最年轻的也已 80 多岁。

从政府到民间，都有勇气说，接纳纳粹，是德意志民族 2000 年来的最大败笔；德国人有一次就够了，决不会在摔倒过一次的地方，再摔倒一次。不仅仅是勇气，还有使反省纳粹这一民族劫难的活动，走向制度化、法治化轨道的深刻理性。

自 1985 年起多次修订的《德国刑法典》第 130 条与第 189 条，将公开否认或辩护纳粹大屠杀行为确立为严重的刑事犯罪行为，不受《德国基本法》第 5 条“自由表述”条款保护，行为人可被处以 5 年有期徒刑或罚金；而美化纳粹或为纳粹辩解、损害大屠杀受害者尊严的人员，可被处以 3 年有期徒刑或罚金。2009 年，德国联邦宪法法院在“温德尔决定”中，重申了《德国刑法典》第 130 条关于严惩否认大屠杀言行的内容。凡喊纳粹口号、打纳粹旗帜和佩戴纳粹标志的，均属违法，都要给予刑事处罚，并严令禁止新纳粹分子在大屠杀遇难者纪念物附近从事集会游行活动，以捍卫大屠杀遇难者的人格尊严。

中学历史课的教材中，将大屠杀罪行列为青少年必学内容外，最侧重的两个知识点，分别是法国大革命和第三帝国、民粹主义。“一战”结束后，《凡尔赛和约》带给德国沉重的负担，纳粹党靠宣扬民族社会主义、反犹主义等不断壮大，并通过合法的民主选举进入国会。最值得注意的是，希特勒当上总理后的德国，德国人从前惯用的问候语“你好”“早安”或“上帝问候你”，渐渐被抛弃，各级机关、学校，开始使用新德意志问候语“希特勒万岁！”同时，人们相互见面时，要互撞脚后跟立正，并将右手向上伸得笔直。谁要是拒绝这个问候礼，便会遭到惩处。后来发展到私人的一般信件来往，也以“希特勒万岁！”作为结语……

今日，德国社会，早放弃“国家至上”教育，不提倡“作为德国人，我很自豪”说。除了国际足球比赛，国旗也不能随便挥舞。原德国国歌，其余几段歌词可能引起争议，今天只能唱第三段：“统一、法制与自由 / 为德意志的祖国 / 让我们以此奋斗 / 如手足同心同力 / 统一、法制与自由 / 是幸福的保证 / 在此光耀，光耀德意志祖国！”与纳粹德国相关的，能使人联想到那段不堪回首的历史的词汇，一律都是禁忌，比如 Propaganda（宣传）、Führer（元首）等。就连电话本里 Hilter（希特勒）这个姓氏也消失了，原来拥有这个姓氏的家庭都换了名字。

对历史的深刻反思，随着东德、西德的合并，还及时深入红色德国。作为德国学校首选的教学参考片，除了享誉全球的《辛德勒的名单》《朗读者》《我们的父辈》等影视作品，还有中国人看了备感唏嘘的《窃听风暴》等影片，无不是蒺藜扎进肉里的锐痛，亦可闻良知的鞭锋在剧烈地追问。

如果说联邦德国方面追问得最多的是：集中营里，还有战场上，那么多人死去了，为什么你我，或我们的父辈，却能够全须全尾地活了下来？那么，民主德国方面，追问得最入骨的是：一个号称人类社会最美好制度的社会，为什么有着普遍的告密、监控，让人性沦于极度的卑微、扭曲与挣扎？

活着呼啸绿色，倒下融入绿色

今日的德国，早就取得各国的谅解、尊重，成为欧盟最重要的成员国，还在维护全球和平与促进发展中发挥着举足轻重的作用。

与此同时，在现代德国，森林崇拜并未远去，而是日益坚定地演变为跨越各种政治分歧和社会界限的全民诉求，并产生了全球第一个以“未来是绿色的”为宗旨的政党——绿党（Green Party）。

20 世纪五六十年代，由于急于改变战后落后面貌，德国一些地方，也曾出现自然生态环境遭受破坏的状况，如莱茵河沿岸有企业，直接把工业废水排入河中，使河流、周边土壤和地下水都受到污染。1969 年，联邦内政部第一次使用“环境保护”（Umweltschutz）这个词，几乎是翻手之间。这个词，迅速“沦陷”了社会各个阶层。80 年代初期开始，德国媒体纷纷睁圆眼珠，开始高调报道森林正在死去。1983 年《明镜》周刊的一篇文章，尤其说得危言耸听：“我们面对的是一个生态学上的广岛。”“一排排的树木越来越稀疏，就好像是军队士兵在密集炮火之中纷纷倒下……”

当时媒体上的照片和录像，大部分来自德国东部的厄尔士（Erz）山脉。那里的确有一片树林死掉，这是因为附近一家煤矿释放出大量二氧化硫，下雨时吹落到了这片树林上，导致树木枯萎。然而，这并不意味着树林“纷纷倒下”在德国是个普遍现象；在生态学上说，与 1945 年被美军原子弹炸成方圆百里烟海火沸的广岛，更不是一回事。但在许多德国人看来，覆盖了 1/3 国土的 900 亿棵树木，有的甚至已经 1000 多岁了，它们的年轮是日耳曼历史的深刻印记，也是与德意志民族伴生的一个庞大家族。树长在哪里，就该在那里“生生不息”；即便长在房屋地基之上，主要干道中间，也不能把它砍去，必须为了让开那棵树而左拐右绕。真有一天树老了、伤了、要倒下了，得有车运着机器来，把树搅成树屑，依然撒在它生长的地方，化为“子孙”的肥料……

从2010年秋天开始，斯图加特市的市民们一直在游行示威，抗议政府计划中的中央火车站改造工程。游行队伍声势浩大，改建工程不得不被临时中止。市政府请一位退休的老政治家出面调停，双方辩如悬河一个多月。市民反对的理由，除了该工程费用预算太高，更重要的是，老火车站周围的很多古树会被砍去。施工伊始，当工人拿着电锯去砍树的时候，就有男男女女的年轻市民爬上树，不肯离开，摆出一副共存亡的态势；一些年纪大的市民，甚至陪在旁边掉眼泪……

调停的结果，火车老站的重建势在必行，但有两个前提：一是市政府和交通部门必须证明，重建后新站的运行调控能力，至少比老站提高30%；二是老站周围的树木，除了少数病恹恹的，大部分都不得砍去，而要移栽去他处。第一个好办，第二个纯属童话，几百年的老树，熟土难离，根脉筋骨大动，活下来的可能性微乎其微。市政府却答应下来，明白此举并非出于理性，但变砍为迁，可大大减缓市民们的痛惜之情……

人们欢呼的，不是德国经济奇迹的漫天焰火，而是紧盯其阴影的一面，哪怕眼下只有硬币一样大。

从20世纪70年代末期开始，德国各地活动着一些小的环保团体和派别。这些团体、派别经过努力，逐渐开始在地方的议会中占据席位，并崭露头角。1980年1月，在当时的联邦德国（西德）卡尔斯鲁厄市，各地的环保派别和团体联合起来，成立了联邦一级的统一政党——绿党。其主张是："保护生态优先、基层民主、社会正义和非暴力。"1983年，绿党第一次挺进国会，马锐鲁斯·贝克当选为首批28位绿党议员中的一员。贝克日后回忆说："选举结果出乎意料，人们简直都不敢相信，而实际上这一结果，也令当时的波恩政界感到无比震惊。"此届当选的政府总理，是德国基督教民主同盟领导人赫尔穆特·科尔。科尔当选后，贝克走到他面前表达了她的祝贺，送上的不是鲜花，而是一束松枝。

贝克笑脸盈盈地说："一个呼吁关注森林大片死亡的公民自发组织委托

科尔如期当选后，马锐鲁斯·贝克走到科尔面前表达祝贺

我，在候选人当选总理后，把这束松枝送给他……”

胖乎乎、圆墩墩的科尔先生，视这束松枝为头上一把看不见的达摩克利斯之剑。他上任后，派人到各地森林里进行抽样调查，观察树冠疏密程度和树叶颜色等，以此判断森林生长情况。科尔政府每年都会据此出一篇“森林受损害程度报告”。这个传统一直保持到现在，只是名字改成“森林状况报告”。

1990 年，德国统一之年举行的联邦选举中，绿党本身没有获得进入联邦议院所必需的 5% 的票数，但与当时东德新联邦州的“联盟 90”政党联合而成功进入联邦议院，开始在统一的德国政治中发挥影响。1993 年，两者正式联合为一个政党，名为“联盟 90”/ 绿党，简称“绿党”。在 1994 年的大选中，“联盟 90”/ 绿党顺利进入联邦议院。1998 年，该党结束其反对党的历史，首次与德国社会民主党组成联合政府。绿党政治家约施卡·菲舍尔，成为副总理兼外交部部长。在 2002 年大选中，绿党再次获得与社民党联合执政的机会，并在联邦议院获得 55 个席位。在全国 16 个联邦州中，绿党进入 10 个州的议会，德国的政坛一时间满眼翠绿。在本届联邦政府中，有三名身为绿党党员的部长：副总理兼外交部部长约施卡·菲舍尔，环境部部长于尔根·特里廷，农业部部长雷纳特·屈纳斯特。

在一般总是身着西装革履、脸上欲迎还拒的西方政治家中，绿党的政治家们，肘腋之间，一颦一笑，显得清新、自然，多是比较休闲的打扮：衬衫敞着领，外面套上休闲服，领带很少出现在脖子上。菲舍尔最喜欢的体育运动是慢跑，电视上常看到他穿着短裤，在异国土地上跑步。屈纳斯特下去巡视农庄，会调皮地扛起锄头，跟着农民在地头走上一圈。贝克出现在公众场合，总穿一件自己手工编织的紫色马海毛毛衣……

2005 年大选，绿党失利，变成在野党，但仍不可小觑，其后总能在选举中获得 10%—20% 的选票。其支持率也远高于德国的一些小党——左翼党（die Linken）、自民党（FDP）和海盗党（Piraten）。除环境议题外，绿党还致力于其他政治议题，如教育、社会公正、消费者保护及气候保护等方面的政策。在绿党的长期影响与压力下，德国什么都变"绿"了：总理默克尔谈可持续发展，教会谈阿门——上帝与森林同在；从政经界要人看的《时代周报》，到市井俗人埋头的《图片报》、淑女名媛青睐的*Brigitte*杂志，都在生态领域竞相刷脸，连世界公认的"不健康食品"大腕"麦当劳"，在德国也把自己 Logo 中的红色变成了绿色。为重新上台执政而马不停蹄的绿党屡屡宣布，要给德国的现代化指引一个"绿色的方向"。

至今，德国已拥有世界上最完备、最详细的环境保护法，在联邦和州层面有环境法律、法规 8000 部，还实施约 400 个欧盟的相关法规，涉及垃圾管理、化学品、可再生能源、气候保护、水资源保护、核能安全等方方面面。2012 年，德国环境部发布的《德国环保产业报告》显示，德国环保产业年产值 760 亿欧元，占世界环保产业贸易额 15.4%，就业人数近 200 万。德国的一项民意调查又显示，85% 的德国人，把环保问题视为国内第二大问题；75% 的人，希望德国的环境政策水平继续保持在欧盟的领先地位。

2018 年 11 月末，德国电视一台的一项民意测验表明，绿党的支持率达到

19%，已上升为国内第二大党。德国绿党的影响与魅力，早走出了国界。

此前，地球人眼里的政党是什么？

是某个阶级、阶层的利益代表，从事政治斗争乃至武装斗争的集团，现代社会上层建筑里最硬核的力量；是治大国如烹小鲜，即使国家像枚散了黄的鸡蛋，也能在“平底锅”里将其收拾得油嫩金黄的政治集团。可如今，一群没有雄心壮志、不会炎炎大语、不做顶天立地之姿的人，聚在一堂，为大树小草金刚怒目，为清风明月菩萨低眉，以民众有着一个美丽的家园、家园里有着舒心和放心的日子，为最急盼最有效的政治。与那些一旦走出报刊、电视等媒体，即少有人关注、搭理的政治相比，这样的政治“春风送暖入屠苏”，自然吸引更多的民众响应。

过去30年间，绿党在世界各地快速成长，组织遍布大部分民主国家，包括加拿大、意大利、法国、芬兰、比利时、荷兰、巴西、澳大利亚、秘鲁、智利、挪威、瑞典、南非、爱尔兰、蒙古国等。大部分绿党，以德国绿党为榜样，以赢得选举为目标，按照选区设置基层组织。至今在上述国家的中央和地方层级，都有绿党推出的公职人员。先后入阁中央政府或进入国会的，有芬兰、比利时、荷兰、法国、爱尔兰等。

1992年5月，巴西里约热内卢召开了各国绿党第一次聚会，决议成立一个绿党指导委员会，每个大洲派两名委员。1993年，指导委员会在墨西哥城第一次聚会，由此建立起一个全球性的绿党网络，包括全球性的绿党年历、BBS网络论坛和目录。这个目录在此后数年中多次被扩大。1996年，全球69个绿党共同发表声明，抗议法国在南太平洋进行核武器试验，这是绿党第一次就全球性问题发表统一声明。次年12月，再次就京都气候协议发表统一声明。2001年，堪培拉聚会上72个国家的绿党代表，通过了全球绿色宪章。

宪章有三个基本目标：和平主义、社会公义（许多绿党尤其强调原住民的权利）和环境保护。绿党的同志们，认为实现绿色政治可以让世界和人心永远充满绿色。

活着呼啸绿色。

在德国，百万人口以上的大城市只有 4 个，最大的柏林，不过约 346 万人；50 万人口以上的中等城市 10 个；10 万人以上的小城市 70 余个。绝大多数的德国人，生活在 5 万人、10 万人、15 万人、20 万人的小城市。

丘陵起伏的北德低地地区和波罗的海沿岸，西南德地区中部山脉梯地带，抑或在南德阿尔卑斯山北麓的高原地区，太多星罗棋布的小城镇，无不村庄城镇化、城镇村庄化：大到银行、商店、医院、邮局、书店、影剧院、消防和交通系统，小到休闲广场、停车场、电话亭、公厕的设置，残疾人无障碍通道、马路的自动收费设施等，几乎凡各种年纪人的各种需要之处，都有一双无形的手在一一安排妥帖，就是上百年历史的老屋，也安装上现代化的卫生设备和供暖设施。小城镇不仅公共服务设施完备，还是农业、林业、饲养业、手工业及服务业的集中地，中小企业众多，与民生息息相关。大量中小工商企业和服务业，创造了大量就业岗位。居民每天的活动半径，开车不会超过 15 分钟。

走进每座小城镇，从公共用地到居民私宅，处处植树造林、栽花种草，住房的墙壁、阳台上瀑布一样布满常青藤、鲜花。森林和花园的总面积，一般都占该城的 1/3。再有，德国境内浓荫若垂云的古代宫廷园林，至今保存完好的 2 万多座古城堡及其他古迹，万串明珠一样连接在小城镇间，令人流连忘返，恍若步步踩在梦幻中。

倒下，也融入绿色。

近些年，越来越多的德国民众放弃隆重的传统葬礼，自发地选择有益于环境的树葬、集体葬和生态葬。其中，选择生态葬的逝者，已达到两成。所谓树葬，就是将逝者的骨灰深埋在一棵指定的大树下，或者把骨灰撒在土壤里，上面种上一棵树作为纪念。树葬没有墓穴、没有骨灰盒（也有的人用可降解的特制骨灰坛，这种骨灰坛足可维持好几周，便自行降解。骨灰上面还嵌入某个植物的种子，几年内会从中长出新的绿色生命）、没有高大的墓碑，只在树上或树下，做一个特定的标记。

20 世纪 90 年代，欧洲第一次听说“树葬”这个词。2001 年，德国的第一个树葬林，便在北部卡塞尔出现。目前，德国已有超过 300 座用于树葬的森林墓地。“安息森林”是德国最大的生态葬礼服务公司，在该公司经营的森林墓地得到安息的就有 6 万人，预定名单已排到 10 年以后。

据说，现在德国有一半以上的民众，愿意在死后采用这种独特的方式安葬。他们认为，树是一种有灵性的生物，当一个人的生命结束后，将他埋葬于树下，生命就可以以另一种形式延续。如歌德《漫游者的夜歌》的另一种中文译本所写：

群峰是如此寂静，
树梢上也听不到半点声音，
森林里的鸟不再歌唱，
它们知道你将在这里长眠……

森林使德国更加“德国”；
也使德国成为一棵大树，在世界站成永恒。

E. 一把密钥

英国广播公司BBC电视节目主持人及制作人大卫·艾登堡……60年来他所制作的大自然纪录片，让全球无数自然爱好者、探求者，从爷爷辈、老子辈，陶醉倾迷到儿子辈、孙子辈。这些片子中，以延时摄像机拍下森林山地里太多鲜为人知的植物行为的精彩片段，让再固执的观众，不能不惊叹：植物的行为，看起来，实在有太多的像动物。大卫·艾登堡毛茸茸的手里，吊着那把密钥，一直在他的影视作品里忽隐忽现……

“巴克斯特效应”

《诗经·隰有苌楚》:

隰有苌楚，猗傩其枝。夭之沃沃，乐子之无知。
隰有苌楚，猗傩其华，夭之沃沃，乐子之无家。
隰有苌楚，猗傩其实，夭之沃沃，乐子之无室。

隰（xí），低湿的地方。苌（cháng）楚，蔓生植物，今称阳桃，又叫猕猴桃。猗（yī）傩（nuó），古语柔美、盛美状。诗中一咏三叹的，是艳羡草木无知无觉无家，不像世上的人一样得饱受别离与苦痛。大概作者生逢乱世，历经重大不幸，才会有此番哀叹。

说我无知无觉无家，是人们没有寻到打开我世界的一把密钥。

“森林”两个字，若流于概念，止于说讲，便失去灵性。鄂伦春族身穿五彩服饰的萨满、日本诸多雪山深处，存在着的一群异类苦行僧，人们称之为山妖。他们没有手电、没有望远镜，更不知声呐器、GPS，仅观察枝动、叶拂、鸟鸣，还有林间雾气的聚散，就可辨别时辰、天气、附近有无野物……他们在迷障重重的森林，如鱼得水，畅行无阻。像是我的一群散失在人间的孩子，靠着无师自通、心领神会的方式，和我磨叽，与我相处。

其实，瓦尔登湖畔的梭罗，也是这样的人。还有你们的先人陶渊明、辛弃疾、李时珍。陶、李两位，你们大都耳熟能详。辛弃疾一生中勉力抗金、决意由南宋收复中原的操行，及其雄奇、阔大、豪迈的词风，与同代另一位爱国诗人陆游，双峰并峙，代表着南宋豪放词的最高成就，凡爱好古典诗词的人，均会有深刻印象；他与我的不舍和默契，你们却不一定清楚。淳熙九年（1182年）后，辛弃疾“却将万字平戎策，换得东家种树书”，自号“稼轩”，取意“人生在勤，当以力田为先”。此后18年，除有两年，短暂出任福建提点刑狱和安抚使，一直隐居江西上饶城外的带湖和铅山的瓢泉。带湖，北沿大茅山，东北临怀玉山，两山均奇峰毓秀、林木葱郁，次原始森林古木参天。他在此购置百余亩土地，造有稼轩、植杖亭、听雪楼、婆娑堂、信步亭等；又买下邻近小山，遍种松柏，为自己徐行吟啸之处。近花甲之年，其所居处失火，遂迁往曾买下并整饬过、出深山而下的瓢泉。辛弃疾大量传世之作，皆产生在这18年里，如《贺新郎·甚矣吾衰矣》：“我见青山多妩媚，料青山见我应如是，情与貌，略相似……”

我说到的这些达人，虽大抵能与我神交心驰，却还未能掌有打开我世界的一把密钥。自现代自然学、植物学、生物遗传学、生态学及其相关技术的相继问世，多半个世纪以来，有越来越多的生物学家、林业工作者、环保主义者，乃至作家，日益接近放置这把密钥的一个神奇抽屉。

我最早知道的，竟来自美国中央情报局（CIA），克里夫·巴克斯特，一名资历深厚的测谎专家。他在人类心理测谎领域泡了将近18年，当时是世界这一领域里的大拿。

1966年2月2日，清晨7点，在实验室熬了一通宵的巴克斯特，给庭院的花草浇水。一时心血来潮，他把测谎仪的电极，连到一株龙舌兰的叶片上。这是一种热带植物，大叶，小花，有些像棕榈。又向它根部浇水，当水浸透根部，他看见测谎仪的电流计图纸上，出现一大堆锯齿形的图形，与一个人在接受测谎检测时，因害怕通不过，导致其一时恐惧而生成的波形，很是相似。随即，他脑中冒出一个念头，不妨用火焰去试探那片叶子；等他要取火柴盒，记录仪的指针又显示剧烈的摆动。此刻，那株龙舌兰，距离他大约 4.5 米远。火柴盒拿在手里，几次做出要点火去烧的样子，每次指针都向上弹跳、痉挛，记录曲线滑出记录纸的边缘。几次假动作后，龙舌兰像是看穿了他的小把戏，记录仪恢复了平静。

上午 9 点，巴克斯特的助手鲍勃 · 汉森来上班，听前者说起这事，十分好奇，也做了一遍试验，相同的现象又发生了。这似乎表明，龙舌兰可以分辨出，是真的要烧它，还是吓唬它，“谎言”对它不起作用了……

巴克斯特还有两个实验，让他一度名噪全美。两个都在耶鲁大学语言学院进行。第一个试验，他把常青藤的叶子连接测谎仪，然后放一只蜘蛛在植物旁边的桌面上，并由一个学生用手捂着，不让它跑掉。此时，看不出常青藤叶子有什么反应。当学生将手拿开，蜘蛛察觉可以逃跑，就在它试图获得自由之身前的一瞬间，测谎仪记录下一个巨大的曲线反应。常青藤的叶子感受到了蜘蛛的意识。这种现象在现场被重复多次。这意味，常青藤叶子具有感知蜘蛛行动意图的超感能力。

第二个实验，巴克斯特让 6 名学生蒙上眼睛抽签。中签者要在不为人知的情况下，把实验室里两棵植物中的其中一棵拔出来，放在地上践踏、损毁。之后，他再将幸免于难的那一棵接上测谎器。又让这名学生混在那 5 名学生间，都戴上面具，穿一样的校服，一一向那棵植物走去。实验的结果是：植物只对其中一人有反应，“凶手”一目了然。植物似乎具有某种记忆力的存在。

这两次实验的过程与结果，发表于 1968 年的《国际心理玄学期刊》第 10 卷上，标题为《植物基知觉之证据》。

隔三岔五，巴克斯特“想入非非”，思路若牛仔黄沙狂奔；隔三岔五，总有兴奋和新的发现在嘭嘭敲门。他在纽约的办公室，对植物实行每天 24 小时的持续监测，不管有人无人。有一天，他和助手外出，回到办公室检查一天的观测数据，发现每每他在外面办完事，决定要回办公室时，数据会出现明显的变动。尤其是当他下意识里想回来时，恍若心灵互通，彼此是一对刚被蜜月糊住的青年男女。巴克斯特对记者说：“一旦你开始种花养草，花草似乎会追踪你的想法和感觉。无论它距离你有多远……”

巴克斯特对植物的研究挖空心思，“花头百出”，引起全球的广泛注意，许多业外人士想按他的实验照样做做看。美国加州、新泽西州、弗吉尼亚州，还有欧洲、日本、苏联等地也有不少科学家进行类似的实验：在新泽西州贝尔实验室长期工作的马塞尔·沃格尔，曾请一位核物理学家考虑一个技术上的问题。后者沉默，脑洞大开。同处实验室的一棵植物，在记录仪上显示了一系列的图录，延续 118 秒钟。当指针回到原基点，核物理学家告诉沃格尔，他已结束思考。接着，沃格尔要他思念在家里的妻子。他照此办理，植物的图迹与上一次极为相似，时间为 105 秒。

苏联科学家维克多·普什金，做了这样一个实验，以求证植物具有感情。他先用催眠术控制一个人，并在附近放上一盆植物，然后用一个脑电仪，把人的手与植物叶子连接起来。所有准备工作就绪后，普什金开始说话，说一些愉快或不愉快的事，让受试者感到高兴或悲伤。这时，植物和人，不仅在脑电仪上产生了类似的图像反应，而且，当受试者高兴时，植物便竖起叶子，舞动花瓣。当普什金在描述冬天寒冷，受试者浑身发抖时，植物的叶片也会瑟瑟发抖；如果受试者感情变化为悲伤，植物也出现相应的变化，浑身的叶片会沮丧地垂下……一些科学家们的研究对象，已不只局限在植物上，对鸡蛋、蔬菜、豌豆、花生米等，也进行类似仪器测录，或思维沟通的试验，都宣称取得同样的成功。

1973 年，彼得·托姆金斯和克里斯朵夫·伯得合著的《植物生命奥秘》（*The Secret Life of Plants*）一书出版。书里介绍了巴克斯特等人的实验，指出这是划时代的发现，进一步肯定植物具有意识及喜、怒、哀、乐等各种情感，或还有着人所不及的超感官功能。为此，一门新兴的学科“植物心理学”必须诞生。在此前后，部分大众媒体的相关报道，不约而同地将研究者的结论

晚年的巴克斯特

巴克斯特与他的测谎记录仪

拟人化了。美国的《洛杉矶时报》、加拿大的《温莎星报》、澳大利亚的《时代报》等这样的标题，一时若鸥翔鳞集：《科学家翻动新树叶，发现树木会说话》,《嘘，小小的植物有大大的耳朵》。佛罗里达州的《萨拉索达先驱论坛报》的头版标题，是《科学家相信，树木会说话，会彼此回应》；大牌又老牌子的《纽约时报》，也有点绷不住，1983 年 6 月 7 日，主社论《当树木说话时》里，作者臆测说："会说话的树木的树皮，比立枯病更狠。"……

若你们祖上还活着，大概对"巴克斯特效应"会翻白眼珠子，这有什么稀罕呢，不就是"万物有灵""天人合一"吗？

不能不感叹中国古人智慧的高超，能用最简单的语言，总结宇宙中最深层的堂奥。《易经》薄薄一本书，天文地理、昼夜阴阳、四季时节、万物生用，一网打尽。可是说了等于没说。中国的媒体，有一段居然也炒作此事，称植物对古典音乐反应积极，给农作物播放音乐，可促进作物生长、增加产量；

且煞有介事，“古典音乐才能增产，而摇滚乐则造成产量下降”。几年前，仍有新闻报道称，福建某地稻田里，人们向生长着的水稻播放《大悲咒》《感恩歌》等梵音，结果“听音乐的水稻，比没听音乐的水稻产量高出 15%，颗粒也更加饱满”……

有人，走火入魔；有人，不以为然。

这些早期有关植物研究的报告，要不，被学术界其他人视为“十三点”，搭错了哪根神经；要不，认为这类实验研究缺乏正确的对照组，或结果正确，却夸大了意义。1974 年，有学者在学术会议上报告，无法重复“巴克斯特效应”。权威的美国《科学》杂志，也对此提出质疑：巴克斯特的实验，如同他进行测谎时得使用催眠术，不是所有人都会被催眠；同一个催眠师，一次成功，也不能保证次次能催眠成功，这具有偶然性。还有观点认为，人在实验室做实验，人是控制者，想怎么重复，就可以怎么重复。大自然里，大自然才是主体，人只能被动观察，人为介入会干扰植物的反应，破坏大自然的“神差鬼使”。

也不乏前倨后恭者，加利福尼亚国际商业公司的化学博士麦克·弗格，曾认为这类研究是吃饱了牛排、汉堡包给撑的。为了寻找反驳的可靠证据，他也去做一些实验。之后，他的态度一下子来了个大转变，转身为坚定的拥趸。

“加强防备，有敌对势力前来！”

在西方，吃饱了牛排、汉堡包给撑着的人，居然前仆后继。

20 世纪 80 年代，戴维·罗兹和戈登·奥里安斯，华盛顿大学的两位科学家，他们发现，一些柳树遭天幕毛虫侵害后，邻近的其他柳树，常常得以幸免。后者能让毛虫们擦肩而过，兴味索然，是因为叶子里含有酚类和单宁类物质，叶子味道对毛虫来说，变得如同嚼蜡。而在病树的易遭噬食的叶子里，就找不到这些物质。病树和健康的邻树之间，却没有任何物理上的联系——它们不共享根系，枝条彼此也无接触——两位科学家推测，病树一定是借空气，向健康柳树发出一种尚不能破解，你们的前人曾称为烽火台、鸡毛信的信号，当然是“加强防备，有敌对势力前来”！

3 个月后，达特茅斯学院的生态学家，现在德国马克斯·普朗克研究院工作的伊恩·鲍德温和美国密苏里大学哥伦比亚分校植物科学系的教授杰克·舒尔茨，共同发表了一篇影响重大的论文。鲍德温、舒尔茨与罗兹，三个人之间一直有联系。鲍、舒两位，不像罗兹和奥里安斯那样去野外蹲坑，而是关注实验室，设计出一个条件高度可控的实验。他们的论文介绍了这一实验：在两个有机玻璃笼中，种植有杨树和糖槭的幼苗，均半米多一点，第一个笼子里有两组，15 株幼苗各有两片叶子被撕成两半，另 15 株幼苗未有损伤；第二个笼子里是对照组幼苗，它们完好如初。两天后，第一个笼子，在受伤幼苗一组的叶子中，发现有很多化学物质的含量升高，包括已知能够阻碍毛虫生长的有毒酚类和单宁类物质。另一组未受损伤幼苗的叶子中，也出现酚类和单宁类物质的含量有显著增长。第二个笼子中，对照组幼苗体内，没有这些物质含量升高的迹象。这一实验获得的重要结论是，只要叶子受损，不管是在实验中被撕损的叶子，还是在野外观察中被昆虫摄食的叶子，都会释放一种气体信号，使损伤树与未受损伤的树木，发生某种化学通信，后者因此而保护自身，免受即将来临的昆虫侵害。

杰克·舒尔茨花了 40 年，研究植物和昆虫之间的相互作用。他觉得人类通常对植物视而不见。然而，“植物会争夺领土，寻找食物，逃避捕食者，让猎物落入陷阱。它们像任何动物一样活着，并且有着相应的行为。植物的移动是有目的的，这意味着它们一定意识到周围发生了什么事……为了作出正确的反应，植物需要根据不同条件，调节复杂的传感器官”。他认为，“植物只是行动非常缓慢的动物”。

海蒂·阿佩尔、雷克斯·考克罗夫特是舒尔茨在植物科学系的同事，他们研究的，是植物的听觉器官。实验中发现，毛虫啃噬植物叶子所产生的声音的录音，会引起未被啃噬的绿叶上分泌出大量的化学防御剂。一直从事这方面研究的，还有瑞士苏黎世联邦理工学院生物传播学教授康斯薇洛·德莫赖斯，她和合作者的许多实验证明，一些植物能嗅出靠近的昆虫，并向邻近植物释放出某种信号。2006 年，她曾公开演示过一种被称为菟丝子的寄生植物，如何嗅出一个潜在的宿主。一会儿，蜿蜒的菟丝子在空中扭曲，然后卷绕在倒霉的宿主上，提取其营养物质。

加拿大不列颠哥伦比亚大学温哥华分校生态学教授苏珊·西玛德，在加拿大不列颠哥伦比亚省（华人称卑诗省）的森林里长大，祖父是一个高大的伐木工。少女时，她常常随祖父上工，喜欢躺在森林的地面上，望着那些透出点点蓝丝绒般光芒的树冠，想心事。一个心事是，科学家们那时已经在实验室的试管中发现，一棵松树的幼苗根系，可以将碳转移到另一棵松树的幼苗根系上。她想："这事会发生在真正的森林里吗？"

一些人觉得这姑娘疯了。她四处筹钱，最终在林子深处种下三种树——纸皮桦、花旗松和西部红杉——共 80 棵。树长高后，她给树都罩上塑料袋，然后用大号注射器，往纸皮桦袋子里注入含碳十四的二氧化碳；往花旗松的袋子里注射含碳十三的二氧化碳。两者间，碳十四的二氧化碳含量较丰，碳十三则含量较低。一小时后，她将纸皮桦的袋子扯下来，用盖革计数器检测，咔咔声响，显示完全吸收了二氧化碳。又扯下花旗松的袋子，用盖革计数器进行检测，咔咔，显示又是如此。所有的纸皮桦、花旗松，经检测，都是一致的结果。那一片咔咔声，在她听来，就是纸皮桦对花旗松说话的声音——纸皮桦说："嘿，我能帮你点什么？"花旗松答："朋友，你能给我点你的碳吗？刚才有人用遮光布把我罩住了。""没问题，你等着。"

西部红杉对盖革计数器却一片默然，由此发现，它落落寡合，没有连接到纸皮桦与花旗松的"互连互通"中。这是一项发生在近 30 年前，长达几年的实验。结果还表明，每年夏天，纸皮桦给花旗松送去的碳，比花旗松反送给它的要多，尤其当花旗松见不到阳光的时候。也有花旗松送碳牛皮哄哄的日子，这时，纸皮桦树叶快掉光了，花旗松还在恣意生长。看起来，这两种树相交颇深，就像“阴”和“阳”。

英国广播公司BBC电视节目主持人及制作人大卫·艾登堡，自20世纪80年代推出脍炙人口的《生命之源》《生命之源续集》及《生命之源第三集》三部曲，到推出2003年的《蓝色星球》、2006年的《行星地球》、2016年的《行星地球2》和2017年的《蓝色星球2》，60年来他所制作的大自然纪录片，让全球无数自然爱好者、探求者，从爷爷辈、老子辈，陶醉倾迷到儿子辈、孙子辈。这些片子中，以延时摄像机拍下森林山地里太多鲜为人知的植物行为的精彩片段，让再固执的观众，不能不惊叹：植物的行为，看起来，实在有太多的像动物。大卫·艾登堡毛茸茸的手里，吊着那把密钥，一直在他的影视作品里忽隐忽现……

日本IHM研究所的江本胜博士，则用另一类试验，支持着全球的密钥探索者。从1994年起，他长期以高速摄影技术，观察水的结晶过程。在其实验结果《来自水的讯息》一书中，他告诉世人，当人对水发出“善良”“感谢”“神圣”等美好讯息时，会让水结出美丽的图形；而发出“怨恨”“痛苦”“焦躁”等负面的讯息时，水晶体会出现离散丑陋的形状。水能感受到人类发出的不同思维，这可间接证明一切生命世界的精神性。

五　密林深处的法兰西

迷人的“矛盾性”

法国31%的国土，为森林所覆盖，其中一些具多样化的森林，拥有超过140个树种。这片国土拥有10个国家公园、近50个自然公园。2017年7月，发生在法国东南部和海外领土科西嘉岛的一场森林大火，就烧掉合计约7000公顷的林木，约相当于270个台湾地区著名的大安森林公园。

法国最出名的树种是橡树，很多的橡木林出自拿破仑时期。

在欧美近代剧集里，常常看到橡树耸立在通往贵族庄园的道路两旁，透露出一种庄严磅礴的大气，似乎它天生也拥有贵族气质。牛津大学是英国建成最早的学院，最早可追溯至1096年。学院的整体结构经历时代变迁，虽已难觅旧貌，但其礼堂依旧是由橡木结构组成，风雨飘摇将近9个世纪，直至1985年出现风化腐朽，才需更换其承重梁柱。建于800年前的巴黎圣母院，孕育出法国的人文、政治、信仰，可称是法国的子宫。其塔楼木质屋架长逾百米且结构复杂，每根木料都耗费一整棵橡树原木，因而有“森林”之称。2019年4月15日，巴黎圣母院发生火灾，着火位置就位于其顶部塔楼。大火迅速将塔楼的尖顶吞噬，很快，尖顶如被拦腰折断一般倒下。这场震惊全球的火灾后，一家名为Charlois的法国木料公司，表示将竭尽全力，提供现在能找到的19世纪的最好的橡木，以重建支撑巴黎圣母院塔楼的木质构架。

在卢浮宫，游客们经常为脚下的嵌木拼花地板惊叹不已：它“按一种令人眼花缭乱的几何图案铺制而成，能使人产生一种瞬间的视觉幻象，感觉它是一个立体网络，游客每移动一步，都觉得是在大画廊里漂游”[①]。而这是由一块一块的橡木组成的，它们在卢浮宫优雅地延展了上千平方米，其尊贵气质，让举世的艺术膜拜者，不仅是惊叹，而且行走时大多低头。

法国气候整体偏凉，橡木的生长周期长，木质紧密、细腻，又坚硬、强韧。写出《简·爱》的夏洛蒂·勃朗特，曾比喻说，像橡树一寸寸成长起来的友情，要比像瓜蔓般突然蹿起来的友情，更为可靠。橡木防火性、防水性、密封性俱佳，与松木、枫木等木材相比，容易制成拱形，干燥充分后耐用、抗击打能力强，是造船尤其是舰壳的主要材料；在用于制造船体结构的薄钢板和厚钢板问世之前，欧美大部分战舰都用橡木作舰壳材料。一艘大型战舰需要 2000 棵橡树，每棵需生长百年以上，生长得太快的木材容易开裂。而 2000 棵橡树，至少需要 50 英亩林地，相当于 29 个足球场。作为一种战略物资，早在 17 世纪，路易十四国王就要求内阁下令，在全国大规模种植高品质的橡木，以满足皇家海军造船的需要。自古欧美皇家贵族偏爱橡木制作的家具，在雍容华贵的居室里，橡木家具霸气天成，却又稳重克制，不会过于张扬。

不到两个世纪的时间，橡木桶先后取代黏土陶罐、玻璃瓶，成为葡萄酒运输的“新宠”。酒仙们可以品出来，橡木能够给葡萄酒添加一些特殊风味，比如香草、椰子、小茴香味，而其他木材桶给葡萄酒的却是树脂气息。法国拥有全世界酒商都羡慕的橡树森林，在布洛涅、瑞西、特朗赛和布卢瓦林区，有许多 120 年以上的橡树。法国生产的橡木已经达到欧洲一流品质，木材出口把控特别严格，用于制作地板的橡木，更是要求达到 150 年的树龄。法国也是世界上最大的橡木桶生产国，有 42 家制桶企业，每年可以制造 50 万个橡木桶，2/3 销往其他葡萄酒酿造国。2012 年，中国从法国进口的橡木桶数量，

---

① ［美］丹·布朗：《达·芬奇密码》，朱振武、吴晟、周元晓译，人民文学出版社 2009 年版。

装酒的橡木桶

已经和西班牙持平，达到 5 万个。

法国人喜爱森林。有人统计，每年法国约有 6 亿人次到森林里，亦即每秒就有 19 名法国人走进森林，而平均每秒只有 7 名法国人去电影院。春天的森林绿意盎然，伴随着晨光的踏青，让人备感新意；秋天的林叶已泛出金黄，透出丝丝缕缕的阳光，混杂着泥土、青草和落叶的芬芳，让人嗅出秋天特有的味道。在这两个惬意的季节里，去森林里读书、运动，跟朋友野餐、情人幽会，或去林子采蘑菇，是法国人休闲健身的最佳选择。其森林地区，有总计 2 万公里长的步行、骑马、滑雪或自行车道。

去森林里采蘑菇，更让法国人举家出动，成为许多法国小朋友的童年回忆。

法国林子里生长着 1.5 万多种蘑菇，其中数十种，都可作闻名遐迩的美味佳肴。几乎人人垂青的牛肝菌，因肉质肥厚、极似牛肝而得名。法式菜肴中有一道就是将牛肝菌洗净，切片，煎好，收汁，再配以高火煎好的鸭肉，撒上香料和盐制作而成。这道菜佐以一杯香醇的红酒，便可以在一天的忙碌之后，悠悠地享受一顿神仙大餐了。牛肝菌通常长在松树或橡树下，想采到它，得往深处的橡木林里走。橡林深处，牛肝菌一株接着一株，像天上真的掉下馅饼，无须多久，就可以满载而归，有时甚至能够一次收获二三十斤。每年秋天，法国中部盛产蘑菇的农业大省，都会在药店内发行教民众识别蘑菇种类的册子，以防采摘者误食有毒的蘑菇。商店和餐馆里，爱吃蘑菇的饕餮，也云集影从，个个垂涎欲滴，胃囊大开。超市也开始售卖颜色斑斓、种类纷呈的鲜香菌类。此时，若拍了《舌尖上的中国》的陈晓卿先生来此，可拍出一部《蘑菇下的法国》。

外国游客落地巴黎，如雷贯耳，几乎都会去转一圈的，是西部的布洛涅森林。

相当于整个巴黎城区面积 1/12 的布洛涅森林，南北最长处 3.5 公里，东西最宽处 2.6 公里，与城东的班斯诺森林，如同巴黎的两片硕大肺叶，静静地澄净着这座世界浪漫之都的空气。童年时代的普鲁斯特，常常在林中的湖畔散步，素月分辉，水盈绿波，这里有着巴黎最为迷人的湖泊。在《追忆似水年华》第一卷中，他如此描写布洛涅："在我心目中，这林园，仿佛就是一座座这样的动物园——各色草木无不具备，种种景色层出不穷，翻过小山，就看到洞窟、草原、山岩、河流、沟壑、小丘、沼泽……"

在法国 5 个主要森林区里，布洛涅森林之所以爆得大名，一是从路易十四时代开始的马术比赛，年年在此举行，至今有 8000 多万法国人是布洛涅森林赛马场上的铁杆粉丝；而后由《费加罗报》发起的"费加罗越野赛"，自 1961 年始，迄今已经在布洛涅森林跑了 40 多年，参赛人数累计达 120 万，是世界上规模最大的群众性越野障碍赛。二是印象派名家马奈，有一幅传世名画《草地上的午餐》，画的就是森林深处两个绅士状的男子和一个裸体女人，闲坐聊天，等候一边的侍女采摘蘑菇回来的情景。布洛涅森林，更是法国众

马奈的名画《草地上的午餐》

多小说家设置笔下故事背景的最爱。大仲马笔下的吉什伯爵和瓦尔德子爵，在此为了一个女人而拔剑相向，殊死决斗。小仲马的《茶花女》、司汤达的《红与黑》、左拉的《娜娜》、巴尔扎克的《交际花盛衰记》等多部小说中，男女主人公，都在这座森林中幽会或偷情，真真假假地，或半真半假地，摘肺掏心窝子。草熏风暖，马蹄声脆，仿佛巴黎的情爱，不是在这里打趣调笑，就是骑着马车走向这里的路上。

如果说，那时的布洛涅森林，是一家上流社会的俱乐部，成就了不计其数的风流韵事，出入其间的，多是皇族贵胄、艳妇名媛、取得战功的军官、赚了大钱的富商巨亨，以及声名鹊起的社会名流和艺术家……那么，当 2000 年夏末的一个晚上，老友范先生的弟弟——在巴黎开了一家专做中国游客生意的旅行社——开车拉着范和我，专程到此处兜了一圈，一个强烈的印象扑面而来：这家上流社会的俱乐部，已沦为一家全球草根阶层的性爱乐园，当然不是免费的。

灯是半昏、月是半明时，森林里一条条蜿蜒的林荫道两旁，隔个几米十几米，摆开几十上百个全裸或半裸的人，“他们”肤色有异，按照国籍站成不同的圈子。有法国人，多的是来自厄瓜多尔、罗马尼亚、乌克兰、阿尔及利亚、哥伦比亚等东欧、南美国家的贫穷或不发达地区；有原装者，也有浓妆艳抹、丰乳肥臀却有着牛高马大的男性身架的变形者；有专业人士，也有临时起意“湿湿水”，赚三两个车马费，好继续下面旅程的年轻驴友。每当有小车经过，“他们”便借车灯的雪白光芒，搔首弄姿，播撒风情，或干脆从皮裙下掏出杀伐重器。一旦谈妥，即上对方小车绝尘而去。有防卫心理且又具条件者，便引对方去停车场自己的车子上；亦有如老房子失火的，猴子般利索钻进林中深处，就地灭火……

他们“有教无类”，接待一切来客，不论是猎艳高手还是性饥渴、性探索者，只要不是外星人。年轻人、老人、已婚男子、残疾人、同性恋、异性恋，在这里，偾张的荷尔蒙，都能得到安息。

100多年前，莫泊桑也来过布洛涅森林。他的小说《散步》，窃以为是他最好的一个短篇，好过很多中国人读过的《羊脂球》，几近完美。小说描述了一个普通又可怜的小人物的一生：勒拉先生是一家小公司的记账员，在这公司一待就是40年，他的办公室没有变过，“阴暗”“潮湿阴冷”“狭小”“充斥着霉味和窗外阴沟的臭气”。如今他已经61岁，进入人生的暮年，有着“白色的小胡子和光秃秃的脑门”，仍孑然一身。一天晚上，他独自在布洛涅森林散步，很快便有一个风尘女子迎上来，她没有使用像当地的一些站街女常用的那些粗俗、猥亵或直接的词，像是“玩一把”“打一炮”“败败火”之类，而是用了“爱”这个词。她称呼眼前这个上了年纪的孤独男人为“我亲爱的”，并接着说“让我来爱你吧”。“爱”这个温暖的词，在这里却像兜头浇来的一盆冰水，让勒拉赶紧甩开她。接着又迎来第二个妓女，再甩掉这个，又来了另一个……

他终于发现，在机械、麻木的一生中，自己没有注意到的一个事实，他不仅囊中羞涩，而且性能力已经凋零。他独自走向森林深处，在一棵树上，用裤子背带结束了自己的生命。

布洛涅森林，夜色里欲望暴突的布洛涅森林，至少在一百年以来的岁月里，充分表现了巴黎抑或也是人类的B面——一种“广泛而巨大的悸动”。

我油然想起，像许多城市夕阳西下亮起五彩霓虹，每逢夏初傍晚，林地边缘会有一出特别的表演，雄性萤火虫争相打开自己的灯笼，开始求爱的表演仪式，追求着各自意中的雌性萤火虫，点点荧光，如晶晶绿纱般在林中舞动……也许在上帝的眼里，布洛涅森林之夜的幢幢影子，不过就是林边萤火虫的放大，粗率、粗鄙，却又自然真实。你远至拉斯维加斯不夜之城，或瞧周边打麻将正酣畅的国人之面孔，那一张张嗨得只闻空气中金币哗哗作响而不知今夕何夕的脸，便知凡出人之本性，皆难以压抑。

布洛涅森林，以一种风月无边的姿态，扮演着巴黎的双重角色：一面是体面优雅，一面是放荡不羁；一面是绝对的阳春白雪，一面是绝对的下里巴人。

或许，这正是法国文化的气质，表现出一种迷人的“矛盾性”。

路易十四时代

布洛涅森林，早年属于皇家林苑，是国王的狩猎场。我注意到各国游客耳熟能详的凡尔赛宫、枫丹白露宫，也和森林与帝制结下不解之缘。

凡尔赛宫，位于首都巴黎西南部18公里的凡尔赛镇，原址是一片森林、荒地和沼泽，路易十三经常来此狩猎。1624年，路易十三以1万里弗尔（约折合今天2063美元）的价格，买下这片面积达117法亩的地方，在解决了严重的地基下沉问题之后，盖起一座两层红砖楼房，作为狩猎行宫。这座行宫当时仅拥有26个房间，一层为家具储藏室和兵器库，二层为国王办公室、寝室、接见室、藏衣室、随从人员卧室等。1643年，路易十三去世，其儿子仅5岁。他正式登基为路易十四后，对包括卢浮宫和杜伊勒利宫的现有宫殿，感到局促寒酸，决定将皇家行宫迁往凡尔赛。

从1661年动工，先后动用数万名工人，耗去令帝国财政部门极度痛苦呻吟的巨资，1689年得以竣工。陈设装潢极度豪华的宫殿主体长达707米。整个宫殿有2300多个房间，可以邀请全国各地的贵族来此活动，以便就近监视他们。中间是子宫，在此经常举行极尽夸张的宴会、舞会。路易十四自称太阳王，他驾到时，脸上涂着金粉，身穿白鼬皮绲边的长袍，几个侍臣捧着他的袍裾。两翼是宫室和政府办公处、剧院、教堂等。这片古典主义风格的皇家建筑群，总占地面积1.11平方公里，其中建筑面积只占0.11平方公里，其余为园林面积。园内种满橡树、柏树、樱桃树和其他供观赏的果树。放眼望去，绿海碧天之下，跑马道、喷泉、水池、河流，与假山、花坛、草坪、亭台楼阁一起，交相辉映，浑如天成，成为路易十四时期帝国的极乐世界。

就此指认，路易十四有皇上血统便穷奢极欲，王权在握就肆意妄为，还是盲人摸象。

他选择太阳作为标志，遵从日升日落的起床式和就寝式，并通过每天工作6—10小时，毫不懈怠、无远弗届的作为，强调自己与太阳神阿波罗的一种深入骨髓的相似性。凡尔赛宫廷生活，堪比钟表一样精准，其臣下在300法里之外，就知道国王现正在做什么。他并非“德不配位”，在位长达72年，是世界历史上有确切记录的在位时间最长的君主。内政上，他励精图治，对外则拼命扩张。其间，法国参加四次大战。在西班牙王位继承战争中，同时和英国、荷兰、奥地利、葡萄牙等国，在几个战场，打得天昏地暗，把今天西欧、中欧和北欧的大多数国家，都一股脑儿席卷了进来。其时，大航海时代的宠儿西班牙和荷兰，已掩泣而退；大不列颠的日不落旗，还来不及挂起。通过这一系列战争，法国高卢鸡，雄赳赳气昂昂地，唱响欧罗巴的地平线。

路易十四自称太阳王，毫不胆怯，此时的欧洲都得看他的脸色，且在美洲、非洲和亚洲，都拥有法国殖民地，是为法兰西第一殖民帝国。

路易十四，并非一介穷兵黩武的战争贩子。

他超爱艺术，对包括美女在内的美，有很深的鉴赏力，并深知私人之美只为小美，天下共美才是大美。17 世纪中期的巴黎，市中心拥挤不堪、阴暗、危险而又脏乱。在他手上，巴黎被整个翻新了一遍，铺设大道，建起宏伟的建筑和优美的广场，成为当时世界上数一数二的大都市。他一不小心，跳出了芭蕾舞，一生中共在 26 部芭蕾舞剧中担任主角。23 岁那年，他创办世界上第一所皇家芭蕾舞学校，开始确立芭蕾基本的动作和舞步，奠定了现代芭蕾的基础。是路易十四赏了芭蕾的后代传人们一碗饭吃。跳舞带动了音乐，他有一支 200 名乐手的庞大乐队。24 岁上，他又创办音乐学院，各式各样的音乐形式，恍若漫天焰火。其宫廷舞曲经过发展，叩启了巴洛克音乐时代。

那边，文艺复兴时代的明珠罗马，日渐黯淡；此厢，“过春风十里，尽荠麦青青”，法兰西油画雕塑学院、文学院、戏剧院、科学院，陆续成立，法国建立了一整套完备的艺术教育体系，培养出海量的艺术人才。路易十四还深刻引领了社会风尚，其流波余韵，直至今日——如果你吃过法式大餐，那餐中就有他的食谱。如果你爱喷香水，他曾是法国香水的调制者，喜欢加入鸢尾花制作的香水；如果你爱穿高跟鞋，路易十四会托梦谢谢你，在他一张最著名的艺术照中，红白两色相间的高跟鞋，搭配瘦腿效果明显的紧身裤，使他跳起舞来，完全不像一个身高只有一米五四的矮个子……

“法国”两个字代表所有优雅精致和浪漫；法国今天还在影响世界的时尚、艺术、建筑、音乐，大概都可以追溯到那个时代，即法国取代意大利、巴黎撤换罗马成为欧洲文明和文艺中心的时代。法语为欧洲上层社会所推崇，在外交、科学和文学上，尤为通用之语言。直至 20 世纪，英语才一路狂奔。伏尔泰说：“路易十四对法国的贡献，要比他的先人多出 20 倍。一个国王、一个国家、一个朝代，就这样创造出了全世界对于文明与生活的无限想象。”

这评价，或有拿了红包、吃了回扣之嫌。

英国史学家彼得·柏克（Peter Burke）写过一本名为《制造路易十四》的专著，专门论述路易十四的公众形象是被塑造出来的，即国王本人设置了一个“处理一切与纯文学事务相关的委员会”，由国王的心腹大臣、诗人、画家、建筑师、典礼主持人等组成。用今天的话来说，这委员会就是“擦皮鞋委员会”。它大量生产、批发对国王公众形象的歌功颂德，并监督、批准报刊上关于国王的一切文字。伏尔泰赞美路易十四的那番话，是其本人由衷的看法还是在“擦皮鞋委员会”里过了一遍，实在不好判断。但从路易十四本人的一封信可看出，说他的一个时代，“创造出了全世界对于文明与生活的无限想象”，并非空穴来风。对于西方文明在全球的播撒推广，他确怀有“太阳王”般的使命感。

1686年，欧洲的“中国热”方兴未艾，路易十四派遣洪若望等多位科学家，以海路方式赴中国。数年后，不闻声响，又派遣一个科学传教团，安排走陆路，即借道俄国西伯利亚，赴中国。为此，路易十四分别致信给俄国彼得大帝和清朝康熙皇帝。以下这封信，就是他写给康熙的，字里行间，热情、殷勤得几乎有蜜糖溢出来。遗憾的是，彼得大帝拒绝借道，这封康熙始终未能收到的信，还躺在法国外交部的一个柜子里，做清秋大梦：

至高无上、伟大的王子，最亲爱的朋友，愿神以美好成果使您更显尊荣。

获知在陛下身边与国度中，有众多饱学之士倾力投入欧洲科学，我们在多年前，决定派送我们的子民——六位数学家，以为陛下带来我们巴黎城内著名的皇家科学院中最新奇的科学和天文观察新知；但海路之遥，不仅分割您我两国，亦充满意外与危险。

因此为了能满足陛下，我们计划派送同样是耶稣会士，即我们的数学家们，以及叙利伯爵，以最短与较不具危险的陆路途径，以便能率先抵达您身边，作为我们崇敬与友谊之表征，且待最忠诚见证者叙利返回之际，能发表您一生非凡的作为。

为此，愿神以美好成果使您更显尊荣。

您最亲爱之好友　路易

1688 年 8 月 7 日写于巴黎

路易十四，还颇有见贤思齐、顺手牵羊之风。

一朝见到了中国瓷器，其眼神里炽热、急切的光芒，无异于在宫廷舞会上，第一次见到比他大 3 岁、丧居已经 7 年的曼德侬夫人。为了表达两人地老天荒、永结同心，秘密婚礼前，他委托商家在景德镇定造了一尊瓷塑作品。这件高 22 厘米的瓷塑上，路易十四和曼德侬夫人穿着中国丝绸、织锦做成的中国式服装，国王的衣服上还有一个“寿”字。

法国，是最早盯上中国瓷器的欧洲国家。康熙三十七年（1698 年），法国天主教耶稣会，派出一名传教士昂特雷科莱，乘法国商船来华。昂特雷科莱从康熙三十八年到五十八年（1699—1719 年）在江西传教，其间在饶州一待就是七年，并取中文名殷弘绪。除着力在中国的天地间飘荡起上帝的影子，他还负有法国科学院来华科学考察的使命。他常年披一件落满烟尘的黑色长袍，在景德镇的大街小巷、几百间作坊里，自由行走，熟悉了制造瓷器从取土、釉料、成型、彩绘、色料、匣钵制造、烧成等瓷器生产过程和制作工艺，并陆续向法国方面写信汇报。由此，欧洲才生产出硬质瓷器。殷弘绪介绍中国的主要信件，内容包罗万象，涉及当时中国社会生活的方方面面，故多被杜赫德所采用，编入《中华帝国通志》——18 世纪欧洲最流行，也最权威的中国读物，影响到了伏尔泰、孟德斯鸠、黑格尔等重要的思想家——在中国与欧洲的文化交流史上，写下了重要的一笔。

在一个交通落后，远没有电信、电视和互联网的时代，路易十四注意到了万里之遥外的大清帝国，大约还惺惺相惜与其有太多相似经历的康熙，且两者有同样的文治武功，使大清与法兰西国，均成为当时地球上最强盛的国家；路易十四却没有心机察觉，其眼皮底下精心打造的凡尔赛宫，有一个严重的败笔——

这片二至三层楼的建筑群，竟然没有上下水，没有厕所，也没有盥洗间。后来，国王命人给自己和王后修建了厕所，但不是现代的抽水马桶，只是在一间小屋子里放一个马桶而已。王子的房间，起初连马桶也没有，只得在壁炉里面便溺，遑论其他贵族和大臣的住处。老贵族们步履蹒跚，来不及到院子如厕，偷偷在走廊或者楼梯上解决。尽管每天有人清扫，也经不住天天便溺，以致凡尔赛宫的不少木地板，被尿泡糟了，三年必须更换一次。后来为了解决内急问题，宫内添置了274个坐式便桶，座上铺了各色丝绒或锦缎，以对应各级爵位男人及其女人的屁股，出恭后，再由仆人将马桶提出去倒掉……

一边是欧洲最雄伟、最华丽、最奢华的凡尔赛宫，一边却是宫里宫外的空气嗅起来总有些怪怪的，历史上好像从来没有人特别提起，为什么凡尔赛宫四周的树木花草长得特别茂盛。

法国文化的“矛盾性”，由此打上的某种魔幻现实主义色彩，于此又是一证。

世界近代史上许多重大历史事件，几乎都与凡尔赛宫镜厅有关。

镜厅又称镜廊，17面由有483块镜片组成的落地镜得名。镜片既可反射大厅金碧辉煌的穹顶壁画，又组成视野极好的17扇拱形落地大窗，将凡尔赛宫后花园的美景一网打尽，一直以来被誉为法国王室的瑰宝。1871年1月18日，德皇威廉一世在此举行加冕礼，宣布德意志帝国成立。1783年1月20日，美英在此签订了一项全面条约，承认美国独立。1919年6月28日，著名的《凡尔赛和约》，即《协约国对德和约》，在镜厅签署，标志第一次世界大战偃旗息鼓，各国还侥幸活着的将士们可以洗洗睡了。

枫丹白露，“国王的住宅”

位于巴黎东南55公里处的枫丹白露宫，堪称法国历史的一个缩影。

面积达2.5万公顷的枫丹白露森林，是法国最美丽的森林之一，最早也是皇家狩猎场。这里松树、橡树、枥树、白桦等，各种针叶树，密密层层，茂盛得其枝叶交错成一座拱门，无论四季如何变幻，总沉稳地顶着暗绿的树冠，还有满山遍野的枫树，高大挺拔。此树与北美、中国的枫树并不同种，其实是在法国许多地方可以见到的栗树。秋天一到，枫树叶开始发黄，慢慢地转为金黄，最后泛出猩红，仿佛生命炽热的最后呼喊；栗树的叶子却是红中带黄，透过一种美人迟暮的韵味，让人领略到一种更为沉郁、苍凉的秋意。

森林环绕着城镇和几十个村庄，林中的景观和地貌，亦多种多样，尤其无边秋色之中，白鹭展翅，湖波迷离，树影婆娑，泉水盈盈，还有大小不同、陡峭程度各异的砂岩，广受攀岩爱好者的喜爱，有“抱石者的天堂”之称。“坐着小马车在里面走，幽静如远古的时代……”朱自清《欧行杂记》中的巴黎一章，正从这森林里开篇；而这森林，也从此有了神来之笔的中文译名：枫丹白露。

此前10年，徐志摩也来过。在其《巴黎的鳞爪》一文里，他取名“芳丹薄罗”，虽忠实原音，却诗意淡了许多，像一味中药的名字。文中有此描写：“我们一同到芳丹薄罗的大森林里去，那是我常游的地方，尤其是阿房奇石相近一带……草青得滴得出翠来，树绿得涨得出油来，松鼠满地满树都是，也不很怕人……隔一天，我们从芳丹薄罗林子里回巴黎的时候，我仿佛刚做了一个最荒唐、最艳丽、最秘密的梦。”

从12世纪开始，法国国王在此建立简易狩猎行宫。16世纪弗朗索瓦一世时期，简易行宫已具宫殿雏形，并得以大规模扩建。18世纪，枫丹白露成了王室的重要居所，先后有34位国王在此短住长居，或举行国务活动。波旁王朝的亨利四世、路易十三、路易十四、路易十五、路易十六，大革命后的拿破仑，奥尔良王朝的路易·菲利普，第二帝国的拿破仑三世，乃至来访的瑞典女王克里斯蒂娜、俄国沙皇彼得一世、丹麦国王克里斯蒂安七世，都在此留下前尘身影。数百年来，行迹与枫丹白露有关的风流人物，更是不胜枚举。

但在来此流连的后人眼里，倘若知道些法国历史，这些人似乎只是一件华丽大氅上的袖领、扣眼，而这风卷呼呼的大氅，始终披在一个叫拿破仑·波拿巴的家伙身上。与这 2.5 万公顷大森林的蓬勃野性之歌相唱和，也与睥睨天下、“天才是像陨石一样，注定了要燃烧自己来照亮他的时代”的气势恰相匹配，拿破仑才是枫丹白露真正的主人。

拿破仑，1769 年 8 月 15 日出生于科西嘉岛的阿雅克肖（Ajaccio）一个破落贵族家庭。该岛距离法国大陆南部 170 公里，对巴黎而言，是一个遥远、闭塞的外省。这个少年像一只鹰落到了一群鹅堆里一样，受尽了侮辱、嘲弄、排挤和怀才不遇的贬斥。

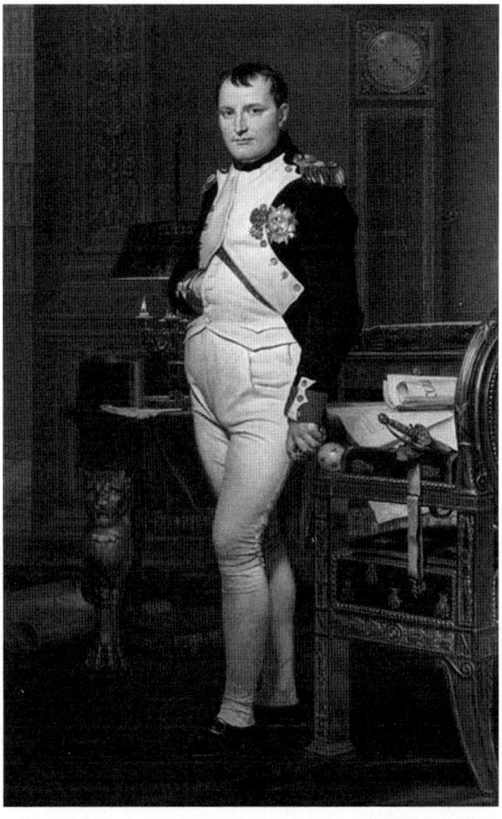
拿破仑

拿破仑 15 岁当兵，20 岁投身法国大革命，24 岁在土伦战役中晋升为准将。其断而敢行，斧钺不避，不怒自威，但麾下，不管是和他同吃一锅饭、拖着沾满泥浆的脚丫刚入伍的农民，还是他自己身先士卒却被要求走在士兵和驴子中间免遭炮击的军旅天文学家，对他有着近乎兄长和慈父一样的亲近感。雅各宾派领袖罗伯斯庇尔和国民公会，赏识他的军事天才。1797 年，27 岁的拿破仑，为保卫共和旗帜下的法国，被任命为“意大利方面军”总司令，两次远征欧洲封建势力并凯旋。早成“日不落帝国”的英国，卧榻之侧，岂容他人酣睡。次年，拿破仑率军远征埃及，直捣英国与其最大殖民地印度之间的中转通道，一度使英国被迫达成各睡各边、互不相扰的协议。保王党人见国内兵力空虚，企图从内部推翻懦弱无能的督政府。拿破仑洞烛先机，率领五百精兵，从埃及悄悄杀回法国。1799 年 10 月 16 日，拿破仑抵达巴黎，“拿破仑将军回来了！”他的支持者，奔走相告，鼓角齐鸣，万人空巷。一向自视玉树琼枝、白眼朝天的巴黎，头一回因万千民众高呼一个外省人的名字而震撼。

同年 11 月 9 日，拿破仑发动兵变，派军队控制了共和国的督政府。次日，拿破仑解散法国议会——元老院和五百人院——夺取议会大权，宣布成立执政府，取消革命时期的地方自治机构，将权力交给以自己为首的三位临时执政，法国变成一个高度中央集权制的国家。他开始为期 15 年的独裁统治。历史上称这一事件为“雾月政变”。11 月，在当时的法国历法中属于雾月。其自任的法兰西第一共和国第一执政（1799—1804 年），权限为：“公布法律，并可随意任免参政院成员、各部部长、大使和其他高级外交官员、陆海军军官。”1804 年 11 月 6 日，巴黎圣母院大教堂举行隆重的加冕典礼，拿破仑一改过去由教宗加冕的习俗，一把将皇冠从当时的教宗庇护七世手中夺过，咣当一声，戴到自己的头上；同时，他折断共和国的旗帜，改为法兰西第一帝国。拿破仑在位期间（1804—1815 年）称“法国人的皇帝”，这是历史上自查理三世后第二位享有此名号的法国皇帝。

上位期间，在国内，拿破仑用武力征讨和分化瓦解的手段，镇压了保王党的复辟活动。在当初废除王位的人们的簇拥下，他走上了王位；在一群追随平等的人们的拥戴下，他重建了贵族制度。之后，他再设宫廷，恢复昔日的各种宫廷礼仪，创设新的贵族“荣军团”，发布《书报审查法》。巴黎原有 73 家报纸，关到只剩 8 家，在思想自由、舆论自由原则上，显著背叛了大革命。这家伙，曾向俄皇亚历山大说："您看，我就小心翼翼地，在我的臣子和武将之间挑起不和，让他们在我面前相互揭发。我有办法，让手下的人相互嫉妒：今天这个人以为自己得宠了，明天又是另一个，每个人都不能确定他在我面前是受宠的。"

拿破仑时代却脱下"黄马甲"，少有动荡与血腥。此前，仅在1793—1794年，罗伯斯庇尔主导的"恐怖统治"时期，路易十六和皇后上了断头台；成千上万的贵族和无辜无产者，约有1.6万人，最后包括罗伯斯庇尔本人，也上了断头台。优雅、浪漫的法国，不经意间，又展现出另一面——一个"屈从于暴力诱惑的国家"，极端、不妥协，动辄鼓吹反叛、革命，打砸抢烧上街。近年震荡全欧的"黄马甲运动"，是否脱胎于此？

拿破仑，一面专制、机器人化；一面这机器人仍葆几分人性，适度拿捏着法兰西土地上的专横、恐惧，不让它做一匹烧红眼窝、蹄下寸草无生的野马。

被其关闭的报纸，大抵后面都有保王党和雅各宾的幢幢影子。有小报给皇后约瑟芬编黄段子，拿床上功夫嘲笑拿破仑。他的反应是勃然大怒，"把报纸编辑狠狠训斥一通"。放在各国专制王室，放在雅各宾派或者保王党时期试试，早就人间蒸发了！他主张法国包容犹太人。在欧洲各国普遍抹黑、排挤犹太人的至暗岁月，海涅感恩，这是拿破仑对犹太人的解放。波兰在其后的国歌里，甚至唱到他。

近代自由主义的奠基者之一、法国文学家和政治思想家邦雅曼·贡斯当（1767—1830年），被拿破仑逐出立法院，流亡国外。流亡期间，他完成一系列反对专制的政治理论著作。1814年，波旁王朝复辟，贡斯当返回巴黎。1815年，拿破仑发动百日政变，就在贡斯当准备再度出逃之际，反被拿破仑邀为议员。其间，他为拿破仑草拟了一部宪法。

著名的斯塔尔夫人（1766—1817年），评论家和小说家，法国浪漫主义文学前驱。她那与人交谈时富有个人魅力的激情语言，使她的家中客厅成为巴黎最吸引精英人物的沙龙。拿破仑感到不安，下令流放她到距巴黎 110 英里的地方。不久，她溜出法国，去欧洲各国游历，并继续写作。十几年中，她的书一直抨击拿破仑，称其为马背上的罗伯斯庇尔、“那个为侮辱人类而生的人”，大大迎合了欧洲反对拿破仑的舆论唱和。闻其名而色变的拿破仑，称“没有哪一个女人，能比她更邪恶”。但是，他却没有派杀手去英国、德国，干掉这位“邪恶”的女人。这做起来并不难。1810 年，斯塔尔夫人还悄悄回到法国，监督她的新书《论德国》的出版，书中仍有讽刺拿破仑的言论。此书当然遭禁，她偷偷带走几册样本，三年后得以在伦敦出版，并大获成功。1814 年，拿破仑倒台后，斯塔尔夫人得以衣锦荣归巴黎……

有人说，欧洲历史上那些铁腕人物里，拿破仑、恺撒，虽功名盖世，马下白骨纷如血，在治国上，却恰恰是以宽容著称。

此外，拿破仑还以常人难以理解的慷慨大度，和美国第三任总统杰斐逊做了一笔买卖——后者以 1500 万美元，买下面积共计 2144480 平方公里的“路易斯安那领地”，使地球上第一个民主国家当时的国土面积，一夜间暴增了一倍……

在国外，金戈铁马，拿破仑展开几乎踏遍欧洲的战争计划。

1805 年，法国击败由俄国、普鲁士、奥地利组成的第三次反法联盟，将意大利和比利时纳入法国的势力范围。1806 年，法国击败以俄国、普鲁士为主的第四次反法联盟，迫使普鲁士投降法国。1807 年，拿破仑又逼迫沙皇俄国签订了《梯尔西特和平条约》，条约承认法国继路易十四之后在欧洲的第二次称霸。几场战争下来，欧洲被搅得天翻地覆。

一个有趣的例子是，从遗留下来的车辙痕迹可以证实。靠道路左侧行驶的传统，可以追溯至古罗马时代，因为人类大多数为右撇子，骑士上下马一般是用左脚踩马镫，靠道路左侧行走，便于上下马。骑士的佩剑，也挂在身体的左侧。靠左侧骑行，使用右手持剑或长矛，有利于与迎面而来的敌人进行搏杀。这一传统，因为一个左撇子的出现而改变了。在被拿破仑征服的荷兰、比利时、卢森堡、西班牙、意大利、德意志（当时尚未形成统一的德国）和俄国等国家，他下令，不论骑马还是走路，一律切换成靠右行驶。没能征服的英国、葡萄牙、奥地利（奥匈帝国）、瑞典等国，依然保持靠左通行的传统。此后一个多世纪里，欧洲的道路通行规则，一直保持着大路朝天、各走一边的格局。

在拿破仑手中，法兰西帝国的国土增加了几倍，他兼任意大利国王、莱茵联邦的保护者、瑞士联邦的仲裁者，并分别封他的兄弟约瑟夫、路易、热罗姆为那不勒斯、荷兰、威斯特伐利亚国王。欧洲除英国等几个国家，多数国家均向拿破仑臣服或结盟：

> 我树敌无数，却从未逢对手。在橄榄树荫下，他们说意大利永远不会被征服。在法老和国王的土地上，他们说埃及永远不会臣服，在森林与暴雪的国度，他们说俄国永远不会被征服。现在他们已无话可说。他们畏惧我，如同畏惧带来雷霆和死亡的自然的力量。我就是拿破仑，我就是皇帝……给我烧掉它！

拿破仑，正是在枫丹白露宫说出这番话的。

拿破仑一世身穿加冕长袍。由法国画家弗朗索瓦·热拉尔绘于1805年，现存放枫丹白露拿破仑纪念馆

当了皇帝以后，这里成为他的行宫。只要没有军政要务在身，拿破仑总喜欢远离巴黎，到这片森林里来释放自己雄狮般躁动的身心。陪伴在他身边的，很长时间是约瑟芬夫人。之所以称其为夫人，而不是小姐，是因为约瑟芬原是博阿尔内子爵夫人，子爵离世，她带有两个孩子。她身材高挑、天生丽质、举止高雅，就像上帝安排在某个时刻、某个地点等候拿破仑这头雄狮的一个冰雪笼子。此前拿破仑已有订婚女友，一位马赛绸缎商的小女儿德西蕾小姐，正是豆蔻年华；而且，约瑟芬比拿破仑大 6 岁。拿破仑从见约瑟芬第一面起，就表演开“马戏团”的一个节目——熊熊烈火般，一头钻进了这只笼子，“我醒时，满心都是你。你的样子和昨夜醉人的欢愉，让我的心神无法安宁”。

其实，拿破仑何止是一个德西蕾小姐，他所亲历过的每一个战场，几乎都巧妙地覆盖了他的所有情场。他使用起男人的另一种武器——情话——来，也若耍起长剑，每每剑及履及，攻无不克。倒是约瑟芬有几分犹豫，拿破仑至少比她矮半个脑袋（一些资料中记载过，拿破仑身高 5.2 尺。这个尺寸应是法制而不是英制单位，换算之后，其身高大概 1.68 米，并不算特别矮），年龄也不般配。巴黎熟透了的石榴籽一样多的大小沙龙里，关于这场“姐弟恋”的讥言讽语，一段时间以来，也像石榴籽一样多。

其实在巴黎，在全法国，谁敢公开置喙这场婚姻呢？

“如果你因为我个子矮，而取笑我的话，那么，我就砍下你的头，来取消这个差距。”

而且，拿破仑拥有区别于路易王朝和雅各宾恐怖专政的无可辩驳的合法性、正当性，法国 99% 的公民投票支持他称帝。他已被颂扬为与亚历山大、恺撒并列的军事天才，其天纵英明，全方位开花，不只在军事上，还在法律、建筑、历史、文学、艺术等领域，如同有神的旨意与指拨，不断地绽放奇迹。著名的《拿破仑法典》，仅是一例。1804 年起，在拿破仑督促、指定下，由法学、哲学、政治学、经济学者编纂而出的这部民法，是目前全球寿命最长的成文法典。该法典对自由的方方面面予以规范，耕者有其田，财产独立，人身不可侵犯，契约神圣，唯才是举，不受世袭出身的阻碍等，确立了现代法律体系的文本，至今仍是支配着法国人大部分日常生活的法律；就连远在大西洋彼岸、人口以法裔后代为主的加拿大魁北克省，也不例外。今日的欧罗巴，之所以是世界稳定的重要基石，大约与此不无关联。

几个月后，约瑟芬答应了拿破仑的求婚。已经33岁的约瑟芬，特意把自己的年龄改小了5岁；而拿破仑也无奈地“配合”着，将自己的年龄调高1岁。拿破仑这回是动了真格，或者说是与太多有权势或金钱的男人一样，都是武器库里情话有余，情人却总是不足。他将满腔的爱意倾注在结婚戒指上，俨然蕴有天机意味地刻上“命运”两字。

婚后第三天，拿破仑被晋升为“意大利方面军”总司令，开始他征伐欧罗巴的战争。在途经的11个驻地，他给约瑟芬写回11封满纸火烫的情书。她几乎从不回信。有一次，他在信中说：“你是不是有了情人，比方说一个19岁的小伙子？如果真是这样，你可要当心奥赛罗的拳头！”她看完信后笑了，对女友塔丽昂夫人说：“这个波拿巴，真是个怪人！”在数次大战中，他甚至对着麾下的将士，大声疾呼：“为了法兰西，为了约瑟芬，冲啊！”

1804年11月2日，教皇庇护七世一行，从罗马出发前往巴黎。在此之前，即使是赫赫有名的查理曼大帝，也是自己亲赴罗马，接受教皇加冕。如今教皇屈尊下就，亲来法国，在巴黎圣母院为拿破仑称帝加冕。教皇此行的另一使命，是为两人补办婚礼的宗教庆典。约瑟芬也被册封为皇后，正式成为枫丹白露宫的女主人。

枫丹白露宫里，大批的家具从巴黎运来，众多宫厅开始重新装修，最多的时候，工匠达800人。原是亨利四世、路易十六等的卧室，被改造成御座厅。厅内整面墙壁和天花板用红、黄、绿三种色调的金叶粉饰，地板用萨伏纳毯覆盖，一盏镀金水晶大吊灯晶莹夺目。与中国的皇帝一样，拿破仑也喜欢黄色，其家居室内的帐幔，也是一片金黄。约瑟芬偏爱玫瑰红，其寝宫从地板到天花板，再由家具到床铺，都是一色玫瑰红。她的私人花园里，单是中国玫瑰就有 20 多种。其中 4 种是英国从印度引进的，其时英法正在恶战，拿破仑居然提出双方暂时停火，以换取名花安全抵达。

头上顶着王冠的拿破仑，身上还是透着“土渣”味。他任中尉时，靠着每月 90 法郎的薪俸生活就够了；如今依然声称，在王宫每年只需 1200 法郎和一匹马，就过得很是惬意。他常常信马由缰在枫丹白露森林，体会纵横山林、风月人生的快意。他却充分满足约瑟芬的购物癖，仅宝石、披肩和头饰，价值上百万金法郎；其衣帽间里，还有 700 件衣服、250 顶帽子……他似乎要以礼物宠坏她、淹没她。

开头的几年，王宫的露台上、花园里，清风朗月，为之流连不舍：皇帝和皇后，常常相拥入怀，眉舌传情；或相对而坐，细斟本地盛产的一种名为“芳亭情露”的葡萄酒。火烫的话语在说过无数遍之后，渐渐淀以沉静，面对枫丹白露莽莽苍苍、鸿蒙空阔的恬静，仿佛法国此刻已是一个酣睡的婴儿，无须他们照料了，而时间，就此停止不动。

红颜总是薄命，这大约也是一种普世性规律。

结婚 15 年，皇后做出种种努力，仍没能为皇帝生下一男半女。宫廷内外，不免飞短流长。拿破仑也为此而耿耿于怀。一个个情妇，趁势如蚱蜢一样扑向皇帝。不像以往，他是林子里就要钻进洞窟冬眠的黑熊，不管如何撩拨，总打不起精神。情人为他生了两个儿子：查理・利昂，亚历山大・瓦林斯基。按欧洲王室惯例，儿子是私生子的话，无法继承王位，不能用他的姓。约瑟芬是何等聪明之人，这个骄奢淫逸惯了的女人，昔日也曾花蝴蝶般多次偷腥，她不再像过去那样总黏在丈夫身边，更多地将自己关在寝宫，或在花园里剪枝摘花，一待就是半天，若一个老去的白头宫女，在等待最后的裁决。

1809 年 11 月 30 日，皇帝皇后一如往常地共进晚餐。上完最后一道甜点，拿破仑屏退左右。他说：“约瑟芬，我亲爱的约瑟芬！你知道我爱过你，我在人世间尝到的仅有的幸福时刻，都是你一人赐给的。但是，约瑟芬，我的命运要高过我的意志，我最珍贵的爱情，必须让给法国利益！”

半个月后，在皇帝宽敞的办公室里，约瑟芬当着帝国所有大臣和皇帝三个弟弟的面，宣读了放弃皇冠的声明书。拿破仑给予她一系列优待，其中包括保留皇后封号，赠送约瑟芬一座巴黎附近的马尔梅松城堡。离婚后，拿破仑依然给约瑟芬写信，有心事向她倾诉。两个月后，拿破仑迎娶奥地利公主玛丽·路易斯，新婚仪式也在枫丹白露宫举行。

拿破仑告诉臣下，自己娶的，就是一个“子宫”。

这份轻率与讥讽，让人想起他登基时，指着御座说：“御座？一块披着缎子的木头玩具而已！”然后，他对臣子一个狡黠的微笑，“你我可以私下说说，成人也是需要玩具的……”

拿破仑曾说：“在我的字典当中，是没有‘不’字的。”

1812 年，他的字典里第一次出现“不”字。

这一年 6 月 24 日，拿破仑调集大军 68 万人、火炮 1400 门，开始入侵俄罗斯。9 月 14 日，拿破仑占领已成废墟的莫斯科。10 月 18 日，俄军大举反攻，法军节节败退。到 12 月，法军损失 50 万人，漫天疾雪中仓皇撤退。1813 年，法军被俄、普、奥反法联军阻击，元气大伤。1814 年春天，拿破仑在枫丹白露宫获悉，其精锐之师，在莱比锡战役中，再次被欧洲联军击垮。他还在盘算如何调兵遣将，力图最后一搏。不料，4 月 3 日，元老院通过决议，废黜皇帝；其部下的几位高级将领，也认为大势已去，希望皇帝“立即退位”，以求国家安宁。

4 月 11 日，其麾下老帅麦克唐纳，拿着欧洲联军定下的条约文本，来到枫丹白露。在拿破仑最喜欢的一个小房间里，只见他身着白色灯芯绒晨衣，瘫坐在壁炉前的一张小扶手椅上，赤脚蹬着拖鞋，两肘搁在膝上，一动也不动，仿佛睡着了。对麦克唐纳的进入，拿破仑迅即有了反应。他将头抬起来，缓缓转向麦氏，其憔悴得令人心疼的面容，只在他当年厮杀前线却屡屡不得约瑟芬回信时出现过，他说：“我昨晚睡得极不安稳。”

接过条约，他很快瞄了一遍，如一个愿赌服输的赌徒，未啰唆一句，便签了字。随后，他站起来，拿出一把在埃及缴获的马刀，赠送给麦克唐纳；又紧紧拥抱这名老部下，含泪告别。

4 月 20 日中午，逊位皇帝走出枫丹白露宫，站立在大门口，朝着白马广场凝视片刻。广场的正中央，皇家禁卫军的老兵们列成方队，举枪如林，向他们的统帅作最后的敬礼，方队中间飘动着帝国的鹰旗。当年，他迎娶约瑟芬入宫时，禁卫军也在这里列阵欢迎，场面热烈，恍如昨日！拿破仑脸色青灰，眼眉马鬃般簌簌地抖动，走下那著名的马蹄形台阶，缓步来到队伍前面，一阵喉结窜动，一阵沉默之后，他说：

>……20 多年了，你们一如既往勇敢而又忠诚……我的心别无他念，唯一不能忘怀的，便是法兰西的幸福，请你们继续为她效命吧！……

这批跟着皇帝鞍前马后征战多年的老兵们，个个泪光闪闪，有人甚至哽咽起来。模糊的泪影里，他们看到拿破仑亲吻了帝国鹰旗好一会儿，又拥抱禁卫军队长，随即，头也不回地登上候在门口的马车。车队在一片“皇帝万岁”的口号声中，绝尘而去。

从此，白马广场有了另一个名字：永别庭院（Cour des Adieux）。

拿破仑的心，留在了枫丹白露。

这是颗不死之心，这是颗海螺吹涛之心，无日不呼唤着已放逐到地中海厄尔巴岛上的主人。

当他得知，反法联军的各国头头，在维也纳开会，因分赃不均而大吵大闹、剑拔弩张，反法同盟眼看瓦解。拿破仑召集几个老部下，组成一支小部队，分乘 6 艘小船，于 1815 年 3 月 1 日，逃出该岛，在法国南部儒安港登陆。痛恨波旁王朝的各地民众，热烈欢迎他的归来，甚至连波旁王室的军队，也纷纷倒戈相迎。元帅米歇尔·内伊，曾说会用铁笼子关牢拿破仑，将他押回巴黎，但这位元帅仍带着6000名士兵投奔拿破仑，以致拿破仑的部队不放一枪，于3月20日便顺利重返巴黎。在维也纳的欧洲列强们，包括英国、俄罗斯、普鲁士、瑞典、奥地利与数个德意志邦国，一听到拿破仑东山再起，仿佛噩梦就要降临。为了彻底拔去欧洲皮肉中的这颗铁钉，消灭这个不是凭世代血统做上皇帝的异类，他们立即停止内斗，重新把酒换盏，和好如初，组成第七次反法联军，向拿破仑猛扑过来。在比利时南部的滑铁卢一役，反法联军终将拿破仑12万军队打垮。7月8日，在联军保护下，路易十八返回巴黎凡尔赛宫。法兰西第一帝国的袅袅余音，只是一曲“百日王朝”的挽歌。

拿破仑被再次流放。在英、俄等列强眼里，仿佛偌大的地中海，只是这个凶煞的一个洗澡盆。10月16日，这次他被押去的是孤悬于大西洋中的圣赫勒拿岛。该岛距非洲西海岸近2000公里，距南美东海岸3400公里。

岛上有14名犯人，罪名为扰乱公共秩序，或是道德败坏者。他们白天在公共设施劳动，晚上收进号子。在医生的建议下，已经身形臃肿、肠胃不好的拿破仑，主要从事园艺活动，并在岛上撩人心动的风景里修复身体。他在皇帝任上的秘书拉斯·维斯整理的《圣赫勒拿岛回忆录》，收集了拿破仑本人的谈话和其他人（从将军到仆人）对皇帝的回忆。书中记载，流放之时，拿破仑仍念念不忘留下他一生荣辱与悲欢的枫丹白露，一声叹息之后，他总说：“枫丹白露，是真正国王的住宅。”

此时的拿破仑，依旧不肯低下高卢雄鸡那金灿灿、漂亮的脖子：

> 我的头衔中唯缺一项：我当过法国皇帝，戴过意大利国王的桂冠；现在英国人授予我一座更加光荣、更加伟大的王冠，曾被救世主佩戴，那就是荆棘王冠。

1821年5月5日，拿破仑病逝于圣赫勒拿岛，终年52岁。

他告诉身边的侍者："我之所以失败，是我好久没和老部下一起吃粥了。"

他在遗嘱中写道："我愿我的身体躺在塞纳河畔，躺在我如此热爱过的法国人民中间。"

死前，拿破仑把全部财产捐献出来给法国百姓，以及他一生中的九十几个恩人。其中一部分，专门给了兵败滑铁卢那年遭受外国战火的省份。

据说，临终前他的喃喃数语是：法兰西，军队，约瑟芬。

他被埋在山谷深处的两棵大柳树旁，似乎担心其幽灵会爬出来，旁边围着一片铁栅，压着厚实的石板。当天，约瑟芬所在的古堡，顷刻间，阴云低垂，暴雨如注，呼啸的风里，似有女人的哭声狂奔……

19 年以后，颇有反讽意味的是，路易·菲利浦国王实现了他的遗愿。1840 年 12 月 15 日，拿破仑的遗骸从圣赫勒拿岛运回巴黎。在伫立于暴风雪里迎候的数十万民众的注视下，灵柩隆重地通过凯旋门，安葬在塞纳河畔的巴黎荣军院（巴黎伤残老年军人院）圣路易大教堂内。

拿破仑，无疑是法国大革命的产物，或者说，他本身就是法国大革命的一把利剑。

拿破仑是大革命的最后完工者，其铁骑，滚过西欧和中欧的大部分领土，使法国资产阶级革命的民主思想得到广泛的传播，沉重打击了当时欧洲各国的封建势力。法国前总统密特朗曾说："法国大革命，就像生活本身一样，是一个混合物。它既鼓舞人心，又令人难以接受。在大革命中，希望与恐怖交织，暴力与博爱杂陈。"被称作"铁娘子"的撒切尔夫人曾说："人类所有的灾难，都来自欧洲大陆，而所有的解决方案，都来自说英语的国家。"这灾难，就包括法国大革命，和摧毁一切社会秩序的两次世界大战。

拿破仑，又是法国大革命的颠覆者。1804 年称帝后，他有许多复辟旧制度的做法，但他多次确认："我的伟大，不在于我曾经的胜利，滑铁卢一战已使它随风而去，我的伟大在于我的民法典，它将永远庇护法兰西的人民享受自由。"

近200年过去，许多法国人，提起这位要江山也不能缺美人，盼做皇帝、登上金銮殿了却又几分像邻家大叔的拿破仑时，神情依然溢满感佩，乃至崇仰。他的陵墓前，总是有民众敬献的花圈、花篮。不只是法国人，“二战”前，对于拿破仑的崇拜，与配着军乐喝啤酒，并称为德国人的两大典型爱好。据不完全统计，在整个20世纪的100年间，德国出版的关于拿破仑一世的书籍，不下千种，平均每年10部。黑格尔称这位皇帝是“世界的精神”。歌德的书房里，立有一尊拿破仑的胸像。贝多芬，以拿破仑为音乐形象，创作了《第三交响曲——圣赫勒拿岛上的英雄颂歌》。

还有东方人，一次次地打量他，比如毛泽东。

西方的历史，毛泽东最熟悉的是法国近代史。在法国近代史中，他最感兴趣的，是法国大革命和巴黎公社；最喜欢谈论的历史人物，是拿破仑。

有人粗略统计，从1910年到1973年，毛泽东读、谈拿破仑，不下40次。1959年5月15日，毛泽东在会见外宾时明确说：“我崇拜华盛顿、拿破仑、加里波第，看他们的传记。”中共中央文献研究室原主任逄先知回忆：“有一次，他要看《拿破仑传》，选了几种翻译过来的本子。跟他一起读的同志，一本还没有看完，他却三本都看完了。”20世纪70年代，毛泽东还嘱印一种共分17册的线装大字本的《拿破仑传》，供一定级别的领导干部参阅。

至今，各种版本的《拿破仑传》，在中国也长销不衰。

一个相貌平平、出身寒碜的家伙，凭借自信和勇气、激情和想象、勤奋与磨砺，最后能登上怎样的高度？欲海情天里，七个葫芦八个瓢，都能按下去的一对撩情老手，枫丹白露森林里几番撩拨下来，如何化为国人熟知的《长恨歌》之绝唱？对许多读者来说，似乎仍可充作励志范本或谈情秘籍……

法国的历史、文化，有多么炫目神迷，拿破仑的性格、命运，就有多么炫目神迷。

有人说：“你要啃一本枯燥的法国历史书，不如到枫丹白露来走一遭。”

你要从传记中走近拿破仑，不如到枫丹白露来走一遭。

自 1981 年被联合国教育科学文化组织认定为世界文化遗产后，枫丹白露，是全球最受欢迎的旅游目的地之一，每年约有 30 万人，到此呼吸拿破仑时代的气息。枫丹白露森林，更以法国的建筑、园林、皇家文化，全方位的大自然气息，每年吸引约 1300 万游人。

来访者里，许多人知道枫丹白露——这颗法兰西全盛时期的明珠——与那位曾权倾一切、睥睨天下之势的主人，有着如此密切的联系。历史上，很少有统治者如拿破仑一样，能将自己的名字，如此深入一片森林的记录之中。晨曦初露，站在枫丹白露的塔楼上望去，宫廷建筑迤逦推开，湖光清浅而轻盈，山毛榉和橡树一望无尽，当林间有惊鸟飞起，麋鹿、狍子的疾影闪动。林中深处，还隐隐传来拿破仑激昂的奔马声。花草上晶晶点点的露水，欲滴未滴，仿佛系着当年真假爱情的浅唱低吟，不忍离去……

也有不少游人来这里，只为着 SPA，徜徉山水，天伦娱乐，不会缅怀拿破仑的丰功，亦不为惊艳当年在鼓乐齐鸣、隆隆马队护卫下，皇帝皇后进出枫丹白露宫的排场。繁花照眼，终为虚空，犹如革命、反革命，复辟、反复辟……这些激烈、极端的社会风潮，在现代生活的堤岸上，总是非常态的，终有退潮的一日。一旦潮退，“自胡马窥江去后，废池乔木，犹厌言兵”①，岁月滑入人性的轨迹，滑向普通人专注于养家糊口的日子，当然最好不仅仅是养家糊口，还有点闲钱，以满足能去别国瞅上一眼的欲望。

自拿破仑以后，除其侄儿路易·波拿巴做过一段皇帝，枫丹白露，大约再也没有皇帝驾临，亦消失了帝国万岁的声音。

从 1850 年开始，来了一些写生的流浪画家，挤满枫丹白露仅有的两家旅店。这里渐渐成为一些年轻而怀有艺术抱负的艺术家们的圣地，有几分像北京的“798”、宋庄，还有今日走在街上，满眼皆是各种年纪、各种肤色“景漂”

---

① （宋）姜夔：《扬州慢·淮左名都》。

拿破仑一世 1807 年在枫丹白露森林中狩猎

的景德镇。

在此，诞生了法国文艺复兴时期主要的两个绘画流派：一是枫丹白露学院画派；二是巴比松画派。后者专攻写实的森林风景画，其核心人物是泰奥多尔·卢梭，也译作胡梭。其代表作是《橡树》，一幅有着浓郁的大自然史诗风格的风景画——以几棵巨大的橡树为题，用鲜艳、跳跃的色彩来表现光的力道，将橡树衬托得更加昂然茂拔，雄伟的自然神奇力量得以凸现，在视觉冲击的同时，令观者心神震撼。

F. 放置那把密钥的神奇抽屉

林子里，你们看到，阳光下一棵树，风情款款，风姿翩翩。其实，你只看到树的一半；地下黑暗中活跃的那一半，你们无法看见，只能遐想。现在这网络在传递什么呢？是春光欲流、蝶梦鹃声，一派天下太平，还是风声西进、雁字南来，得有应对秋瑟冬凋的准备？

树木间，一种神秘的气味语言

倘若说，自那个突发奇想、将龙舌兰的叶子连接到测谎记录仪上的巴克斯特算起，多半个世纪以来，有越来越多的专业、业余人士，接近放置那把密钥的一个神奇抽屉。

近十几年，我知道至少有三个人，满怀欣喜地打开了抽屉。

有一位，是前面提到的加拿大人苏珊·西玛德。另两位是美籍以色列裔的丹尼尔·查莫维兹和德国人彼得·沃莱本。

前者，长期担任以色列特拉维夫大学植物生物科学中心主任，其植物学方面的研究成果，多篇发表在世界顶级科学期刊上，现任以色列本·古里安大学校长。2016 年以来，连续 4 年，他应邀为北京大学现代农学院讲授暑期课程《植物知道生命的答案》。2012 年，集植物生命探索、研究之大成，开始写作同名的一本书。这本书里，他保持“泰坦尼克号”般的清高，不同的是船没有沉没浮词浪语的波涛，而是借大量试验数据的强大动力，沿着严谨和最新的科学研究的海图航行，系统探讨植物如何体验这个世界。

后者，对森林的热爱，可以追溯到他的童年。他在 20 世纪 60、70 年代的联邦德国首都波恩长大，养蜘蛛、养海龟，比三个兄弟姐妹更喜欢在外面玩。高中时，立场左倾的年轻老师们，展望地球生态环境的未来，表现出极度的悲观和担忧。沃莱本当时就下定决心，此生要做一个森林的守夜人。大

2019年7月，以色列本·古里安大学校长丹尼尔·查莫维兹（左）访问北京大学

学里攻读森林学，毕业后先在一个政府森林管理机构工作，之后，去艾弗尔地区做一名护林员，管理3000多英亩的林地。艾弗尔位于科隆郊外，距离科隆1小时左右的车程。他协助当地居民向州政府陈情15年，终于成功把这块林地划为原始森林保护区。2002年，又转化为树葬森林，民众可以将至爱亲朋的骨灰埋藏在200年的大树下，放置带有逝者姓名的铭牌，可保障这片森林在以后的百年里不会再受任何侵扰。他常常应邀去学校和社会各界发表演说、开设课程，已出版《动物的精神生活》《森林——一场发现之旅》《树的秘密生命》等十余本书。

两人的书的区别，在我看来，《植物知道生命的答案》，规范于科学性、学术性的表达而难免有点隔。同理，杨振宁给退休大爷们讲天体物理，也会抓腮搔头。《树的秘密生命》，则因作者不但常年行走我的世界，且灵魂也如鸟儿在一树一叶间栖息，解味到了树木生命的华丽与苍凉。两位都是我的朋友，一位让我更明白自己，一位看我的眼神里有脉脉亲情。

莫如将两本书的内容融合一起，我来表述自己的生命世界：

树木的感知能力，与人类有许多相似性，拥有视觉、嗅觉、触觉。

树木的视觉与你们相比，要复杂一些。比如，植物能看到紫外线和红外线，觉察到电磁波，这些人眼看不到。当然人眼能够看到的东西，树有些也能看到。树木能够分辨什么时候是正午、什么时候是傍晚，即可以感知时间。不只知道光的方向和强度，还能看到光的颜色。植物虽没有眼睛，却具有光敏色素，这是一种色素蛋白质，能吸收红光、橙黄光，使树木感受外界的刺激和变化，有助于调节生长。有些喜光植物，倘若发现自己处在阴影里，便会忐忑不安，赶紧枝叶伸展、茎秆扭动，以摆脱阴影，去接触阳光的拂照。达尔文，早就以蚕豆苗、野甘蓝、草莓和郁金香等植物作为研究对象，通过长时间观察、测量，发现它们在生长过程中都有转圈或摇摆的动作，且具有重复性，认定植物能感知自身的空间位置。

林子里，每道光都弥足珍贵，阳光对树木的影响，远比充足的供水与肥沃的土壤更为重要。光线之明暗，几乎决定着嫩枝的生与死。树不太容易察觉，蒲公英这棵“袖珍树”，则比较明显。长在阴暗处的蒲公英，生长速度更快一点，好像暗自鼓着劲要去奔“解放区”的蓝天。在以往关于植物的认知里，你们只是知道植物具有向光性，光对植物却不只是一种信号，更是食物的来源，光把水和二氧化碳转化成糖类，植物由此吸收养分。

语言，是人类自我表达的能力。你们有嘴巴，张口即可说话。树木没长嘴巴，强风刮过时，枝丫摇摆的嘎嘎声，轻风拂面时叶片婆娑的簌簌声，只是树被动发出，而非树木主动之声。但树木有嗅觉——通过彼此嗅出的某种气味，表达某种“语言”。气味，对你们亦很重要，否则，怎么有那么多男士夏日使用止汗剂，那么多女士买了一辈子的香水，而且，讲究不同年纪不同场合，洒不同的香水——树木之间，也存在一种神秘的气味语言。

40年前，非洲大陆的莽原上，有科学家做过一项研究：长颈鹿的佳肴是金合欢树，为了摆脱厄运，金合欢树短短几分钟内就能在叶子里散布毒素。顺便让你们知道，许多树木具自我防卫能力。一有紧急情况，橡树会把苦涩且具毒性的单宁酸，导入树皮与叶片，虽不至于使啃噬它的昆虫一命呜呼，但已一脚踢翻原有的味道，无异于爽口的沙拉，一下变成苦哈哈的胆汁。柳树的“暗器”，是会制造出具有类似功能的水杨酸……

长颈鹿连连吐出苦水，赶快离去，又转去其他树木那里。是旁边的树吗？不，它们会避开邻近的树木，在大约百米开外的金合欢树那里，重新大快朵颐。胃囊，是最深刻的乡愁，这一草食性的庞然大物，就好这一口——这种花树，远看去像黄色的云彩，走近能看见细小的叶子和金黄色的小花球，毛茸茸的十分可爱。长颈鹿这么做的理由，你们听起来，恐怕会目瞪口呆：被啃食的金合欢树，会释放一种警示气体（在这个例子里是乙烯），向邻近的同伴传递不速之客来袭的信息。所有得到警讯的树木，会立即分泌毒素来回应。长颈鹿一旦明白金合欢树的这个把戏，会走远一些，以寻找那些尚未听到“说话”的树木。又或者长颈鹿会逆风而行，气味是顺着风向其他树木传送，逆着风走，无须走几步，就能找到对它们的出现毫无警觉的金合欢树。

我的世界里，使用的气味“语言”，不尽然只与“保家卫国”有关，还绝对存在正能量。花朵所传送的宜人芳香信息，便是如此。果树、柳树或栗子树，使出浑身解数发出这一“语言”，不仅仅是挑逗雌性，让自己博得青睐，同时邀请蜜蜂上门光顾，而香甜的花蜜——一种浓缩糖浆——则是对它们顺便帮忙授粉的奖赏。其实，为着从一片绿色汪洋的树冠层中脱颖而出，连花朵的形状与颜色，也是一种“语言”，像人类中的某些人，一看到权势，就像婴儿见了奶头一样贴上去，有时露出了屁眼，也浑然不觉……

总有一些游客慕名而来，他们常常告诉沃莱本，走进他管理的这片以老山毛榉树为主的林区，立马心旷神怡、荣辱皆忘。即使平时脾气不好或性格裹紧若粽子者，在这林子里也很奇妙地变得心平气和，像刚逃出狐狸追杀的兔子，顿然见到一大堆胡萝卜。此种感觉，他们诧异在人工栽培的针叶林中，却完全没有。

这原因，我当然知道：人工栽培的针叶林里，少不了人的出没，多负面的气味“语言”，它们不是喊“呼救”，就是叫“警惕”。而原始林、准原始林里，长治久安，负面的气味“语言”较少，树木之间的“絮语”，多与彼此的养生或情谊有关。中国人熟悉的气味“语言”，许多来自松属树木，是一种多种酯的混合物银松素，具有令人放松的麻醉作用。其他树木的气味“语言”，充盈着一种叫作芳多精的挥发性物质，除能杀死空气中的细菌、微菌，以及防止害虫、杂草等外来生物侵蚀，还可抑制人类病原菌。

芳多精，这名字叫得真好，弥漫在林间，清新的芬芳，伴着一股淡淡的精气，使你们漫步森林时，安定神经，明目静心，旺盛的内分泌系统如列车进站，徐徐减缓节奏，这便是森林浴的缘起吧。德国，最早利用森林浴治疗疾病。对于神经活动失衡、身心灵需要疗治的病人，医生开的处方笺，不是

彼得·沃莱本

药物，而是每天在森林中散步，连续保持三个星期。

春天，林中潮湿，弥漫一股腐殖质气味。这也是一种正向信息，在我的怀抱里游荡。我号令万物听内蕊轻振，去访云寻雨、浊沉清扬。看着上年无数的基因种子传播有效，子子孙孙，又汇成一望无际的树苗，按同一时令爆芽、绽叶、展枝，同一风势里凋枯返绿，百花烂漫，周围全是美、全是勃勃生机。这是我以一种你们难以觉察的方式，在表达自己的快慰……

“树维网”，或“森林信息网”

触觉上，树木和动物的反应，具有许多相似之处。

山毛榉、云杉，或橡树，一旦有东西在其身上到处乱咬，遑论斧斤之加，树木会立刻感觉到浅痛，或深痛。痛，可视为植物细胞内部的一种电子运动。日本埼玉大学准教授（副教授）丰田正嗣和美国威斯康星大学麦迪逊分校学者吉尔罗伊，曾以荧光显影技术，在实验室展示出这一运动态势。当以虫咬、剪割、压损植物，分别测试，发现无论是哪一种形式的伤害，实时录像都显示，植物从伤口处有荧光物传到其他叶子，速度为每秒 1 毫米。这速度跟动物神经脉冲相比，只是小儿科，却已经是最快的速度。接着，还得等上个把钟头，才能将防卫物质送进整株植物所有的枝叶，以反噬侵入者的胃口。好在如此缓慢的速度，会有气味“语言”帮衬，经由气味，可以快速地帮助树木克服较远的距离，让距离树干数米外的其他部位，如树冠、树根，尽快得到警讯。

树能判断环境、适应环境，根据外部条件，做出自我调整。

维也纳大学的学者，曾在春分时节，无风的平静条件下，进行一项多日考察：傍晚，树叶和树枝会微微地耷拉下来，肉眼很难察觉，但可以被仪器检测到。其后一直逐渐下垂，日出前几个小时，达到最低点。早晨，几小时后，枝和叶又回到原来的位置。树的这种姿态变化，与单个细胞的水分平衡密切相关，水分平衡又受到光的影响。人为增加灯光，打乱树每天的作息平衡，便像你们长期缺少睡眠一样，有不好的后果。严重时，甚至会导致一些树过早死亡。室内花盆里种植的树，通常看上去，总感觉生命力不足，一般也活不了太久。你们会说，是不接地气。还有原因是，缺乏自然的昼夜节律与季节温度变化。

人类记忆，通过书籍、资料等遗传。植物记忆，靠的是基因记忆的遗传机制。这一机制能在一个生物体内，从一个季节传到另一个季节，还能从上一代传给下一代。上一代在外界胁迫下产生对胁迫的记忆，下一代从这种记忆中提取信息后，便做出相应的反应：一是遗传变异的增加；二是后代对外界的胁迫更有忍耐力，恶劣环境下，也许能比上一代生长得更好。

“昨日雪如花，今日花如雪。”银装素裹的寒冬离去，轻柔的春风吹拂大地，复活节前后，华盛顿樱花盛开，淡淡的一色粉红，开起来整棵树怒放欲飞。波托马克河旁，更是数千棵绽放的樱花老树，根霸枝雄，花却娇媚、轻灵，

华盛顿波托马克河岸的樱花树

一簇簇、一层层压下来，宛若轻纱水袖。1912年，日本东京市市长尾崎行雄访美，赠送的6000株樱花，至今已历百余年风云。成千上万、不同肤色的赏花人，在此流连忘返，乐不思蜀。

4月，是华盛顿最美的季节。要论白天的光照时间，华盛顿的9月，与4月差不多，樱花树却绝不会在9月开花，若海誓山盟，百余年里没有一年背叛4月。实与这座城市的爱情无关，樱花树清醒：若在9月开花，果实不会完全成熟。9月一过，美东地区很快面临寒冬，果实将被冻僵，一部华彩的交响结束时，飘来一串最拙劣的音符。樱花树感知环境，适应外界，自觉调整生命节律，成为一些研究者认定植物具有记忆和意识的佐证。

树和人类的感觉体验具有相似性，这并非奇言耸听。

人类，与包括树的一切植物，有着共同的早期遗传史。只是演化之路上的某些因缘际会，让你们的老祖宗终于站起来，绝尘而去，没有成为云杉、槭树、菟丝草或者攀爬在墙上的常青藤。在这种差别里，隐藏着生命进化的奥秘。这种奥秘，是运气，也是情意。换一种说法，人类与植物间呈现某些相同的生理特性，可说是共同的老祖宗三叶虫——其生存历程，贯穿恐龙出现前的整个古生代，直到2.3亿年前一场洪荒之力爆发，导致最终灭绝——隔着亿万年，向其太过遥远的后代致意。

但毕竟存在本质区别，人类有脑袋，高居身体之首，而植物是一种无脑生物。树没有脑袋，却有记忆和意识，当然得要有一个与此功能相对应的部位。它会在哪里？以它的用途来说，根自是最适合的部位。欧洲、北美、亚洲的日本和中国台湾等地，许多几百上千年的老树，莫不显示，不管雨雪冰雹、兽撕火烧、大年小年，根都是树木最强韧持久的部位。树有多高，根就有多深。树的枝叶，簇拥而生，又谦谦礼让，树的根却纵横交错，铁爪缠上铜臂。除非整体都沉沦煤层，树上还有哪个部位，比它更适合长期储存基因记忆？

大量科学研究也发现，树木根系蔓延很广，树冠有多大，根系至少就有

中国台湾阿里山原始森林里的大桧木

多宽，甚至大过树冠宽度的两倍，既能传递化学物质指令本树的活动，也能在地底下与周遭树木的根系交错，形成信息网络。

这网络，以真菌为媒介。

我的土地上，最常见的真菌是各类蕈类，此外真菌还包括霉菌和酵母。现在已经发现7万多种真菌，大约为所有存在的一小半。大多真菌，原先被划入动物或植物，现在自成一门。真菌丝，生成菌丝体，菌丝体感染和占领树木和植物的根。真菌靠着根获取土地的营养，根又靠着真菌，将从某棵树得到的信息传递出去。纤细得你们肉眼几乎看不到的菌丝，密布在土壤中，并以你们无法想象的密度交织成网络，其范围遍及好几平方公里的土地，等于把一整座原始森林、次原始森林，化为网络联结起来。这个真菌网络，有人起名“树维网”（Wood Wide Web），还有“森林信息网”（Wood-Wide-Web）的叫法。

林子里，你们看到，阳光下一棵树，风情款款，风姿翩翩。其实，你只看到树的一半；地下黑暗中活跃的那一半，你们无法看见，只能遐想。现在这网络在传递什么呢？是春光欲流、蝶梦鹃声，一派天下太平，还是风声西进、雁字南来，得有应对秋瑟冬凋的准备？

直到今天，对于这个网络究竟包含了哪些物质，以及信息、情报如何秘密交换，科学界还只做了基础性的研究。

在古希腊，橄榄树是一个图腾

德国巴登－符腾堡州的冷杉树林壮观茂密，看上去黑压压的，故得名黑森林

北美秋野

英国乡村

1.5 亿年前侏罗纪地壳运动时期树木（主要是松柏、苏铁、银杏、真蕨、种子蕨等 15 种以上古乔木的遗骸）

墨西哥瓦哈卡州一个小镇上的蒙特祖玛柏树，约 1200 年了

台北“故宫”的一次特展海报（2011 年）

美国陆军工程兵团公园护林员带领学生在加利福尼亚的艾菲耶夫自然中心进行自然徒步旅行

约瑟芬夫人

挪威风景

江西三清山

新疆胡杨林

耶路撒冷旧城哭墙

台湾佛光山

六　永远的枫叶

戒不掉的“美瘾”

加拿大寒温带针叶林，跨越 7 个省和地区。其面积相当于该国森林总面积的 82%，大于其他 7 个林区面积的总和，是美国加州的 12 倍，被称为伟大的北方森林。地球上有 1/4 的原始森林，都聚啸歌吟在这里。

这里主要树种有白云杉、黑云杉及落叶松，干型通直，高大粗壮，可利用价值高。这里有巨大的经济、生态价值，还是众多野生动植物的原产地，世世代代生息其间的，有大灰熊、狼、驼鹿、驯鹿、豪猪、梅花鹿等。每年还有数十亿的北美水鸟、鸣禽，聚集在这里交配，繁衍后代。其中，仅 6 厘米长的蜂鸟，披着华丽的蓝绿色羽毛，全身闪着宝石般的光辉；体量阔达的加拿大黑雁，双翼展开 160—175 厘米，体重 4300—5000 克，宛若一架无人飞机，飞行时两翅扇动迅速而有力，发出“嘎嘎”的嘹亮声响。

老夫在美国密歇根州安娜堡旅居的日子，每年的 9 月初起，每以此声为秋声。抬望眼，靛蓝悠远的天空上，必排开有它们往南方去的一字形剪影……

余下的 18% 森林面积，就是大湖和圣劳伦斯林区、亚高山林区、阿克迪阿林区、沿海林区等 7 个林区。除了大城市的主干城区，举国几乎都在森林的怀抱中，且绝大部分为原始林和原始次生林，如假包换，吹来的都是远古时代的野风。多数居民住宅周围，亦然。

加拿大举世皆知的树，是枫树，加国素有“枫叶之国”的美誉。

境内有十余种枫树，以黑枫和糖枫为主，以安大略省和魁北克省分布最多。枫树属于槭树科槭属树种，是一种槭树的俗称。枫树为高大乔木，可高达29米，冠幅可达16米。枫树花期是4月到5月，果期是9月到10月。随着树龄增长，树冠逐渐敞开，呈圆形。枫树树姿优美、叶形秀丽，秋季渐变为红色或黄色，也有青色、紫色，其红在枝呈燃烧的火红，落地变成沉静的深红。枫树为著名的秋色叶树种，可作庇荫树、行道树或风景园林中的伴生树，与其他秋色叶树或常绿树配置，彼此默默衬托掩映，道不尽绚烂、妩媚、深邃之秋色。

西晋潘岳《秋兴赋》中，有“庭树槭以洒落”之句，晚唐杜牧有“停车

温哥华雷尼尔山国家公园

温哥华雷尼尔山国家公园的老树

坐爱枫林晚，霜叶红于二月花”一诗，可见在古代中国，枫之美，也是骚人墨客的共识，在各地园林风景中已露头角。

加拿大的糖枫树，树汁含糖量极高，熬制而成的枫糖浆，风味独特，有白糖、红糖和蜂蜜混合的香甜味儿。其富含矿物质，热量仅为普通糖的一半，且饱腹感强，被称为“瘦身糖浆”和“排毒上品”，在全世界范围受到追捧。目前全球约 80% 的枫糖浆，产自加拿大；而加拿大 91% 的枫糖，又产自魁北克省。

在加拿大，观赏枫叶最佳时间，是 9 月的最后一周，至 10 月的第一、第二、第三周。从法兰西风情尽情挥洒的魁北克，到壮美于世的尼亚加拉大瀑布，行程 800 公里，是该国经典的枫树大道。多伦多、金斯顿、渥太华、蒙特利尔等大中城市，都分布在这条大道上。1867 年秋季的一天，多伦多市一位名叫亚历山大·缪尔的小学老师，在大道的一端散步。脚下是温软的红彤彤落叶铺成的地毯，连踩下去发出的声响，也是温软的，“扑哧”，“扑哧”，每一声，恍若都是秋日的呼吸。有一片枫叶落在外套的袖子上，他几次试图将枫叶掸落，这叶子却迟迟“不愿”离去，他对同行的朋友说，瞧，这就是“永远的枫叶”。

当天晚上，缪尔在家里写了一首诗，并谱成乐曲，歌名就叫《永远的枫叶》，献给新成立的加拿大联邦。

次年，魁北克和安大略选用枫叶，作为两省的盾徽标志。1921 年，国会批准的加拿大国徽标志，主用枫叶。1965 年，一枚硕大的枫叶，出现在加拿大国旗上，其背景由红、白二色组成，中间白色代表的是广阔无垠的国土，两侧红色代表的是东、西两岸相邻的大西洋及太平洋。这面国旗，和每年 9 月 27 日的“国树日”，深深表达了加拿大人民与森林的血脉关系。森林，成为加拿大国家的象征。

加拿大森林总面积 4.176 亿公顷，相当于世界森林面积的 10%、亚洲森林面积的总和。加拿大森林蓄积量高达 247 亿立方米，人均 960 立方米，几乎是中国人均木材蓄积量的 100 倍。林业，是加拿大的一个主要产业，2010 年为经济的贡献超过 230 亿美元。林业员工，遍布魁北克省、不列颠哥伦比亚省和安大略省。2011 年以来，加拿大出口了世界上大约 20% 的锯木、18% 的纸浆、8% 的纸和纸板、5% 的工业圆木和 5% 的人造板。

加拿大人有一个理念，现在活着的这一代，所享用的一切资源，都是向后辈子孙们借的，我们得加上“利息”，还给下一代。去温哥华市的卡佩兰奴吊桥公园、斯坦利公园——可以说是加拿大最具代表性和震撼力的名胜之一——便见这“利息”有多么丰厚：

前者是 1889 年，一个叫乔治·葛兰·麦基（George Grant Mackay）的人，为了保护原始森林不受砍伐，向印第安人购买了这片土地做成公园。他并修建了一座大吊桥，有 230 米高，全长 137 米，高出下面的卡佩兰奴河 70 米，是世界上最高的步行吊桥。近百年过后，一个叫南希·史提帕尔德（Nancy Stibbard）的人，接了班，买下公园后，借助现代技术，在垂直的悬崖峭壁间，搭建玻璃步道，再造七座小吊桥，都建在林中的大树上。一棵棵大树，被桥体连接起来。在这里直径超过一米的大树，比比皆是，其腰围连两三个成年人都难以合抱。很多原始树木的年龄，比加拿大国家和温哥华的历史还要长。吊桥上，游客密密匝匝、摇摇晃晃、迷迷怔怔、痴痴笑笑，如探险、如梦游、如逗趣，在大树杈上行走，恍若从人回到猿的穿越。人们俯瞰下方雾气蒙蒙的长青树林、激浪翻腾的流水，幸运的话，还能看到河流水汽造成的绚烂彩虹，充分感受千年前最早一批原住民的栖息地。除“树桥”之外，还有“树屋”。这些当时为了防备野兽攻击而建起的简易房子，现在成了游客一番跋涉下来喘气、喝水的好去处。

斯坦利公园，虽说是城市公园，离市中心只有 15 分钟的步行路程，位于英吉利湾和巴拉德海湾之间，却是一片莽莽苍苍的原始森林，面积广达 400 公顷，是北美最大的城市公园。

很多年前，温哥华被大森林所覆盖，现在的公园显然是这片大森林留给后世的部分。这里的树树龄都在几百年，有些特别高大、三五个人都不能合抱的树木，树龄超过千年。留给后世，不等于投闲置散。1886 年，温哥华第一届市议会通过决议，将此开发为公园用地。两年后公园正式建成，以时任加拿大总督的斯坦利爵士之名命名。森林与海滩之间，建有绿地、公路和专供运动长达 9 公里的步道、自行车道。我曾走完步道，移步即景，几乎用去半天。步道的一侧，是巍然壁立的森林，参天的雪松、红杉、铁杉，幕天席地，虎视鹰扬，不可思议地直接插在悬崖峭壁之上。有说它们的树根，能分泌一种融化山石的物质，根深于石，根石一体，因而有这“飞檐走壁”的奇观；间或，有些垂垂老矣，或扛不住海风暴雨摔打的古树，虽已衰败倾覆，仍被人们用钢索将其重新扶植起来。步道的另一侧，是太平洋蓝得令人也几乎融化了的海水，停满白帆、偶有海鸥划过的宁静港湾，与美国旧金山的金门大

温哥华卡佩兰奴吊桥公园

桥同一设计师设计、同一造型的狮门大桥……

温哥华有着几十个大小公园，每个公园都有一片原始森林。温哥华，只是加拿大的一个缩影。

从 1885 年联邦政府在落基山脉划定第一个森林保护区，同时建立第一个国家森林公园，到现在已建成国家公园 39 个，在建 12 个，总面积约为 5000 万公顷；已建成省立公园 1800 多个，面积约为 2500 万公顷。多数公园都是古木参天，生态层次十分明显，原始状态完整保存，置身其中，仿佛有进入时间隧道、时光倒流千百年的感觉。即便是公路旁边和城市之中的森林公园，也是如此，极少有人工培养和栽植的痕迹，一切似乎是从上帝创世时开始，从未受过外界的惊扰，森林地带还伴有海岸山脉、温带雨林、冰川瀑布、隐秘湖泊、星罗岛屿……这些神奇的风景，一年四季变换着不同的颜色，令你激动不已，每一次旅行，都是一次弥足珍贵的审美运动。

秋天，随便选一处湖岸坐下，静静地看着夕阳碎落湖面，驼鹿悄悄出没湖边觅食水草，抬眼就是漫山遍野、层林尽染；冬日，或去靠近北极圈的森林公园住宿，暗夜星空，“空里流霜不觉飞”“皎皎空中孤月轮”。在一年中多达大半年可以看到极光的夜晚，炫舞在空中的“奥罗拉”[①]，如精灵一般闪耀、曼妙……

加拿大的森林公园，几乎能将所有你认为最美的自然风景，汇总打包，或者换一个通俗说法，如果说伫立中国九寨沟、张家界，还有俄罗斯贝加尔湖畔，你会风景“中毒”；那么，一旦出了加拿大的森林公园，从此，你就有了戒不掉的“美瘾”！

想到该国只有 3600 万人口，尚不及中国的许多省，其森林公园与人口的比例之高，堪称全球第一，这也意味，留给后代子孙的森林银行的丰厚利息，也为全球之冠。

---

① 古希腊黎明女神。

加拿大森林公园一景

谁见过反加拿大游行？

不一定山河好，人就会好；

但人好，山河一定会好。

到过加拿大的外国人，大概都会有个感觉，加拿大人性格敦厚、心地单纯，绝少大爷阔少的脾气。其政府给世人的印象，也颇为低调，从来没有把自己的价值观强加给别人，也没有想在其他国家树立“加式民主”样板，加拿大一直坚持独立的外交政策。最显著的例子，是坚持与古巴保持外交关系，以及拒绝出兵伊拉克。

加拿大是第一批和中国建交的西方国家。1960 年，中国“大饥荒”期间，中国对外贸易部委托香港华润公司，向澳大利亚和加拿大购买小麦。这是一笔巨款，中国无法一笔付清，需要分期付款，便牵扯到信用贷款的担保问题。中国方面对还没有建立外交关系的加拿大政府，提出一个中外外交史上罕见的要求：为加拿大小麦局的银行贷款作担保，也为中国的分期付款背书。加拿大政府答应了，其小麦局没有因中国的困境而坐地起价，而是以较低的市场价格，三年内向中国提供了价值 3.6 亿美元的大小麦，主要供应京沪等大城市……

在整个世界上看，加拿大都算是一个特殊的国家。其特殊在于，由于其特殊的历史，加拿大是一个包容性特别强，几乎可以和所有国家保持良好关系的国家。

1535 年，法国探险家雅克·卡蒂亚，沿着圣劳伦斯河，踏上魁北克这片土地，发现这里的原住民印第安人，精于狩猎，盛产皮毛，尤其有珍贵的海狸皮。法国的皮毛商们，闻之若过江之鲫赶来。随之皮毛收购点，一时如盛雨潢潦。法国国王敕封这块土地为新法兰西，享有皮毛贸易特权。大约同期，英国也凭借其强大的海军力量，在沿海地区建立皮毛收购点。一在内陆，一在沿海，两家殖民者本相安无事。1638 年至 1715 年，法国在欧洲崛起，太阳王路易十四，加紧海外帝国的拓展。他派出军队镇压魁北克印第安人的易洛魁部落，任命新法兰西总督，并投入巨额资金，大量迁入本国新移民。如此，法国终于动到大英帝国的奶酪，两国干戈相向，从 1756 年开始，打了 7 年仗。战争以英国胜利结束，新法兰西如泡影幻灭，加拿大进入英国殖民地时代。

可惜在魁北克，法裔移民已经营二百余年，且在人口数量上占绝对优势。迫于无奈，1774 年，英国政府颁布魁北克法案并规定，英国刑法和法国民法在此并行不悖；又在 1791 年，将魁北克分为上、下加拿大，上加拿大即今日的安大略省，下加拿大即今日的魁北克省，并赋予两者各自的选举权和立法权。从此，加拿大俯首称臣，朝着多元文化一骑绝尘。

加国少有怒从胆边生的时候。

1774 年，在大英帝国内寻求更多自治权的美国，第一次入侵亦步亦趋白金汉宫的加国，攻占蒙特利尔。加军英勇阻挡了美军，次年春季，美军不得不撤出加拿大；1812 年，早已独立成事的美国，又多次进犯加国。美国人一向不喜欢英国，却不敢招惹其时仍是全球霸主的英国，有机会便拿英属加国撒气，理由也很正义，要把加国从“日不落帝国”的殖民压迫中“解放”出来。其时，美国人口 750 万，加国人口 40 万。英国驻加陆军不到 6000 人，其海陆军主力，得在欧洲提防拿破仑撒野泼凶；而美国随便一划拉，就能凑齐一两万人，各州还有好几十万民兵。时任美国国务卿的门罗盘算，美国攻取加拿大，犹如刀割韭菜，不可能遇到实质性的抵抗。众议院领袖亨利·克莱甚至说：“只需肯塔基的民兵，就能把蒙特利尔和上加拿大，踩在脚下。”美军分三路入侵加拿大，第一路、第二路分别从底特律、伊利湖和安大略湖之间进入安大略省，以切断上、下加拿大之间的联系；第三路则从新英格兰进入下加拿大，目标是蒙特利尔。但打下来，每路都被加军的出色防御战给挫败，美国人未拿下蒙特利尔不说，反丢了自家的底特律。加军和英国军队一起，甚至一度攻入华盛顿，一把火烧了白宫、国会大厦及国会图书馆……

“一战”伊始，1914 年 10 月，加拿大派出 3.3 万名军人，赴欧参战。其中，许多人丧生疆场，仅维米岭战役中，就有 3598 名将士阵亡。接着，又有更多的加国师团，奔赴欧洲战场，成为协约国在西线的突击力量。“二战”中，英国对德国宣战七天之后，加拿大也对德宣战。第一支加国军队，1939 年 12 月，抵达欧洲战场。战争爆发时，加国人口为 1100 余万人，到 1945 年战争结束，也不过 1200 余万人，在这期间，有 110 万人先后在军中服役。继战争初期有 8000 余名飞行员直接编入英国皇家空军，整个战争期间，仅空军，加拿大有 1.71 万名将士的碧血，洒在欧罗巴天空。

除了西欧，加国军人捐躯之地还有缅甸、波兰及冰岛等地。加拿大更把荷兰从纳粹德国的蒺藜下解放出来……

但这般老猫发虎威的时刻鲜见。“二战”之后，世人的印象里，老猫总是趴着，盯牢的只是自己两个前腿里揽住的无边春色。

偶然看到一份加拿大国防力量的数据，不由得吃了一惊：

其现役部队共 6 万人，其中，文职人员占了 2.2 万。陆军编制为 1 个师（辖 3 个旅），兵力 2.1 万人；空军兵力 1.4 万多人，作战飞机 140 架；海军兵力 0.94 万人，主要水面作战舰只 20 艘，潜艇 3 艘。加拿大没有原子弹、化学武器等大规模的杀伤武器，也没有导弹、航母等先进的攻防重器。很多人不知道，制造核弹的曼哈顿计划，是美国和加拿大共同完成的。“二战”之后，加拿大有世界第三大海军和第四大空军，但其后几十年，连续裁军，连本来拥有的航空母舰都放弃了，只专心参与联合国维和行动。

这可是全世界仅次于俄罗斯、国土面积达 997.6 万平方公里的大国。国土面积为 937.26 万平方公里的美国，现役军人有 146 万，装备有 10 个航母编队、400 多艘军舰、5000 多辆坦克、1.3 万架飞机，军事基地虱子一样爬及全球。就连人口 2500 多万、面积仅 12.28 万平方公里的朝鲜，也有正规军 120 万……

况且，加拿大隔壁就是“世界警察”，前事不忘，后事之师。150 年前，加拿大成为一个国家，其重要动机，就是北美大陆的北方居民们决定联合起来，建立一个真正的国家，来抵抗美国的入侵。现实是从阿拉斯加、新英格兰到北极，几个区域仍存在领土纠纷。可美加之间，长达 8900 公里的边境线，就是不设防。

是加国除了两头沿海，多是鸟不拉屎的地方，不值得大动干戈，设营布防？

——除傲世的森林储量外，加拿大还是世界第三大矿业国，已探明金属和非金属矿物，超过 60 种，其中，石棉、锌、镍、铂产量，居世界之首；加拿大还是全球最大的铀生产国之一、第二大镁生产国、第三大钻石生产国，以及第五大铁矿石出口国。依据已探明的结果，加国的石油储量，超过常常靠石油吃饭的俄罗斯，仅排在委内瑞拉和沙特阿拉伯之后，居世界第三位。已探明的油砂原油储量，为 1732 亿桶，更占全球探明油砂储量的 81%。

那么，是加国没有相应的经济、科技实力，武装自己的国防力量？

“——包子有肉不在褶子上”，作为世界最发达的七大工业化国家之一，2017 年加拿大 GDP 高达 1.64 万亿美元，全球排名第十位，比俄罗斯高两位。加拿大制造业、高科技产业、服务业发达，在航空航天、有色冶金、信息通信、动力装备、电力水利、纸浆造纸、新能源新材料等产业方面，拥有世界领先水平。其驰名全球企业集团，有庞巴迪公司（以制造高级交通工具，如喷气飞机、高速列车为主。中国的“新四大发明”之一的高铁中，很大一部分使用的是加拿大庞巴迪技术）、ATI 公司（芯片业巨头）、KANDU 公司（核反应堆，核能综合开发）、Kanadarm 公司（航空航天太空臂）、北电网络公司（网络设备巨头）等。不只传统重工业，就算 AI 之类的新鲜东西，加拿大一样是最强的国家之一。

所以，加拿大并不是没有实力加强自己的国防力量。要说原因，可能是从没有“山雨欲来风满楼”之感。

环顾全球，加拿大不去找敌人，谁会将加拿大当敌人。世界各国里，见过反美、反英、反法、反德、反俄、反以色列、反伊朗、反印度、反日本……游行的，谁见过反加拿大游行的？

我曾十余次来往于美加边境，多沿1812年美军侵入加国的第一条路线，在靠底特律这边的关口，两次在靠西雅图那边的关口。精心打理的花圃，四季常绿的林木——西雅图那边的关口，还挨着一个挺大的游乐场，草地上有散落的色彩鲜艳的动物、人形偶。关口两侧半空里轻舒的星条旗、枫叶旗，微风里频频照面，好像隔着保守的父母，一对秋波暗送的恋人。这里看不到一个军人，一角电网，一台X光透视仪，一条威猛的德国牧羊犬。边检时，我几次见到一个漂亮的金发妹子，笑容可掬地坐在岗亭里。她不出岗亭，你也无须下车，或交验行李，只是瞄一眼你递过去的护照，问你一句："有没有带违禁物品？"你回答"No"，即可扬长而去，便捷得如从自家进了隔壁老王家。

加拿大的对外关系，两个耳朵似乎塞满了猪毛，听不到"敌对势力"那个风口。

而加拿大的对内政策，脑袋瓜子不长"阶级斗争"那根弦，亦无"弱势群体""低端人口"，族群关系和谐、包容，是世界上拥有最多元化种族及文化的国家之一。

加拿大英文国名Canada，来自易洛魁印第安语Kanata，是小村子的意思。1535年，雅克·卡蒂亚踏上这块土地，求两名印第安年轻人给定位，后者说的是附近的一个定居点，被卡蒂亚误以为整个地区都叫Kanata。易洛魁联盟，由六大部族——摩霍克人、讷奈达人、奥嫩达加人、塞欧卡人、图斯卡罗拉人和卡尤加人组成。当欧洲人来到美洲，易洛魁联盟主要占据美国东北部地区，即今日的纽约上州位于哈得孙河以西的部分和五大湖湖区。美国独立革命期间，易洛魁人起初试图保持独立。由于受到选边的压力，图斯卡罗拉和讷奈达，站在新英格兰十三州殖民地一边，而摩霍克、塞欧卡、奥嫩达加和卡尤加，4个部族仍旧效忠大不列颠帝国。摩霍克人并在酋长约瑟夫·布兰特的带领下，随英军对宾夕法尼亚和纽约边界地区的拓荒者定居点发起多次进攻，沿途一路烧杀抢掠，杀害和俘获大量白人居民。

1779年，美国开国总统乔治·华盛顿，宣布对易洛魁联盟和英军联盟实行不只是占领，而是摧毁的军事政策。美军派遣三个纵队，进入纽约西部易落魁领土，烧毁其40个城镇，踏平很多易洛魁人的村子、畜棚和仓库。已被英军赐予上校军衔的约瑟夫·布兰特，不得不领着易洛魁人，逃离故土，迁居魁北克省定居。作为易洛魁人对英国死心塌地的报酬，他们被授予格兰德河旁一大片土地，约瑟夫·布兰特赋予它最初的名字：布兰特福德（今属安大略省）。

还有一些易洛魁人，留了下来。1831年5月，法国人托克维尔，和他的朋友博蒙，开始为期9个月的美国之旅。表面上，他们受法国政府的指派，来美国考察监狱惩戒制度。实际上，两人的考察远远超出这个范围，涉及美国社会的方方面面。7月的一天下午，在底特律河的此岸（对岸就是加拿大），两人见到水面上有一只桦皮独木舟，两个裸着上身、下身以兽皮遮挡的印第安人，在舟上钓鱼。他们的皮肤着画艳丽，戴着鼻环，当时被误认为是红种人，后来才知道是赭红颜料涂上去的。次日，两人又遇见一个印第安人，肩上背着一把好枪，以他们马匹的速度，轻松地跟在后面大步行走，一度让他们心里发怵。与他说话却无回应，只是点头微笑。最终，碰到森林中一位迷路的白人移民，告诉托克维尔，加拿大那边的易洛魁人，刚结束一年一度的庆典，枪大概是加拿大英国殖民当局作为礼物发给这边印第安人的，让他们回来给美国人寻隙扰事。

这大约就是加拿大印第安人的主要来历。今日加国原住民人口约为160万多人，占总人口的4.9%，其中，印第安人占到60%。原住民里剩下的，主要有梅蒂人（Métis），他们是早期来北美的法国人和印第安人妇女结婚产生的后代，大多星散全国各地的城镇。生活在北极圈附近的因纽特人，即中国人说的爱斯基摩人，人口有50多万，属东亚人种美洲支系。有证据表明，这些居民的祖先，至少在一万年以前，经过冰封的白令海峡，从西伯利亚来到北美洲，现大部分仍定居在北极圈附近的村镇和社区。

20世纪70年代以前的约300年里，作为一个典型的西方移民国家，加国一直推行民族同化政策，鼓励土著人融入受欧洲影响的主流文化，导致印第安文化边缘化。但与美国原住民的经历比起来，他们的日子，过得还算是太平。在国内外多重因素的影响下，1971 年，加国政府逐步调整政策，自 1982 年从英国收回宪法自主权后，更是“轻舟已过万重山”。相对其他少数族裔，加拿大明确印第安人为“第一民族”，不能再叫“印第安人”（Indian），再叫，就是政治上不正确，有点种族歧视的味道，像许多年以来美国在公开场合不能叫“黑人”（Negro）一样。

口惠实也至，法律规定，划拨第一民族属于自己的土地“保留地”，有自己的自治政府，实行自我管理，享受某些特殊的经济和免税待遇：联邦政府每年按条约规定，向保留地的居民支付一笔生活费；第一民族无须缴纳省和联邦的所得税，无须缴纳房地产税，无须缴纳有些省国民需交的医疗保险金；保留地的居民，享受从小学至大学的全部免费教育；在保留地内开采石油，相关公司得直接向保留地政府缴纳费用……现在加国有 634 个注册的第一民族社区，遍布每一个省，一半以上在不列颠哥伦比亚省和安大略省。

1996 年，加国政府正式宣布：每年的 6 月 21 日，为全国原住民日，以纪念所有原住民族的历史和贡献。如今，这个节日被列入一年一度庆祝国庆活动的一部分，一直持续到加拿大的国庆日 7 月 1 日那天。

2011 年底，联邦政府宣布，安大略省北部一个人口 2100 人、名叫阿塔瓦皮斯基特（Attawapiskat）的第一民族保留地进入紧急状态。事发的缘起是，2006 年以来，联邦政府给这个保留地共拨款 9000 多万加元，改善居民居住条件，可冬日将至，保留地仍有 90 多位居民住在简易棚子里，没有抽水马桶，暖气设备也很差。联邦政府派出一名专业会计进行审计，显然是保留地行政机构在管理财政上出了问题，联邦政府要求将该保留地从此置于第三方的管理之下。要求未果，这名会计反被保留地的头头给赶了出来。

“紧急状态”，不是紧急在作为该国管理体制的第三级政府，对中央政府气焰如此嚣张，必须予以弹压，而是紧急在寒冬已至，还在住简易棚的居民，倘若出了健康问题和人命问题，在加国，那可是天塌下来了的大事！时任总理哈珀和主管部长亲自介入，给该保留地运送临时住房和各种物资；反对党领导人要求马上派军队支援；电视台向全国跟踪实况转播……那声势，几乎赶上中国2008年的汶川地震。

保留地里吃喝拉撒、生老病死，都有国家托儿所阿姨般兜底，不免有人无所用心、慵散躲懒，乃至酗酒赌博、暴力滋事。加国是举世仰慕的高福利国家，也是世人咂舌的高税收国家。据渥太华大学研究报告测算，中高收入人群所缴税款，占其收入的比例高达40%—50%，与个人相关的税收，占加国财政收入的70%，占GDP的11.6%。这当然会引起中高收入人群的不满。生活中总还是会有其他种种担忧，诸如一个年收入10万加元的单身汉与年收入5万加元的有家庭的人，最后拿到手的钱差不太多；一到上下班高峰时刻，多伦多、蒙特利尔也开始堵车；都说是中国的房客，抬高了多伦多、温哥华的房价，这些城市的房价这三年涨了百分之五六十；印第安人、黑人不能说，胖者、无家可归者、同性恋者，也不能指指点点；还有闯进后院乱翻垃圾的浣熊，到处拉屎、腆着半褐半白的肚皮，骄横过马路的大雁……

与此同时，这个国家的每一个红绿灯，都会有帮助盲人判断的提示音，如果发现哪个红绿灯的提示音坏了，无论位置有多偏远，维修人员会在两天之内修好；这个国家每一个居民，无论何种原因，如果失业了、生病了，或者遇到各种生活困难，政府都会为他提供生活补贴，帮他度过最困难的日子。政府对于弱势群体的付出成本，从来要优于给予强者的支持。于是，人们吸一口鲜润的空气，便可感生存、发展空间的远大，可化解眼前种种不快；教堂里周日悠扬的唱诗声，会消弭彼此纠葛，不会转为“我不爽，你也别爽”的互戕模式，甚至眼珠子里划过“我活不好，你也别想活好”的戾气。

在这片祥和的乐土上，人口构成却颇为复杂。除原住民，英裔移民多居住于上加拿大地区（安大略省及西部地区），法裔移民多集中于下加拿大地区（魁北克省及以东省份）。非欧洲裔移民中，人口最多的是华裔，其次是来自南亚的印度、巴基斯坦移民（130 万），然后是日韩裔、非洲裔、俄罗斯裔以及中东移民等。

历史上，华裔移民在加拿大的经历，颇为曲折。

1788 年，第一批来加拿大的中国人，主要是澳门的木工，随一名叫詹姆斯·梅尔斯的英国海军队长，到达温哥华。此后他们的行踪未有记载，被历史的尘埃湮没。第二次成规模的中国移民，发生在 1858 年（咸丰八年）后。当时，不列颠哥伦比亚省的菲沙河谷，发现金矿，大批中国人和旧金山的华人来该省淘金，广东人，尤以台山县人居多。1880 年（光绪六年），为兴建加拿大太平洋铁路，铁路公司在广东省招工 5000 名，在美国加州招工 7000 名华人。华工只负责大约 300 英里的工程，却是最艰难的一段，得穿过险峻的落基山脉，白人大多不愿意去冒险犯难。至 1881 年（光绪七年）底，最初的 5000 名华工当中，仅有约 1500 人生存下来。

1885 年，太平洋铁路竣工，加国不再需要华人劳工。同年，加国开始向华人移民收取每人 50 加元的人头税。以后又陆续增加到 100 加元、500 加元，500 加元已相当于 2003 年的 8000 加元，仍未能彻底阻止华人登陆的啪啪脚步。1923 年 7 月，政府通过《1923 年华人移民法案》（又称为“排华法”）并规定，除了商人、外交官员、留学生和特别个案以外，禁止华人进入加拿大境内。直至 1971 年，加国政府实行多元文化政策以后，对华人移民的歧视性限制才得以逐渐消除。从 2000 年开始，来自中国大陆的移民，每年约有 3 万人。

1999 年 10 月，经当时政府总理让·克雷蒂安提名、加拿大女王伊丽莎白二世委任，一位祖籍广东台山、1942 年才随父母由澳洲移民到加拿大的中国女子伍冰枝，成为加拿大第二十六任总督。伍冰枝年轻时代，在多伦多大学三一学院修读文学学位，其间被时任总督颁发英文文学奖。其后，她在巴黎大学文理学院修读硕士课程，研究方向是英国维多利亚时代的诗人、小说家乔治·梅瑞狄斯。回国后，她在加拿大广播公司（CBC）制作和主持过几个节目，并出版几本书。声名鹊起的她，20 世纪 80 年代担任安大略省

伍冰枝

驻法国巴黎的代表。伍冰枝是该国历史上第一位非白人和第一位没有政治或军事背景、第二位女性总督。

2002 年，伍冰枝以加拿大总督兼加拿大军队的三军总司令身份，探望在阿富汗作战的加拿大士兵。2004 年，她前往法国参与纪念盟军登陆诺曼底海滩的典礼，身份是“加拿大元首”，因英联邦各国元首之桂冠，为英女王伊丽莎白二世统统一举包揽，这让当时英国政府颇为不悦。2005 年 9 月，伍冰枝卸任总督，10 月被委任为枢密院顾问官。2007 年 2 月，伍冰枝获女王任命为名誉上校，伍称“感到非常荣幸”。

2006 年 4 月 4 日，加拿大总理史蒂芬·哈珀在施政报告中就“人头税”和排华法案问题向华裔社区正式道歉，表示最深切的悔过。6 月 22 日，哈珀在国会举行正式道歉仪式，并宣布政府的象征性补偿方案，为健在的“人头税”受害者和其他受害者遗孀，共约 400 人，每人补偿 2 万加元；同时拨款 2400 万加元，资助各少数族裔社区就历史问题开展教育活动。此外，政府还将拨款 1000 万加元，在全国范围内进行反种族歧视宣传。当时，哈珀总理用广东话说出这番道歉语，应邀在场的许多年纪较长、受过“人头税”之苦的华裔移民，不由得潸然泪下……

相比于加拿大 3600 万人，人口 180 万的华裔，至今仍是少数民族。但最新调查显示，李（Li）已经是加国的第一大姓氏，远超 1991 年以前位居榜首的 Smith（史密斯）。根据各地电话簿登记的姓氏统计，排在前 20 位的，华人姓氏有 4 个，其中李（Li）排在第一位，Smith 排第二，林（Lam）排在第三位，陈（Chan）排第十九。最新数据显示，2019 年，已有 30260 名中国移民来到加拿大申请入籍。目前在加国已有 13 万多中国留学生，占全部外国留学生总数的 2/3。

1988 年，加国议会通过《多种文化法案》，肯定所有民族的价值观和传统，都是造物主赐予的礼物。来自不同民族文化的人们，在保持自己独特文化的基础上，和来自其他国家的人们和睦相处、相互融合，形成了丰富的多元文化特征。天主教会与伊斯兰教会，钟磬和鸣，相安无事；基督教堂与犹太教堂，婆娑起舞，谈笑风生。西人的圣诞节，南美的狂欢节，华人的春节，印度人的灯节，韩国人的端午祭，俄罗斯人的桦树节……还有共浴斑斓烟火的新年，四行八作、各擅胜场的多元文化节，仅过节就会让移民们过得七荤八素、忘乎所以，“扣舷独啸，不知今夕何夕”！

风景绝佳的魁北克城堡里，领着我们参观总督府（加国总督府有两座，另一座在首都渥太华）的是一名现役女军官，笑容可掬，却英气逼人，不足 30 岁，第二代亚美尼亚移民。叫来一辆的士回酒店，儿子与司机聊得挺欢，好像说道“上海”“湖南”。事后问儿子，原来小伙子来自喀麦隆，在加国 8 年多，曾随一家公司去上海培训过，与一位湖南青年结为好友。加国最大的城市多伦多，名气较大的有 5 条唐人街、2 个意大利区、1 个印度区、1 个韩国城、1 个希腊城。大约只有国内县城一般大、位于美加边境的温莎市，虽不见成形的唐人街，中餐馆却有好几家，如加国大多数城市一样。本都是疏疏落落平房建筑的市内，近几年冒出来的几幢十几二十几层、僵硬呆板的水泥巨楼，一看就是给中国人盖的，大概开发商也是中国人，直接把国内的图纸拿过来用就是，设计费都免了……

温哥华一市，囊括了全球的美食，从地中海式样到东南亚风格，从日料到中餐各大菜系，每天吃不重样，一个人吃成一胖子，都没问题。高晓松曾在节目中调侃：“温哥华的美食，好吃到令人发指。”非常地道的北京烤鸭，8 加元半只，口味不逊北京“全聚德”。如果自己租房开伙，在唐人街的店里，可以买到各式调味品、来自有机农场的各种食材，还有各种国产的服装、鞋帽，中国内地和台湾、香港地区的书籍、音像制品也可随处买到。富人在此可以享受，穷人在此可以任性。一个 50 岁以后移民来此的朋友，每日里忙得团团转，园艺班，插花班，瑜伽班，自制点心班，下午还得去海边游泳，或者去养老院做义工，每一天的日子，都过得开出了花来。那花下，极力保持玉人身段的她，对我感叹："来得太晚，没做几分钱贡献，却接收了加拿大一大堆的福利和便利，想想都觉得不好意思……"

据说，有一些美国人在外国旅游，常常冒充加拿大人。

以色列摩萨德，是与美国 CIA（中央情报局）、英国 MI6（军情六处）齐名的情报组织。摩萨德特工在全球执行任务，最喜欢用的护照，是加拿大护照。

这两个观察角度，是否可以验证美国一家信誉研究机构的一项调查，在对比了公众对全球 50 个国家所持有的看法，包括各国在世界上的声誉，是否令人尊重和钦佩，以及国民的生活质量、安全状况、环境意识等，显示加拿大是世界上声誉最好的国家。

英语世界有个说法，如果你跟加拿大做不成朋友，大概就和谁也做不成朋友。

天人合一，大约合的就是树吧

人与自然和谐相处，以及优美的生态，根本上源自国民活得有尊严。

心灵的高贵，必然外化为山河的高贵。而广袤的森林，作为维护生态平衡的主体，经济社会可持续发展的基础，子子孙孙赖以生存发展的必要条件，正是一个伟大国家的生动象征。

国际事务中不去挑大梁，国内事务里，却视一个保留地的过冬冷暖为"紧急状态"的政府，才会有此宽旷的视野、足够的财力，去倾情倾力关注脚下这片土地上包括树木在内的每一个生命。在加拿大，从联邦政府、地方政府，到公司、国民，似乎都具有与生俱来的强烈的林业和生态意识，无论是制定法律、政策，还是具体的生产活动；无论是社会行为还是个人行为，处处都体现出爱护森林、保护生态的原则。

加国各大城市，都制定有自己的树木法，其规定大同小异，较为普遍的标准是：在距地面 1.4 米的高度上测量，凡直径在 30 厘米以上或周长超过 92.4 厘米的树木，砍伐前必须事先获得园林局局长的书面批准。以多伦多市为例，事主首先要填写申请表。此表内容极为详尽，比如砍树的理由，该树对申请人的房屋或是基础设施造成何种危害或影响，树的位置与种类，树的生长状况等。园林局在审批时除考虑以上条件外，还要考察该树是否位于环境敏感区，砍树是否会给土壤与生态带来某种影响，是否会影响到四周的自然景观，是否会不利于蓄水、排洪水，等等。凡存在上述情形之一者，园林局都不会批准砍伐，遑论那些具有遗产意义的树木了。

多伦多市，曾有过一个例子：一位名叫哈特丽的女房主，院子里有一棵大枫树，她常在树下做瑜伽。她有些担心这棵树会被大风吹倒而伤到自己，申请要把它砍掉，并得到市园林局的批准。按要求她在社区网上发了砍树公告，并通知邻居一家。这棵树长在两家院子间的栅栏附近，近半树冠伸进了对方庭院。邻居却并不以为此树存有安全隐患，坚决不同意砍伐。不得已，哈特丽将邻居告上法庭。官司打了约有一年之久，安大略省高等法院的最终裁决是：两家共享此树的所有权，未经邻居同意，哈特丽不得修枝，更不能砍树，否则，将被视作违反本省“树木法”。这项裁决，重新界定了树木的“所有权”：过去在安大略省，谁拥有树的主干，即拥有此树的全权；现在对上方的树冠和地下的根系，也得加以考察，只要它们有伸进邻家的部分，树的所有权就须被平分。这棵差一点架上“断头台”的枫树，就这样得到无条件赦免。

多伦多市的“树木法”还规定，园林局有权要求申请人支付被砍树木的价值，并要为补种的新树，预付一笔不菲的押金。补种后成活的树苗，在经过专业人员验证后，可退还一半押金；两年后再次检验，若新树成形，才退还全部押金，否则不予退款，直至补种的树全部成活为止。一般会要求就近补种，如不合适，则由园林局指定另一地点补种。若本人因故不能亲自补种，园林局可代为补种，但事主必须支付成本的120%。最初递交申请表时，就得同时交付押金。根据被砍树的价值，申请费从100加元到300加元不等。所以，申请表上还得有园艺专家的评估报告、事主的补种计划及树木保护计划，并附上小区的规划图和最近的环境勘查图等。

即便事主的申请，符合以上条件并得到批准，本人也不能自己动手砍树。多伦多市的法规要求，事主需支付不菲的劳务费，聘请有资质的专业公司或人士，进行砍伐和善后处理。他们有功能齐全的专业工具，尤其是树枝粉碎机。同时，专业公司的员工，一般会有相关保险。倘若随便请人，或是自己砍树，万一发生人身伤害，事主将赔个底儿掉。此外，如果树倒了砸到自家，或是邻居家的房屋、车辆，也将吃不了兜着走。倘若施工范围逼仄，专业人员会先剪除旁枝，并送入粉碎机打碎，然后才对主干从上到下分段切割；如果面积够大，可以先将树整体放倒，再分段处理。除树根外，他们不会留下一枝一叶。若想把树根也清除干净，现场不留一点痕迹，他们也愿意代劳，当然事主还得另外付费。

温哥华市，在一户户独立的HOUSE前，总竖立着一堵堵树墙，其高可达3米，或求不泄自家春光，或为阻挡外面行道的噪声。有的是四季常青的龙柏，有的是常绿且叶子在阳光下闪闪发亮的冬青。这虽成温哥华的一景，估计有做什么事都追求极致的日本游客路过，会有不屑之意：这也算树墙？去日本列岛人家看看，直是直，横是横，像是木匠用墨斗画出来的，其上下齐整，若能照得出人影，就是一面堂堂的镜子！而在这里，所谓修剪，就是把上面的树梢削掉、裁平，底下的枝丫，却还像窝里群殴的乌鸦，一个个泼剌剌、乌泱泱地支棱着片羽……

若这些戴着金丝眼镜的老头老太，知道加国许多城市的“树木法”还有这样一项规定，他们一定会惊得金丝眼镜蹦去脑门上。一切妨碍树木正常生长的行为，都是违法的：“任何人不得在树上刻画、折枝、剥皮，或是损害树的表皮”，“任何人在未经园林局局长的事先书面批准之前，不得在树上钉挂任何东西，包括装饰性灯具”。多伦多的“树木法”中，还有一项树木伤害条款，诸如：绝不允许因施工切断树根，在树的附近填埋垃圾或是倾倒毒液，如油漆、汽油或是有害化学品等，导致树木枯萎，或是死亡；严禁大型工程车辆频繁驶过，或是停靠在树的附近，可压实土壤，导致土壤内空气和水分的减少。该“树木法”规定，工程施工要与树木保持一定距离。民居院内树木保护的范围是：直径小于10厘米的树的保护范围，为周边1.2米之内；直径10—29厘米的树木的保护范围，是1.8米之内；91—100厘米的树木的保护范围，半径可达6米。

何等精细，几乎像奥运会上睁大眼睛、卡着秒表的一排排裁判；

如此呵护，不啻列岛上让老头老太米寿之年，还能满世界寻风流快活的养老院。

人为的损伤、砍伐，遭到最严苛的限制。从法律的层面讲，如有人为的操作、砍伐，每棵树按照树木的种类、年轮与价值的不同，罚款额从500加元至10万加元不等。从人的内心自律层面看，加国最好的风景摄影师道格拉斯·雷顿，出了一本摄影集。这本由海拔出版公司出版的集子的版权页上，印着一句话：“海拔出版公司，将在加拿大种植相当于制作本书所用树木两倍的树苗。”

外力不可阻挡的破坏，尽力削减至无。魁北克市靠近芳缇娜古堡酒店的一条小街上，有一棵树龄二百余年的老树（树老不奇怪，在加国树不老才奇怪），经过的游客，却都会在此驻足一会儿，老树的底部，嵌入一枚篮球般大的实心铁球，这是18世纪拿破仑时代，英、法两大殖民帝国逐鹿加拿大的火炮给弹射的。二百余年前，这是一棵袅袅玉立、弱枝扶风的小树，炮弹猝然呼啸而至，本应砸下来，或如瓦裂，或为齑粉。它却靠着附近市民们，一代代呵护如子，成就了一个尾巴摇牛的“荒诞”故事。当然今日的尾巴，变成了这枚有几十斤重的铁球。

多年前，温哥华突遭一场百年不遇特大海风的袭击，沿海成百上千棵古树名木，或连根拔起，或从中腰折，断干残枝，横七竖八，盘亘在几个公园，景象十分凄惨。面对突如其来的自然灾害，多个电视频道黄金时间，反复播放公园受损情况。许多社区、民间团体，纷纷展开募捐，筹措修复资金。公园管理部门调动一切力量，没日没夜抓紧修复。家里电视前，街头大屏幕下，整日是关注修复进展的市民。这情景令人想起影片《列宁在一九一八》，列宁被特务枪击受伤后的抢救中，克里姆林宫每隔一小时，用广播向守候在红场的群众报告一次病情，“列宁同志已经不咳嗽了……”

在加拿大，见过很多千姿百态的树，它们很优雅、很隽秀、很粗犷、很笨拙、很古朴、很鲜活、很铿锵，如铜琶铁板，大江东去。它们也很乡愁，“一川烟草，满城风絮，梅子黄时雨”。

它们有一个共同点，就是都长得很舒心、很自在、很随意，享有和人一样的生存权，以及与国民一样不受伤害的尊严。

中国古人说，天人合一。是合在心里吗？若不是，会是个怎样的形体呢？

我想，在加拿大，大概合的就是这树吧。

他也会来，择此城终老？

一位诗人曾说，“春风吹过加拿大，首先着陆的，一定是BC省”。

不列颠哥伦比亚省（英文缩写BC），占加国陆地面积的1/10，是该国生态和生物多样性分布最广的省份，全省森林面积达6000万公顷，占陆地面积的63%。根据政府规定，BC省一半以上的森林，约3500万公顷，将永远不会被采伐。其自然资源，简直是地球顶级或达天堂级配置。该省多年被评为“全球最适宜人类居住的城市”的温哥华，华人人口已占总人口的17%，占到加国华人总数的75%。

在这座城市的日子，我脑海里，多次浮现一部中国的老电影，以及与这片子有关的一位主角。

加拿大魁北克市街景

让我们荡起双桨，

小船儿推开波浪。

海面倒映着美丽的白塔，

四周环绕着绿树红墙。

……

谁给我们安排下幸福的生活？

小船儿轻轻飘荡在水中，

迎面吹来了凉爽的风。

这是1955年长春电影制片厂拍摄的少儿电影《祖国的花朵》主题歌，旋律优美、节奏轻快，一曲在20世纪50年代任何一个小学生都会唱的歌。这首歌横跨大半个世纪，足足熏陶了三代国人，尤其对于我们这代被称为“老三届”的人。如今，我们早已是满肩的风尘、满身的创痛、满脸的沧桑。当今天，“莫怪世人容易老，青山也有白头时”，回过头来遥望“故乡”，我相信很多人，都会在那风雨迷蒙处，听到这支天籁似的旋律，几近古希腊悲剧里，一个著名人物俄狄浦斯的恋母情结，顿时感觉到了生命之春初始时的清纯与清丽……

这部影片第一号女主人公的名字，叫杨永丽，少年时每当听到这首歌，脑海里，总会浮现出她那两条扎着蝴蝶结、随裙裾一起摇晃的长辫子，那一对又圆又亮、火辣辣的眼睛，好似两块迷人的、会说话的墨玉。在当年的影片中，她和小伙伴们，一起泛舟于碎金点点的北海，将银鸽与歌声一起放飞于白塔之上宝石蓝似的天空。在我的心目中，她不但随影片早成了20世纪50年代中国社会生活的一个知名品牌，她本人少年的生活，也应该是无比的幸福。或许，50年代时，老百姓眼里尚能表现出某种神性的电影，也将会给她日后的人生历程抹上某种神性。姑娘啊，你应该是永远的绮年玉貌，心窗上会镀有永远的明媚阳光！

很多年里，我曾这样想，也曾这样祈愿。

直到 20 世纪 90 年代某一天，在一本颇有文化品位、影响却未流布开来的南方杂志《街道》上，在它所辟出的《私人照相簿》的栏目下，我看到了一组题为《梅娘：半个世纪后的报道》的照片。这组落满历史灰尘的照片，主要交代的是梅娘的命运——如说明词所说，孙嘉瑞，笔名梅娘，是 20 世纪 40 年代中国沦陷区最重要的作家之一，与张爱玲一道，被当时文坛誉为“南玲北梅”。她的主要作品是小说，但是她本人一生的经历，比起她的小说来，更为曲折和令人唏嘘——却也揭开了另一个且踟且蹰、渐行渐远的身影，而那正是我“曾这样想，也曾这样祈愿”那位女士……

柳青，看一张摄于 1948 年的照片，她大概生于 1945 年。其时，她和一个妹妹，随母亲梅娘住在台湾。父亲柳龙光，毕业于日本早稻田大学，在梅娘也留日就读于神户女子大学期间，两人坠入爱河。1948 年时，柳龙光来往于海峡两岸，为即将打下江山的中共策反住在台湾的蒙古王爷。这将是他最后一次来台湾，随后，便打算携妻子、女儿回归大陆。天有不测风云，来台途中沉船遇难，年仅 29 岁的柳龙光，丢下了孤女寡母，还在梅娘的肚里添了个遗腹子。由此，他外表是一个战火中可风度翩翩来来往往的生意人模样，却为共产党做秘密工作，也成了日后政治运动中家人说不清楚、道不明白的事情。

1949 年，让梅娘看到了光芒万丈的天堂，无论个人还是国家都充满了美好的希望。梅娘分在北京农业电影制片厂做编辑，小学还未毕业的大女儿，被挑中了在《祖国的花朵》里出演第一号女角。美好的时光却如此短暂，在影片里，柳青领着小伙伴们唱出的那首歌，还在春风一样抚摸千千万万孩子们红苹果似的笑靥，牵动他们胸前火苗般跳跃的红领巾，母亲已在 1957 年被打成“右派”，开除公职，并送到京郊的北苑农场劳动教养。

劳教期间，二女儿病死，三个孩子变成了两个。走出高墙后，梅娘多年里给人做保姆。“文革”中，被揪回街道批斗，白天还得挖防空洞，这是无偿的；为维持生计，柳青只能晚上做绣花一类的手工。其中，顶要紧的，是每月一定得留出 10 元钱给儿子治病。从未与父亲晤面的儿子，匆匆赶去了另一个世界见父亲。走出火化场，梅娘只剩下了大女儿……

柳青，此时是北京电影学院导演系的学生，虽说是“狗崽子”，却绝对的白皮红心——

一张照片上，身着绿军衣的她，在红卫兵“大串联”的途中，学习《毛选》。又一张照片上，她站在湖边，或是河边，一双赤脚，裤腿卷至膝盖，一只手扣着草帽的背带，另一只手叉在腰间，几缕发丝微微吹开，瀑布似的阳光正面射来，以草帽压住的耳轮后的阴影部分，凸现出她脸上爽朗、饱满的笑容，活脱脱是一个铁姑娘放眼全球、战天斗地的形象。说明词里如是写着：“照片上，她是在农村‘劳动锻炼’的三年期间，她那时带着强烈的原罪感，不只努力改造世界观，还决心和‘反动家庭’划清界线。”

柳青的最后一张照片，一间中西合璧式的客厅，一角是具有后现代风格的螺旋状扶梯，另一角是中国古典式的圆桌、圆椅。靠近镜头的是，一方猩红色的地毯，一个同样颜色的皮沙发上，坐着一身白纱裙的她，看面容不过是四十出头的人。她伸手可及处，则是一个白色皮草做的巨型圆台。她架起一条腿，斜靠着沙发，乌云般蓬松的浓发下，是一张显然经过精心修饰的白皙的脸。眼睛里，流露出几分宁静、几分慵倦，好像还有几分什么都不必想了、什么都不必说了，就这么冉冉撕去一天天日历的意思……

其后好些日子，我神差鬼使，找到这本杂志那两页，翻了又翻，捧在手里的，像是捧着一个实在不愿看到，可一旦发现了却又无法回避的、有了裂纹的宋代瓷瓶，或者说是一个击中了心脏、正在渐渐失去血色的童话。

不知道这代人里其他人，看了这组照片后感觉如何，对我而言，既扼腕于历史对于我们这一代人，真怀有一颗铁砣般的粗粝之心，就是在我们视之为清冽、清纯、清丽的“圣水”里，它也要掺假，又自嘲于自己一厢情愿式的荒唐，在那样一个现在还有人持不舍之情的年代里，虽有特殊，也有偶然，但人们的生存空间很小，最终每一代人里，都说着差不多的台词，表演着差不多的命运。我的早已遽然作古的父亲，在骤风急雨、说变就变的1957年里，也被划为“右派”。我自少年以后的遭际，便和柳青有着太多的相似……

这组照片的最后一张，便是1994年夏天，两个正在花季的亭亭玉立的外孙女，在多伦多机场，向来探望她们的姥姥梅娘献花。

后来，我在丁东、邢小群先生的一篇短文里知道，生于1920年的梅娘，和遇罗克的父母遇崇基、王秋林，是同一代人，且都是日本名牌大学的留学生。1957年，他们都以莫须有的罪名遭殃，都失去公职，两家生活都非常拮据。梅娘靠绣花维持生活。遇崇基获陈毅的批准，翻译了一本日本围棋著作，得了一点稿费，买了一点大米，就让遇罗克送一包给梅娘家。20世纪60年代，他们两家都住在东四北大街一带，同为“群众专政”对象，是东四派出所政治学习班的“同学”。放回的时候，梅娘路过遇家，遇罗克总要想法弄一点熏干、熬白菜之类的小吃，请梅姨垫补，并向她请教《楚辞》。梅娘十分欣赏遇罗克的好学与聪明。

1965年底，姚文元的《评新编历史剧〈海瑞罢官〉》发表后，遇罗克写了一篇批驳姚文元的长文，投寄《红旗》杂志、《北京日报》，都吃了闭门羹。他找到和《文汇报》某编辑相识的梅娘。梅娘说，推荐可以，但发表后有风险。遇罗克表示，最不好的后果，自己都想到了。于是，梅娘将这篇题为“人民需要海瑞——与姚文元同志商榷”的1.5万字的长文，介绍给《文汇报》那位编辑。该报以《和机械唯物论进行斗争的时候到了》为题，摘发了3000字。遇罗克当天很兴奋，在日记中写道：“我总算替吴晗还击了几下，出了一口闷气。”

此文成了遇罗克噩运的开端，他浑然不觉，又写出当时能让黑云压城下全国“黑七类子女”争相捧读、大气长舒的《出身论》，终导致他在28岁上失去年轻的生命。梅娘是《出身论》最早的读者，日后回忆：“深夜，捧读《出身论》，读得热血沸腾，兴奋得手舞足蹈。连赖以为生的绣花架子，都碰翻了……”

2013年5月7日，梅娘与世长辞，享年93岁。

她比遇罗克早生了22年，遇罗克却比她早走了43年。

在加拿大，几次去大学同窗、现约克大学东亚文学系徐学清教授的家。书橱里看到她编选的一本加拿大华人作家散文精选集《枫情万种》。目录里，我欣喜地看到柳青的名字。作者简短介绍是，1989 年移民加国后，曾从事出版业，现定居在温哥华。她的散文《残红无处》，开篇便是：

一片片枫叶，绿里透黄，黄里渗橘，橘色套红，鲜鲜活活，笠笠飒飒，拂打着舒张的枝干，一夜风雨卷起了秋色。这几棵先生栽在房前的幼树，像翩翩少女，玉立在耸天的苍松大道旁。像在沉默中撒下了一片欢笑……

柳青文中，描绘自家的日常生活是，“年年月月，修屋缮房，种花种菜，补栽新树，侍候果园”。“先生年龄七十有加，身价千万，还是没有忘记，一砖一石来之不易”，凡事多亲力亲为。果园丰收时，她联系去农贸集市摆摊；连当时尚健在的母亲，也帮着看水果摊子，每个人都忙得不亦乐乎！

我有了一份释然，那是一份无论靠堆砌犬牙交错似的运动、斗争，还是靠自己无比真诚的“赎罪”，具有矫情意味的“改造”，最终仍无法阻挡人的本性流露的释然。人的本性里，便有这么一条——水向低处流，人往高处走。

当今世界，有两个颇为有趣的现象：一是那些非理性色彩很浓、激情老是冒泡灌顶的国家，大多是相对落后的国家；二是森林葆有量最好且生态最好的国家，往往是移民削尖脑袋、合法非法进入最多的国家。当下这个全球化时代，桑梓难离、南鸟绕枝的苍凉老曲，已如江枫渔火一样远去，对越来越多珍惜唯有一次生命的人来说，都期待自己的祖国高度文明、环境优美。

这两个现象，看起来说的是两码事，若细加琢磨，两者间，似乎还存在某种鸡生蛋、蛋生鸡的关系。

我蓦然生出一个怪念头：若遇罗克不死，活到现在，他也会来温哥华，择此城终老吗？

G. 生于斯，死于斯

两棵树，几棵树，或众多树木，能构成一个或大或小的生态系统，透过彼此交叠的树冠，缓和酷暑与严寒，储存大量水分，并制造湿润的空气。树木在彼此的牵连中，生命悠悠地挺进，鲜嫩和柔弱，粗粝与坚韧，曾经有过的磨难、苦痛，都刻录在彼此的年轮里。若无法分享共同成长的不幸，八百多年前的陆游，就有体察："驿外断桥边，寂寞开无主。已是黄昏独自愁，更著风和雨……"

一种社会性、亲情性的存在

彼得·沃莱本，在书里呈现了他多年的细致观察，让读者了解到，我的怀抱里，恰是一种社会性的存在。树木除有认知、记忆功能，可以通过真菌网络“树维网”发送信号，警告同伴危险的来临，还会照顾生病的邻居。

20余年前，他管理过一片古老的白桦林，意外发现一棵约500年都没长叶子却依然活着的老树桩，树桩周围的树木，通过根部用一种糖溶液养活了它。后来他管理的山毛榉树林，冬日幽深静谧，只有他偶尔领着来访者踩在落叶层上的脚步声。一对高耸的山毛榉下，落尽叶子的浅黑色树冠，映衬着灰色的天空。他抬起头，对来访者说：“你们看到了吗，这些粗枝指向彼此的反方向。这样做，不会挡住同伴的阳光，这两棵树是朋友。”

你们或许认为，树木会相互争夺光线与空间，而实际上，树木非常想让群落里的每个成员，都好好活着。沃莱本相信，树和人一样，有友情、亲情，还有隐私生活。

起风了，下雨了，降雪了。春天，夏天，冬天。两棵树，几棵树，都站在那里。年轻时，表皮都如新生儿的皮肤般光滑；日渐衰老，树干的下方，几乎同时出现皲裂。一棵树，成千上万的种子里，能长成大树的非常偶然。两棵树，几棵树，由某粒种子都冒出树苗，且互为邻里，都站在这里，便是双重的偶然。

青梅竹马。同桌的你。一起下过乡，一起扛过枪。战友。闺蜜。哥们。死党。一口锅里搅马勺的，真是这样。地底下，许多时候，成对的树木，在根上也是你中有我、我中有你，搂搂抱抱。有一天，突然发现一棵天天照面的树，不打招呼了；严重的，被雷电劈去大半截树皮，或是遭砍伐后，只留下汁液如泪液潸出来的树桩，一定会觉得万分惊骇和愤懑，“树维网”急速地抖动起来——

发生了什么？

发生了什么？

为什么这样做？

为什么这样做？

你们进林子的时候，是否会像沃莱本一样心细如发，发现：一棵树半边枯槁如石了，它也不会倒下；另半边，仍会顽强地绽开几簇枝叶，向暗自给它汩汩输液的邻树，表达不舍与敬意。亦有一棵树遭某种厄运而去，另一棵守着它的“遗基”，也会日渐憔悴，叶败枝残，终随它而去。

你们不要以为这是拟人化的描摹。这是我的世界里普遍出现的情景：

一树无法成林，一树无法制造稳定均衡的微气候，遭受风吹雨打，也无所依傍。两棵树，几棵树，或众多树木，能构成一个或大或小的生态系统，透过彼此交叠的树冠，缓和酷暑与严寒，储存大量水分，并制造湿润的空气。树木在彼此的牵连中，生命悠悠地挺进，鲜嫩和柔弱，粗粝与坚韧，曾经有过的磨难、苦痛，都刻录在彼此的年轮里。若无法分享共同成长的不幸，八百多年前的陆游，就有体察：“驿外断桥边，寂寞开无主。已是黄昏独自愁，更著风和雨……”

树木得不计代价地维持完整的共同体，倘若树木独善其身，无视周边有事故猝然降临，也无动于衷，漠视邻树老去死去，树冠层便出现空隙、空洞，风暴趁机长驱直入，夏日土壤里急需的水分，很快被暑气蒸发。好树会将自身的供养，分与生病的个体，直到对方恢复体力。实在无力回天，对方终于倒下，其树干在腐朽之前，会成为无数生物的居所，包括不少与树共生的微生物与菌类，而最终化成腐殖质，滋养生者。那余下的残桩，依然抓紧泥土，帮助好树留住土壤里更多的水分和养分。

彼此挨着的树，有的是没有血亲的朋友，其种子最远的，可随风来自千里之遥。大多是一群兄弟姐妹。最健康和更成熟的，通常也是林子里最大的，便可能是母亲了。你们生出来四个月，通过气味和模样，能辨别自己的妈妈；树苗也一样，和风细雨里甩着“辫发”，扭起“小蛮腰”，有几分夸张，俨然在母亲面前撒娇、卖萌。母亲也和你们的妈妈一样，精心扶育、照料小树，并愿意为之付出一切。

南方的樟树林里，你们可能见过如此的怪树：树的下半身，较林子里其他树粗壮，得几个大汉才能抱住，一块块暴开的苍青色树皮，覆满墨绿的青苔，粗壮的根系伸出地表，若五脊六兽。一打听，总有五六百年历史。树的上半身却虚空，冒出一株或两三株活泼泼的小树，似乎特地以生命之朝雨轻尘，比照黄沙驿路、盘道驼铃。其突兀的体型，并无美感可言，夕照的微光下，这母亲却更显楚楚动人。

花粉是植物的雄性器官，得与雌性的花蕊结合，才能结出果实，播撒种子，繁衍后代。这团团“巫山云雨”的生成，得有好事者促成。这好事者，便是风和昆虫。借风传播授粉，俗称风媒花，借昆虫传播授粉，俗称虫媒花。

每棵雄树，可释放多达几百万个花粉颗粒，洋洋洒洒，飘飘逸逸，空气中花粉存在的时间，从几小时至四五天不等。不像动物交配的主动性、攻击性，乃至人有“潜规则”；树的性欲望，却因被动性，似乎绵绵软软、娉娉袅袅、若隐若现、探头探脑，有几分阳气不足。也不像动物交配，一有荷尔蒙冲脑，寻着异性的气味，找个角落，一爽了之，干完拉倒；树的性苏醒，时令统一，阵仗浩大，广而告之，往往井喷式地一夜开花，一朝漫天，没心没肺，没商量地旁及你们中的不少人：仲春时节，鼻、眼、耳、上腭，奇痒难忍，喷嚏不止，清涕特多。风媒花的花粉，主要就来自树。中国北方城市，多种植柏、松、杨、柳、榆、槐和桦树。南方城市，常见梧桐、植木麻黄、红花羊蹄和苦楝。这些树的花粉，是当地人们花粉过敏症的源头。

一株植物上，雄花、雌花分开的植物，叫作雌雄同株异花植物。雄花和雌花，不生长在同一株树上，便叫雌雄异株植物。树种中，樟树、桃树之类，属前者；杨柳科植物毛白杨和柳树等，属后者。猕猴桃树不光雌雄异株，春日里雄树嘟嘟地开花了，雌树似乎还不愿扯下“盖头”，得乔装打扮一番，开花须晚一周。武汉植物园猕猴桃林区里，树树枝头挂满花朵，一串串浑圆剔透，煞是诱人，年年如此。其秘诀就是“一夫多妻制”，八棵雌株周围，种一棵真是醉了也是累了的雄株，保证雌株棵棵开花结果。

银杏树，极少有雌雄同株的；倘若见到，十有八九，必是活成了精的百年千年古银杏，年年开花，年年挂果。银杏树多为雌雄异株，两者树冠略有不同，雄性枝条之间的角度小一些，树枝较长，有几分尖锐感，树冠看起来像塔，颇有阳刚气息；雌性枝条之间的角度大一些，上下匀称、饱满，树冠若圆球。雌雄异株的银杏树，民间叫夫妻树，比肩而立，执子之手，才能成活；若没法执子之手，也能“海上共明月”。北京凤凰山龙泉寺，长有两株千年银杏。雌树站在金龙桥北，雄树却不在此，说是千里外的河南禹州市神垕镇的一棵，以风为媒结为夫妻；随后，大雄宝殿左侧又长出一棵子树，母树子树根体相连。

银杏只植一棵雌树，或只种一棵雄树，都挂不了果。一雄一雌两棵树，如果一棵树死了，另一棵树也在郁郁寡欢中愀然而去。这不是所有树对夫妻离别的选择。也有一方若不久于世间，另一方会靠细嫩的根带传送糖分与养料，勉力抓住对方可能还有生命迹象的残干，期待奇迹降临——这却是银杏树最后的悲情选择。

一个非常复杂精细的生态系统

我的怀抱里，乔木，灌木，幼树，草本植物，层层叠叠，上上下下，嘈嘈切切，逶迤迤逦——

那些斑驳苍劲的树，那些孔武有力的树，那些清高孤傲的树，那些半升露水一升花的树，那些仰天长啸如屈子、岳飞的树，那些淡泊风雅如靖节先生的树，那些“屈伸舒卷，动有操术”、似在庙堂里待过的树，甚至那些一半已经死去、另一半正在重生的树……

每一棵树都曾有各自的悲欣炎凉。

每一回花颤叶动，都沿用各自的信息密码。

但所有植物，都在海涛般起起伏伏、无边的树冠之下，没有脾气，不见戾气，接受树冠予以的阳光、雨露。邻里之间，牵枝挂蔓，絮语不断，并无“各人自扫门前雪，莫管他人瓦上霜”一说；倘若隔个几十数百米，彼此无法当面嘘寒问暖，悄悄说个私话，或什么八卦，便托风捎去请安，或远远地抛个秋水眼波；地底下，则由着各自的生命力，狠狠地往土壤深处钻去，愈深也愈广，愈深也愈坚，“树维网”总揽其成为一个互联互通的世界。

林子里也会有不合群者，总会有几棵不想与他者有任何瓜葛的树。

天鹅打理洁白的羽毛，对着水里的影子自恋；它们无法临水，仅在茕茕只影中恋着自个的只影。一片繁茂的林子里，显得体状衰弱的个体，多半就是。

可作如此推断，它患了某种病症，病症本来可以避免，至少不会沉疴日重。它一定是“树维网”的失联者。在此之前，“树维网”早就发出警报，同类树种已做好防御入侵者的准备，它依然如故，做春秋大梦。毛毛虫、甲虫，或是别的什么昆虫，试咬了一口，没有苦哈哈的胆汁味，仍是爽口的沙拉，惊喜中大快朵颐，餐餐不挪窝了，直到汁液榨尽、树心掏空为止。

你们应该知道了，树木离别林子，就是隔绝一个“树维网”的世界，被放逐一个大家族的山门。却还有更残酷的——那些被移去城市做了行道树的大树。

城市，如今在无死角的摄像头下被格式化。

它们也被格式化，固定在一个约一米见方的格子里。

有一些日子，它们可能会受呵护与照料，有铺设的输水专线，定时提供消暑解渴的浇灌。然而，它们的根，一旦要往下往左往右舒展，就是噩梦的开始。

马路与人行道下的土壤，通常被机器特别碾过，比公园，更比森林的土地，坚硬密实。根系基本上不可能作水平移动，也不可能扎深，很少有树种可以扎根超过一米半；大部分的情况，是在更浅的地方就被阻断。看似高耸挺立，其实不堪风雨打击，一场台风过去，就会打出原形。

而且，一边是柏油路面车道，车轮滚滚，险情迭起；另一边是人行道，人流不息，汗气蒸腾。还有地下各种乱七八糟、动辄铺好了又埋，埋好了又开膛的管线，不说隔绝了“树维网”，砍断手足之情，消弭了鸟鸣莺啭，站在格子里的我的子民、我的弟妹、我的孩子，如身处好莱坞、宝莱坞的恐怖惊险大片，吓也得吓死！难怪这样的生长环境下，它们总是积郁成疾，韶华易逝，快快而去……

我，有一个庞大的家族，又有一个非常复杂精细的生态系统。

其间，除乔木、灌木、藤本植物、草本植物，还有真菌、藻类、昆虫、啮齿类动物、哺乳动物、鸟类，以及土壤中的微生物。

每一个生命的出现，都不是无谓无效、无因无果的。

北美大地上，最常见也最让你们欢喜的，是松鼠。每到秋天，松鼠整日树上树下救火队员般地穿梭奔走，那是在搬运坚果。坚果含有一种名为 d- 栎醇的糖，松鼠们将它广泛地埋入地下。树木的重要滋养之一，就来自这种糖。林子里若有大量松鼠种群生存，食鱼貂、狐狸、北美野猫、狼和北美郊狼、棕熊，许多大型哺乳动物，也将跟踪而入。这些动物靠底层的啮齿类动物供养，自身却与鸟类一样，是中小型皮肉做的集装箱。鸟类作空中运输，地下则是许多种子、孢子，如雨点一样，砸进、钻进动物的皮毛，将树木的种子带到较远的地方，直到某次与树干摩擦，或自身抖动，或为“佳丽”殴斗，方落地为安。

更多的情况是，种子被咽进肚皮，肠胃里的盐酸，腐蚀掉坚硬的外层果皮，随粪便排泄，使其安稳睡在土地的“保温床”上，得以细胞分裂静好。中国，一直严格限制超特大型城市的发展，树木也无法在同一片区域过度聚集。热带森林里，存有一些树木的天敌，包括某些真菌和节肢动物等，它们会有选择性地攻击和杀死宿主的种子及幼苗，从而让远道而来的不同树种的种子，得以入地成长。即使是树的伤口，也是松鼠、鸟雀们温暖的家；哪怕腐烂的叶子、动物粪便和死树，糜烂集束为新鲜的土壤，像你们跳进刚换了水的泳池，植物无不雀跃，心生欢喜……

必须强调，我的世界里，风，也是不可或缺的重要角色。

风，传递、编织起林间世世代代的爱欲。“打情骂俏”靠风，“插科打诨”靠风，许多种子的传播更得凭借风力。风将它们带到哪里，便在那里扎根落户。对鸟和昆虫来说，安全降落和起飞，与维系生命的食物和水一样重要。树木为这些飞行的族群，提供升空和降落的超小型机场；其疏疏密密的枝群，可以提供风道和跑道，鸟类熟悉这些风道，就像你们个个熟悉自己的掌纹；对于那些从南到北再回归、作季节性迁徙的鸣禽，以及多种蝴蝶，树木还是迁徙过程中的食品补给站，作为“回头客”，它们都有自己的“老字号”……

若细说开去：

所有动植物，无不环环相扣，以相互依赖的方式生存。万物生于斯，死于斯，必有其因，皆有其缘。

数千年以来，我从未听说过鄙视谁、驱逐谁，或者将谁打为“弱势群体”的事件。生态链上，虽然热热闹闹，却井然有序，如你们的奥运火炬传递。

每一只蜜蜂，每一匹狼，都按照自己特别的方式生活。举报：蒲公英偷越国境；杨柳扶风，搔首弄姿；猫头鹰，长夜不睡，居心叵测；啄木鸟，穿林打叶，横加置喙——如是的告密者，林子里从无记录。

每一个树种，都有必尽义务。据科学家考察，每一棵树要对 40 多种昆虫负责。

也有不必尽义务，可视为公益之事，如一棵树冠里搭建有鸟巢，或有鸟群栖息，树干上被棕熊、啄木鸟挖出一个过冬的洞穴。

但，这棵树一定深感荣耀。

这是一种信任，如我信任每一座高山、丘陵，每一棵树信任我，而每一片树叶，无不信任树枝……

七　美洲红雀、知更鸟的叫唤

说美国，得先说英国

众所周知，1620 年 9 月，英国光荣革命前 60 多年的一批清教徒，搭乘一艘名叫“五月花号”的大帆船，前往美洲新大陆。

这是一段危险的旅程，在今天乘飞机只需 6 个小时，当时却需要在惊涛骇浪上至少翻滚两个月。

航行中，这群清教徒中，没有谁霸凌做龙头老大，也没有谁愿意拥戴一位龙头老大。为了规范登上新大陆后的作为，船上来自 19 个家庭的 41 名自由的成年男人，签了一份协议，史称《五月花号公约》。一行人的目的地，原本是哈得孙河口，靠岸地点却向北偏了 200 英里。11 月 21 日，到达科德角（今马萨诸塞州，普罗温斯敦），于圣诞节后第一天，在普利茅斯上岸。将此地命名为“普利茅斯”，是以纪念他们起航的母国港口。此后，北美大地上，有着太多的“普利茅斯”，在向故土致敬。我旅居的安娜堡市也有一条路，为普利茅斯路。早上若晴好天气，我常常在这路上徐行或快走。

其实，“五月花号”抵达的 13 年前，已约有 150 名英国成年、少年男子登陆北美。这些人虽家境不错，本人却是家里的次子，没有继承权，受伦敦弗吉尼亚公司的派遣，揣有英王詹姆斯一世的特许状，像西班牙人在南美洲那样，来新大陆淘金。他们听说在北美的土地下也存有大量钻石、白银和世界上最大的黄金矿层。这批清一色的财迷，带来的不是牲口、家禽、农具，而是开掘金矿的家伙和检测白银、黄金的化学试剂。他们并不想扎根，只求捞一把就走。

第一批来到北美的英国人，首先看到的是一望无际的树海。

第二批沿大西洋海岸线上溯几百公里，然后登陆的英国人，映入他们眼帘的，依然是像自创世纪以来便堆积着的无边的浓绿、墨绿。这是一个连海边悬崖上都飞长茂盛树木的地方。

在他们家乡的英伦三岛，森林，却日渐成为一个稀罕的存在。

大航海时代的弄潮儿，先是葡萄牙、西班牙，接着是拥有世界一半的商船和军舰、号称“海上马车夫”的荷兰，再后来，就是四面环海的英国。英国后来居上，以当时最强大的海上武力，使帝国不断地在全球开疆拓土，并使其工商业在“自由贸易”和“保护产业”之间，云手般切换，达到最优的发展策略。

制海权首要的重器，在当年就是大型木帆船——战船和商船。

而橡木，如前所述，含有丹宁酸，坚硬、结实、抗腐蚀。用橡木建造的战船，可长期航行于大洋上而不变质。厚实的橡木，还能一定程度上抗击火炮实心炮弹的直接攻击，是铁甲舰以前西方军舰的主战装甲，在各国皆把橡木列为重要战略物资，成为风帆时代国力战力的三角肌。18世纪，法国、德国、波兰、北欧诸国的造船业所用的橡木，实现自给外，并有出口。1745年沉没的瑞典商船“哥德堡号”，3/4的船体用橡木建造，需要大约3000立方米的橡木。1995年，瑞典复建打捞上来的该船，为此攒了4年的木料……

英国，早在17世纪的英王查理一世时期，其“海上主权号”战舰，便采用橡木制造。当时建造舰艇所需的橡木，得到距伦敦640公里外的英格兰最北部一郡的森林中采伐。1805年，世界海战史上著名的特拉法尔加海战中，英方大获全胜，拿破仑麾下的法国和西班牙联合舰队，被揍得狼狈逃窜。其中，英方旗舰“胜利号”，总长92米，船体长69.3米，排水量3356吨，装有104门火炮，官兵850人，一次可连续行驶6个月，横渡大西洋只需24天。“‘胜利号’战列舰，就像一座高耸出水面的木质建筑，装饰华丽的船艉部，排列着三层镶金边的舷窗，看上去，犹如一座浮在海上的宫殿。”[①]

该战列舰，共用去2000余棵橡树，建造过程耗时19年，共花掉63176英镑，相当于当时英国政府年财政预算的1/20。另一艘战舰“柏勒罗丰号”，配备74门火炮，消耗至少3000棵80—120年树龄的橡树，也历时4年才完成。

这场著名海战英国取胜的原因，历代军事家有过详尽分析，一般归结为法军指挥的失误、英军指挥官纳尔逊的英明和坚毅。但也与法国人在建造军舰时马虎使用橡木，而英国军舰的选材用料一律采用坚硬的橡木，三级战列舰及以上级别的战舰，对于橡木的选择尤为苛刻，且在建造过程中，与英国工匠建造宏伟的威斯敏斯特教堂一样，一丝不苟，不厌其工，大有关系。“胜利号”战列舰1812年退出现役，成为普利茅斯军港司令的工作船。1922年，“胜利号”永远停泊普利茅斯军港。这一人类木质造船史上的不朽之作，开始供人们参观，成为忠诚、勇敢和恪尽职守的永恒象征。

橡树，对英国海上贸易垄断权的确立，也是功不可没。

英国东印度公司，是一家历经300余年风云的全球第一家全球性跨国公司，1600年由英皇伊丽莎白一世授予皇家贸易许可状，大部分盈利的年代，都在与东方做生意。英国大部分进出口，通过该公司。1635年，其商船首次由印度开到澳门。两年后，有4艘商船直航中国。1647年，它在印度已建立23个工厂（基地）。至19世纪初，该公司先后抵达中国上海、宁波、天津、北海、淡水、龙川、汉口、广州各海关的舰船，就有“阿伯加文尼伯爵号”“皇家船长号”“安妮号”“中国商人号”“休斯夫人号”“天佑号”“海王星号”“亚尔古舟号”“詹姆西纳号”“气精号”“土巴资号”等。其中，为对付风急浪高里钻出来的海盗，平息到达当地可能出现的抵抗与骚动，也配置有“土巴资号”等几条战船。

该公司组建的武装力量，规模一度超过英国本土的军队。在公司大股东眼里，有时，战争也是拓展商业的一种必要模式。1757年，在与受法国支持的印

---

① ［美］A.B.C. 惠普尔：《英法海战》，秦祖祥、李安林译，海洋出版社1986年版。

度孟加拉王公的战争中，仅普拉西一役，东印度公司便动用了100条船。

一般来说，商船的体量要小一些，排水量在200—500吨；英国东印度公司的商船，却达到600—700吨，无疑，也是消耗巨量橡木的一头猛虎。

橡木由哪里来呢？

英伦三岛，地况狭窄，寸土寸金，有多少空余地方可拿来种大树？何况橡树成材，本钱大，回报慢，普通人家若没有百年以上眼光，断不肯付出这一代代满腔热忱与血汗。从欧洲大陆进口？英国长期与欧洲列强交恶，谁都不待见英伦三岛花好柳好。打败了由你掳去，那是“垂泪对宫娥”；不打仗了，给你木头，不啻给自家下药。全国自宫廷而下，一直鼓吹“自力更生”。1503年，咱这厢是明弘治十六年，还有两年可活的明孝宗朱祐樘，还在纵容外戚，沉迷方术；那厢政府，即制定植树法，鼓励橡树种植。到了17世纪，橡树获得“皇家”身份，说是父王在英国内战中失败，十多年中颠沛流离、备尝忧患的少年查理二世，没钱住旅店而睡在橡树上，躲过克伦威尔的骑兵逮捕一劫。若没有这棵橡树，深受英国民众拥戴的君主立宪制，便断送在了乱世枭雄克伦威尔手里……查理二世登基后，将这棵橡树敕封为“皇家橡树”。

从此，橡树频频出现在英国文学作品里：《皇家橡树：历史剧》（1811年）、《荆棘屋》或《骑士和圆颅党》（1836年）、《博斯科贝尔：或皇家橡树》（1872年）等。1660年，英格兰圣诗作词人约翰·韦德，创作一首名为《皇家橡树》的诗歌：

> 且看这两人在林中漫游，
> 彼处唯有橡树静立守候。
> 为保存珍贵神圣的生命，
> 橡树化身为国王的宫楼。
> ……

橡树的名称和意象，被广泛应用于各类事物，例如英国历史悠久的各种赛马会、城市小镇街头的大量酒吧。作为海军将领的纳尔逊本人，深知橡树对海军的重要，他是政府种植与保护橡树政策最坚定的鼓吹手。他曾到橡树种植区考察，亲自向国会写信，要求重视橡树的资源培育和保护。特拉法尔加海战中，始终站在后甲板上指挥战斗的纳尔逊，不幸被法舰的狙击手射中脊柱，负重伤不治而死。为了这位中将的遗体不致腐烂，能毫发无损地运回本土，“胜利号”上的海军官兵，将其遗体浸泡在威士忌酒里，由此，威士忌酒名扬世界。为表示不尽哀悼，所有海军士兵，一律在帽子后面缀上两根黑色飘带。后来这一海军军帽的制式，为全世界的海军所接受。以后的中国海军，未必知道来龙去脉，也沿用如仪。

接替纳尔逊指挥海战的，是其副帅卡斯伯特·科林伍德，因战功卓著，几年后，他被晋升为海军上将。据说，只要舰船一靠本国口岸，上将便带上盛满橡子的布袋，布袋的一头，拴在自己腰间；另一头，用剪子剪个橡子可以漏出来的小口，走到哪里，就把橡子播撒到那里。直至现在，英国、加拿大和澳大利亚等几个英联邦国家，其海军军歌，仍为《橡树之心》……

如橄榄树在希腊、椴树在德国、白桦在俄罗斯一样，橡树在英国也承载着太多的历史记忆，享有广泛的盛誉，并成为一个独特的文化符号。

不仅是“海洋时代”，造船急需大量木材，民用生活耗费木材，亦十分可观。

壁炉，在欧洲已有几千年的历史，最初是作为取暖御寒的工具。在中世纪的住家里，中央灶台是唯一给房子供暖的设施。随住宅房间的增加、功能的趋多，专用于取火采暖的壁炉，便从炉灶的功能中分离出来，逐渐成为取暖设备的主导，位居官邸及家居客厅空间的中心。到了历时 118 年的都铎王朝（1485—1603 年）末期，英国人家已普遍使用壁炉。为度过一个漫长的严冬，每户人家至少得存上 5—10 立方米的木头。

在没有气象预报的当年，除了取暖，坐在壁炉旁注视火苗的变化，人们可以预测天气的变化：如果火苗呈苍白色，或炉灰结成块，或突然有煤灰掉落，预示着即将下雨；如果火苗嗡嗡作响，烟道有爆裂声，并带来比往常更猎猎的风，预示着暴风雨快要到来；如果火苗的燃烧劲儿颇为猛烈，或预示着室外正有悄悄袭来的霜冻。火苗兼职为天气的探子，壁炉成为打通室内外的一个媒介。人类的聪明，真是无所不用其极。

此外，当家人、朋友围坐在炉火边，品味着香醇的美酒、咖啡；或父母坐在壁炉边给孩子讲故事，欧洲五部最著名的童话——格林童话、安徒生童话、贝洛童话、格鲁童话、克里昂加童话，大都是在炉火的映照下，注入孩子晶晶亮的眼睛。圣诞节的早上，父母们设下的第一个“骗局”，就是让孩子们飞奔到壁炉旁，寻找圣诞老人带给他们的礼物。

许多西方国家政要的重要会见，壁炉，也作为背景部分之一，熊熊炉火以协调主客间坦诚、温和的气氛。公共空间中壁炉的运用，亦非常广泛，高级酒店、酒吧、会议室、会所，随处可见其身影。文艺复兴时期后，壁炉设计从相对简单，发展出日益复杂烦琐的风格，越来越具有装饰性。可以说，壁炉体现着英式、西式生活的实用与人文、传统与现代相结合的重要一角。

1000 年到 800 年前，英国小部分国土，还覆盖着原始森林。300 年前，木材尚能自给自足。随着英国海军的称霸，帝国海外贸易的猛进高歌，英伦三岛本有限的森林，遭到大量砍伐。

我到过的英国一些地方：伦敦、利物浦、伯明翰，苏格兰的爱丁堡，西北海岸的湖区，南部的布莱顿，紧临英吉利海峡、电影中常见的有 7 座主要白垩断崖相连的“七姊妹岩”……除了苏格兰，很少见到绵延葳蕤的森林，和在加拿大、美国、俄罗斯常常见到的有童话韵味的木头房子。多的是石头山，看起来天空湛蓝欲滴，地上无边绿草如茵，点点牧羊蠕动其间，好一派和谐可人景象；可揭去草皮，下面就是狰狞的石山。还有太多感觉单调、颜色沉闷的石材房子，由石头打成方块、长条、薄片等诸种；连房子的瓦，也是黑压压的石片铺成，以至于我住在湖区的民宿里有点担心，压了几百年了，哪天突然爆个响雷，那房顶是否会砸下来……

有英国专家估计，1086 年，英国的森林覆盖率为 15%；到 1905 年，减少到

英国湖区民居

仅5.2%。此前，英国的工业化早已崛起，此工业化以羊毛纺织业为先导，需要大量的羊毛，众多的牧场应运而生。森林遭砍伐后，并未大量补种；相反，砍伐森林之后出现的空地，被用作牧场，以饲养羊，恰好满足了这一时期蓬勃发展的牧羊业和纺织业的需要。在这个被经济学家称为“羊吃人”的时代，可怜的一点森林，终被牧场取代。草地与牧场，成了英伦三岛具有代表性的自然景观，不像邻近的法国、德国。很长时期里，森林，淡出了英国人的生活和视界。

法国历史学家费尔南·布罗代尔（1902—1985年）曾说：“如果19世纪的文明，是煤的文明，那么，18世纪之前的文明，是木材和木炭的文明。”①

① ［法］费尔南·布罗代尔：《15至18世纪的物质文明、经济和资本主义》，顾良、施康强译，生活·读书·新知三联书店2002年版。

英国湖区太多石山、石矿。这一带的房屋多是石屋，连瓦片都是石片

荒野上小小的鸟蛋

早期抵达北美的新移民中，有一个人叫弗朗西斯·希金森。1629年，他在给英国的亲友们的一封信中写道，与地域狭小、只有贵族或大富之人才可能拥有土地的故土相比：

> 在这里，我们有大量的火用来取暖……全欧洲，都烧不出像新英格兰这么旺的火。这里的一个穷雇员（拥有50英亩的土地，有这么多土地放在英国国内，也是一个小庄园主），他所能买得起的用于木料和生活的木材，比英国许多贵族能买得起的都要多。对于那些喜爱旺火的人来说，

这里的生活真是很棒。

第一位美国博物学家威廉·伍德，也出现在早期的新移民中。1634 年，他公布了一份《新英格兰勘察》报告，其中，有对于新大陆森林资源的调查结果，列举了可利用的树木种类，其用途诸如建房、造船、做家具、烧炭，做燃料及制肥皂用的钾碱……报告末，他不禁感慨道："北美的森林资源，相对于开发已久的西欧来说，实在是太丰富了！"

有多丰富呢？新大陆几乎一半的土地，被成片的森林覆盖着，粗估一下，至少超过 500 亿棵树。其中的 3/4，分布在东部 1/3 的国土范围内。有人形象地说，如果一只住在西边阿巴拉契亚山的松鼠，想到东海岸去晒太阳，它可以从一个树枝跳到另一个树枝，四肢不着地就到了。

弗吉尼亚、佐治亚、新泽西、马萨诸塞等新英格兰 13 州地区，森林覆盖面积都有 50%—70%。每到秋天，整个新英格兰地区，多彩的树叶，铺天盖地，艳目耀眼，由绿转黄，由黄渐橙，由橙变红，由红而紫，五彩变幻。每当秋风拂过，那一片片、一簇簇的叶子，婆娑起舞，情意绵绵，似不忍离去。山坡、峡谷、湖岸、农舍、田野，以及大街小巷，无处不被秋光秋色所吻遍。北美殖民地 1652 年开始铸造的第一批硬币，其系列就是以树木命名："柳树"系列、"橡树"系列和"松树"系列。不同的系列，为不同的币值。

新英格兰地区以外，西部太平洋沿岸——

南起加利福尼亚州大苏尔，北至俄勒冈州界以北不远，南北长 80 公里的狭长地带，面积 429.3 平方公里，拥有世界上最大最壮观的红杉原始森林。这里的树，树身多高达 100 米上下，寿命尤长，有些已经矗立在地球上长达 3000 年。被称为"红杉之父"的，是一棵取名为"老寿星"的红杉。其寿龄已超 2200 年，在耶稣尚未诞生之前出世，高 84 米，基部树干周长 31 米，树木胸高直径达 4 米，体积 1487 立方米。每一年生长出的木头量，约等于一棵 18 米的大树。倘若将其打造为一个巨型的木箱，能够把世界上最大的远洋巨轮装进去。当今慕名而来的各路游客，犹如蚂蚁一般活动在它的脚下，为了将它巨大的体型装入镜头，前后挪移，左右摇摆，百费周折。

著名的红杉树国家公园，就位于加利福尼亚州太平洋海岸。白人移民踏足加州之前，加州太平洋沿岸的红树林面积，是现在的25倍。1828年，第一个从陆路抵达这里的白人，吉迪亚·史密斯，在雾气弥漫的茂密树林中，跋涉了10天，才完成到达西海岸的最后几公里。

此外，处东南暖温带，有着湿润季风气候的佛罗里达州、佐治亚州、亚拉巴马州和路易斯安那州，也山清水秀、森林繁茂，有着看不尽的火炬松、长叶松、红皮松、沙松、湿地松、紫杉、铅笔柏、栎等。

新移民们额手称庆，乐不可支。可早期的现实，却是好梦的破碎，还有环境的险恶。

第一批移民的登陆点，也在弗吉尼亚州、距普利茅斯450英里的詹姆斯敦，恰好在北美原住民一个部落领地中间，居住点周边，约生活着2万个波瓦坦族人。对于这些四处窥探的“空降者”，后者疑惧与敌意同样深重。他们几乎不离手的弓箭的速度，比一发一发装子弹的英国滑膛枪要快上9倍。

正是初夏，酷热、紧张和劳累，夺去半数“淘金者”的生命。次年6月，虽然又有新的人手和补给运抵，但在1609年的寒冬中，定居者得罪了与他们交换粮食的原住民，在吃完了马和其他动物，又吃掉了靴子、鞋子之后，饥馑使很多人“像苍蝇般死去”。其内部也不时为偶然挖到的一点金子，或欲火缠身，盯上某个别人花大价钱由弗吉尼亚公司从本土运来的女人，发生火拼。据记载，还发生人吃人的惨状，最后只有60个人活了下来……

“詹姆斯敦，让人联想到贪婪、暴力和压迫，有如美国文明出生时的阵痛。”《波士顿环球报》的一篇社论，曾经这样写道。

很多美国人，只知道“五月花号”，却不知詹姆斯敦，或许是不愿提起。

“五月花号”上，显然是一群逃避宗教迫害的坚定信仰者。他们挈妇将雏，带着还在饲养的山羊、鸡、猪以及狗，甚至还有手纺车、椅子、书籍和枪支，

Chandelier Tree
Height 315 ft. Diameter 21 ft.
Maximum Age 2400 yrs.
DRIVE-THRU TREE PARK Leggett CA

美国红杉树国家公园

举家前来，铁定主意，要在新大陆生根，用双手创造出一个“美丽新世界”。一个叫万帕诺亚的印第安部落酋长，曾经在欧洲漂泊十多年，会说一些英语，无偿给了他们一块土地，又派人教他们种植玉米和捕捉小动物。进入漫长的冬季，食物严重短缺，超过一半的清教徒死于饥荒，且疾病蔓延。活着的人，几乎没有力气埋葬死人，只有不到50个人幸存下来。

在印第安人帮助下，他们学会狩猎，夏天可以捕鱼，秋天可猎杀飞禽、火鸡和鹿。种下的玉米、南瓜，在秋天也有了丰硕收成，特别是麦子的产量，与在欧洲时差不多。在欢庆丰收的日子，新移民邀请印第安人过来，一同感谢上帝的赐予，这便是感恩节的由来——自1941年起，感恩节定于每年11月的第四个星期四。

新移民与万帕诺亚部落的和平与互信，延续了半个世纪。

1675年，几件事情的发生，让土著民的眼眶子里，暴入一颗颗炽热的红炭。

一群属于新移民的牲畜，跑进土著民的玉米地践踏庄稼，此前这样的事屡禁不止。印第安人开枪打死8匹马，移民开枪还击，打死一名印第安人。接着，万帕诺亚部落的约翰·西斯蒙，童年时父母染天花双亡，一个清教徒移民家庭收养、培养了他，还进入哈佛大学学习，回来后，做新任酋长菲利普的翻译。他向殖民地政府告发，菲利普有造反的企图。不久，西斯蒙被谋杀。一个由白人和印第安人组成的法庭，做出三名嫌疑人谋杀罪名成立的判决，三名罪犯被处决。其中一名，正是菲利普的亲信。

菲利普揭竿而起。原来附近几个互相敌对的印第安人部落，经菲利普的鼓噪，在反对白人侵占家园的共同目标下，结成水泊梁山。一时间，新英格兰地区风鬃雪蹄、举火焚天，移民区有1200家农舍被烧毁，13座城镇被夷为平地，8000头马匹牲畜被打死，600多名士兵战死，平民、妇女儿童死亡约2000人。

一年后，形势发生逆转，菲利普王的军队，弹药消耗得不到补充，粮食储备也近耗尽。原居民死亡数字不详，一般认为是殖民地政府一方死亡的3

倍。天花等传染疾病，夺去的性命比战争还多。俘获的几个部落的主要头目被绞死。菲利普的脑袋，被胜利者挑在枪尖上，高举着满街游行。菲利普的妻子和儿子，被卖到百慕大为奴隶；少数逃散者，加入其他部族。万帕诺亚部落从此消失，新英格兰的印第安人，陷入灭顶之灾，再没能恢复元气，被迫逃离家园，向西迁入阿巴拉契亚山，或向南，进入纽约、新泽西地区。

1675 年弥漫的血腥之气，貌似偶发，却非偶然。新大陆上的先到者与后来者，必然要发生对于生存空间的一番争夺。而这争夺，多方面地演绎在森林。

早在 1500 年，被视为新大陆的北美地区，其广袤的东中部，已经有 150 万原住民。白人来到北美大陆时，原住民有 200 万到 250 万。虽然日后都被叫作“印第安人”，实际上却是在不同时期迁来。最早的，可追溯到 2.5 万余年前从西伯利亚经白令海峡，到达阿拉斯加，再逐步向南迁徙，抵达美洲南端的人。从外貌上看，有多次深入北美、南美地区的国内朋友，觉得印第安人、玛雅人的几支，可能也来自中国的西藏。北美洲的印第安人，既不同种，也不同文，说着 300 多种不同的语言——光新英格兰地区，就有 7 种以上。

印第安人组成为数众多的部落集团，生活方式各异。

靠北极圈的因纽特人和阿留申人，以猎食海象、海豹为生；大平原和西南地区的广大部落，野牛既是图腾，也是衣食来源。印第安人称作“巴伏罗”的野牛，有着厚厚的褐色皮毛，一般身长 2.8 米，高约 1.7 米，古铜色的巨大牛角，体重约有 2000 斤。借烟熏而保存的牛肉，几乎是印第安人的主要食物。野牛还供给印第安人的其他日常需要。他们住的三角帐篷，穿的衣服、靴鞋，铺的褥子、卧具，都由野牛皮做成。牛骨可以做弓、刀和铲，牛筋可做弓弦和缝纫的线，牛肠可制腌肉肠，牛脑壳可制盛水的用具，牛粪用作燃料，牛皮还可制成水上交通工具——牛皮筏。哥伦布到达美洲之时，美洲大陆约有野牛 6000 万头，最大的野牛群宽达 40 公里，前后绵延可达 80 公里。居于北美西部沿海的印第安人，则主要从事渔业；加利福尼亚的印第安人，靠采集野生果实糊口；北美西南部和东南部的印第安人，一直从事农业生产；居住在纽约州北部，直到安大略湖畔的大部分地区的易洛魁人，其猎枪上经常挑着鹿、河狸等猎物，餐桌上可见肥美的鳟鱼、鲟鱼和鲱鱼……

近些年的考古发现，已驳斥美洲印第安人没有“轮子”概念的胡言。印第安人罕见将轮子置入实际应用，却也是实情。其中的一个原因，是美洲大陆上没有驯化的大型动物，可用来拉动轮式马车。在哥伦布发现美洲大陆之前，美洲野牛算是大型动物，但很难被驯养。美国的牛，最早是由哥伦布带去的。另一个原因，就与北美遍及森林有关。那个年代的森林，蔽天盖日，密密匝匝，叶挡枝攀，气候、地理异常复杂，动轮式交通工具没有使用价值。印第安人部落，多立寨在森林，或靠近森林的平原、丘陵，虽各部落生产生活方式有异，但不论从事渔猎、游牧，乃至农业，大多离不开森林。

狩猎如此，采集亦是如此。东部沿岸众多的原住民，以树根和坚果为生，坚果是包裹在硬壳里的树木种子，是印第安人除野牛肉外另一个普遍的食物来源，也是松鼠、棕熊等动物熬过严冬的热量来源。森林中，胡桃、橡树、松树、银杏树、桑树、山毛榉、番荔枝，诸如此类质地特别细密的树种，都能生产坚果。北美森林里盛产的坚果有碧根果（山核桃的果实，原产于北美大陆中南部）、巴旦木（俗称薄壳杏仁，加州历来是全球最大的巴旦木供应地）、黑核桃、扁桃仁、腰果等。一磅核桃仁吃下去，相当于吃进一磅牛排。而且，核桃仁能榨出品质上好的油。印第安人日常生活，需要大量的山核桃油，它既可用来照明，也可与果仁露、果仁奶油调在一起做菜。

如今，中国是美国坚果重要的海外市场之一。2016 年，美国坚果的出口总额为 74 亿美元，其中出口到中国香港的贸易额为 11 亿美元，约占总额的 15%，仅次于欧盟地区。生存条件恶劣的印第安人，是不得不好这一口。当下一些钱袋鼓起来的中国人，也好这一口，据说其含有丰富的抗氧化剂，能预防心血管疾病，还能助床上事，“春风已度玉门关”。与对美进口依赖度达 30% 左右的大豆、玉米相比，黑核桃、腰果等本看似不起眼的坚果制品，却出现在 2019 年中国商务部拟对美国进口商品加征关税清单的最前面。

印第安人，离不开森林；即使走出去了，其魂魄、传统，还多系于森林。

白人移民，却盯着森林开掘，且越来越向中东部内陆扩张，盖房、修园、畜牧、耕地、烧燃料、通路、兴建城镇……森林成片地倒下，棕熊、马鹿等野生动物，随之消失。尤其是野牛，从加拿大平原到墨西哥湾之间，本来成群的野牛往来穿梭，印第安人的狩猎场星罗棋布。印第安人是捕猎野牛的天然高手，白人移民到来之前，他们不知道骑猎，一般是先追赶野牛群，驱上悬崖，然后让它们掉入深谷摔死，也有的以箭射猎。白人移民来后，人们几乎全靠野牛度过严重的饥荒、灾荒。1865 年联合太平洋铁路开建以来，更是对野牛群大批宰杀。1873 年，新大陆上有 700 万头野牛被杀。最后一次有组织的大屠杀，发生在 1882 年。四年后，野牛几乎绝迹。1893 年，只有蒙大拿州黄石公园里还有千头左右。

人与森林的隔膜，触目可见。

用作土地所有者标记的水泥界标，替代了自然生长的树木。

起初，每一个水泥界标的确立，来自交换：

每年 4 月间，印第安人带着他们猎获的海狸、貂、麝香鼠、山猫、狐、水獭、狼、熊、鹿、水牛等，各种各样的毛皮，到白人开的皮货收购站，换取他们需要的针、线、串珠、衣服之类。不超过价值 1 美元的货物，换来的海狸皮，伦敦市场上能以六七倍的价钱卖出。印第安人从白人那里换得最多的，就是酒和枪支。早先，印第安人不知酒为何物，现在这种带甜味的饮料一落肚，一种遽然得道成仙的醉意快感，漫上脑壳，一桩“买卖”便敲定了。由收购站返回的路上，时常看见烂醉如泥的印第安族男人和女人。

一个 1627 年访问普利茅斯移民点的英国人，对此印象深刻：“他们日日夜夜，戒备不懈，男人们手里拿着毛瑟枪上教堂，在做弥撒时，每个人都把枪放在身边。”毛瑟枪，也渐渐取代弓箭和石器，成为印第安人狩猎、作战的武器。但枪支的供应、维修，以及弹药的来源，均仰仗白人。

1802 年，联邦政府开始交涉整体“购买”印第安人的产权，20 年内签订了7个条约，从克里克部落取得1400万英亩土地，从契洛克部落取得120万英亩土地……

渐渐地，水泥界标的落下，更多地带有血腥气。

在白人到达之前，印第安人尚处于原始氏族公社末期，部落之间的残杀，从未间断，其野蛮与残酷，远非现代人可以想象。打赢了的部落，将失败部落的男女老幼，全部杀绝，因为他们认为留下的，如果是男孩，日后会成为战士；如果是女孩，则会成为母亲。他们甚至剖开失败部落孕妇的肚子，把胎儿挂在棍子上或柱子上，作为炫耀的战利品。印第安人也并不愚笨，他们很快从敌人那里学到了骑术和枪术，挥舞着火枪、火炬和战斧。火枪里有大批来自英、法两国暗自输送的滑膛枪和来复枪，来无影、去无踪地攻击、蹂躏着殖民者们的城镇，无情地掠夺白人的财富，甚至按照狩猎的传统，残忍地割下他们的头皮，作为战利品随身携带。有时，印第安人发动小股偷袭，仅是为着抢劫白人移民所使用的工具、马车及毛毯，甚至是为了偷酒喝。

1675年里，那次后来被称为“菲利普王战争”中，进攻新英格兰的印第安人超过万人，俨然一个规划严整的军团，耗时一年，成为北美历史上印第安人发动的最大一次战争。次年3月，他们凶锋所指，离波士顿竟然不足20英里。各州政府派出临时拼凑的志愿兵迎战，刚一交手，便吃了大亏，8名白人阵亡，不得不溃退下来。印第安人追击他们，沿路焚毁白人定居点的房屋。康涅狄格河、纳拉甘赛特湾和普利茅斯地区，1/3的欧洲移民被杀害。康涅狄格州境内的一条小溪旁，71名白人志愿兵遇伏击阵亡，鲜血染红了溪水。后来，这条小溪被命名为“血溪”。今天在该州的地图上，仍能找到这条小溪的名字。

有的印第安人部落，还深深卷入美国独立战争，他们投靠的是英国。

1778年7月3日，一支主要由464名易洛魁印第安人组成的部队，在一名英军中校的率领下，突然奔袭怀俄明谷的一个定居点，那里驻有一支360人的新英格兰民兵部队。后者被打得措手不及，四下溃散，只有大约20人成功逃生，其余悉遭杀死，死者中有227人被剥了头皮。这一惨剧，史称“怀俄明大屠杀”。宾夕法尼亚西部和纽约北部，由此引起大规模恐慌，无数移民抛弃家园，逃往东部地区避难。当年11月，该部队攻打纽约北部的樱桃谷，再次发生屠杀事件，14名北美民兵和30名平民被剥了头皮，“是可忍，孰不可忍”！开国总统华盛顿，于翌年，派出约翰·苏利文将军，率兵一举荡平40多个易洛魁人村庄及20多家效英派的农场。是为“苏利文远征”。

立国20余年后，美国西北地区，仍然活跃着由肖尼族酋长特库姆塞领导的一支印第安人军队。特库姆塞是一个出色的演说家、军事领袖。他认为，土地、森林，就像空气和水一样，是全体印第安人的共同财产，他反对一些部落酋长割让土地、退却森林，与白人移民交换，以贪图酒徒式的安逸。他号召，以各部落间的联盟代替部落间的杯葛，联合起来对付白人入侵者。

1811年及次年，这支军队与政府军在西北地区打了多场恶战。在美国誓言将英国势力彻底逐出美洲大陆、攻击加拿大的战争爆发之前，特库姆塞视此“昭昭天命”为粪土，集合其部众，在加拿大的莫尔登堡，同英军会合，又杀回本土，参与底特律围城战和梅格斯堡围城战。这支军队还直驱华盛顿，与英军、加军一起，冲入建造耗时8年，1801年才投入使用的白宫。时任总统麦迪逊夫妇已经逃走，餐桌上还摆着未及动过的晚餐。饥肠辘辘的士兵们，狼吞虎咽，风卷残云，见没什么还可吃的，放了一把大火，白宫内部严重遭损，外观也被烧黑。待美军收复华盛顿后，美国政府便忙着重建白宫……

至少百余年里，印第安人鬼出电入一样的身影活跃于不息的森林，在白人移民眼里，“里面全是野兽和野人——到底有多少，他们也说不清；无论朝哪个方向张望，除了仰望长空，他们找不到任何有形的东西，可以使他们得到安慰，或觉得高兴”[1]。

---

① ［美］威廉·布雷福德：《普利茅斯种植园记事》。

白人移民的许多小镇、社区，在普利茅斯、弗吉尼亚、马里兰……都按照《五月花号公约》的精神，严密有序建立起来，并在西部边界地区修建一座座要塞。每当风吹草动、狗叫鸟不安之时，居民就仓皇携带贵重细软、牲畜、粮食，躲到要塞中。只有在冰雪世界的冬天，他们才能睡上安稳觉；但在春天来临，新英格兰无边无际的荒野上，开遍野花，满溢绿畴，有酥酥的暖风吹来，他们感觉自己的家，还有农场，仍像是枚小小的鸟蛋，显得孤单、无力。

“森林”，或“荒野”，作为美国文学的一种传统描写对象，由来已久，其动荡、莫测的意象，无疑与殖民早期的历史经验有关。它已深入整个美国文学的脉络肌理中，其后，在许多美国作家的作品里，都能见到这一意象或隐或现的变形表现。

或许，为着一次次逃避动荡、险恶；或许，敢于迁徙，已经成了白人移民们的基因：既然老子有血性，敢漂洋过海而来，何不在新大陆上走得更远，寻寻觅觅，找到自己的“应许之地”？

移民后代们，更与出生地没有什么联系，旧居民点一旦转移，不试图留下任何牵连，真有徐志摩先生那份假的潇洒：“悄悄的我走了 / 正如我悄悄的来 / 我挥一挥衣袖 / 不带走一片云彩。”

在今日美国，一个汽车轮子上的社会，将太多的民众从一个城市搬运到另一个城市，若逐水草而居的游牧民族，对变化和新体验，总是乐此不疲。曾有过一个有趣的统计，现代的美国人，一般至少都要搬七八次家，多的要十来二十次不等，人均搬家 12 次，堪称世界之最。倘若说，这是圆满幸福或追求事业的需要，那么，从 17 世纪到 19 世纪，迁徙，在北美白人眼里，更像是一次举家平安的押宝，或者某个商业机会的赌博。

1831 年 5 月 9 日，法国政治思想家托克维尔及其挚友博蒙，乘坐一艘巨大的蒸汽船“总统号”，沿着长岛海湾，抵达曼哈顿。托克维尔印象深刻的是，哈得孙湾极其美丽，偏远而宁静；但康涅狄格州的漫长河岸，却被砍伐一空。

早些天的一封信里，他告诉父亲，美国再也没有森林了。但离开东部，再到密歇根、威斯康星，转去加拿大，继而南返，又向西到匹兹堡，南至纳什维尔、孟菲斯和新奥尔良……日后两人的行迹，遍及当时美国的大部分地区。他们经常迷失在无穷尽的绿海中，“美妙的景色，难以形容。令人惊讶的植被。各种各样巨大的树木。丛林、草地、花卉和灌木……”

为了取得更多有用的信息，托克维尔、博蒙去土地管理所，扮作未来的移民，或者是土地投资者。这样做，不会令人生疑。在两人到过的一些移民点，发现“森林刚刚屈服于他们的刃下，但在他们走了之后，马上又茂密地生长出来。在你路过西部的一些新州时，经常遇到一些被遗弃在树林里的住房，往往在荒野的深处，看到一些破壁残垣，使你对拓荒者的行动有些无法理解，他们既证明了人有能力，又证明了人无常性。在这些被遗弃的田野中，在这些不久才出现的废墟上，以前的森林又很快长出新枝，野兽又重建起它们的王国”[①]。

南方，则是另一种景象。

生于19世纪末的威廉·福克纳，以其故乡密西西比州为背景，创作了《熊》《古老的部族》《三角洲之秋》等三篇，被认为是美国文学史上描写大森林和打猎的最优美的作品，称为“大森林三部曲”。这时，离白人移民登上新大陆已经有近300年的历史，其子孙繁衍十几代了。作品中，一个每年深秋都去森林打猎的艾萨克大叔，独自一人，从一个叫杰弗逊的小镇出发，得开车走上200英里，才能进入可以打猎的荒野。路虽越修越好，长长的铁轨修到密林深处，沿途不断可见木材加工厂，常常听到锯板机、刨花机或棉花机剧烈的噪声。有猎物的区域，每年都在随老林子往里退缩。而倒退50年，放眼无际的树木组成的一道密密的林墙，打猎的马车由此通过，好像不在移

① ［美］休·布罗根：《托克维尔传：革命时代的民主先知》，盛仁杰、董子云译，浙江大学版社2017年版。

动，“仿佛是一叶扁舟，悬浮在孤独的静止之中，悬浮在一片茫茫无边的汪洋大海里”。

也能看到树，它们却多是人工林，“南方辽阔的土地上，从东到西——从东面环抱的小山峦，到西面河流冲积堤而成的壁垒——全都种满了木棉树。这些木棉树，不同于那莽莽苍苍的自生自灭的大森林，是人类要让森林为其所用的产物，它是要提供给那些纺织厂作原材料的，可以说，它们正是自然的森林的替代者，也是破坏者”[①]。

此前百余年里，从英伦三岛上，以及西欧其他国家，荷兰、德国、法国、爱尔兰、比利时等，有成千上万、越来越多不同背景的人，带着不同的理由，越过大西洋，来到新大陆。其中，从英国毗邻大西洋的港口城市利物浦出发的，就有 900 万人。至今这座城市的码头上，还竖立着一个年轻家庭的雕像。雕像人物个个目光坚毅而满溢憧憬，雕像的铜铭牌上写有：“这是对来自欧洲各地的许多家庭的致敬，他们从利物浦开始了一个勇敢和伟大的先锋，在新大陆开始新的生活。”

在欧洲移民由东部向西部不断扩张后，又在英国军队（独立后成为本国军队）的驱逐下，成千上万的印第安人，走出森林，背井离乡，流离失所。美国第七任总统安德鲁·杰克逊在他 1830 年 5 月签署的《印第安人迁移法案》里，决定用密西西比河以西的土地，与该河以东的印第安人的土地“交换”，他们得在指定的“保留地”定居。印第安人不得随意离开，非印第安人也不允许擅自进入。

“菲利普王战争”时期的那股“大刀向鬼子头上砍去”的飒爽雄风，早成绝响。在军队的监督下，一个部落接着一个部落的印第安人，蚁族般地向西蠕动，越过大河，穿越荒原，多达 10 万原住民，搬迁到美国西部。因长途跋

① 福克纳：《三角洲之秋》，《外国中短篇小说藏本：福克纳》，李文俊译，人民文学出版社 2013 年版。

这座雕塑是为纪念从英国利物浦港口出发去北美的第一批英国移民而竖立的。大约有 900 万英国人通过这个港口移民北美

涉的折磨及疾病，约4000人死在路上。后来的历史学家，将这条路称作“眼泪之路”。

1880年，保留地制度在美国得到普遍实行。各部落靠联邦的有限配给和年金，聊以度日。

詹姆斯·加菲尔德总统任上，政府制定了鼓励原住民融进西方“文明”进程的6条政策，其中包括有控制地购买原住民土地、发展与原住民的贸易等。总统还专门给部落酋长们写了封信，奉劝他们放弃传统的生活方式，转而从事农耕、贸易，送子女去寄宿学校接受教育等。字里行间，不无苦口婆心，傲慢与偏见，亦跃然纸上，却表达了美国政府想以和平方式，卸下彼此沉重梁子的企图。

森林，渐成印第安人后代们一个遥远、苍凉的记忆……

这时，全美的印第安人，大约只剩下50万人。人口锐减，源自与白人移民的争斗、政府的征讨。1511年英国殖民者和原住民首次接触至1890年美国边界形成那379年间，约7193名原住民，死于白人枪下。部落之间的厮杀，比这死得更多，但疾病，才是最大的杀手。

1347年，黑死病席卷欧洲，2500万人丧生，大抵是欧洲人口的一半。18世纪里，欧洲死于天花的有1.5亿人，传染之烈，连英国女王玛丽二世、荷兰国王威廉一世、法国国王路易十五、俄国沙皇彼得二世，均在奔向黄泉的路上，遑论平民了。欧洲白人来到新大陆，带来了新物种和新的生活、生产方式，也暗暗携来副产品——天花、麻疹、鼠疫、霍乱、伤寒、流感等传染病。他们自身也有人发作，能够活过来的，好多与东方患有天花侥幸没死的康熙一样，脸上留下点点的白麻子。但历史上从未经历瘟疫、体内没有抗体的印第安人，又在没有抗生素和预防接种的当年，一人致病，一家致死，乃至一族“中弹”。欧洲人到来后的头一百年里，因天花和麻疹等欧洲疾病传染、蔓延，造成50%—67%的北美原住民死亡。

印第安人的悲摧命运，某种程度上也源于自己——

少有保持中立的部落，每每站错了队。1754 年至 1763 年，英国和法国在北美的激烈角逐中，他们为法国背书，未料英国赢了；美国独立战争中，他们做英国的马前卒，结果美国赢了；后来的南北方战争中，多数印第安部落又看走了眼，支持南方。

虽深咽苦果，其勇猛性格和战斗意志，却赢得历史的承认。第二次世界大战期间，约有 4.4 万名美国原住民，在美国军队服役，相当于 18—50 岁身体健壮的印第安男子总数的 1/3，其自愿入伍率，比政府征兵率高过 40%。这是 19 世纪建立“保留地”以来第一次大规模人口外流，也成为美国原住民历史的一个转捩点。

其中，1200 名普韦布洛男子，战争结束时，只有约一半的人活着回家。纳瓦霍人，多在太平洋美军情报部门服役，因其语言特殊，制作的代码在密码学上并不复杂，却从未被日本人破解，他们是吴宇森导演的电影《风语者》的原型。军中同袍尊敬他们，常常亲切地称他们为“酋长”。关于印第安人的种种传说，栖迟偃仰，已然成了美国历史传奇的一部分。

骁勇善战的原住民的战术和技巧，也为美军部分吸收。乃至美国制造的汽车和武器，至今，不少是以印第安部落或酋长的名字命名：“黑鹰”、“阿帕奇”（以上是武装直升机）、“科曼奇”（隐形直升机）、“支奴干”（中型运输直升机）、“切诺基”（吉普车）、“印第安”（摩托车）……

木头竟是接生婆

森林，是早期美国开拓史上一道深重的创痛，可谓“国痛”。

森林，也是美国开国者们终于一个个拔剑雄起的理由之一。

英国，作为全球海洋时代最后的霸主，在英法战争中，从法国手里抢来加拿大和路易斯安那的一部分，又从西班牙手里抢来佛罗里达，这些都是森林的宝地。“日不落帝国”，似乎没有撑肚子拉稀的时候，一边仍在北欧强行种植战略储备林，其优质木材，大部分分布在斯堪的纳维亚半岛，原处于荷兰人的掌控之中，也是昔日荷兰人取得海洋霸权的重要基础；另一边，又虎视眈眈，垂涎上了北美大陆。

整个新英格兰境内，最高最粗壮的树，纷纷倒下，被用来建造英国舰船。从 1696 年到 1713 年，北美殖民地至少生产了 1118 艘船。马萨诸塞湾口的波士顿，成为当时全球最繁忙的造船基地之一。1721 年就制船 160 艘，1770 年，北美殖民地年造船量为 300—400 艘。以造船的总吨位数计算，平均年吨位产量，从 1700 年的 4000 吨上升到独立革命前夕的 3.5 万吨。英国政府傲慢且潇洒地开走其 1/3 的舰船，常常随船带走的，还有整船的木材。至 1812 年，英国海军有 900 多艘船，另一说是 1000 多艘；而独立后的美国，刚凑起来不久的海军，只有 16 艘或 19 艘舰船。到这一年，皇家海军已经拦截 500 多艘美国商船，抓了 1 万多名美国水手，还封锁几乎所有的欧洲港口，一个新生的共和国与欧洲之间的贸易受到致命阻击。

波士顿，是英国人到来后发展起来的贸易之城——既是通往本国的关键港口，也是帝国全球商业贸易的重要枢纽。英国出口的物品，将近 40% 通过此处倾销北美，在 1700 年到 1800 年间，英国又填鸭般装来 25 万的非洲人，大都是黑奴，被送往南方大种植园。回程时，又装满木材、烟叶、毛皮、糖和蜂蜜。后者是制作朗姆酒的原料，在英国人非洲殖民地，朗姆酒被当作货币，可用来购买最赚钱的货物。这些进出口贸易的每一项，都得向英国交税。

1755 年，帝国的国债是 12 亿英镑；1763 年，国债超过 130 亿英镑，其中大部分，用于英法战争的军费支出。帝国政府以为，在帝国统治鞭长莫及带来的宽松和繁荣下，一向过着自由的田园生活且收入比起母国百姓高得多的新英格兰移民，应该惜福感恩，做“英王最忠诚的臣民”。让新英格兰还一部分国债，是其义务；让他们分担一个英王近忧，亦是帝国赐给他们的福祉。

仗打完了，庞大的军费却降不下来。有约 1500 个军官，不想脱下红色的华衮军装，不打仗就意味着失业，可他们多出身豪门贵胄，不能裁撤，只能保留。总不能让他们坐吃空饷吧？那只得维持大批的常备军了。英国本土战争经年，各业负重不堪，再要百姓为养活军队交税，得有许多人，会像下饺子一样从伦敦塔上跳下来。就把他们派去北美吧，帝国新占了的许多地方，总要有人在米字旗下站岗。于是，英国议会决定派1万名士兵常驻北美，每年开支约23万英镑。这福祉，就是新英格兰移民得承担驻军1/3的开销。

1764年，帝国的新福祉又出台，增加对新英格兰糖、酒、丝绸和棉麻的税收，连结婚证书、毕业证书等非商品，也不放过。当地白人居民们，莫不嚣嚣然、愤愤然：新英格兰，不是你打下来的，也不是你守护的，在与土著民百余年的对峙江湖上，英国为其壮胆撑腰，私下输送武器，甚至一道出征；而俺们打仗所需的粮草和武器，完全靠殖民地自己筹措，军队也由志愿者组成。从詹姆斯敦和普利茅斯登陆算起，此时的移民，已多是第七代。即便有人仍怀“英王最忠诚的臣民”的初心，也早已淡薄如兑了几遍水的威士忌，加上母国昔日背后插刀，时下一茬茬地割韭菜、剃羊毛，将新英格兰当成取款机，叛逆之心油然而生……

烈火烹油的，更有木材。

移民们自己，也紧缺木头。

城镇、庄园的建设，交通的勾连，工厂的生产和农田的开拓，无不需要清出大片的森林。仅建造一间木屋，需要80根二三十英尺长的木头。如欧洲一样，北美的农田一般也用篱笆围起来。不过，在新英格兰，人们大手大脚惯了，6500—8000根栏杆，才能围1英里。1826—1827年冬天，仅仅康涅狄格州首府费城一市，光烧水就烧掉11平方英里的森林。

但砍伐森林最多的用途，是冶铁和造船。1775年，北美殖民地的冶铁产量，占当年世界总产量的1/7。1810年，美国生产了5.4万吨铁，这大约需要50万英亩的森林，才能满足燃料的供应。新英格兰人自己也急需造船。在美国独立前，主要是建造小型木帆船。造船是一个巨大的系统工程，能够拉动大量相关产业：首先是伐木工人，进山伐木后，将原木扔进河流顺流而下，在靠近海边的地方捞上岸，在锯木厂中加工成木料、木板，然后送到船厂。除了木材，造船还需要沥青、胶、铁钉等以及各种五金、绳索、帆布。那年月，水无法长期储存，远洋航行一走几个月，时间一长水都臭了，船员喝的都是啤酒……可以说，在新英格兰地区，许多人捧着的一碗饭，都靠木头赐给。

小型木帆船的用途，一是出海捕鱼。"五月花号"先到达的科德角（Cape Cod），这是音译，其原意是鳕鱼角。由于大西洋洋流的关系，这里形成一个天然渔场。鳕鱼体型大，产量高，最大近两米长，一两百斤重。其肉质细嫩，肉味清淡，是出口欧洲的一种重要食品。二是开展贸易，英国政府斥责为"走私"。用自己的船，将鳕鱼制品运送到南方以及加勒比海殖民地，将后者的蔗糖等产品，贩卖到欧洲，再从欧洲将商品卖到美洲，形成一个漂亮的三角贸易。据 1770 年统计，新英格兰的 35 个沿海城镇，设有 143 家酒厂。这些酒厂的原料，也几乎无一例外来自西印度群岛。

大概凡是自由人，无须谁的恩赐或引导，其商业细胞，必然如水银泻地，自发而又活跃。

英国政府在新英格兰颁布的各项法规中，有一项，就是不准移民砍伐高大挺拔的树木。这些树木要保留给皇家海军制作舰艇及其桅杆，即便它们长在已属于个人的土地上。这等于事实上的没收。移民们对付的法子是，当官方林木巡查员，出发去大森林里选择并标记质地最好的树木，新移民伐木工总会雾气一般悄悄尾随。巡查员们都是专业有素的专家，鹰眼疾利，十踩九不空。接下来，政府的伐木工再进森林，去采集那些带有标记的树木，他们常常发现树木已被砍伐一空。它们本来要用来制造海军舰艇，以追捕日渐猖獗的走私船，现在却变成更多的走私船。新英格兰移民，靠着自家造的约 600 艘小型商船，打通了自身与世界市场的经济联系。1775 年，北美对外贸易交往中有 3/4 的货物，通过走私进行。

美国早期的伐木工

其中一艘船，属于约翰·汉考克所拥有的“自由号”。汉考克是马萨诸塞当地首富，财富的积累，来自一种市场上畅销的马德拉酒。此酒产自马德拉岛，该岛距离北非的摩洛哥，比距离里斯本近了几百公里，葡萄牙人发现这个无人岛，按惯例本应属于葡萄牙，可能担心会拉低他们的人均 GDP，做鸡肋给处理了，历史上早就划归非洲。之后，岛上放火烧山，种上甘蔗葡萄酿酒。早期的马德拉酒，喝完了事，不做贸易之用，因葡萄酒储存期有限，时间长了会变酸。后来，葡萄牙船员惊呼，当他们的船由里斯本出发往南，沿非洲大陆西海岸，绕过南端好望角，再往北航，两次穿越赤道之后，带来的马德拉酒经过两次高温洗礼，味道完全变了，口感不但让人咂舌，那股氧化后的气味，更令人陶醉。

1768 年 5 月 9 日，“自由号”在波士顿海面，遭英国军舰追击，进港后即被扣下。船上载有 3150 加仑的马德拉酒，折合成今天的标准瓶，近 1.6 万瓶。殖民当局要汉考克交税，否则不放船。汉考克不从，遂锒铛下狱，他干脆暗中派手下人，直接将“自由号”烧了。此事，引发波士顿市的骚动，街头有几个平民死伤。《波士顿纪事报》不断渲染，称为“波士顿大屠杀”事件，即“马德拉酒引发的血案”。

英国政府匆忙调集 4000 名士兵赴波士顿，军乐阵阵，旗帜飞扬，每名士兵配发 16 发子弹。在波士顿，达到每 4 个人中，就有一名英国士兵。当时该市人口，只有 1.6 万。英国政府以为如此紧紧钳制着波士顿，就不会打扰乔治三世脚下那只柔顺的波斯猫儿睡觉，却未料，御座下是一丛丛越来越旺的火苗——

1770 年 3 月 5 日，一个寒冷的新英格兰冬日。

几个当地的青少年，向英国军营扔石头，大约有 20 名士兵出来以武力制止。但参与的小孩越来越多，大人也加入进来。小城里白人的家谱，大多能追溯到“五月花”号上，彼此即便叫不出名字，也混个脸熟，守望相助，自是本分。人们公开咒骂英国当局，讥讽标准像上端坐如仪的英王乔治三世。300 多人 30 分钟的互骂、斗殴中，几个士兵被棍棒打了，挨石头砸了。原有下令“英国人不打英国人”，一名士兵按捺不住，还是开了枪。当地人有 4 名被打死，7 名被打伤。

当时，波士顿有美国的第一份周刊，还有 40 多家报刊机构。有着发明嗜好，发明了避雷针、双焦点眼镜等的本杰明·富兰克林，正是新大陆首任邮政局局长。他建立起的一个邮政递送系统，比起英国本土可以节省一半的时间，是当时世界上最好的。“从苍天那里取得了雷电”的富兰克林，让这惨案的消息，传遍新英格兰大地。无论是康涅狄格的建筑工人，还是北卡罗来纳的庄园主，都在传说：世界上最强大的军队，现在对着一群手无寸铁的人，开枪了！

1773 年 12 月，英国不得不取消其他所有的税收，只保留茶叶税。愤怒之火却未平息，尤以怀抱波士顿的马萨诸塞州为甚。英国政府规定东印度公司直营专卖中国茶叶，该公司垄断了北美殖民地的茶叶销售，其价格较低廉，导致本土茶叶滞销，本地茶商难以生存。该公司有 7 艘船运输茶叶，其中 1 船运到纽约，2 船运到查尔斯顿、费城。纽约和费城不让靠港，查尔斯顿将茶叶扣留在港口两三年。另 4 条运到波士顿，波士顿做得最绝，当地居民装扮成印第安人，混到船上，将价值逾百万美元的茶叶，直接倾入滔滔海水。

那几日，大西洋成了一把巨无霸的茶壶，强迫饮茶的鲸鱼，也是醉了！英国殖民当局为此紧急封锁波士顿港，在阿巴拉契亚山脉以西的新土地上，禁止建立新的定居点，以示对不服管治的马萨诸塞州民众的惩罚。

这些反抗活动的后面，都得有人掏出大把的真金白银，最积极的“天使投资者”，是汉考克。次年9月5日，来自北美12个殖民地的56名代表，齐聚费城，参加第一次大陆会议。佐治亚没有参加，该州表示：老子打儿子，即使打错了，儿子也不能反老子。代表们都是各州的政治领袖，有律师、医生、教师、学者、商人、教士、大种植园主、小农场主、手工业者等。这些人大多数来自中产阶级，少数几位已经是名噪一方的富人。其中，就有马萨诸塞州的代表汉考克。

简单归纳，代表分为两派：一为鸽派，主张双方作出妥协，与母国还得维持过得去的关系；一为鹰派，要跟英国政府干到底，不达目的不罢休。汉考克是叫嚣得粗脖子如一截红铜的那个家伙；昔日唯英王马首是瞻的弗吉尼亚，此次其首任州长帕特里克·亨利也立誓，一定要掀掉白金汉宫的桌子！一名叫詹姆斯·奥提斯的律师，深谙英国法理，根据英国《大宪章》和《权利法案》，英国国民享有的一项权利是，在没有得到纳税人同意的情况下，政府不能征税。怎样才算是征得纳税人同意呢？就是纳税人选举出来的代表，也就是议会的议员一致通过。现在的问题是，北美殖民地在英国议会没有自己的代表，既然没有代表，北美人也就没机会“同意”或者“不同意”加到他们身上的税收。英国议会在未经殖民地人民同意的情况下，向殖民地征税，这公然构成“违宪”，严重侵犯了殖民地人作为英国公民的权利。

奥提斯提出了美国独立革命中最早且最著名的口号：“无代表的税收，就是暴政！”后来，这句话演变为：“无代表，不交税！”

第一次“大陆会议”，向英王递交的请愿书，被乔治三世扔进了垃圾堆。国王早已厌倦大西洋那边不断传来的坏消息，他决意，此次一定要彻底收拾北美殖民地的不稳定因素。

弗吉尼亚州州长帕特里克·亨利和弗吉尼亚另一位州代表，刚从费城回到威廉斯堡，就有乌云聚集、风声鹤唳之感。为防不测，州议会迅速迁往里士满，立即召开会议。帕特里克对议员们说："即使我们没有骨气，想退出战斗，也为时已晚。退路已经切断，除非甘受屈辱和奴役。囚禁我们的枷锁，已经铸成叮当的镣铐声，已经在弗吉尼亚的森林、草原上回响。战争已经无可避免——让它来吧！我不知道别人会如何行事；对我来说，不自由，毋宁死！"

州长的话，让议员们热血沸腾，他们高呼："武装起来！武装起来！"议会一致通过了组建民兵的决议。

弗吉尼亚，拥有大西洋最优美的海岸线，其连绵起伏的蓝岭山脉、沟壑陡峭的阿巴拉契亚山区，茂密的林木终年常绿，到处生长着橡树、云杉和松树。该州面积最大，人口最多，民众生活最是富裕，是美国历史的发源地之一。弗吉尼亚州的一举一动，当时在新英格兰各州眼里，大约就是林子里天明未明之时诡谲万端的蛋清色中，猛地扇起翅膀，噗噗地飞向树梢的一阵宿鸟……许多新英格兰人一下明白，分手的时刻到了！紧接着，各州议会紧急开会，也迅速组建民兵，并达成决议：英国对13州任何一州的迫害、攻击，将被视为对全体殖民地的迫害、攻击。北美的人们，第一次有了"我是美利坚人"的理念。

1775年4月19日，午夜后900名英国士兵，荷枪实弹，从波士顿开拔，前往20英里外的莱克星顿。有情报确认，"爱国者"在附近的康科德，有个军火库。清晨5时左右，英军遭到莱克星顿的民兵阻拦。英军突然开火，民兵猝不及防，死伤十多人。随后，民兵与英军正式交火，美国独立战争第一枪，在莱克星顿正式打响。此战英军伤亡273人，殖民地民兵损失93人，但英军如愿摧毁了康科德的军火库。

5月10日，第二届大陆会议在费城召开。会议通过用武力对抗英国的宣言，决定由民兵组建正规的大陆军，任命乔治·华盛顿为大陆军总司令。大部分代表没有真正打过仗，华盛顿有参加英法在北美争霸战争的经历，略懂一些兵法。由此，大陆会议成为13个州殖民地的临时政府，可发行货币、发放贷款、兴办邮政，并拟筹建大陆海军。

会上讨论了托马斯·杰斐逊提交的《独立宣言》草案。形势如此严峻，战争的气息，已经热辣辣贴到鼻子上，但是否真的从英国政体中撕裂出来，会上仍存很大争议。宣言文本被散发到各州征求意见，两个月后才辗转回来。7 月 4 日，人们在大陆会议终于通过的《独立宣言》上签名时，有些州的代表，或来自富贵阶层的代表，仍是战战兢兢、前瞻后顾。一旦落上自己的名字，即意味冒着叛国罪的巨大风险，与当时世界的第一强国对抗，而且没有任何退路。

代表们比一般民众更清楚，新英格兰 13 个州，现在几乎没有经过训练的武装；临时政府还掏不出巨额军费军饷，不要说武器，就是军服，甚至鞋帽，都得各州自筹自备。这年冬天，华盛顿的麾下，许多士兵雪地上还是一双赤脚……与英国的正规军，尤其是其海军相对抗，双方的实力相差，可谓落基山之南北，独立的胜算很小，莱克星顿的胜利只是险胜。

时任本届大陆会议主席的汉考克，当天第一个在宣言文本签上名字。这家伙有意将名字签得大大的，华丽旁出，十分扎眼，仿佛是想让乔治三世国王经久不忘，就是他汉考克带头造反！同日，著名的签名者还有本杰明·富兰克林，以及未来的两个美国总统——托马斯·杰斐逊和约翰·亚当斯。大多数历史学家的看法是，56 名签署者中，有不少人是在 8 月 2 日，或以后才在《独立宣言》上签名的。

代表们终究凭着血性、凭着信念，还有不怕死，走上一条不归之路。56 名签名者中，日后有 5 人被英军抓获，受尽折磨而死；9 人受伤，或因生活艰辛，在战争期间去世；12 人的家园遭洗劫，或被烧毁；2 人的儿子，在战争中牺牲；另外 2 人的儿子，被英军俘虏……

但天眼高悬，上帝加持，被英国人扣下的“自由号”，一语成谶。

7 月 4 日这一天，一个新生国家获得自由的独立日，当晚，马德拉酒在无数美国人的玻璃杯中剧烈晃荡。参与庆祝活动的约翰·亚当斯，在致夫人的信中写道：“独立日应得到隆重庆祝，大张旗鼓地举行游行、表演、游戏、体育活动、放礼炮、敲钟、点篝火、张灯结彩；从大陆的一端到另一端，从此时此刻，直至永远。”现在，《独立宣言》原件，存放在美国国家档案馆圆顶大厅，供来自全世界的游客观赏。由于18世纪的保存技术拙劣，《独立宣言》上的字迹和签名，已相当模糊。但“John Hancock”（约翰·汉考克）一行字，仍清晰可辨。

这个当年的“走私大王”“土豪金”，与大陆会议的55名代表一起，被列为开国元老，虽未当上总统，也在1780—1785年任马萨诸塞州州长。全美至今有10个州，下辖名为汉考克县的名字。此外，波士顿的约翰·汉考克大厦、芝加哥的约翰·汉考克中心，也以他的名字命名。其宣言上旁若无人的签名“John Hancock”，遂为英文里亲笔签名的代名词。一直到今天，因为马德拉酒给死死压着，那些欧洲大陆的所谓名庄酒，如中国影坛韭菜花一样冒出的“小鲜肉”，碰上凯瑟琳·赫本、贝蒂·戴维斯、伊丽莎白·泰勒、罗伯特·德尼罗、汤姆·汉克斯、哈里森·福特……在美利坚的土地上，从来没有大红大紫过。

有人评点：父辈荷兰，建立了不朽的商业规则；儿辈英国，创造了不朽的民主宪政传奇；孙辈美国，集万千宠爱于一身，追寻着不朽的美国梦想。半个世纪以来，是他们祖孙三代引领了这个世界。

殊不知，“父子之间”，屡屡干戈相向，人脑子打成狗脑子。

事实上，美国历史上有两次独立战争。除了华盛顿领导的8年抗战之外，在1812年，美国又对英国宣布开战，这是美国立国之后第一次对外战争。《不列颠百科全书》中记载，这是美国的第二次独立战争，前后持续4年之久。共12年的独立战争，美国才像孙猴子一样，从英国的紧箍咒下彻底解脱，活出个拨云见日、玉树临风。

多次穿梭“父子之间”，我有了一个发现，除了一般人都知道的强迫纳税缘由，还有一个重要因素，即木头竟是接生婆，催生出一个新的国家。

1784年（清乾隆四十九年），美利坚合众国业在全球挂牌后的第8个年头，第一次独立战争的硝烟还未散去，商人们便急于要同远在地球另一端的中国通商。第一艘派出的商船“中国皇后号”，从纽约港启航。这是一艘360吨的三桅木帆船，船上成员有35名水手、1名会计、1名职员、2名木工、1名箍桶工和几个船员的孩子，以及由3名政府官员组成的美国贸易代表团。商船满载着人参、皮革、毛衣、胡椒、棉花以及铅等商品，经过6个多月的航行，8月下旬，抵达广州的黄埔港。广州海关的官员们登上此船，已知那片新大陆，不再是大英帝国的“番邦”，而是一个独立民主国家，却浑然不知“民主”为何物，但还是以大清的豪气大度，赠给该船2头牛、8袋面粉和7坛美酒。美国人和水手们高兴得手舞足蹈。格林船长当晚写下手记：

> “中国皇后号”，荣幸地升起了在这海域——从未有人升起或看见过的第一面美国国旗！这一天，是1784年8月28日。

华盛顿和亚当斯两位，都是“海军迷”，政府有点钱就造舰，而且，要造大舰、好舰。1797年，属于新大陆自己的第一批海军6艘军舰——“宪法号”“群星号”“合众国号”“国会号”“总统号”“切萨皮克号”，在波士顿建造完成，陆续下水。所用木材，遍及北自缅因州，南到佐治亚州的森林，称得上倾全美之力而造就。

以“宪法号”为例，该舰由首任总统华盛顿命名，为纪念于1789年生效的美国宪法。该舰与海军一起诞生，重2400吨，耗去1500棵橡树及其他树种，船舷用的是最硬的白橡树木。它可载54门炮、450个船员。服役之初，它是世界上最大的护卫舰。1812年8月19日，“宪法号”首次在加拿大海岸，与英国皇家海军主力舰“古尔利尔号”交战，一颗炮弹击中船舷，却被奇迹般地弹了回去。目睹了这一幕的战士，嗨声如浪：“哇！它的船舷是铁做的！”“宪法号”的外号“老铁船舷”，由此不胫而走。20分钟后，“古尔利尔号”被打了个稀巴烂，只能投降。“宪法号”共服役84年，历经42次战斗，摧毁或俘获敌舰32艘，从没打过败仗，也从没有一颗炮弹击穿过它的船舷。

同年10月25日，“合众国号”，在大西洋上遭遇皇家海军“梅斯多尼安号”，战斗从早上9点一直打到中午12点，英舰死伤104人，美舰死伤12人。“梅斯多尼安号”彻底残了，急升白旗。毕竟是一家老祖宗血脉而来，断了骨头连着筋，惺惺惜惺惺，“合众国号”陪“梅斯多尼安号”在海上“躺”了两个星期，直到后者勉强恢复，主机再转。然后，前者牵着战利品，恰如精气神十足的年轻儿子，领着英雄暮年、泫然黯神的老子，一起驶入纽约港……

人类历史近300年来的海洋时代里，又一个新霸主腾跃而起。

森林，终于似野牛一样，放荡着美利坚的意志。

他们已近在咫尺

至19世纪末，除了零散的地区，美国东部的原始森林，已遭严重毁损。

仅宾夕法尼亚一个州，就产生500万英亩的荒漠。宾夕法尼亚州，原本因树而得名。1682年，一个叫威廉·宾的贵族世家子弟，来到纽约以南、阿巴拉契亚山的一片森林。他把这片森林起名为“宾家的森林”，即宾夕法尼亚（Pennsylvania）。国王查尔斯很开心，把这块土地赐给宾，感谢他的发现使北美殖民地又扩大了森林面积，仅其一半便达100万英亩；又是借佛献花，国王曾向宾的父亲、海军上将老威廉·宾借钱，囊中羞涩，多年未还，如今便算是还了这笔巨款。

东部地区原始森林的严重毁损，是美国在19世纪所发生的最惨烈的生态变迁。

在即将结束北美全程陆路旅行的某个晚上，住在廉价小酒店里的托克维尔，抱着疲劳，忍着椅子缝里冒出来的臭虫，给父亲写了一封信：

> 一切都证明了这是一个新国家……当你经过荒野中一条可怕的道路，

到达一间小屋，你会惊奇地发现，一种比任何法国乡村都先进的文明。农民的服装是齐整的；他的小屋非常干净；通常你会看到他身边的报纸，而他首先想到的，就是跟你谈论政治。

……这是我生平见过最为非同寻常的景象。这片目前除森林之外别无他物的土地，将会成为这个世界上最富有最强大的国家之一。虽然不是先知，但我也能这么说。大自然已万事俱备……所欠缺的，只有文明开化之人，而他们已近在咫尺。

托克维尔在美国游历的那一年，亨利·戴维·梭罗（1817—1862年），还是个14岁的孩子。

梭罗出生在马萨诸塞州一个书卷之家，父亲开了一家不大的铅笔工厂，外公曾是哈佛的高才生。20岁上，他成了外公的学弟，进入哈佛大学就读。给许多读者的感觉，梭罗是个出世者，不关心尘世的烟火。实际上，从哈佛起，他便惹了不少是非。这脾气，大概遗传自外公。1766年，当时哈佛大学学生普遍对餐饮不满，有一天，梭罗外公再也无法忍受，跳到桌子上，激烈指责校方怎能无视食堂提供发酸了的奶油给学生食用，得到同学们的强烈呼应，最后迫使校方切实改善学生食堂，保证奶油新鲜品质。这是有记载的美国历史上第一起学运，被称为“奶油之乱”（Butter Rebellion）。

亨利·戴维·梭罗

大学毕业时，梭罗本人批评哈佛的一项沿袭多年的规矩：硕士必须付5美元，才能发给毕业证。他说，与其让学生付 5 美元，拿到羊皮毕业证书，还不如让每只羊保有自己的皮。

毕业后，他没有选择经商发财，或者从政去州府、华盛顿，而是回到家乡康科德城，任职土地勘测员，步履遍及美国东北部，对自然界、动植物学、航海冒险，深深着迷。他还教过一阵子书。不过没几个星期，因拒绝体罚学生，愤而离职，回到自家铅笔工厂工作。29 岁，他又找上麻烦，拒绝向政府纳税，且人头税已积欠六年。他在法庭上宣称自己决不会向一个容许奴隶制度存在且对墨西哥发动战争的政府缴税，当夜他入监。次日，一位未透露身份的人，传说是他姑妈，代缴清税款，他才获释。

1849 年，梭罗 32 岁，出版《公民不服从》，文中引用了孔子的话。1851 年，梭罗 34 岁，充当“地下铁路”的中转站，“地下铁路”是指 19 世纪美国南方黑奴在同情者和废奴主义者的帮助下，由南方的蓄奴州向北方的自由州逃离的一系列道路的统称，有铁路、公路和水路。梭罗敞开自家住屋，让远从弗吉尼亚州逃来的黑奴们躲藏；又出钱出力，躲过警察和赏金猎人的搜查，将其平安送上夜间火车，载往应允自由的加拿大……

梭罗，显然是当时年代的一个愤青。在同事、邻居眼里，他又是一名怪咖。这个身材不高、很坚实，有着结实、浅色肌肤和一双似乎总在沉思什么的蓝眼睛的人，是一个新教徒的升级包。很少有男人像他这样，不吃肉，不喝酒，从来没吸过烟。他和哥哥年轻时，喜欢上同一个姑娘，哥哥抱得玉人归，他从此断了女人缘，独自一人居住。他也从来不去教堂，他的心就是教堂……

已经将日子过成了白开水，梭罗大概觉得，这盛水的玻璃杯，也奢侈了，“看看我能否学会生活必须教我的东西，我不希望到我临死时才发现我没有生活过”。

1845 年的一天，梭罗去《小妇人》的作者露意莎·梅·奥尔科特的家借了一柄斧头，孤身一人，转身进了康科德城外瓦尔登湖边的山林中，披荆斩棘，建了一所小屋（长 4.5 米，宽 3 米）。“我的房子是在一个小山的山腰，恰恰在一个较大的森林的边缘，在一个苍松和山核桃的小林子的中央。”屋里精简之至，奢侈之物仅是三把椅子。他说，这三把椅子的用途是，一把独处时坐，两把朋友来时坐，三把交往时坐。

在木屋周围，梭罗开荒种地，种豆、玉米和马铃薯，然后用它们到林外的村子里去换面粉。年深日久，黑夜他在林子里不会迷路，足尖能感知每一块泥土在向他打着亲切的招呼。他用眼睛，便能估计两棵树的高度；还会琢磨，它们如何走到一起，彼此能够发生什么关系……空气清明纯洁，甚至用眼睛都能看出来，且经过湖水和林木的双重洗涤，呼吸进去，特别有劲。他常常整天待在户外，不到天黑不回家。

不须劳作的日子，梭罗看书，读了不少美国哲学家拉尔夫·瓦尔多·爱默生（1803—1882 年）的集子。爱默生信仰超验主义。超验主义认为，世界由两部分现实组成：物质现实和精神现实，而精神在实现美满生活方面更有其重要性。他写作，以自己简朴和接近自然的生活体验，写成长篇散文《瓦

梭罗当年居住的小屋。此为历史考据后的还原仿制品

尔登湖》，满含对大自然的感情与敬意，“随时准备着在自然中发现上帝”。他记录下自然界的光与影，笔下湖畔冬日清晨，“太阳最后总算从远处的林间上升，阳光照处，空中的冰霜都融化，隐隐之中，似乎有铙钹伴奏，铙钹每响一次，阳光的威力逐渐增强；时间很快地从黎明变成早晨，早晨也越来越老，很快地把西面远处的山头，镀上一层金色……”

他也记录下自己内心的声音和思考，对工业文明、喧嚣的物质社会，以及当时美国社会充斥着杂技和马戏的时尚文化，挤压人类、侵蚀人性的现状多有述及。他心存近虑，更怀远忧。梭罗认为，人类只有在平淡、淳朴的生活里，才能享受到内心的轻松和愉悦；在孤独的心境中，方可对人生与世界，进行有意义的思考和探索。“社交往往是很廉价的。我们相会的时间很短暂，根本没有时间从对方获取什么新的有价值的东西。”

这一转身，梭罗在湖边林子里隐去了两年又两个月。对两年多的湖畔生活，他总结说：“简单，简单，还是简单。”

1862年5月，梭罗在家乡卧病不起。5月6日，病榻上，他说了最后一句话，“现在可以扬帆了”。随之，吐出两个谜一样的单词——“麋鹿”“印第安人”之后，他永远地闭上了眼睛。那年，他仅44岁。

其时，美国正值内战，梭罗的离去是静悄悄的，恍若一片秋叶，掉进瓦尔登湖里。当地、外地的媒体上不见报道，美国还不知道它失去了多么伟大的一位国民。但随着时光的流逝，半世纪后，待“一战”结束，美国终于安详下来，人们将梭罗的名字，与爱默生、霍桑、梅尔维尔、惠特曼等并排，共列19世纪中叶美国文艺复兴时期文学巨擘之榜。

如今，来瓦尔登湖参观的游客，远超过任何其他美国作家的故居。梭罗《瓦尔登湖》及其20多部一流的散文集，被称为自然随笔的滥觞，在美国文学中，被公认为是最受读者欢迎的非虚构作品，被西方人誉为引导当代人抵抗物质引诱、回归自然朴素生活的圣典。梭罗本人的声誉与日俱增，被誉为美国环境运动的思想先驱。山峦协会（Sierra Club）——美国最大的环境保护组织之

——就用梭罗的口号，“让世界保全在野性之中”，作为该会的行事准则。

梭罗离世的那一年，美利坚合众国颁布《公地放领法》，以廉价的土地价格吸引大批垦荒者到中西部的内布拉斯加州开拓。1867 年南北战争结束后不久，这个州才成为美国的第 37 个州。19 世纪以前，算是美国大荒野的一部分，一望无际的大草原，本是美洲牦牛夏季的栖息地。没有森林的阻挡，大草原上常常狂风肆虐；而且因为没有木材，过去印第安人拿草皮建造窝棚，早期来自德国、爱尔兰的移民，也如法炮制。

居民中有一个人，叫朱利叶斯·斯特林·莫顿（1832—1902 年），纽约州出生，底特律长大，密歇根大学毕业，学的是农艺专业。婚前，他也在内布拉斯加申领了一块土地；来后，当上农场主的他，还在当地报纸兼做编辑。莫顿的妻子，热爱大自然，也对林木情有独钟，每日经过空落落、连鸟屎也不落下的这片荒野，如一根芒刺穿透肌肤，让她疼痛不已。夫妻俩折腾起来，在自家园子里种植了大量树木和花卉。1885 年，该州历史学会作为该州历史

小木屋内

的一个转捩，郑重地记载了他们家中的绿色植物，其中包括“鲜花和花灌木，丰富的葡萄藤和常青树。树篱，藤蔓和花朵、果实的树木”，特别是许多稀有的苹果和其他果树。

那一带的空气里，第一次流淌起花香果香。这自然是最动听的内布拉斯加故事，移民们纷纷传说这个故事，接着，忙不迭地把自己扩展进这个故事。莫顿利用担任报纸编辑的兼职机会，向更多的民众传播农林知识，鼓励民间社团参与绿化环境的活动。在树木阻挡风灾、调节气候，有着潜在的生态、经济重要性外，莫顿还认为，美丽本身，就是树木必须活着的一个理由：

> 地球上的美丽，要求我们种植树木。其袅袅伸展的树枝，坚固却又优雅地飘扬的枝叶，通过阴影、光线与微风，在人们的头顶和四肢上掠过，一年年地重新开始死去的景观……

1872 年 4 月 10 日，在该州园林协会举行的一次会议上，莫顿提出设立植树节的建议。州议会采纳了他的建议，将 4 月的第三个星期三，定为该州的植树节。这是全球第一个植树节。一场由民间和政府联合推动的植树造林运动，由此在中西部大荒野上展开，该州当年就植树上百万棵。此后的 16 年间，先后植树 6 亿棵，终于使 10 万公顷的荒野，变成蓬蓬勃勃的森林。

美国的不少州，据其早期特点，有自家的昵称。有的昵称听起来，比起“石家庄”还尴尬。如南卡罗来纳州，叫作“黄鼠狼”；密歇根州叫作“狼獾之州”；伊利诺伊州叫作“Suckers”，意为“吸管”或“用吸管饮水的人”，许是当年该州的移民，长途跋涉口渴了，会在路边撅一根类似于芦苇的花草的秆子，把它插进泥沼里的虾洞，吸吮经过茎秆过滤的清水；内布拉斯加州，叫作“掰玉米棒子人之州”，从早期移民开始，直到今天，玉米一直是该州农牧业的支柱作物……人们就这样叫了二百多年了，再尴尬，也没有脾气。相比之下，内布拉斯加州还有一个昵称，深得该州官方、百姓上下欢喜，并被引为荣耀，这就是“种树者之州”。

19 世纪 90 年代，美国已经有 40 个州设立植树节。一些州根据当地气候，将植树节的日期作了变动，南部 1 月到 3 月，北部有晚至 5 月的。

1873 年，美国国会通过《植树法》，凡在规定的宅地范围里种植树木的农场主，可再得到 160 英亩的土地。

1875 年，美国林业协会成立，宗旨为：“对本大陆的森林资源，采取更加理性的保护措施；采取教育、立法及其他各种措施，推动这一目标的实现；传播森林保护、管理及更新的相关知识，废地复植的相关方法，对森林产品的合理利用，景观树木的种植，以及林木栽培的其他相关知识。”通过建立纪念林、童子林、母亲节林等举措，推动植树造林活动的开展。

1891 年，美国国会通过《森林保留地法》。两项法律的制定，让一向粗犷如西部牛仔的美国，在漂亮的牛仔帽上，插上一根森林保护意识的彩翎。

莫顿后来做过州议员、领地秘书，并在克利夫兰总统任内出任农业部部长。他逝世后，内布拉斯加州将他安息于州名人堂，州内许多学校、道路以他命名。1937 年，人们又将莫顿的青铜塑像送到华盛顿，在国会大厦的国家雕像大厅展示。这座雕像大厅的收藏品，是由各州选送的本州历史名人的雕像汇集而成，每州选送两座。莫顿雕塑的下方，是象征植树节的树干、树苗、修枝剪，以及一把铁锹。

梭罗、莫顿，自是托克维尔心目中的文明开化之人。

至今，美国人亲切地称为“老罗斯福”的西奥多·罗斯福（1858—1919 年），则堪称集文明开化之大成。

罗斯福，生于纽约长岛牡蛎湾沙卡莫山的一个庄园里。300 公顷的庄园土地上，有果园、花圃、玉米和谷物的农地，还有着大片森林。罗斯福的祖父是荷兰人，罗斯福名字中的“Roosevelt”，荷兰语中就是“rose field”，即“玫瑰之地或玫瑰的田野”。罗斯福家族的祖籍，在莱茵河口的荷兰托伦岛，那里曾有一片土地叫玫瑰田。纽约州地区，原就是荷兰人殖民的地方，荷兰人称之为新尼德兰，即荷兰的英文音译。曾几何时，荷兰作为世界强国，殖民地遍布全球。罗斯福家族信奉的拉丁文治家格言，是“谁从事种植，谁就能生存”。移民北美的子孙们，一直奉此为圭臬。

罗斯福打小体弱多病，患有严重的哮喘，经常会在夜间发作，严重时几乎窒息。父母四处求医，一直没有治好他的哮喘病，不得不放弃只上了几个月的学校，改由家庭教师在家中授课。9 岁时，他写了一篇名为《昆虫的自然历史》的论文，记录自己在庄园里对各种昆虫的观察和发现，让家庭教师大吃一惊，不由得担心自己会下岗。读书之余，罗斯福学习拳击、骑马、游泳。一次拳击练习，使其左眼永久失明，他却保持了终生拳击的爱好，日后进了白宫，也老拳饱饱，双腿跃跃。某国大使无意看到这一幕，对陪同人员说：“你们总统，怎么像个 6 岁小儿？”

罗斯福对世界充满好奇，远游至地中海、阿尔卑斯山，孤身一人在森林探险、水里搏浪。延至白宫时代，他也总领着朋友，甚至内阁部长们，进行野外暴走。若不是一个个皮肤白得像拔了毛的火鸡，路人会以为日本的暴走团开到了华盛顿。他没有正式上过学，轻松一跃，却过了哈佛大学入学标杆。此刻，他已是一个身体健壮、精力充沛的青年。在哈佛，他同时参加划船和拳击俱乐部，在哈佛的拳击锦标赛中获得过亚军。之后，他在哥伦比亚大学法学院深造，走向政界后，也从没有在政坛“拳击”中倒下。最激烈、精彩的一出，发生在其出任纽约市警察总局局长期间。当时，纽约警察里许多人，就是隐形的黑道人物，他们对市民敲诈勒索，和奸商沆瀣一气，为好莱坞免费提供“无间道”剧本。罗斯福背水一战，阔斧大刀，清洗警察队伍，砸烂“黑箱”运作。他任该职务两年后，纽约的警界风气，为之一清。

1901 年，美国总统威廉·麦金莱遭刺杀身亡，副总统罗斯福继任第 26 任总统，时年 42 岁，是美国历史上最年轻的在任总统。1904 年，他获连任。推开椭圆形总统办公室的乳白色窗子，他面对着美国经济发展史上一个狂飙突进、蛇龙混杂的时期。

以电力革命和内燃机革命为标志的科学技术革命全面展开，美国在世界当时的最高水准上完成近代工业化，赶上了德国和英国，成为世界头号工业大国。而欧洲，随着全球殖民地瓜分完毕，很大程度上，依靠殖民地扩张带来的经济高速增长一落千丈，像个颓废的中年人，在夕阳西下的街道上，拎着个没喝完的酒瓶，步履蹒跚。美国脸上，却溢满林鼠掉进松果堆一样的幸福感，大批陷入失业或者过得不如意的欧洲人，选择远渡重洋，去大洋彼岸，寻找“美国梦”。

与此同时，美国森林的80%在私人手中。不良企业主、垄断资本组织，趁机大肆投机土地，从中获取暴利。南太平洋铁路公司、北太平洋铁路公司和韦尔豪泽木材公司，共拥有10%的私有林地。煤炭、石油、天然气资源，遭到破坏性开采，不少地方水土流失、矿井废弃、江河泛滥、土地荒芜、森林锐减。1908—1938年，滥伐森林9亿多亩。1910年，仅铁路公司就砍伐了62万英亩的森林，生产1.24亿根枕木，相当于40亿立方英尺的木材，占当年全国木材产量的10%。

罗斯福的首席顾问、助手，美国第一代赴欧洲受过专业训练的森林专家吉福德·平肖有个预计，按照1901年的挥霍速度，无烟煤矿仅够用50年，烟煤可用200年；最惨的将是林木资源，最多能用上30年。

除此之外，与早期白人移民掠夺野牛一样的破坏劲头，正扑向北美各地原本丰富的野生动物资源。海狸，在马萨诸塞海岸一带早绝迹之后，逐渐在新泽西、宾夕法尼亚、威斯康星、明尼苏达，和纽约的大部分地区绝迹。南卡罗来纳州，不“黄鼠狼”了；密歇根州，非“狼獾”了。旅鸽，一种比鸽子略大的长尾巴飞禽，其数量在北美高达50亿只，初踏北美的法国探险家们，曾为其壮观的飞群所震撼：弥漫天际的鸟群，遮蔽了日光，浩浩荡荡的迁徙队伍，持续飞行可达数天之久。但1914年，全球最后一只旅鸽“玛莎”，在辛辛那提的动物园里，孤独地死去……

罗斯福两届总统当下来，只有8年。可以不管30、50年，乃至200年。

但是，他认为自己的施政政策，不只是为了现在的人们，更是“为了尚未出生的人们”。

上任伊始，罗斯福头把火就对准垄断利益集团。在国家经济命脉的铁路、石油重要领域，拆散两大托拉斯。1902 年，他大幅度扩大国家森林保留地的面积，任上总共划拨 1.49 亿英亩土地，归入国家森林保留地。1903 年，在佛罗里达，他设立第一个国家鸟类保护区，这是美国野生动物庇护系统的雏形。1905 年，罗斯福推动立法，将农业部下面的森林署升格为国家森林局，将森林管辖权由内政部土地管理局转归森林局。1906 年，他签署《文物法案》和 5 个国家公园法律，决定建立 51 个鸟类保护区、4 个游憩保护地、18 个新建国家纪念碑、150 处国家森林。

1907 年，罗斯福说过这样一句话：“没有孩子的人，将面临无望的未来；一个没有树木的国家，几乎没有希望。”

据此，美国是最早提出国家公园概念的国家。迄今为止，共有 60 处国家公园保护区，面积都是超级大，完全是开车得开到死的节奏。

凡涉及生态之事，无论大小，罗斯福无不过问。他要求对纽约州森林资源作出详细调查，对阿迪朗达克山脉、卡茨基尔山脉妥善保护，开发为供民众游览的公园。他亲自检查某些锯木厂和纸浆厂执行法律的情况，严禁其将废物废水倾倒溪流中，以免水质受到污染。为了保护鸟类，他直接下令禁止纽约州的工厂生产鸟类羽毛的装饰品。他不徇私情，通过司法途径，将西部一些用欺骗手段盗窃国有森林的林业巨头，拿下定罪入狱。他多次在白宫召集全国州长们，讨论、商量对于水、森林和其他自然资源的有效规划、使用问题。一次，在开场白里，他这样说：

> 请珍惜这些自然的奇迹，珍惜自然资源，珍惜历史和浪漫，将其视为留给你的孩子，和你的孩子的孩子的神圣遗产。让我们将她们保护起来，不要让自私和贪婪的人，把这些属于国家的美丽、财富和浪漫，从我们身边夺去。

会上，他以儿童式的义愤、警察总局局长般的明快，下了一道著名的命令——立即捕杀西部落基山脉凯巴勃森林中的狼群，以保护鹿的繁衍。之后，狮子、狼等食肉动物，被捕杀殆尽。原本4000多只鹿，生物爆炸一般，呈几何级数迅猛增长，十几万只伸缩自如的可爱脖子下，树上的枝叶扫荡一空，树皮遭啃噬，惨不忍睹。再有几年，著名的凯巴勃森林，就得从地球上消失。罗斯福为此悔青了肠子，直到90年后，美国政府还在推动“引狼入室”计划。

但他罕有后悔的时刻，即便要冒天下之大不韪。

参议员富尔顿，在向国会提交的一份证词中认为，罗斯福利用职权将大量土地置之不用，严重浪费土地资源，阻碍农业的发展，要求剥夺总统设立国家森林保护区的权限。这份俨然为农民请命的修正案，博得社会舆论和大多数议员的掌声，眼看在国会通过、在表决前的最后几分钟，即总统失去赋予国有林地管理权的签字权的最后一刻，罗斯福发布行政命令权，再指定建立另外21个森林保护区，计1600万英亩的新国家森林保护区。这一拳，狠狠地揍在了国会脸上，脚又踩上舆情这条粗大响尾蛇的尾巴。前者可以弹劾他，后者可以搞臭他。

日后，他这样写道：“在任何一个艰难决策的时刻，你所能做的，就是选择自己认为正确的事情。而最糟糕的，就是什么都不做。”

这些努力，使全美在公共管理保护下的森林面积，达到93万平方公里，接近国土总面积的10%。在当时人们梦中放个屁几乎也有金屑子喷出来，红了眼珠子的资本秃鹫无处不在巡弋下的美国，“任何一个白痴都会毁树。树木不会跑开，而即使它们能够跑开，它们也仍会被毁，因为只要能从它们的树皮里、枝干上找出一块美元，获得一丝乐趣，它们就会遭到追逐并被猎杀”[①]。能庇护下来这样大片明净的山水，几乎得有燃指为香的意志与勇气。

1905年12月，清朝预备立宪，慈禧派载泽、端方等五大臣，出国考察政

① 美国现代环境主义先驱约翰·缪尔语。

治。在美国，总统罗斯福向考察团详解共和体制时，说道：“在美国，心头遭撒盐，身上被补刀，最多的人是他本人。”浑如听了天书，考察团成员个个一头茫然。

1912年10月，就在离下届总统大选开始还有三周时，罗斯福遭到枪击。袭击发生在威斯康星州的密尔沃基。当时，他刚刚离开宾馆，准备乘车去发表演讲，一个叫约翰·施兰克的激进分子跑过来，向其胸部开了一枪。他当时的感觉，好像是被骡子踢了一脚。子弹打进大衣的暗兜，射穿铁制的眼镜盒，然后又穿透50页厚的演讲稿。这些减慢了子弹的速度，使子弹只进入其胸口几厘米深。罗斯福用手捂住嘴咳嗽，发现没有出血，他知道，子弹没有伤到肺。他命令周围的保镖住手，不要再揍施兰克，并坚持要先去演讲。

演讲时，他的声音很低，像是轻风徘徊，全靠扩音器放大。他说：“请你们保持安静，允许我发表一个长篇演讲，我将尽力而为，但我的身上有一颗子弹。”停顿了一会儿，他又接着说，“没事，我的伤势不严重，我有话要说，只要我活着，我就要把这些话说出来……”

1919年1月6日，纽约长岛的家里，罗斯福在安静的睡眠中悄然而去。

当医护人员将他的遗体从床上移走，发现枕下还放着一本才看了一半的书。当时在场的副总统马歇尔，动情地说：“死亡必须趁他安睡时把他带走，因为罗斯福如果醒着，必定会与死亡搏斗！”

有的政客，唯在时空近处，才可见其“英明”“伟大”；而其背影，由于各种欲望的缠扰，总是有些做作、矫情，显得不真实、不自然，使其形象大打折扣。罗斯福，则是越走向历史深处，其背影越彰显不凡，即便落下笑柄，也感其乃有山风海骨之人。

在出任总统的8年里，他终结泡沫横飞的镀金时代，推倒骗子横行的资本丛林，让权钱交媾的垄断巨兽变成断墙边哀号的野猫；他极为重视海军建设，海军一跃为美军第一大兵种，改变了美国军事战略发展的方向。其一生著述、译作很多，是美国历史上著述最勤奋的总统，还是第一个出国访问、第一个获得“诺贝尔奖”的美国总统，首位与中国友好接触的美国总统。

1904 年，美国圣路易斯市召开世界博览会，中国参展物品中有一件特殊的展品——由美国女画家凯瑟琳·卡尔所绘的慈禧太后的画像。画像宽 6 英尺，高 12 英尺，上有题款，框架配有精雕的图案。画像中，慈禧身穿冬季朝袍，披一件珠翠披肩，头上珠宝饰物，雍容华贵。博览会后，清朝特使将此画像作为大清的礼物，送给美方。罗斯福特意在白宫举行庄重的仪式接受画像，后将其交由美国国家博物馆收藏。

1907 年 12 月，罗斯福的总统咨文里，要求国会授权退还大清“庚子赔款”，作为资助中国留美学生之用。“我国宜实力帮助中国厉行教育，使此巨数之国民，能以渐融洽于近世之境地。援助之法，宜招导学生来美，入我国大学及其他高等学社，使修业成器，伟然成才，谅我国教育界必能体此美意，同力合德，赞助国家成斯盛举。”

次年，美国正式宣布退还“庚子赔款”的半数，计 1160 余万美元，在西方世界开了先河。至 1929 年，中国计派遣留美学生三批，共 1279 人。其中，80% 学农业、机械工程、矿业、物理、化学、铁路工程、银行等，其余 20% 学法律、政治、财经、师范等。

第一批留学生中，有日后的铁路工程师詹天佑、开滦煤矿总工程师吴仰曾、北洋大学校长蔡绍基、清华大学校长梅贻琦、民初国务总理唐绍仪、清末交通总长梁敦彦等；第二批留学生里，出了大名鼎鼎的胡适、语言学家赵元任及气象学家兼地理学家竺可桢等一批优秀的科学家。中国近代科学发展中的许多新学科的创建者，大多来自这些留美学生。1909 年 6 月，为招考、培训留美学生，美国又在北平设立游美学务处。1911 年，改建清华留美预备学校，人称“赔款学校”，其教育宗旨为“造就中国领袖人才之试验学校”，这就是今日清华大学的雏形。

罗斯福很多洋溢个人魅力的做法，白宫以后的主人们，总会有意无意效仿。一位当年罗斯福的政敌说："当未来的历史学家，在谈论西奥多·罗斯福时，会说他做了许多杰出的事情，但是，他最伟大的工作，就是大力倡导和推动对自然资源的保护，对美国的未来、人类的未来，有着深切的关怀。"

担任总统期间，1902年到1908年的7个夏天，罗斯福都在沙卡莫山的家里处理政务、接待宾客，这里也被称为"夏日白宫"。傍晚，沿着林中参天大树下的小径，走到尽头，就是冷泉港的一段海滩。罗斯福和夫人，经常散步来此。海边天光水色，一片嫣红，"痴儿了却公家事，快阁东西倚晚晴"。"在美国很容易做到拥有一个面积较大的私人庄园的事实，以及美国人普遍的迷恋大自然、'忘情山水'的性情，这些看来与政治离题万里的自然和人文环境，都使得政治家更容易还原成本来意义上的常人。"①

与打下江山却不坐江山、酷爱田园生活的华盛顿一样，结束总统任期的罗斯福，也归隐、终老于自家的沙卡莫山庄园。

至今，许多美国人，还经常想起他、看到他——南达科他州基斯通附近的拉什莫尔山上，有4个高达18米、宏伟的前总统头部雕像，分别是华盛顿、杰斐逊、老罗斯福和林肯。这四位总统，被认为是代表了美国建国150年来的精神与历史。

20世纪20、30年代，没有被"一战"所惊扰的美国，诚如托克维尔预料的那样，已接近全球最富有、最强大的国家之一；他所期待的文明开化之人，在北美新世界里，不只是瓦尔登湖边梭罗孤独的咏叹、内布拉斯加荒野上莫顿的呼喊、冷泉港的海滩边罗斯福的徜徉，文明开化已成普世之势。

太多的有识之士，20世纪初，美国最杰出的环境主义者之一的约翰·缪尔，生态学家埃伦·理查兹、乔治·马什、克莱门茨，林务官吉福德·平肖、富兰克林·霍夫、卡尔·舒尔兹，林学家富兰克林·霍夫、查尔斯·萨金特，博物学家约翰·米尔，作家夏多布利昂等都有过精彩的论述。

---

① 林达：《近距离看美国——总统是靠不住的》，生活·读书·新知三联书店2013年版。

拉什莫尔山上的四个总统雕像（右二为老罗斯福）

除了森林以外，美国没有什么是古老的……它们当然是纪念碑与祖先的对等物。（夏多布利昂）

走向森林，就是重返家园，我认为我们人类最初就是从森林中来的；

造物主创造出动植物的首要目的，是使它们中的每一个都获得幸福，而不是为了其中一个幸福，创造出其余的一切；

不是为了人类而关心大自然，而是为了关心大自然，而关心大自然；

每个人在需要面包的同时，也需要美丽，需要一个地方去休闲和祈祷。在那里，大自然可以使人的心灵和肉体得到医治、放松和恢复活力。（约翰·缪尔）

……

在美国，国民里至少两代人，理解森林是整个自然资源良性循环的关键，体察水土保持、环境美化、野生动物的生息繁衍、林木资源产业的发展等，无不与森林息息相关。随着罗斯福任上国家森林保护基本框架的落地，美国自然资源保护历史上第一次翻开壮美的篇章。尤其在新英格兰地区，天然森林又呈现出郁郁葱葱的景象。其林地范围，要比过去 200 多年来的林地范围大得多。

1933 年，富兰克林・罗斯福（1882—1945 年）担任第 32 任总统。为与其远房堂叔西奥多・罗斯福区分，世人常称前者为小罗斯福总统，后者为老罗斯福总统。有趣的是，这对叔侄相似的地方太多：

都出生在纽约，哈佛大学毕业后，都进入哥伦比亚大学法学院。从政后，都做过纽约州州长。老叔少年时因严重哮喘，几乎丢了一条命；侄儿中年，在扑灭一场林火后，跳进冰冷的海水，因此患上脊髓灰质炎症，使其日后不得不坐起轮椅。老叔在拉什莫尔山上，与另外三位伟大总统华盛顿、杰斐逊、林肯比肩。轮椅上的侄儿，成了荼毒欧洲的德国、暴踩亚洲的日本的灾星。“二战”结束后，美国的实力达到了巅峰，侄儿是美国历史上迄今唯一连任超过两届（连任四届，病逝于第四届任期中）的总统。许多公园和学校，一艘航空母舰，一座巴黎的地铁站，以及在美国及全球数以百计的街道和广场，都以他的名字命名。

比起老罗斯福，小罗斯福在自然资源保护上，有过之而无不及。

初上任，他通过建立民间资源保护队，将植树造林、森林防护、治理水土流失与解决失业联合起来。从 1933 年春到 1942 年夏，美国采用完全军事编制化的民间资源保护队，先后动员和征募约 300 万失业工人，在遍布全美的 5000 个野营工作站，从事森林、土地资源保护和国家公园游览设施建设等巨大工程。到 1942 年，共种植 4400 万棵树木，控制、扑灭 114 场火灾。

19 世纪中叶以后，美国中西部大草原地区，人口显著增长，高强度放牧和无节制垦殖，导致草原生态系统的破坏。每逢西部沙尘暴肆虐，仅仅几天里，张牙舞爪，如墙浮移，掠过美国 2/3 的土地，刮走 3 亿多吨沙土，使得大半个美国铺上一层厚厚尘土……因罗斯福亲自策划、部署，被称为“罗斯福防护林工程”的项目，于1935年春正式启动，沿着99°经线，从达科他到德克萨斯的大平原上，耸立起一条100英里宽、1150英里长的防护林带，以达到防风固沙和水土保持的长远目标。1942年该工程建设结束，共种植乔灌木2亿多株，分布在北自加拿大边境、南至墨西哥湾的6个大草原州的3万余个农场里。人们共种下2.23亿棵树，造林面积近3万平方公里，使中西部环境大为改观。

在此期间，各地轰轰烈烈的植树造林活动显示，植树造林、保护生态环境，已成为美国的社会主流意识之一。

美国马萨诸塞州东部的康科德城外的瓦尔登湖

一种世俗宗教

1962年，美国海洋生物学家雷切尔·路易丝·卡森，跨界写了一本书《寂静的春天》，书中提供了由于杀虫剂、除草剂的过量施用，造成野生生物死亡的证据。此外，此书还有两个主要观点：第一，大自然是一个完整的系统，破坏了其中任何一个环节，必将导致整个系统的破坏。第二，人类作为地球上最高级别的物种，必须对所有生物的生存和整个地球的存在，负起责任。

书尚未出版，卡森受到杀虫剂生产商和有农业部背书的一些媒体的攻击，说她“不务正业”，“危言耸听”，甚至称她是“一个歇斯底里的女人”。书出版后，有大公司施压，要求禁止发行，却在社会上激起更大反响，卡森收到几百封请她去演讲的请柬，邀请方多是学校，尤其是大学。其时，美国大学一般开设有环境史的课程，研究生院还有环境学研究的课题。“二战”前，升入大学者，仅为高中就读人数的1/3；而到这时的“婴儿潮”一代，上大学人数几乎两倍于他们的父母。有学识、有情怀的年轻人，捧红了卡森，这本书长时间成为全美最畅销书之一。

随后，大批大学生和年轻专业人士加盟、参与，20世纪70年代，全美民间环保组织，“忽如一夜春风来，千树万树梨花开”。十大环保组织中，有塞拉俱乐部、奥杜邦协会、荒野协会等传统的资源保护组织。如塞拉俱乐部，也有译为山峦协会、山峦俱乐部和山脉社（1892年5月，成立于加利福尼亚州，拥有百万会员，多为热爱远足登山和有保护地球荒野意识的人们），约500名受薪职员，除旧金山总部，还在华盛顿及为众多的州设有办事处。也有美国环保协会、自然资源保护委员会、资源保护选民同盟、地球之友等历史并不长的组织，如美国环保协会，成立于1967年，总部位于纽约，超过200万名会员，以科学家、律师为主。此协会全职人员600余人，并在美国、英国、墨西哥，设有12个办公室。1991年起，正式进入中国。

越来越多的民间环保组织，“吟鞭东指”，去华盛顿特区设站驻点。要在江湖混，最好是特区，有的干脆将总部迁往首都，以便开展政治游说，影响政府决策。在特区设立办事处的各类环保组织，大约有70个。12个全美最大的民间环保组织的游说人员，频繁出入于白宫、国会山的，1975年为40人，1986年达到88人。在一排大白牙的闪亮中，个个说辞如急管繁弦，动情似老戏骨入戏。

能够招兵买马，风头渐劲，当然与经费增长有关。进入20世纪90年代，十大环保组织年度所获经费总额，从1965年不到1000万美元，上升到1985年的2.18亿美元；而1990年，达到5.14亿美元。仅美国环保协会，每年有40万会员交会费，多者有1000美元以上。1982年，塞拉俱乐部、资源保护选民同盟，开始支持候选人竞选国会议员，它们支持的48位候选人，有34位成功当选。1988年，资源保护选民同盟支持的76名国会议员候选人，有60人成功当选；1990年支持的133人中，有84人当选；1992年支持的186人中，又有108人当选。在联邦一级的选举中，环保组织直接的政治捐款不断增多，1986年为35.5万美元，1990年为62.9万美元，1994年达到1292万美元。这些捐款，90%以上来自像塞拉俱乐部、美国环保协会这样兵强马壮、粮草丰足的民间团体。

它们有多牛呢？不妨举两个例子。

1966年，美国垦务局打算建造两座将淹没一部分科罗拉多大峡谷的水坝。环保组织知道后，第一时间，在全美影响最大的两家报纸《纽约时报》《华盛顿邮报》上，同日刊登整版广告，通篇粗大黑体字：“这次他们想淹没的是科罗拉多大峡谷。”又问：“我们是不是也应该淹没西斯廷教堂，好让游客亲近穹顶呢？”

1999年，朱镕基总理访美期间，中国国家环境保护总局与美国环保署，共同签署“在中国利用市场机制减少二氧化硫排放的可行性研究”的合作意向书。作为美国政府的代表，美国环保协会被指定为该项目的实施合作伙伴。

至2018年，美国环保协会在华的“朋友圈”，遍及大型企业、地方政府、大中学校和民众。他们为企业的减排行动提供技术支持，与重点省市共建“绿色供应链”区域合作联盟，引导更多企业开展环保行动，并为在华留学生提供环境领域实习机会……

20世纪70年代以来，美国颁行的大量环保法规和政策，汗牛充栋，如梳如篦。相关企业的后颈脖子上，感觉有“刽子手”的手，越来越逼近那条能落下斧子的骨缝，不由得生出逃脱之心。环保组织也有极端成员，以环保之名，否定人类文明必需的进程。在他们的激烈言辞里，一般美国民众衣食住行及生活方式，也是对自然不堪的罪孽。他们采取的示威、封锁和纵火等手段，在一些地区引起很大的震荡，导致原本初心支持环保运动的部分民众，再瞧他们，就是一群手中拿着锤子，见满世界都是一颗颗钉子的偏执狂。

1981年，好莱坞演员出身的里根，当选第40任美国总统，有意无意地读错了“脚本”，在其任内将政府的钟摆拨向另一头。内政部部长詹姆斯·瓦特，实行一系列倒退举措：准许在荒野区探矿，扩大国家公园特许开发商的经营范围，开放西部更多的牧场，在有争议的大陆架进行油气开发等。环保局局长安妮·戈萨奇，其部下中有与该局职责有重大利害冲突的埃克森公司、通用公司等大公司的顾问和律师，粉墨登场，担任要职；其任内，环保局的预算削减2亿美元，裁员23%……

各方的反环保势力，大气长舒，顿感炸鸡配啤酒，无比畅快。

20世纪60年代成立的造纸业行业组织——森林与河流协会——招兵买马，开展科研，企图证明控制污染在科学上系空穴来风，对经济发展有害无益。最为中坚的是名为“西部反抗”（Sagebrush Rebellion）和“明智的利用”（Wise Use）的两大反环保运动。它们首先在内华达州兴起，犹他州、亚利桑那州、怀俄明州和新墨西哥州等西部州，相继跟进。它们的诉求，是将西部大片联邦公共土地的所有权，移交给西部各州，以规避联邦政府对开发这些土地的限制，并防止联邦政府将来出台更多、更严厉的限制开发的政策。其主要成员，有工商企业、房地产开发商、农牧场主及利益集团，甚至普通的农民和工人。后者担忧严格的环保政策，将导致企业倒闭或迁徙，或杜绝使用农药、化学肥料后，农产品产量会大幅滑坡。很多公司、农场主，在阳光下站出来，乐呵呵地为反环保运动背书，并提供活动银两。

一度，“明智的利用”运动，拥有500个合法组织，约500万名积极分子，1.2亿名同情者，仅其属下美国农场组织联盟的人数，就达到400万。正是在两军的强力对阵中，环保运动的“十人帮”，践行“全世界无产者联合起来”，倡导建立该运动的长效合作机制。整个20世纪80年代，这十大环保组织，主席们定期集会，轮流坐庄，共同商讨对策和协作配合。诉讼是它们使用最有效的手段之一。1989年3月，联邦法官签署在华盛顿州和俄勒冈州限制销售木材的法令。在木材行业的要求下，国会在拨款法案中附加了一则条款，声称国家土地管理局和林业局的木材销售，不在限制之列。“十人帮”认为，国会此举违反三权分立原则，附加条款因违宪而无效。联邦巡回法院后来裁定，确认无效。西北国有原始森林，就此岿然不动。

我曾在西雅图郊外的一间民宿住了几晚，那周边路边以及附近住宅区的后山上，几如万顷海水陡然起立又压下来的壮硕浓绿，确实令人震撼！

即便是在20世纪80年代，美国民众每年对“十人帮”及其他用于公共环保组织运作的捐款，仍然高居2000亿美元，约占国内生产总值的2%。如果按照中国GDP发展水平来折算，中国人得有200亿美元捐献给环保事业，实际上远远达不到这个数字。自然资源保护委员会的负责人约翰·亚当斯，1989年回忆说，协会成立的最初几年，“我们每次参加国家环保署的会议，他们总是不理不睬，还想方设法把我们打发走……好在现在再也不会出现这种事情了。我们去环保署会见任何人，不论是参议员、众议员、州长还是总统，只要说起环保，他们都得听。我们说的话，他们不一定都感兴趣，但在社会上，我们是受人尊敬的，我们代表的是选民，要表达他们的心声”。

在美国的政治思想图像里，小政府、低税收，与强政府、高福利一直博弈，优胜劣汰与公平正义一直博弈，普世主义与美国利益一直博弈，白宫、国会以及无冕之王媒体间一直博弈。从来没有一个举手如林、全票通过的佛系大会，没有一派风调雨顺、波澜不兴的风景。

双方摩擦、打斗，纠偏、磨合，猫一出，狗一出，还忽而闯来一只黑天鹅，激烈处，闹到政府关门，联邦雇员停饷，脱口“Fuck-you”，但趋势的钟摆，或左或右、或长或短总是会落到一个比较稳定合理的位置。美国历史学家理查德·霍夫斯达特说：“如果没有不断的反对、抗议和改良的传统，以美国所处的时代和位置，其制度就会成为纯粹的弱肉强食的原始森林，大约不会发展成现在这样出色的生产和分配的制度……”

无论是一个总统，还是一个政党，或者一个普通的民众，走进新英格兰地区莽莽苍苍的大森林中，遥想一个新国家的起源，居然离不开木头；或者来到拉什莫尔山下，仰望那四座日夜俯瞰这块巨型头部雕像，华盛顿、杰斐逊、林肯外，被认为奠定了美国20世纪基础的西奥多·罗斯福，其面部棱角分明，一幅秀丽的眼镜中，透出炯炯目光，似乎在说，后人做着，前人看着……

谁都会承认，从原本不计环境代价的拓展，到主动安抚，保护森林、野生动物、矿山、油气、水力等各项重要资源，环境保护主义在美国，已经成为一个广为接受的社会思潮。生活在太长的安稳静好岁月，甚至社区里改置一个路灯，路边压死一头驼鹿，都可能成为新闻的美国人，普遍认定环境问题是最重要的“政治正确”；而环境保护，几成一种世俗宗教。

连众多商业公司，也不得不顾及这一社会现实，对公司的生产、商品，进行绿色包装，树立环保形象，制定绿色战略，即可持续发展战略，并努力从中获得经济效益。

杜邦公司是美国最大的化工企业之一。1999年，该公司宣布，到2010年，“公司温室气体排放量，将在1990年的基础上减少65%，其能源使用总量与1990年持平，而且，其中有10%属于可再生能源”。2003年，杜邦公司被美国环保署授予“绿色化工企业奖”。21 世纪以来，沃尔玛要求其在美国所有连锁超市，逐步实现 100% 使用可持续能源；3 年内减少 25% 的固体垃圾，2 年内所有私人品牌精简产品包装，每年减少 5% 的包装材料。2004 年，沃尔玛要求旗下 6 万家供应商，必须制订自己的环保计划。以生产厨具、浴具、工具等著称的家得宝公司，2002 年底，全面停售来自生态脆弱地区的木制品。在一家汽车租赁公司赞助下，全美植树节基金会和联邦农业部合作，发起“5000 万棵树承诺”活动，计划自 2007 年起，连续 50 年，在全美范围内每年植树 100 万棵。这样私营公司赞助植树的例子，年年见诸媒体。

再说一座大学和一个人吧。

位于美国加州旧金山湾区南部的帕罗奥多市境内的斯坦福大学，通往其主校门的是长达一英里的棕榈大道。道路两边，植有 166 棵棕榈树，这是 1891 年由斯坦福第一任校长向大学创办人老利兰·斯坦福夫妇建议栽下的。这些高耸蓝天碧云的棕榈树，壮丽、磅礴，十来米一棵，一眼看不到头，齐刷刷的，像是迎宾的仪仗队；那浓绿的大阔叶，又像是年轻人向理想张开的无垠翅膀，让人想起斯坦福的校训，“让自由之风永远吹拂”。

作为中轴线的棕榈大道外，在校园其他地方，到处可见规模相对较小的棕榈小道，它们与传道堂式、黄砖红瓦的主体教学楼及其他建筑、庭院、塔楼、广场、山麓，融为一体，体现鲜明的地中海风格，在古典与现代的交相辉映中，溢满浓厚的文化和学术气息。根据 2019 年的资料，斯坦福大学 1300 多位教授中，有 19 位诺贝尔奖得主（加上校友，共 83 人）、5 位普利策奖得主、100 多位美国艺术科学院院士、163 位国家科学院院士和 21 位国家科学奖得主。美国最高法院的 9 个大法官，有 6 个是从斯坦福大学的法学院毕业的；引领全球科技前沿的硅谷，是在此出发的……

1997 年，一个名叫朱丽娅·希尔的少女，为保护北美一棵名为“月神”的海岸红杉树不遭砍伐，爬上这棵约 55 米、有 18 层楼高的树上栖居。她住在一个小吊床上，开始以为，顶多只待上三星期，不料却经历了两轮寒暑。

斯坦福大学校园景色

每当风雪来临，她只用一块蓝色帆布遮挡；无法洗澡，只能用一块海绵，接雨水擦身。她不断地告诉劝其下树者，什么样的艰难困苦，都苦不过一棵树倒下的惊天动地一啸。她一直住了 738 天，直到这棵树的所有者——太平洋木材公司——终于让步，承诺不会砍伐该树。当双足再次踏上泥土，这个牧师的女儿，如见天堂，喜极而泣……

北美大地上，阳光四射，像穿着冲锋衣、戴着头盔满世界乱转的快递男。丰腴、雍容的森林，反射着阳光，恍若树冠上洒满散金碎银。峰峦肃穆如教堂，丘陵连绵宛若长歌。歌中，隐隐约约，有岩羊踩下岩壁碎石的滑落声。风惊雨过的枝头上，有美洲红雀、知更鸟的叫唤……

H. 我之“投票”

星云大师说，自古以来，人类从神权、君权发展到人权，讲究人人平等，现在更应强调“生权”。

大师又说，我们来到人间，不是为了烦恼而来，不是为了斗争而来，不是为了互相对立、较量而来，我们是为了欢喜、友爱、融合而来。像这样的欢喜、快乐，不是一个人的，也不仅仅是属于人类，是为地球上一切生命所需要……

我的哭墙！我的香格里拉！

假若在全球设立一个评价世界各国生态系统的“金酸梅”“金扫把”奖，作为最具资格的评委，我会毫不犹豫地将“最差影片奖”投给巴西。

2019年8月19日下午，滚滚无边的黑色浓烟，巨兽般扑向巴西的朗多尼亚、帕拉和马托格罗索州等州。城市很快变成长夜，民众陡然跌入“地窟”。7月底、8月初开始，巴西的亚马孙热带雨林开始燃起熊熊大火。本该是地球上最绿的地方，却如无产阶级的《国际歌》所唱，“这是最后的斗争”，被烈焰烧成一片通红。燃烧产生的浓烟，继续升空，化为一层层乳胶般的白色物态，像是凝固在高空，从卫星上可以清晰地看到。据当地网民报道：整整三周，野火没有被扑灭的迹象，不见消防车、直升机出动，本地居民似乎也真关进地窖里出不来了……

2019年里，亚马孙热带雨林已发生超过7.4万次火灾。这个数字比2018年同期增加85%，也打破了自2013年来的纪录！单是在8月份一周之内，就有9507起森林火灾。巴西媒体一直声称，这是意外野火所致。全球不少网民以为，在湿润的亚马孙雨林，惊天大火延绵不绝，绝非偶然。

亚马孙雨林，是地球上最大的热带雨林，经常听到一种貌似权威的说法：“全世界20%的氧气来自亚马孙”，亚马孙雨林可称为“地球之肺”。科学家对此存有很大争议：树木“吸食”二氧化碳，然后放出等量氧。大气中二氧化碳含量才不到 0.5%，要吐出全世界 20% 的氧气，这叶穷尽洪荒之力的“地球之肺”，早就爆仓了。

牛津大学环境变化研究所给出的占比数字是 16%；2014 年至 2018 年，加利福尼亚州科学院执行主任、著名环境科学家乔纳森·弗利，考虑到海洋浮游植物也会参与产氧，将这一占比数字大幅压低为 6%—9%。牛津大学奥里尔学院生态系统科学教授、英籍印度裔马尔霍（Malh）带领的团队，在收集来自迷人但有时艰难而偏远的森林的密集野外数据方面，享有盛誉。他的观点是，树木既呼出氧，也消耗氧，白天积累的糖分，夜晚转化为能量，此过程的耗氧量，达产氧量的一半。而且，无数微生物分解有机物，也要耗氧。他的结论是，“亚马孙雨林，或者任何生物群落的氧气净贡献值，基本为零”。

科罗拉多州立大学气候科学家和大气科学教授斯科特·丹宁，认同这一结论——人类“呼吸的氧气，是海洋浮游生物留下来的，它们在几十亿年里不断积累氧气，形成了可供呼吸的大气”。

精确地说，亚马孙雨林不是“地球之肺”，而是地球之“格力”。

来自大西洋的水分，在森林里形成降雨，雨林的深层根系吸收雨水，经叶子表面重回大气，所有的水分宛若一条“空中悬河”，再发生从下雨到蒸发、上升等一系列过程，每个水分子能循环 5—7 次，然后回归大气或者亚马孙河。雨林中只需要刮过一阵清风，空气就会搅动起来，变得更加湿润。和中非、亚洲的热带森林一样，亚马孙森林，是阻击全球气候变暖的强大屏障。

亚马孙雨林，也是地球最具生物丰富性的热带雨林，孕育地球上 40% 的动植物种类，从异常鲜艳的箭毒蛙、巨型食蚁兽，到狮绒猴、珠色鹦哥、蜇人如中弹般痛楚的子弹蚁，它们在其他地区罕有发现。这里每 400 平方米的植物种类，堪比美国一个州的还要多！其对维持地球生态平衡，具有不可替代的作用。

亚马孙雨林，有 64% 的面积在巴西境内。过去 50 年里，巴西森林面积的

17%（已超过法国面积）转为开发道路和水坝建设、伐木、采矿、种植大豆和办养牛场。1990 年至 2010 年，巴西毁林面积由 4150 万公顷上升至 5870 万公顷。巴西还是全球最大的木炭消费国之一，在雨林里砍伐的树木，一部分制成木炭，供应全国 70% 的发电燃料。2004 年后，在当局努力遏制、打击下，形势一度有所逆转，2005 年森林砍伐量开始下落；2009 年，森林砍伐量降到 100 万公顷上下，并一直维持到 2015 年。此后，雨林减少的速度，又如野马狂奔，2017 年一年里攀升到 400 万公顷。

其原因，多年前就为国际社会所确知。由于土地改革政策的失败，数十万小农，迁到雨林边缘地带，垦荒种地。跨国企业则肆意掠夺那里的铁、铜、铝土和其他矿产资源。铁矿和铝矿工厂，得有足够的电力，又大力兴建水库和水利电站。随着新的公路和铁路干线的修建，更多的移民会聚亚马孙河流域。与此同时，亚马孙河流域的农牧产品生产、交易，一发不可收。20 世纪 80 年代初期，巴西几乎不出口牛肉，而从 1990 年至 2002 年，其肉牛的产量从 2600 万头增加到 5700 万头。过去 7 年中，牛肉的出口量提高到原来的 5 倍。而英国曼彻斯特大学一位教授的试验发现，生产 100 克牛肉汉堡所释放的温室气体，足以填满 60 多个气球。

为了给庞大的牛群提供场地及饲料，原始雨林遭到进一步破坏。亚马孙河流域东部，牛群有一搭没一搭地漫步在广袤的原野上，若不是还有一些闲闲的灌木丛，偶尔也有一些光秃秃的树干直刺苍穹，或会以为这是早年的美国西部。仅仅几年前，这里还是一片茂密的原始森林。

2018 年 10 月上任的巴西第 44 任总统博尔索纳罗，竞选期间，就承诺将减少对森林砍伐的罚款和削减环境部门的公权力。他认为太多的原住民保护区、环境保护区，阻碍巴西经济发展，他考虑开辟一条穿越亚马孙雨林的高速公路，并继续大力发展核电和水力发电。当新总统进入总统府，其幕僚长证实：新总统将印第安人和非裔巴西人保护地的管理权划归农业部，又将合并农业部和环境部，以产生新的“超级部门”。他称此举得到农民和农业游

遭砍伐的亚马孙雨林

说团体的大力支持。但巴西前环境部部长玛丽亚·席尔瓦在推特上表示，这将是“一个灾难性的决定”。即将卸任环境部部长的埃德森·杜阿特亦认为，合并部门的政策对亚马孙雨林的侵害，将会很快得到反馈，“森林砍伐会迅速增加”。

不幸言中。自新总统上任以来，树木以每周超过两个纽约曼哈顿面积的速度消失。据巴西国家太空局数据显示，2019 年 7 月，境内亚马孙森林的被砍伐面积，与 2018 年同月相比，增加 278%。即这年夏天，巴西森林砍伐量已超过去三年的总和。这场大火清理出来的林地，也将被用作牧场或农田。政客们在思量如何凭“发展经济”的绚丽夕照，让自己如新星一样，早早又尽可能高地升起政坛；民间面对的是，如何将雨林放倒、放倒，尽快变现为金钱、更多的金钱，已经淤泥一样堵塞在脑袋里，磷光一样闪烁在瞳孔中。只是一切来得太快了，快得有农民没有工夫去将树桩给刨出来，而是直接在上面点上一把火……

占据亚马孙雨林最多的巴西，如今却成为世界上温室气体含量最高的地区，加剧了全球变暖。据世界气象组织 2019 年 6 月 28 日发表的声明称，2015—2019 年是地球上“自有记录以来最热的 5 年”！ 2019 年尤其如此，欧洲多国遭受热浪侵袭，比利时、德国、荷兰和英国的最高气温，均打破纪录。北极圈内，格陵兰岛单日融冰量高达 20 亿吨，仅在 7 月，融水体积就相当于 6400 万个游泳池。同月，中国天气网发布的全国“热哭”预警地图中，气温由低到高，被分为“热到膨胀”“热到扭曲”“热到融化”“热到蒸发”……

地球上数百万个物种，正承受气温变化所带来的压力。

尤其在海洋，以澳大利亚最为熟悉的大堡礁为例，正常情况下，大堡礁的珊瑚，会呈现出绿、蓝、黄、褐、红、紫等各种不同色彩。这些颜色非珊瑚本身具有，而是来自珊瑚体内的共生藻。共生藻密集分布在珊瑚内皮层的细胞中，对珊瑚的营养、新陈代谢和成长有很大帮助。海洋温度一旦过高，珊瑚将体内的共生海藻排出体外，共生的关系被瓦解，珊瑚即枯萎，由彩色退为白色，即白化现象。在 1998 年、2002 年、2016 年，大堡礁的珊瑚，也曾有过失色。但 2019 年里，有 1/3 珊瑚变成死寂的白色，彻底死亡。澳大利亚气候委员会就此发出一份报告：如果这种状况持续，到 21 世纪 30 年代中期，每过两三年，享誉世界的鲜艳美丽的大堡礁，将灭绝 2/3。然后某一天，再去大堡礁，只能见到一片白茫茫的“骨殖”了。

联合国政府间气候变化专门委员会（IPCC），也发出一份重磅警告——

全球升温幅度需控制在 1.5℃，而非《巴黎协定》提出的 2℃。如今貌似不觉的一点点气温的上升，对地球的打击都是致命的：若温度上升 0.5℃，北冰洋夏季无冰的可能性陡增 10 倍，海平面将会上升 10 厘米，99% 以上的珊瑚将消失。许多生物将濒临灭绝，许多天然景观将消失，海滨城市终将淹没……

比起未来，现实更让人揪心。据美国 CNN 报道，这 1.5℃的升温额度，已经被用掉 2/3。依现在的升温速度，尚剩下的 1/3 额度，地球将在 2030 年前花个一干二净。

倘若地球不想进入“自毁模式”，留给人类应对的，仅有短短11年。

2019年6月，时任德国总理的默克尔表示，她对亚马孙热带雨林站在沙漠化边缘的状态，表示极度担忧，7月在大阪召开的G20峰会上，与巴西总统进行直接对话。在7月与记者的一次对话中，巴西总统回敬默克尔，称“世界上没有一个国家，有道德权利可以谈论亚马孙”。他要求西方特别是欧洲国家，“可以放心做自己的生意”，但不准插手巴西的“环保事业”，因为“亚马孙雨林是巴西的，不是你们的”。

英国《经济学人》周刊8月份的一期，刊登头条文章《亚马孙丛林的死亡倒计时》，并配有封面照片：一个又一个白得晃眼、紧挨着的树桩，上有一行粗体字画过，“巴西有能力拯救地球上最大的森林，或者摧毁它”。

8月下旬，德国政府暂停原捐助保护巴西森林和生物多样性项目的3500万欧元，挪威政府也做出冻结向该项目继续贷款的决定。巴西总统先生又回应：“巴西不需要德国的资金来保护亚马孙”，“挪威本身有猎杀鲸鱼的陋习，不能成为巴西的榜样；挪威可以使用捐助亚马孙森林保护项目的基金，去协助德国造林”。

他还下令，禁止世界野生动物基金会、绿色和平组织、世界自然基金会等非政府环保组织在亚马孙雨林的一切行动。

亚马孙雨林啊，
我的滑铁卢，
我的庞贝城，
我的哭墙！

假若在全球设立评价世界各国生态系统的“奥斯卡”“金棕榈”奖，作为最具资格的评委，经过几番斟酌，我将“最佳影片奖”投给挪威。

我投给挪威，不是因为这个孤傲于欧陆北角的小国（称为“万岛之国”），有着世界上最长、最深邃的峡湾，瀑布从高达千米以上的悬崖奔腾而下；有咆哮的、蓝得让人心颤的海水，巨伟壮阔的冰川，耀眼无比的北极光；还有旷野的鲜花、幽深的村庄、葳蕤的森林、47 座国家公园。只需很短的时间，人们便可从都市来到宁静的乡村，或人迹罕至的荒野。大自然的鬼斧神工，辉映人类创造力的天马行空，太多“毒”目的景致。

相对于希腊神话与圣经神话，这里还有独特的神话体系：世界之树，又称为“宇宙树”或“乾坤树”，是这棵巨木的枝干，构成了整个世界；《尼伯龙根的指环》《老埃达》，众神之父奥丁，雷神托尔……若说希腊神话是古希腊人在爱琴海蔚蓝色的波涛中吟诵的愉悦诗篇，那么，它们便是斯堪的纳维亚半岛上的先民，坚韧不拔于极度荒寒的自然环境里的神奇瑰丽的想象。

挪威，被美国《国家地理》杂志评选为地球人必去的 50 个地方之一。

我投给挪威，因为这里鲜有战火纷争、宗教冲突，抑或是起义革命。与北欧其他几个国家丹麦、瑞典、芬兰、冰岛一样，明白自己既打不过西欧诸国，也对抗不了俄罗斯，没有巨额军费开支的必要，再有北欧五国政府廉洁高效，各国 80% 以上的财政收入，都用于经济发展、社会保障与医疗卫生，相当于大部分返还给纳税人本身。挪威的社会福利体系在全球范围内处于翘楚，好到生了孩子，父亲也可享有 46 周的带薪假。这里国民无忧无虑、生性淳朴、亲近自然，无论走在哪里，都能畅快地大口呼吸新鲜空气，尽情地畅饮湖水、自来水。这里人们崇尚简约，又非常重视生活质量，希望子孙后代亦能享有美好生活，“让眼前的景色，如初见般美好”这一理念，成为全社会的共识。2014 年 10 月，为了不让这片千百年来纯净的土地受到半点惊扰，以及杜绝承担 350 亿挪威克朗的巨大花费，执政的保守党议员对 2022 年奥斯陆冬奥会的政府财政保障，投下反对票；随即，奥斯陆市政当局，立即撤回其对政府财政担保的申请，退出冬奥会竞争……

我投给挪威，主要是为着这个国家在保护森林资源方面，一向走在世界前列。

挪威也曾有一段森林遭大肆砍伐的时期。19 世纪里，挪威一直是供应欧洲木材的主要输出国，森林工业是当地重要产业，民众也使用柴火取暖，再加上在林地中放牧，导致森林面积一年年减少。1919 年，挪威政府警醒起来，着手评估全国森林状况。首先是测量，包括森林面积的大小，哪些地区林木较茂密、健康，哪些地区较稀疏、脆弱。然后制定对应政策，划定可持续采伐林木的区域，及必须保留下来的森林，作为稀有或濒危物种的栖息地。政府规划数字之精准，连林地的枯木也有记录，因为枯木常常是昆虫的重要寄主。挪威全境，遍布 1.5 万个监测点。五年下来，可测量完所有的森林，然后开始新一轮的监测。等于每 5 年为一个周期，几十个周期下来，境内全无死角，持续至今。如今，挪威成功地拯救了濒临消失的森林，树木数量，达到 100 年前的 3 倍，每年的采伐量只有生长量的一半。其森林总量带来的环保效益，可抵消该国每年温室气体排放量的 60%。

挪威政府认为，这只成功了一半，接下来的挑战，更为繁复——森林如何面临全球变暖速度加快的气温变化。这个问题很棘手，所有树木的反应都不一样。除了外界气温和降水变化的影响，某种树木在生长过程中的适应能力，还源自它们的基因。目前，挪威政府正组织本国和丹麦等国的科学家，收集具体树木的特征和基因数据，开展与树木的生命历程信息相结合的研究，希望找到解决方案。

尤其让我心灿烂、我心飞扬的是——

早在 2008 年，全球有 60 个国家承诺在 2020 年之前，实现森林“零砍伐”。2014 年联合国气候峰会所发布的《纽约森林宣言》里，各国政府代表，又信誓旦旦：2020 年实现森林砍伐减半，2030 年完全停止森林砍伐，同时恢复数亿公顷的退化土地。2015 年底的巴黎气候峰会，到会的世界各国巨头，却未见对此目标作出承诺。

“山盟虽在，锦书难托。”

全球第一次“托”起，也是唯一一次“托”起，发生在2016年5月24日。这一天，挪威政府郑重承诺“零砍伐”，即禁止森林砍伐。公立机关、机构不再购买任何非法砍伐及与破坏森林相关的产品，如棕榈油、大豆、牛肉或来自雨林的木材等，找到能够替代它们的其他来源。国会同时承诺，推动立法，确保挪威遵守“零砍伐”原则。几年来，挪威雨林基金会一直在为承诺落到实处而积极工作，并呼吁欧洲其他国家，特别是英国和德国，也开始实现“零砍伐”承诺。

挪威啊，
我的维纳斯，
我的阿波罗，
我的香格里拉！

王道丰赡，佛系圆融

假若设立全球绿化环保运动的“奥斯卡”“金棕榈”奖，作为最具说服力的评委，几番斟酌下来，将“最佳导演奖”投给谁家，我仍有些犯难。

“江山如画，一时多少豪杰”，全球可圈可点的人物，实在是太多。读者读完这本书后，大概都会有各自的选择，你也一定有自己的判断。好在“模拟”是人类的一种生活常态——屡屡讲着别人的话、前人的话，其实心里并不认同；或摆出一副五花马、千金裘的样子，其实下一顿饭在哪里，还没有着落……

这颁奖，也是一场不必当真的“模拟”。

“最佳导演奖”，属英国女王伊丽莎白二世。

童年时代的许多日子，她在约克郡、苏格兰的乡村地区度过，喜爱森林甚于林荫大道，钟情马匹与小狗。她是现今世上唯一一个经历“二战”并在世的国家元首。当时青少年的她，加入支持战事的行列，开始帮忙包扎绷带、编织袜子，后来从事驾驶与修缮军用交通工具等工作，是一名优秀的机械师。在肯尼亚的一家树上旅馆，她得知父王乔治六世去世的噩耗，以及将由自己继位的消息，因此被当地人戏言为“上树是公主，下树是女王”。登基典礼于 1953 年 6 月在伦敦威斯敏斯特教堂举行，女王的加冕礼服上，选择了英国和英联邦各地的特色图案：加拿大的枫叶、澳大利亚的金合欢、新西兰的银叶蕨、巴基斯坦的麦穗、南非的荷花、爱尔兰的三叶草。15 世纪就开始使用的镶满钻石、红蓝宝石和珍珠的古老皇冠，对她显得有些沉重。加冕仪式前，她练习戴着，读报纸或喝茶。正式戴上，皇冠的穹顶被稍稍降低，小一些了，具有女性气质。

英帝国鼎盛时期，拥有 1300 万平方公里的土地。还是王储时，她几乎是在自己的国度里周游世界。20 世纪 50 年代后，全球殖民地纷纷独立，“从大英帝国改变为英联邦，女王功不可没，将自己的定位，从一个剥削非西方人的帝国的首脑，转变为宣扬跨种族、文化而融合的联邦元首”。英联邦国家虽有所增减，现今她仍持有 16 个国家元首的头衔。有的国家留在英联邦内，靠着的就是其个人魅力。她是英国历史上出访最多的国君，登基以来，正式出国访问 325 次，出席历届英联邦首脑会议。全球各地的民众，对女王的容貌都不陌生。她是世界史上出现在最多国家、地区的邮票和货币上的人，其中，就有中国的香港。

“二战”中伊丽莎白加入英军的女子辅助服务团

女王明镜似的明白，英国、英联邦需要她，以及各地民众对她的欢呼和热爱，不是因为她真是什么全才、超人，可在宦流沧海里晒博学、拿大顶，而是因为她所处的位置：在现行英国君主立宪制中，具有咨询权、褒奖权及警告权，却不得拥有个人的政治立场，保持超党派的角色，发挥稳定和平衡器的作用。有些英国小报曾说她圆滑，或王室冷漠、不近人情。她有一句名言："永不抱怨，永不解释。"

女王，其实也有鲜明的倾向。

一直以来，王室高高在上的形象被她颠覆，将二、三线的王室成员削减出去，减少王室开支。她走上街头和民众互动，一年大约会收到 7 万封信。私人秘书每天会向她呈报约 200 封信，她大多数亲自阅读后，交由员工负责回复。英国维多利亚时代以来，一百多年里，皇室每年举行夏季花园 party（聚会），这是初入社交界的贵族少女露面，并觐见皇室成员的场合，白金汉宫仍是重禁幽深所在。她登基后，凡皇宫的旗杆上飘扬的是君主旗，不是国旗，即表示她住在别处私人庄园，皇宫对外开放部分区域。迄今为止，白金汉宫已接待来自世界各地的近 400 万名游客。

每年夏天，她仍在此举办至少三次花园聚会。此外，在爱丁堡的荷里路德宫举办一次。宾客的范围，远远延伸到贵族以外的平民。一些聚会有特殊主题，1997 年，女王庆祝 50 周年金婚，受邀人员都是结婚满 50 周年的英国普通夫妇。2018 年仲春的一个晚上，英国将于次日召开英联邦政府首脑会议，50 余国代表齐聚伦敦，商讨环保等各项议题。新古典主义风格的白金汉宫，上演了一场灯光秀。当天晚上 8 时开始，各种造型的绿叶，投射其正面，给依旧凉风嗖嗖的伦敦 4 月夜晚，带来一丝丝热带气息……

打小起，她就爱在白金汉宫花园里玩耍、漫步。她曾一一算下来，这个占地 39 英亩、15.8 公顷的花园内，总共有约 1400 棵树、350 多种花。她几乎像熟悉英伦三岛一样，知道每棵树的历史。桑树是 17 世纪由詹姆士一世种下的，希望可以在宫里养蚕。蚕的品种选错了，结果一根蚕丝未见着。两棵巨大的英国梧桐树，由维多利亚女王和阿尔伯特亲王亲手栽下，两位是她的曾曾曾祖父母。两百年过去，浓荫匝地，枝条盘曲，有鸟雀曾在上面筑巢。看见它们在树上欢欢喜喜过日子，她感觉到祖先护身符一般的存在……

她也在白金汉宫种下许多树木。其中，她为自己的四个孩子——查尔斯王子、安妮公主、安德鲁王子和爱德华王子——各种过一棵橡树。几十年过去，这 4 棵树都枝繁叶茂，亭亭如盖了。女王登基 68 年以来，已在全球共种下超过 1500 棵树。她经常收到英联邦各国政府和民众的礼物，许多是苗木或植物的种子，特别是新品种，给她有闲时种植。礼物中还有柯基犬。她从 7 岁开始饲养第一只，至今她拥有过 30 多只，以至柯基犬成为当代英国王室的一个重要象征。赠礼清单上的动物，还出现过马、牛、大象、袋鼠、天鹅、鳄鱼、树懒和美洲虎。她会将这些动物捐赠给伦敦动物园。

过去几年里，女王一直在大力推行“女王英联邦林冠计划”。

此计划，最早由工党资深议员弗兰克·菲尔德在 2000 年提出，希望每个英联邦国家都能划出一块森林保护区，进行森林保育，最后构建一个全球性的森林网络。然而，当时应者寥寥，在英国三任首相那里，屡遭碰壁。直到有一天，女王站出来说，“世界上有许多国家，如果每个国家都坚持森林种植、保育，也许可以再次改变全球气候”。

她先后接见众多英联邦国家元首，商讨该计划的实施，对那些已经加入的国家亲自表示感谢。因春秋已高，出国渐稀，该计划里许多需要出国才能进行的事务，她派孙子威廉王子和哈里王子办理。加拿大北海岸的大熊雨林，占地面积 150 万公顷，比整个英国的树木还要多。威廉王子和凯瑟琳王妃到此访问后，当地政府宣布，西海岸的大片森林将加入保护区计划。哈里王子劝说伦敦市政府当局，将东部山脊 243 公顷的埃平森林，加入“林冠计划”；他飞去加勒比海的多个岛国，深入雨林，与当地的年轻护林员进行了解与沟通。又携已小腹微凸的梅根王妃，出访汤加王国，出席该计划在图普大学的相关活动……如今，两位王子的足迹，踏遍英联邦国家。

迄今，全球已经有 54 个国家和地区加入“林冠计划”，其影响正在抵达世界的每一个角落。除了英联邦内有越来越多的政府、民众投身于保护森林，其他国家的一些知名人士也参与了这个项目。美国著名影星、联合国难民署亲善大使安吉丽娜·朱莉，就是如此。朱莉是6个孩子的妈妈，其中3个孩子，是收养来自柬埔寨、越南、埃塞俄比亚的孤儿。她领着孩子们，来到自己诞下第一个孩子的纳米比亚，和当地人一起在沙漠种树，建立麟刺金合欢苗圃，救助野生动物，盼着能重新引回因失去栖息地而正在减少的“黑白兀鹫”。

安吉丽娜·朱莉对孩子们说：“女王是个非常可爱的女人，对全人类都非常关心。她希望在未来，你们的子孙，和她的子孙，都能够在大自然中尽情奔跑……我也非常赞同她。”

2017年6月，一个怡然的午后。

91岁的女王，邀请同岁的BBC当家主持人——大卫·爱登堡爵士——一起在白金汉宫的花园散步聊天。正式公开场合，总是各色粗花毛呢套装配同色帽子，显得高贵、优雅的她，穿一件碎花洋装，素净、淡雅，像一位尽职的导游，碎步走在前面，以接引步履略有蹒跚的爵士。

花园里玫瑰、月季开得正好，微风吹拂之下，树叶轻轻摇曳。

“天气真好啊，阳光真明媚。”她说。

“是啊，真的是特别适合散步的好天气。”他应道。

两个同龄老人，就这么聊开了。在女王曾曾曾祖父母种下的梧桐树下，两人身上洒满湖波一样荡漾的光影。她抬起头，看着那片高高的树冠，微微出神道：“如果爬到那儿，看到的风景一定很棒。可惜现在身体不行了，当年咋就没想着爬上去玩玩呢……”

在她为四个孩子种下的橡树前，爵士弯下腰，一一去认每棵树的标示铭牌。许是老眼昏花，有两块他看错了，她马上纠正他，哪棵树属于哪个孩子，她清楚得如早上种下……

“以后这里会长出更多数量、更多品种的树，是吗？”

“当然。”女王说，“不过，50年后，我已经不在了。”

“这真的会是非常棒的遗产。”

听到爵士的这句话，女王像是被表扬的小女孩，有些腼腆、羞涩。

天空中，几次有直升机划过时的轰鸣声。望着天，她罕见地抱怨：“为什么我们想安静散步的时候，这些飞机总要在这里打转？”

她回过头，对爵士说：“听起来，这是不是跟美国总统特朗普一样吵……”

由两位元老级“主演”，女星安吉丽娜·朱莉“客串”的这一纪录片《女王的绿色星球》，2018 年 4 月，已在全球电视台播出。

白金汉兮，

王道丰赡，

幸甚至哉！

并列“最佳导演奖”的，是星云法师。

星云法师是江苏江都（今扬州）人，1927 年生，12 岁在南京栖霞寺礼志开上人出家，曾参学金山、焦山、栖霞等律学诸大丛林。40 年代，他参与僧侣救护队，1949 年春，迁至中国台湾。他曾被指认为“匪谍”，下狱 23 天。1967 年，星云法师至高雄佛光山，该地本是一片无名荒山。当地百姓说，这是一个鬼都不来、鸟都不拉屎的地方。他放眼望去，环五座形如莲花瓣的小山在此，“晨间太平洋上观日出，夜晚兰阳平原数珍珠”，先天具备佛国净土的条件，就称之佛光山。

佛光山现已成为台湾佛教四大丛林之一（其他为法鼓山、中台禅寺和慈济功德会）。至 2017 年，佛光山在全球设有 200 余座别院，或分院道场。有来自世界各地之出家弟子千余人，全球信众则达百万之多。1991 年成立国际佛光会，星云被推为世界总会会长。佛光会在五大洲有 170 余个国家和地区协会，成为全球华人最大的社团。佛光会先后在佛光山、中国台北、中国香港地区、洛杉矶、多伦多、温哥华、悉尼、巴黎、东京等地，召开世界会员大会，每次与会代表都在 5000 人以上；2003 年，通过联合国审定，正式加入联合国非政府组织。

佛光山四大信条，为："给人信心、给人欢喜、给人希望、给人方便"；四大宗旨，为："以文化弘扬佛法、以教育培养人才、以慈善福利社会、以共修净化人心。"

自称贫僧的星云，40多年前，随旅行团到日本访问，有一天自由活动，旅行社发团员一个人500日元，作为当日的午餐费。他路过一家书店，进去看到一本日文书籍《典座行事》，图文并茂，爱不释手，那顿午餐就饿肚子了，用500日元买了这本书。佛光山开山以来，星云先后设佛光山丛林学院图书馆、大慈育幼院的儿童图书馆、无量寿图书馆、美国西来寺英文图书馆、大陆扬州的鉴真图书馆。此外，他创办的南华大学、佛光大学、西来大学、南天大学，甚至普门中学、均头中小学、均一中小学等，都建有图书馆；其他包括各别分院，也都有图书馆、图书室，总计有四五十个。

星云鼓励每一个寺院都设立一个小小的美术馆，供人参观。"贫僧告诉那许多的住持、当家说，你有了寺庙，信徒络绎不绝来访，恐怕无法花太多的时间接待；假如有了美术馆、图书馆，不要你陪他，让诗书字画陪他，可以节省多少时间，去办你的法务。"于是，台湾岛上宜兰兰阳别院、高雄南屏别院、彰化福山寺、台南南台别院等，都设立美术馆，甚至在洛杉矶西来寺、休斯敦中美寺、澳洲南天寺、新西兰佛光山、马来西亚东禅寺、中国香港佛光道场、巴黎法华寺等，都有中华文化和佛教相关的诗书字画在美术馆展出。迄今，佛光山也有20个以上的美术馆了。

无论你是无神论者还是有神论者，凡来过佛光山的人，都会钦佩星云大师主张的"人间佛教"，那么有包容性，那么有时代感，那么有亲和力，"十方来，十方去，共成十方事；万人施，万人舍，同结万人缘"。

你会惊讶地发现，半个世纪以来，跟随他的原班人马未曾改变，山上的木造工程，始终由同一个家族团队承担，胼手胝足，薪火传承；另有一位失聪者，在山上煮饭50年，10分钟内，可以煮出供养千人的饭食。他们可谓佛光山忠诚不退转的菩萨。第二代、第三代弟子，除了会念佛经，你会的他们都会，你懂的他们都懂！佛光山及其海外山林，除设立图书馆、美术馆，有些还办有医院、育幼院、仁爱之家，收容孤苦伶仃的幼童和老者。佛光山还颁发真善美传播贡献奖、三好校园奖、全球华人文学奖、卓越教师奖；每年举办大量免费活动：祈求世界和平法会，新春礼千佛法会与民俗文化表演，清明法会，中英文佛学、禅修班，佛学讲座与生活专题讲座，青少年夏令营、合唱团、交响乐团……每个礼拜六、礼拜天，给游客提供色香味俱佳的过堂（吃饭），也是免费的；若想下榻寺院，有给来此活动的信众住的房间，干净且安静（如未住满，游客就可以住了）。佛光山的条件最好，已达到四星级酒店的标准。

流水来，流水去，过往的金钱，应该总有千亿台币了。而佛光山，千余比丘、比丘尼，不拿薪水，没有假日，使用的教室、寮区，仍维持50年前的老样子；星云个人，“以无为有，以空为乐”，从不出外化缘，不走政府，不到信徒之家，不喜欢对外应酬，没进过商场超市，一生没用过办公桌。他收藏的名家书画，写作书法的收入，都归教团所有。信徒给他个人的红包，他也予拒绝，乃真贫僧也！

给人们心灵震撼、提点的，不只是这已经享誉天下的人间佛教，还有温润似翡翠玉的一颗无疆赤子之心。

星云立山时，开辟了一条纵贯全山、让广大信众及来山游客方便好走的道路，称为菩提路。菩提路上，一层层的树木排列，犹如阿弥陀经里所述的“七重行树”。此即极乐国土之宝树也，行列七重，故曰七重之行树，树种有菩提树、印度紫檀、桃花心木、台湾栾树。栾树的树姿优美，色彩多变化，秋天花季时尤为显眼，黄色小花灿然布满树冠。几天后，黄花开始落地，散落一地花雨，授过粉的雌花，随即结成覆有嫩红苞片的蒴果。入冬后，蒴果膨胀成气囊状，如千万个小灯笼挂在树梢，故又有灯笼树之称。还有后山的凤梨园、四围的荔枝树。50多年了，它们跟着佛光山成长，许多已成巨木，一个人已无法围抱。

想当年，每次台风肆虐南台湾，待风浪平息，星云即要去巡山。有一次，桥边一棵正在窜身条的菩提树遭吹断，断得枝叶全刮去，只剩下一米长的枝干，像根棍子。星云见了很伤心，把它在原处埋下去。怕它风吹日晒，受当不起，又去找来稻草，将它盖起来。此后，为保持潮湿，星云天天来为它浇水。三个月后，这枝干竟然重新抽枝吐叶，现在枝叶繁茂，已是一棵有几人高的菩提树了。徒众经常随星云走在山路上，树木成荫，百花盛开。夏日，沿路低开的是九重葛，在佛光山一向被称为紫罗兰，却非紫色，在中国南部的阳光下，火红成一片霞锦，好似要爆发生命最无我的境界；初秋，转眼皆是龙船花、波斯菊、紫阳花和茶花，一抬头，可见整排的炮仗花，挂在树上。每到这时，徒众就会呼唤他："师父，你看！""师父，你看！"众信徒一个个兴奋地争着为师父指点，俨然一路真有炮仗，此起彼伏……

开山后，育幼园养了一条叫黑虎的土狗，叫声大，又会咬人。佛光精舍过老的老人，听到狗叫，睡不着觉，一定要星云把狗送走。可送走了，孩子们舍不得。不得已，星云送去给百里外的美浓朝元寺的住持，含泪婆娑，在那里陪它玩了一阵，直到它不再回头才离开。六七年后，有一次星云去朝元寺，以为黑虎早该不认得自己了。岂料，他一到，黑虎就嗖地跑过来，万般亲热，一再追随，前脚扒着、抱着、黏着他，怎么也不肯离去。星云心愧，黑虎如此有情有义，自己实在对不起它。

在山上，偶尔遇到掉在地下的松鼠细崽，小眼睛都没有开，星云捧起来，用牛奶喂它，慢慢将它养大；风雨之后，有白腰雨燕折了翅膀，他捡起带回法堂，悉心照顾，直到它们能够飞翔。他住的地方，松鼠跑来跑去，鸟燕飞来飞去，从不畏惧人。在法堂服务的弟子，要师父替它们起名字，当时这批出家弟子以"满"字辈命名。星云便说，小鸟就叫"满天"，松鼠就叫"满地"。

山上的许多法师，也和星云一样爱护小动物，救活过许多残障、濒死的

星云法师与众佛门弟子

松鼠、飞鸟……佛光山上，真是满天满地的精灵。山上的许多动物，和僧众相处久了，似已通达人性。斋堂的板声一响，鹿群、松鼠就来了，甚至连后山的猿猴，也跑来斋堂要饭吃。蓝毗尼园鱼池旁的九官鸟、金刚鹦鹉，都会讲“阿弥陀佛”“您好”“喝茶”“拜拜”，有时候，将经过的游客吓了一跳。有几只，还会唱僧众们早晚课的《三皈依》，甚至是《三宝颂》，好像山上的动物都有佛性了。

星云大师说，自古以来，人类从神权、君权发展到人权，讲究人人平等，现在更应强调“生权”。“无缘大慈，同体大悲”的根本教义，就是佛教尊重众生、重视生权的最佳诠释。

大师又说，我们来到人间，不是为了烦恼而来，不是为了斗争而来，不是为了互相对立、较量而来，我们是为了欢喜、友爱、融合而来。像这样的欢喜、快乐，不是一个人的，也不仅仅是属于人类，是为地球上一切生命所需要……

佛光山兮，
佛系圆融，
幸甚至哉！

八　大森林，在中国大地重启

乏味的生态历史

说起来，远在上古时代，就有轩辕黄帝提倡“时播百谷草木”。

且“天人合一”，最早由庄子提出后，儒、道、释三家，均多有阐述发扬，被奉为王朝时代意识形态的经典之一，于是乎，树木覆盖在中国大地上，南方北方普遍存在对古树的崇拜。

树植根地下，枝叶伸向天空，像是苍天与大地之间联系的纽带。比起动辄百年千年的大树，“对酒当歌，人生几何，譬如朝露，去日苦多”。为了获得这种强大的生命力的庇佑，在很多乡下，父母将孩子拜寄给大树，给古树披一段红绸，点上刀头香烛，燃放鞭炮，认作“保爷”，并给孩子取诸如“树生”“树根”“阿树”之类的小名。对枝繁叶茂的大树、古树，民间常常认为是仙家的藏身之所，乃至自身亦已成精，具有镇邪驱鬼的功能，尤其是柏树、桃树。

相传古时有野兽，名叫罔象，性喜食人，却偏害怕老虎和柏树，古人为了保护祖墓，便在墓前“立虎与柏”。从周代开始，天子诸侯的棺椁，普遍使用柏木。人们也习惯在坟前栽种柏树，并用柏木做棺材。有史记载，山西省洪洞县贾村的那株古槐树，更被历代百姓视为“神树”。明初，这棵大槐树“树身数围，遮蔽数亩”，后被汾水冲毁。幸而在古槐树旁同根生出第二代，就是人们今天寻根祭祖参拜的那棵古槐。在山西、河北、河南、山东、北京等地，至今还能听到这样的歌谣：“问我祖先来何处？山西洪洞大槐树。”

民间对“神树”有许多禁忌。一不能污言秽语相加，二不能肆意砍伐。遑论升斗小民，就是一代枭雄曹操，也绕不过去。“建安二十五年正月，魏武在洛阳起建始殿，伐濯龙树而血出。又掘徙梨，根伤而血出。魏武恶之，遂寝疾，是月崩。”①

树木，荦荦大端于中国传统文化的一大特色——成语里：

“萱花椿树”，萱花指母，椿树指父。

“尺树寸泓”，泛指地方虽小，却有花草树木、清泉流水的胜景。

“枯树生华”，寓意在绝境中又寻到了生路。

“暮云春树”，表示对远方友人的思念。杜甫有《春日忆李白》诗：“渭北春天树，江东日暮云。”

“坐树不言”，或“大树将军”，谓功高而不自矜。《后汉书·冯异传》：“诸将军并坐论功，异常独屏树下，军中号曰‘大树将军’。”

“风木之悲”，比喻父母亡故、不及侍养的悲伤。明代有顾大典《青衫记·元白揣摩》：“早年失怙，常怀风木之悲；壮岁鼓盆，久虚琴瑟之乐。”

再有，国人在严酷的政治环境中异常熟悉的“寻根拔树”，或“斩草除根”……不一一列举。

树木，也覆盖在中国的诗歌水墨中——

北方有《诗经》，如“昔我往矣，杨柳依依”（《采薇》），“南有乔木，不可休思”（《汉广》），“于以求之，于林之下”（《击鼓》），“瞻彼中林，侯薪侯蒸”（《正月》），“鴥彼晨风，郁彼北林”（《晨风》），不胜枚举。南方有《楚辞》，其中出现54种草木，仅《离骚》一篇就出现28种，如“余既滋兰之九畹兮，又树蕙之百亩。畦留夷与揭车兮，杂杜蘅与芳芷”。屈原以草木自况，把自己的忧思寄托其中：“唯草木之零落兮，恐美人之迟暮。”一些树木，在诗歌中

---

① 《后汉书·五行志》。

形成了约定俗成的传统意象，如松柏象征坚贞、正直，桂树象征吉祥、高贵，梅树象征坚强、孤傲，梧桐象征高洁、忧愁。柳树有“留”的谐音，古人送别时，常常折柳树枝送给友人，《诗经》名句“昔我往矣，杨柳依依”，李白《箫声咽》有“年年柳色，灞陵伤别”，折柳赠别，是对友人的不舍与祝福……唐诗宋词里，树木更有着壮阔的星空。

西周时期，便出现管理树林的职官，“山虞”和“林衡”。《周礼·地官司徒》记载，山虞职责，主要是掌管林木砍伐的日期和数量；林衡则是“掌巡林麓之禁令……若斩木材，则受法于山虞”。历代朝廷上，也莫不为植树造林而口含天宪。《国语·周语中》称：“列树以表道。”行道树的种植，起始于周代，规模于秦汉，秦始皇统一六国，修建了以咸阳为中心通向全国的驰道。《汉书·贾山传》称：“道广五十步，三丈而树，原筑其外，树以青松。”《后汉书·志·百官四》记：“将作大匠掌修作宗庙、陵寝、宫室、陵园、土木之功，并树桐梓之类，列于道侧。”隋炀帝开凿汴扬大运河，河堤两岸遍植曼柳，婆娑到白居易笔下，“大业年中炀天子，种柳成行夹流水；西自黄河东至淮，绿阴一千三百里”。

南京的标志性的树，民国之前的近百年，一直是柳树，据说可以追溯到东吴，这在“白门柳色残秋雨，玄武湖波淡夕阳”“无情最是台城柳，依旧烟笼十里堤”等诗句里可以找到。在中国古代神话中，太阳落山的地方叫柳谷。古人认为太阳在柳树的山谷里得到生气、获得力量，第二天清晨，从东升起时才能那么新鲜、光明、温暖。隋唐长安城内，主要街道的两侧，种植着有如现代城市林荫道一样的行道树，当时称为“槐衙”。唐代诗人岑参有诗云：“青槐夹驰道，宫观何玲珑。”《宋史·蔡襄传》载，北宋名臣蔡襄知泉州，曾率百姓“植松七百里以庇道路，闽人刻碑纪德”。清代督办新疆军务的陕甘总督左宗棠，修筑东起潼关西至乌鲁木齐的新疆大道，沿途种植柳树数百万株，时人有“新栽杨柳三千里，引得春风度玉关”之唱……

某些树种，已经成为某些城市、一方水土的一个印记、一个象征、一个承载和浓缩百姓记忆的媒介，乃至在文化传承中有着神圣不可侵犯的地位，一旦遭到侵犯，便有可能触犯众怒。

除种植行道树、护堤树外，官家、民间，尤用心着力于营造风水林。

自然，皇家陵园种植风水林，最为兴盛壮观。河北遵化市境内的清东陵，共有帝、后、妃陵 14 座。从石牌坊至陵院 10 多里长的“神道”，两侧各种植着十行紫柏，共计 43660 株，称为“仪树”；在各座陵寝的宝山（后靠山）、砂山（两翼山）、平原、路旁，遍植松柏，谓之曰“海树”。景陵（康熙陵）植仪树 29500 株，裕陵（乾隆陵）植仪树 11007 株，定陵（咸丰陵）植仪树 11848 株；从皇帝陵通向皇后陵的神路，也都植满仪树。慈禧定东陵，植有松树 10234 株，其他妃陵也各植仪树。整个清东陵，植有仪树 20 万株，海树近千万株。其不许百姓踏入的“前圈”48 平方公里内，遍植翠柏苍松，二百多年里，苍苍然，森森然，一片绿涛陡立的海洋。

民间风水林，主要有村落宅基风水林、坟园墓地风水林、寺院风水林等。

许多村庄都有自己的古树，大树前的广场，成为融祖先崇拜、天地崇拜、自然崇拜为一体的祭祀空间。村口的老树，是故乡的标志，苍老而亲切，注目着出村去、回村来的人们，见证着村庄里年复一年的兴衰变迁。在江南城镇、农村的街头、村口，常看到的是一棵或几棵浓荫盖地的古樟。那里的民间老宅，或寺院庙宇，也素有“前樟后朴”之说，即门前种樟树，屋后种朴树。樟树具避邪、长寿、庇福及吉祥等寓意，且“章”与“樟”字谐音，认为樟树与文章才学、官宦入仕相关。老樟树树皮黑褐，树洞满身，枝干如虬如龙，树冠面积可达一亩多。老村子、老巷子的幽深，老人们的谈趣，孩子们的童心，往往埋在老樟树的树荫里。

祠堂墓园，盛栽被认为是有德之木的柏树。“丞相祠堂何处寻，锦官城外柏森森”，何处去寻找武侯诸葛亮的祠堂？在成都城外那柏树茂密的地方啊。南方的七闽八桂，还有台湾，常见的则是榕树，那躯干壮硕，再加上如冉冉胡须一样飘挂下来的无数“气根”，自有一番气度雍容的王者气象。

北方人家的房前屋后，常常栽有槐树、香椿树。前者在风水上被认为代

江南古村古樟一

表禄。古代朝廷种三槐九棘，公卿大夫坐于其下，面对三槐者为三公，故此树在众树中是老干部了，护村镇宅有权威性。后者树干笔直，羽状复叶，树形和树叶颇是优雅。庄子的《逍遥游》说："古有大椿者，以八千岁为春，以八千岁为秋。"因香椿有如此大寿，古人称父亲为"椿"，称母亲为"萱"。唐人牟融有诗云，"堂上椿萱雪满头"。树木除去风水作用，还能给升斗小民一点眼下的实惠。每年 5 月，出门便能闻到槐花香，尤其是雨后一股股香气沁人心脾，令人有超凡脱俗之感。槐花被历代医家视为"凉血要药"，据说槐树花揉入包子馅，味道好极了。而香椿芽，被称为"树上蔬菜"。谷雨前后，香椿发的嫩芽可做各种菜肴，不仅有一定的药用价值，而且入口别具风味。人们常吃的有盐腌香椿、香椿拌豆腐、香椿炒鸡蛋……

多少苦逼人家的大人、孩子，尤其在饿得眼睛发绿的年代，都眼巴巴地好这一口。

南方、北方都能见到的是银杏树，其树势端庄秀美，树干挺拔，像严阵

江南古村古樟二

以待的士兵，且寿命也长，可以活上千年。银杏与银杉、水杉，号称植物界的三大寿星，很受人们喜欢。种植银杏的地方，近些年也越来越多。银杏有观赏、经济、药用等价值，有的银杏还被当地百姓供奉为神树，凡有点头疼脑热，或什么事情想不开，便到银杏树下烧香祷告，期求指点迷津。

国内最古老的银杏树，在山东潍坊安丘市公冶长书院内。相传公冶长是孔子的弟子，因为他太过优秀，被孔子选作女婿。2500年前的某日，孔子来这里看望女儿女婿，并和他们一起在院子里种下一雄一雌两株银杏。院中岁月无古今，世外风烟空往来，如今这两株银杏树依然茂密地生长着，高度已经接近30米。雄树还年年开花，雌树仍年年结果，两棵树的枝叶几乎密不透风地交织一起，裁去了一角天空。每当秋季，金黄的树叶，纷纷扬扬，轻洒地上，仿佛成了一片金色的海洋，留住了无数游客的脚步。这双大树有着“天下第一夫妻树”的美誉。

《管子·地数》载：春秋时，“有动封山者，罪死而不赦。有犯令者，左足入，左足断；右足入，右足断。然则其与犯之远矣”。《汉律·贼律》规定，对盗砍林木者定以偷盗罪。宋太祖诏令："民伐桑枣为薪者罪之：剥桑三工以上，为首者死，从者流三千里；不满三工者减死配役，从者徒三年。"毁坏桑、枣树，罪至于死，彰显统治者对捍卫经济类林木之霹雳手段。

明清两朝，对此也不含糊——

朱元璋，十来岁时出家为僧，某年初冬，外出化缘，已经两天没有吃饭，饿得前胸贴后背，因兵祸不断，所到之村皆断垣残壁，空无人烟。后终见一棵残存十几粒打霜柿子的老树，他爬上树去，风卷残云，肚皮囫囵已饱。下得树来，惆怅不已，心里暗喊："人生不能这样苟活！"于是，他一甩头，去濠州投奔了郭子兴的红巾军。称帝前夕，朱元璋从应天（南京）出兵讨伐陈友谅，路经旧地，见那棵柿树仍在，即下马对身边将领说起旧事，又将身上红袍脱下，围在柿树上说："封尔为凌霜侯！"

革命成功，"回首向来萧瑟处"，至1391年，首都南京地区就栽种近5000万株。1392年，朱下旨，在当时的凤阳、滁州、庐州（今合肥）等地，每家必须种植200棵柿子树、200棵桑树和200棵枣树。两年之后，又将植树的义务扩大到全国，规定每户第一年种200棵，第二年种400棵，第三年种600棵，到期年终将栽种数目造册上报，违者罚云南充军。对砍伐、偷盗树木者，一律加以治罪。据历史学家估计，在洪武年间（1368—1398年），全国的植树总数高达10亿棵，其中多是可以结果充腹的果树。为着大明有一支从事海上扩张的海洋船队，着力种植的，还有梧桐树、棕榈树和漆树等。故在野史上，朱元璋有"植树皇帝"之称。

永乐十九年（1421年），朱棣迁都北京，为防止蒙古残余势力南侵，在长城内外广植树木，以起到辅助防御作用。居庸关附近有村民盗伐林木十余株，被查后，"廷杖四十，课以罚金"。廷杖多由栗木制成，击人的一端削成槌状，且包有铁皮，铁皮上还有倒钩，一杖击下去，受刑人身上必连皮带肉被撕下一大块来。如果行刑人不手下留情，不用说四十下，就是一二十下，也得半身如酱，一片稀烂……

清代对园陵树木的保护，更加棒杖开路，血肉横飞："凡盗园陵内树木者，皆杖（用鞭笞或竹板打）一百，徒三年。若盗他人坟茔内树木者杖八十。若计赃重于（徒杖）本罪者，各加盗罪一等。"道光年间，有香山村民，夜间到御园（静宜园）墙外砍伐林木十余株，想拿去盖房，被夜巡的八旗护军捉拿，随即被送至大牢问罪。

在植树成活率及养护管理上，清廷对相关官员也有相应追责，不允许搞花架子。康熙时曾规定，栽种仪树（陵园内树木），原定委官监种，限以三年；限内干枯者，监种官自行补足，限外者，由部复给钱粮补种。乾隆、嘉庆年间，进一步修订，改为"仪、行树（道路树木）株，三年限外，仪树每千株回干（枯死）不及十株者，免议；十株以上，降一级留任；行树每千株回干不及五株者，免议，五株以上，相关官员罚俸六月；二十株以上，罚俸一年；三十株以上，降一级留用。其仪树每千株回干至一百株以上，行树每千株回干至五十株以上，主管官员降一级调用，并将主管大臣罚俸一年"。除了清东陵、清西陵的风水林禁止砍伐，清朝发祥之地的长白山林区、皇帝狩猎之所的河北承德木兰围场，也列为禁卫森严之区……

以上林林总总、五光十色之中，你能否读出树木在西方的哲学意味？

有"美国国家公园之父"称誉的约翰·缪尔，在约晚清的19世纪下半叶，说过这样的话，大意是：树木是人类的影子，人类在地球上的匆匆活动、来去，只能算是树枝轻微的摇曳罢了。

你能否体悟人类对树木的一怀感激之情？

如美国诗人惠特曼所歌："老树本身就是地球的殿堂，无须人为的修饰，老树就是庙宇。"

不论树木的形而上意义，就形而下来看，历代帝王似乎也不察森林，只重树木。

就生活生产方式说，森林，是游牧渔猎民族吃饭的瓢盆、宿睡的幕帐、精神的原乡，其传统文化里，避不开关于森林的神话、传说与遐想。而农耕民族，打《诗经》“坎坎伐檀兮……”起，种了收，收了再种，伐木为田、烧荒砍树，是家常便饭。靠简单的“扩大”，可以换取更多粮食，以糊住更多的人口。难觉森林是生存家园，不察其包罗万象自然之美，或许反觉其像迷宫，又像深渊，有虺蜴虎狼之害、瘴气弥漫之毒，森林只在利用不在保护之列。森林与树木被撕扯开来，树中倚重的，又是松柏、樟槐等风水树和桑枣、桃李一类生计树。

一向活得现实的中国人，还活得有几分狡黠：“天地不仁，以万物为刍狗。”古代一般人家百姓作祭祀，用不起猪、牛、羊，多用狗。随着社会风气的演变，渐渐不再杀生，而是用草扎一只狗形来代替，是谓“刍狗”。《淮南子・齐俗》里说，刍狗以青黄色文饰，蒙上绮绣，缠着红线，好一番打扮。祭祀之前，士大夫戴着礼帽迎送，百姓也畏畏缩缩，不敢随便碰它；待祭祀完后，即扔下不管，人踏车轹，将它当作柴草，一烧了之。

“天人合一”，亦如刍狗，庙堂上、书院内、经卷里，说得高腔入云，谆谆如父语，仿佛往后余生都是你，社会生活中却远不是那回事。能留下来寥寥不多的古树，还有国土上几片旮旯、沿边处的森林，可能真得益于神和佛的保护。

西方汉学家、英国环境史教授伊懋可，在其大作《大象的退却：一部中国环境史》里说：“古典中国——位于黄河流域中部、落叶阔叶林带南部——的核心文化，并不依恋森林；除了在更晚的时代为储备有用的木材外，它也不致力于保护森林，当然就缺乏对它们的敬畏了。在我们确认为‘中原’的这块最古老的土地上，并没有专司森林的神或女神……在中国的上古末期和古典初期，树木也成为丰富的修辞与用典领域的一部分，但森林不在此列。二者不能混为一谈。”

生活在中唐时期的柳宗元，有《行路难三首》，其二曰：

虞衡斤斧罗千山，工命采斫杙与椽。
深林土剪十取一，百牛连鞅摧双辕。

万围千寻妨道路，东西蹶倒山火焚。
遗余毫末不见保，蹦跡涧壑何当存。
群材未成质已夭，突兀哮豁空岩峦。
……

用当今大白话，便是——

林官率领伐木的队伍搜寻千山，
奉命采伐营建宫室的栋梁。
被齐土砍下的大树仅为十分之一，
无数牛马一齐用力把运树的车辕拉断。
万千棵参天大树，使道路无法通畅，
那就干脆砍倒它们一把火烧光。
侥幸漏网的一点儿树木，也难逃厄运，
伐木者的履迹最终踏遍溪涧与丘山。
众多的珍稀树种，未等成材就被摧残，
兀自屹立的山峦变得空空荡荡。
……

此种场景，不仅发生在历经“安史之乱”“建中之乱”后，世间重归安宁、大兴土木的中唐，而是普遍地发生在一轮轮的皇权时代。

阿房宫，被誉为“天下第一宫”，是中国历史上第一个统一的多民族专制国家——秦帝国——企图修建的新朝宫，与万里长城、秦始皇陵、秦直道，并称为秦始皇的“四大工程”。在秦始皇的初心里，其覆盖地面三百余里，遮天蔽日。从骊山北建起向西折，直奔咸阳。渭水和樊川，滔滔滚滚，流入宫墙。“五步一楼，十步一阁，廊腰缦回，檐牙高啄，各抱地势，钩心斗角。盘盘焉，囷囷焉，蜂房水涡，矗不知其几千万落。”仅其前殿占地800亩，相当于90个标准足球场的面积，殿中得坐1万人，殿下可竖起五丈高的大旗。其大小殿堂建有七百余所，一天之中，各殿的气候不尽相同。宫中珍宝堆积如山，美女成千上万，草木品名达3000余种。其建筑象征意义，远大于实用意义，始皇帝的儿子、孙子、孙孙子，只须在这座“神仙苑”里逡行一刻，即可自信爆棚：“金城汤池”，“子孙帝王万世之业也。”

由于工程过于浩大，老子未能见到，儿子秦二世胡亥，继续修建，直到刘邦大军入关，仍没落成。相传项羽一把火烧了阿房宫，大火三月不灭，只是杜牧的警世之言、后人的泄愤之心。实际上，70万人的劳力，耗去4年，只完成地基。但其间，秦始皇又征发刑徒70余万人，千里迢迢，苍头黧面，伐运四川、湖北等地的木材，屡见史载。木材多为楠木，木性温润平和，冬天触之不凉，夏日抚之不热，纹理结实文静，显现山水纹或虎斑纹。其中称金丝楠者，四川、贵州、湖北和湖南、江西等地，海拔1000—1500米的亚热

金丝楠木

带地区的阴湿山谷、山洼及河沟旁，有长至数十丈，大至数十围者。因其结晶体颇似绸缎光泽，木材表面在阳光下金光闪闪，若金丝浮现，且锯开有淡雅幽香，高贵华美，摄人心魄，历来为皇家看重。

明代，紫禁城营建初期，内宫及殿宇等主体建造采用金丝楠。其太和殿，是全国最大的木构大殿，内外有大柱 84 根，称为蟠龙柱，每根高 14.5 米，粗 1 米多，顶天立地，堆彩泥金，均从云贵川湘鄂赣的大山深谷中运来。全紫禁城占地 72 万平方米，是法国凡尔赛宫（除园林面积之外部分）的 7 倍。最初建有 900 栋建筑，前任故宫博物院院长单霁翔，用了整整 5 个月，走遍其建筑每一间房子，共 9371 间。以乾清宫为例，据老工匠估算，从地面到顶层，得用去 5000 立方米左右的木料。紫禁城的设计主旨，突出体现了帝王权力的傲慢和专制等级链条的森严。

明代对四川、贵州地区的金丝楠木，有过三次大规模的采伐。第一次从永乐四年（1406 年）开始，持续到永乐十四年（1416 年），前后 11 年。此次历史上金丝楠木最大规模的放逐，换来故宫基本盘的闳侈丽靡。第二次，永乐十九年四月初八，永乐大帝朱棣搬进去尚不足百日，宫内中和殿、保和殿遭雷击，引起火灾，金銮殿的太和殿亦被引燃。朱棣十分忐忑，“三殿同灾，朕心惶惧”，以为大火是上天对其“靖难夺位”的惩罚，当日到太庙和社稷坛祭祀。由此，便有了第二次采伐，为时近三年。万历二十五年（1597 年）六月十九日，三大殿再遭雷击，燃起冲天大火。这是三大殿第三次被烧毁，波及的还有乾清宫、坤宁宫等宫殿，加上营建自己身后的定陵，万历帝下旨，先后分两批对西南地区金丝楠木进行“绝杀”。

事实上，故宫自明朝永乐十八年（1420 年）建成，到清朝溥仪退位（1912 年），共 492 年历史里，有记录的天雷之劫，有 34 起。包括其他的火灾，有 100 起，多由皇宫内燃放爆竹烟花造成。仿佛被放逐至此又遭解体的金丝楠木，看起来平日趴着竖着卧着，羊羔一样任由摆布，但一逮着电闪火星，便宁可玉石俱焚，也要犯上作乱，闹他个朝廷焦头花脸，悱恻不安……

除了帝王，处于这链条上端的亲王、藩王，也得有大大小小的“紫禁城”。

对于明朝中央政府来说，要盖南京、凤阳、北京等处的宫殿，要盖南京孝陵、北京十三陵和湖北显陵等处的皇帝陵墓，还要盖遍布全国的朱姓藩王府。朱元璋的儿子一律封亲王，且世袭罔替，亲王的儿子均封郡王，后代们不必从事任何职业，世世代代安享送上门的俸禄。王府拥有的土地动辄万顷，亲王府面积按今天的折算，约 33 万平方米，将近 500 亩。郡王府与亲王府相比要低一等，建筑规模也小些，《明会典》里有标准：前门楼、中门楼、前厅房、后厅房等，总计 46 间。朱元璋的本意，是不想让子孙后代再像他青少年时期一样挨饿受冻，自落地起便用金玉锦绣裹起来。可他没料到的是，其后代繁殖的速度，与鱼儿在水里翩翩撒子一般，到了明朝将尽，皇族达到好几十万，而据安介生等人口史专家推算，明朝末年，朱元璋的子孙已经繁衍到近一百万之多。以晋府的庆成王朱钟镒为例，明弘治五年，即 1492 年，他已有子女 94 人，孙 163 人。皇族俸禄，直接来自各地的财政收入。山西地区每年的财政收入为 152 万石，但山西王爷们每年消耗的俸禄却达 312 万石。河南地区年财政收入为 84 万石，需要供奉皇族的是 192 万石……

明末李自成、张献忠等大大小小的农民起义，板荡国中，兵锋过处，各地壮丽的王府，几乎无不灰飞烟灭。太原总兵姜瓖，亲见为“凡所攻陷，劫掠焚毁，备极惨毒，而宗藩罹祸尤甚”。史家也总结道：“凡王府宗支，不分顺逆，不分军民，是朱姓者，尽皆诛杀。”

这专制等级链条上，还有明熹宗时期把持朝政的司礼监秉笔太监兼东厂总督太监，人称“九千九百岁”的魏忠贤。《明史·刑法志三》中有一个细节，令今人读来，犹芒刺在背：有四人深夜饮酒于密室，一人喝得兴起，谩骂魏忠贤，另外三人吓得不敢出声。骂声未落，已有差役冲入密室，立刻将四人押至魏忠贤府邸，“即磔骂者，而劳三人金。三人者魄丧不敢动”。除爪牙“五虎”“五彪”“十狗”“十孩儿”“四十孙”外，魏忠贤“自内阁六部至四方总督巡抚，遍置死党”。

现处北京新鲜胡同的新鲜胡同小学，是北京最早的小学之一，其著名校友有梁实秋、李敖等。校园内有纵五排侧三排房子，第二、第三排最高，有400年以上的历史，颇有巍峨器宇之象，这原是魏忠贤的生祠。生祠是汉字文化圈一种传统民俗信仰，本为活着的人立祠庙，进而祭祀，称为立生祠，以表感戴和钦敬之意。给拿掉生殖器的太监盖生祠，并不始于魏忠贤，而始于法门寺的刘瑾。只是到明末，数量大变，全国各地大小官员，纷纷在各地为他建生祠。短短一年中，一共建造魏忠贤生祠40处，甚至建在南京孝陵、凤阳皇陵边上。天启、崇祯年间，著有《玉镜新谭》一书的朱长祚，如是描述魏忠贤生祠："飞甍连云，巍然独峙于胜境；金碧耀日，俨如天上之王宫。各题其额，则曰：崇德茂勋，普惠报功。两翼其坊，则曰：三朝捧日，一柱擎天。"《日知录》卷23《生碑》又记："每一祠之费，多者数十万，少者数万"，且"剥民财，侵公帑，伐树木无算"。可是流风所及，没有哪个地方敢不盖，仅在河南开封建其生祠，便毁掉了2000余间民房。

随之，湖广、四川、贵州三省的原始森林里，再找可作殿柱、殿梁的楠木和杉木，需有百步穿杨的眼力。作椽、拱等的一般性木材，大大小小，粗粗细细，就近去浙江、江苏、江西、山西等地去砍。偶然发现盛产楠木的林子，即封为"皇林"，每一棵楠木烙上官印，以示"皇木"。明朝将对大木的需求推至顶峰，而楠木成材缓慢，胸径三四十厘米的，约需百年方能成器，皇家官府殿宇动辄粗一两米的选材标准，意味原始林中千年时光的一朝倾塌。

及清中期，楠木已极为少见。只能去更为险峻偏远的大岭之中"博彩"，其采伐和运输的成本，更直线飙升。统治者们不得不以从民间购买的方式，获取金丝楠木，或用东北的松木进行替代。康熙年间重修太和殿时，可用楠木的蟠龙金柱仅6根，以至于殿内其他直径1.5米、高13米的柱子，大量使用东北松木，再包镶拼接金片。到了乾隆皇帝那里，窘困得只能将目光盯在明朝陵寝上，用"拆大建小""拆旧盖新"的置换方式，再使一轮前朝的金丝楠木。

昔日文人骚客，对伐木采樵亦见关注，多有吟咏。唐代孟浩然的《采樵作》里，可见“桥崩卧槎拥，路险垂藤接”，但不无“长歌负轻策，平野望烟归”的闲适浪漫；张籍的《樵客吟》，有采樵生计艰辛的描摹，可“斧声坎坎在幽谷”，仍给人诗意生活的朦胧。实际上，“采取之官，风餐露宿，日夕山中，或至一年半岁”。有官员还因采木而丧命，如正德年间，工部右侍郎刘丙，“及膺采木之任，亲入山谷，冒岚瘴，遂致疾卒”。勘探的官员离去，便是山下上来的“山厂”队伍：斧手砍伐，力夫拽运，石匠凿石，铁匠打制斧头等工具，篾匠制造缆绳缆索，及助滑竹皮。将木料从山里拽出来，至小溪水边，等待涨潮时顺流而下，从支流再转至大江大河，运至北京、南京。

《利马窦日记》里有描述说：“通过运河，人们把大量的木料，如大梁、高柱、平板，运到京城，这些木料是用于皇宫的建筑，尤其他们遭到火灾时，据说当时三分之二的皇宫被烧毁。整个旅途中，神父们看到沿岸几千名纤夫，步履艰难地拖着长蛇般的木筏，木筏是由一根根的大梁扎成的，后面还拖着其他木料。他们有的一天要走五六里路。”

此周期之长，非四五年不得到京。且在水运途中，可能遗落在势急或凶险的水道中，不复踪迹。至今，还有当地百姓，在嘉陵江、岷江、赣江、汉水等地打捞、挖掘出腰围两三米粗的楠木阴沉木。出水后去掉边材，用水清洗，对着阳光，都能看到金光闪闪……

明代文章总集《皇明经世文编》444卷记：“川中有大苦，一曰大木之苦：沟壑委填，道途暴露，尸流水塞，积骨成山；其偷生而回者，又皆黄疸臃肿之夫，略似人形，半登鬼录矣。以一县计，木夫死亡，约近一千；则合省亡夫，不下十万。木夫工银，每县约近二万；则合省夫银，不下二百万。既以剥民脂膏，又以戕民寿命。”

有学者论道，中国历史，特别是1840年前的历史，其实是非常乏味的。它只是一部改朝换代的历史，除了董仲舒和王安石的变法之外，基本没有太大的变革。

窃以为，若从生态的角度看，中国历史，特别是1840年前的历史，也是

天价乌木现身江西

非常乏味的，就是砍树伐木、砍树伐木、再砍树伐木的历史。

黑格尔先生曾断言中国没有历史，是否说的就是这种状况？

1858年和1860年（清咸丰八年和十年），沙皇俄国迫使清政府先后与其签订《中俄瑷珲条约》和《中俄北京条约》，割去黑龙江以北、外兴安岭以南和乌苏里江以东共100多万平方公里的中国领土，从而使东北林区的48处窝集，失去20处窝集。这些窝集，占东北大森林“窝集”的42%，比今黑龙江省大森林面积还多。1897年8月，沙俄修建的中东铁路开始动工，全长约2500公里，干支线相连，呈“T”字形，分布中国东北广大地区，成为沙俄掠夺东北森林资源的主要干线。不到20年，俄商的林场已达22个，铁路两侧20—30公里范围内的森林被砍伐殆尽。

日俄战争后，日本以战胜国姿态，胁迫清政府同意设立中日合办的木植公司，采伐鸭绿江流域森林。1916 年，日本借吉林省地方财政困难之机，获取该省的大面积的林木砍伐权。日本比较大的财阀，“大仓组”“王子制纸”“三井物产”“三菱”等，如初夏时节林子中成群的雄马鹿，高高的茸冠上顶着汹涌的荷尔蒙，在雌马鹿周围麇集。1929 年至 1944 年的 15 年间，东北地区森林面积减少 18%，森林蓄积量减少 14.3%。

那年月，从乌苏里江解冻开始，满江漂着的都是运往日本的粗壮木材。日本总共从中国东北掠夺了多少木材，尚无确切资料可查阅，但有一个事实能一叶知秋，1945 年日本投降后，东北林区的森林小火车，光是运输日伪时期遗留下来的“困山材”（伐倒来不及运走的木材），就整整运了两年……

中国古代、近代环境史的真实画面，与我们在儒、释、道经典中所领教的“天人合一”“道法自然”之睿智、动听，存在着令人难以想象的背离。

专制制度，不只是人类的灾星，看来也是树族的灾星。

绵绵不绝的往事，往往让悲哀一下戳到了中国人的心肝上，“灭六国者，六国也，非秦也；族秦者，秦也，非天下也”，“秦人不暇自哀而后人哀之；后人哀之而不鉴之，亦使后人而复哀后人也”。

大象的退去

仅仅指责统治者、侵入者，也是不公正的；还有千百年里先民们毁林造田的行动，把原本大象生活需要温暖的森林，改造成了人类生活必需的农田。森林及其涵养的巨大水体的消失，造成中原地区和江淮流域从商代至今的年均气温，下降好几摄氏度。

倘若你早生 3000 年，很有可能在郑州黄河、杭州西湖边，赣江、汉水畔，看到大象这一庞大又温驯的野生动物，如绅士一样悠闲、徐徐地散步，听到撑爆了肚子的犀牛，在午后的阳光下懒洋洋地呻吟。史载：南朝梁元帝承圣元年（552年）十二月，淮南郡有数百头饿得发昏的大象游荡，到处寻找食物。宋太祖乾德元年（963年），有大象在诸葛亮曾躬耕的南阳县出没，被人捕获后，将象牙、象革献给了朝廷。但随大象的栖息北界在古中国不断南撤，只留下几个令人想象的地名，如“豫”“豫章”，和四川三星堆遗址、成都金沙遗址出土的大量象牙；至20世纪70年代，野象已完全退至滇缅边境。

大约与农耕文明的牺牲品大象同步，中国的原始森林，变得稀疏起来。徐霞客足迹遍历河北、山东、河南、江苏、浙江、福建、山西、江西、湖南、广西、云南、贵州等16省区，其游记记载奇山异水的同时，也记录了至明朝后期各地严重的乱砍滥伐之势，不只北方，中原“嵩（山）、少（华山）之间，平麓上至绝顶，樵伐无遗”，连南方雁荡山大龙湫瀑布附近的名山胜景，稍大点的树木，也被砍光，他想找根硬点的树枝做拐杖，竟不可得：“林中新条柔不中杖，老柯斩伐殆尽矣！”西南山区，也是“四面童山，光秃无木”，“自入贵（州）省，山皆童然无木，而贵阳尤甚”。

百姓日常生活、生产，对林木的消耗，也是一个原因。

白居易《卖炭翁》：“卖炭翁，卖炭翁，伐薪烧炭南山中。”南山即终南山，为秦岭的支脉。若没有广袤森林做支撑，何来烧炭的原料呢？一代代中国人厚死薄生，厚就厚在一副好棺材上，一截整木一剖为二，其间刚好放置遗体。楠木属皇族享用，若有柏木、梓木，一般富贵人家无不趋之若鹜。大约是12世纪煤炭被国人认知使用之前，城乡人家无不烧柴。此后在近水楼台之地，烧柴也无间断。在中东铁路（俄罗斯帝国在中国东北地区修筑的铁路网络的总称）上，其机车都以木材为燃料。铁路职工的薪材，也都选用好材。仅其2万名职工，每年所用薪材达200万立方尺之多……

民国，尤其是抗战前的民国，作为千年专制向现代性社会转型的初始，走在时代前面的精英们，已经开始警醒世人，森林的命运，就是山河的命运；而山河与国族，在同一个雕版下印刷。

1924年，孙中山在《三民主义》之“民生主义”中阐述：

近来的水灾，为什么是一年多过一年呢？古时的水灾，为什么是很少呢？这个原因，就是由于古代有很多森林，现在人民采伐木料过多，采伐之后又不补种，所以森林便很少。许多山岭都是童山，一遇大雨，山上没有森林来吸收雨水和阻止雨水，山上的水便马上流到河里去，河水便马上泛涨起来，即成水灾。

所以要防水灾，种植森林是很有关系的，多种森林，便是防水灾的治本方法。

我们研究到防止水灾与旱灾的根本方法，都是要造森林，要造全国大规模的森林。

一段大大的喘息、生息

凌道扬，广东省新安县布吉村丰和墟（今深圳市龙岗区布吉街道老墟村）人，1900年入读上海圣约翰大学，一毕业，被北京法政专门学校聘为英语教师。次年，他奉命陪同两名清室贵胄，赴美国麻省农学院学习。后两位的往事在历史的光影中不甚了了，他却以陪读生身份，考进耶鲁大学林学系，1914年获硕士学位回国，成为中国获取该学位的第一人。从北美触目可及的原始大森林里走出，痛心于祖国大地“重山复岭，濯濯不毛”，他勠力呼喊、践行“森林救国论”，主持制定中国第一部《森林法》，倡设中国第一个“植树节”。

1925年，孙中山逝世。凌道扬力主将孙中山陵墓所在地南京紫金山，划为中央模范林区，以为国人标高立旗。飘飘白衣少年时期的民国政府，求贤若渴，纳谏如流，任命他为首任林区管理局局长。其间，他每年主持造林

民国时期的植树节

二三百万株，把昔年的荒山野岭变成中外闻名、至今不感落后的风景区。

今人只知道蔡元培、陈独秀、胡适、鲁迅、梁漱溟、梅贻琦……其实，在当时社会的各个领域，都有凌道扬这样的开山夺路人物。如国内新式商业银行的奠基者张嘉璈、陈光甫，前者在日本私立大学之冠的东京宝应大学，学习货币银行学和经济学；后者毕业于至今仍驰名世界的宾夕法尼亚大学沃顿商学院。两人皆致力于使银行摆脱政府权力、国家资本，实现真正独立并商业化；如曾在总理事务衙门任章京，后进入商务印书馆历任编译所所长、经理、董事长等职的张元济；如各自创建三北公司、民生公司，有"航运之父"之称的虞洽卿、卢作孚，为中国化工行业创造无数个第一的范旭东，纺织业巨子的荣德生、荣宗敬兄弟，"火柴大王"刘鸿生……

时为浙江兴业银行董事长的叶景葵，有诗赠张元济："人与百虫争旦暮，天留一老试艰难。”是的，这些卓越人物，饱尝了一个古老中国向现代社会转型的撕肝裂胆、百难猬集，但同时，他们也给亚洲第一个民主国家，一股股瑞雷轻振、百舸争流的气象。

除了凌道扬，在林业界，还有 1907 年夏天赴美深造，在康奈尔大学文理学院和密歇根大学，分别获得理学学士和林学硕士学位的韩安，加拿大籍美国人、传教士又是林业学家，任金陵大学教习的裴义理等人，给自古以农耕文明立国于世的中国，带来现代林业文明的思想，其启蒙似 20 世纪 80 年代大学校园里匆匆赶去星光舞会的青春男女。江苏省立第一农业学校、北京农业专门学校、南京私立金陵大学等，陆续创建林科。专门的学术团体，中华森林会创立，专业杂志《森林》创刊……

浙江温岭档案馆，至今收藏有当年这个偏僻小邑呈报给省府的一份报告，呈报该县民国七年清明植树情形，并请核销经费。在报告书上，我读到这样一段：“德国全国人民，每百人中，从事林业者，有十二人之多。美国蓄储林业资本，至今已达四千五百兆元，占全国各种营业资本五分之一。由此以观，无论生利森林、保安森林，列强所以竭力经营者，诚以其与人民之生计、国家之富源，有莫大之关系也……”

20 世纪 20 年代前后，一批兴办实业的成功人士，也开始营造园林，一大批兼具晚清民国风格的园林，在江南崭露头角。仅在无锡，大名鼎鼎的园林有五座，一座是古典的寄畅园，其余四座——荣氏梅园、王陈氏蠡园、杨氏横云山庄和薛家花园——均出自当地民国工商望族。梅园，就是荣德生、荣宗敬家族的私家园林，先后植梅 3000 株及其他花木，与苏州邓尉、杭州超山，并称江南三大赏梅胜地。王陈氏蠡园，临太湖万顷，背靠龙山九峰，其之胜在于树。这里有大可合抱、茂如翠盖的鸡爪槭；姿态优雅、繁花如雪的百年白茶梅；挺拔雄伟、松针如拂尘的大王松；特别是两棵浓荫匝地的苦槠，在鹿顶山麓，已是五六百岁的高龄寿星了。民国元老黄郛，1935 年退出政坛，隐入莫干山，一头茹素礼佛，一头扎进乡村改进计划，稍有余暇，即投入林艺，十余年过去，夫妻俩亲力亲为，也做出一个园子，“门外千竿竹”，园心一片松……

北洋政府也好，南京国民政府也罢，对各地司令、省长、省主席，并无多大的约束力，一道政令到达地方，多是阳奉阴违、郢书燕说，唯有植树造林的政令、活动，如伊始百姓瞧着新鲜、摇着铃铛的红色救火车，在国中畅通无阻。

冯玉祥，黑布鞋、白布袜，打着灰布绑腿，案上的作战地图前，总摆一本中文《圣经》和一本赞美诗，有“基督将军”之称。驻军河南开封时，他率先参加当地的植树绿化活动，立下护树军令：“马啃一树，杖责二十，补栽十棵。”后移防山东，为了防止老百姓偷砍伐部队种下的树，他写了一首打油诗：“老冯驻徐州，大树绿油油。谁砍我的树，我砍谁的头！”由其背负红缨大刀的士兵，张贴于市。提起左宗棠植树，人人称道。可在马步芳统治青海时期，无论从数量还是从种类来看，都远远超过左宗棠，开创了青海蒙藏地区植树造林的先河。1943 年植树 300 万株，1945 年达 800 万株，1946 年翻了一番，到 1947 年夏，青海种植各种树木 3270 万余株。其中，兵工造林 1340 万余株，合到士兵每人每年栽树 5—7 棵。1944 年，国立重庆大学校长、化学家张洪源先生应邀来青海省察，评价说：“青海最重要的成就，是植树造林，树栽在甘青交界与西宁之间的公路两侧。如果整个西北地区都像青海那样，不出 10 年，西北就会是一片绿色……”

能在中国共产党、蒋介石、日本三颗鹅蛋上跳舞，且哪个蛋也不见踩破的阎锡山，主宰山西长达 38 年，维持了境内大概的和平与安定。晋军向来不出省作战，铁路不与外部接轨，对内，本省最远 8 小时可到达；大力推行禁烟、天足、剪发，大兴水利、蚕桑、实业与植树。1918 年清明节，阎锡山亲率全省文武官员举行植树大典，每人栽下一棵树。从此，每人的植树指标，如影子一样不得摆脱。不但师长、旅长、团长、县长、区长、乡长年年有，全省共有行政村 8682 个，村村都有指标。树种下成活后，5 年内不准砍伐；5 年后，砍一棵补一棵。白纸黑字不算，还得交保证金；任务完不成，没收保证金……

“左手一指太行山，右手一指是吕梁”，外地游客无不对其秀丽风光啧啧称道。1924 年 7 月，陪鲁迅先生去西安讲学途经晋地的孙伏园曾说：“一入潼关，便有了江南风味。陕西的治安比河南好，山西的口碑又比陕西好。”山西，一直是民国时代朝野公认的“模范省”。

现代森林保护的理念与实践，恰似秋雾里林中的松果一样，悄然落地。

之所以说是悄然，在民国天空，飘拂各种主义的旗帜，充盈“实业救国”“科技救国”“教育救国”“民主建国”“乡村实验”等各式喧嚣的口号下，在民国大地被造反、天灾、战祸、逃难一次次打断，白衣少年很快一身褴褛，瑞雷轻振之后，却是一个“短暂的春天”。“相看白刃血纷纷”，终究“抗日救国”压倒一切“实业救国”等的社会思潮。这些深系民国未来的见识、举措，在一个动荡不已的社会，被消解得无足轻重。

正如落地后的松果，大部分被动物填进了肚子，只有很少一部分作为种子，日后长成它们的亲本。

如凌道扬这些在各行业为现代中国打拼的精英俊杰，渐渐灯火下楼台，难见经传。但好在皇权时代的大规模毁林，已不复存在，西风渐进深入，能够在民国初年的温岭写出以上一段文字的绅吏或墨客，肯定已从老旧的经史子集中抬起头来；而且，民国带有浓厚自治色彩的各省诸侯，如山西的阎锡山、青海的马步芳、四川的刘湘、江西的熊式辉、云南的龙云，无不是本省人，省主席任上一做十几年几十年，若不设法让故土民生改善、经济进步，一张老脸、一冠祖坟，还有亲朋老友的颜面，往哪里搁？

民国，虽是怡红院里林黛玉般的短命，未打磨的大理石般粗糙，但对各地的树林来说，有了一段大大的喘息、生息。

徐州城内树木郁郁葱葱、生机勃勃。晋地通行大道两旁，插柳植槐，林荫成行。1930 年，天津市社会局沿河北新开河两岸，分别种植槐、柳、松、杨各树，为卫护，特成立当时一支全国仅有的警察队伍——森林警察。1872 年，一位法国传教士，在南京石鼓路的教堂种下一棵悬铃木，这是南京第一棵法国梧桐树。1928 年，为迎接孙中山奉安大典，时任南京特别市市长的

1948 年，华北。不知哪儿这么茂密的森林，学生躲在里面温习功课

刘纪文，主持修建了一条从下关码头至中山陵的迎榇大道（又名中山大道），在中山南路等沿途栽种 2 万棵法桐树苗。宋美龄喜欢这种树，它乳白带点淡绿色的枝干，有股阅尽芳华苍凉的大度气息，落地生根后，像个漂亮极了的中法混血儿。位于南京钟山风景区内小红山上的国民政府主席官邸，被法桐层层包围簇拥。其后，市府又陆续从法国购得 2 万棵，遍种南京街头。南京地方志里有记载，当年每逢植树节，蒋介石夫妇，会在南京植下梧桐树，以纪念孙中山。

到 1949 年，南京城已经有法国梧桐近 10 万株。梧桐作为主要的行道树种，屹立在南京近 80% 的主街道边，成为最明显的环境特征之一。其时，民国时期栽种的法桐，早已是参天大树，树冠广阔，根深叶茂，太多树龄超越了这城里很多居民的年龄。尽管南京素有“火炉”之名，但夏日在底下行走或骑车，那种绿荫遮顶、风生腋下的凉爽惬意，远不是今天车河里开着冷气的蜗行者有缘享受的。这给从首都一下“沦落”为省府的南京，找补回不少面子。

这般风姿摇曳的混血儿的婀娜身影，还可见于上海、武汉等几个南方城市。尤其是沪上霞飞路（今淮海中路）、贝当路（今衡山路）、长乐路两侧，其枝叶浓密浓稠，阳光再泼辣打滚，也钻不进来。据说，在沪上，每三棵树里，就有一棵法桐……

去珠江三角洲和闽南，街旁，江畔，路侧，山上……随处可见合欢树、榕树。前者高大，可达 16 米；后者壮硕，一棵硕大无朋的榕树，远看去，就像一片小树林。“无樟不江西”，其实无樟也不江南，苏州有多少石板小路，清清亮亮，幽幽静静，躺在香樟树下？浙江衢州有多少个乡村，叫樟树底、樟树潭、樟树

1948 年，华北。逃亡途中的东北大学教授和学生在森林里复课

湾；曾经有多少男女的名字，叫樟树、樟木、樟林、樟花、樟根……

听民国生活过的老人回忆，无论南方北方，农家的屋前屋后，乡间的河畔溪口，都栽有各种树木，远远望去，屋舍流水，掩映在绿树丛中。春天，老树发芽或开花，喜鹊、燕子、黄莺、麻雀，轮番登枝，一展歌喉。他们或策论人间，给萧疏一冬的人们增添喜感；秋天，老树满树黄叶，摇摇瑟瑟，你看不到在它的年轮和各种畸形树瘤上所忠实记录的所有争斗、所有厮磨、所有苦痛；你能看到的，只是它周身上下一片金黄，煞是耀眼迷人。其实，它是在用沙沙的黄叶，对一代代的农家孩子说，不管你是坚守还是离开，人生都是受苦，生活都不容易……

可以说，在广袤的乡间，老树和古祠堂，维系了一片中国人世代的乡愁。

据《中国可持续发展林业研究·总论》的统计，1949 年前后，中国的森林覆盖率，华北约 5%，东北达 45%，华东为 26%—55%，中南约为 17%，西南为 12%—25%，西北为 1.7%—1.79%。1949 年全国的森林覆盖率，大约为 12.5%。

现代化非现代性

1949 年，《中国人民政治协商会议共同纲领》里，作出“保护森林，并有计划地发展林业”的政策规定。次年，第一次全国林业工作会议，确定“普遍护林，重点造林，合理采伐和合理利用”的林业建设方针。

随着各地普遍造林，森林分布由原来主要是天然林的集中分布，变为天然林、次生林和人工林的大范围交叉分布。但次生林和人工林，多是生长期快的杉木、杨树，这与当时国人期望早日实现“苏联人的今日，就是我们的明日”的趋众心理，同一节奏。东北天然林区，开始实行合理采伐、合理造材、降低伐根、利用梢头木林业方针政策。伐根从 70 厘米，降低到 20 厘米以下，同时在采伐区注意留好母树、保护幼树、清理林场、合理采伐、合理利用，林业生产较1949年前有所改进和提高。“一五”期间，东北林区木材产量，达到全国总产量的39.1%，成为国内最大的商品材供应基地。当年修建铁路所需的枕木，大多来自大小兴安岭。

1956年6月，全国人民代表大会常务委员会决定，成立森林工业部，任命中国民主同盟第二副主席罗隆基为部长。抗日战争胜利后，有英美政治学博士学位的罗隆基，全力从事民主运动，在重庆、南京和上海期间，与周恩来、董必武等来往甚密，在重大问题上和中国共产党密切合作，争取和平民主，反对独裁，反对内战，成为国民党的一颗眼中钉。

森林如何归属工业？一位政治学者、人权斗士，如何管起了森林？1929年起，至抗日战争前夕，连续担任中华林学会理事长的凌道扬先生，此时仍在世，不过被冷落在香港一隅，任私立崇基学院院长、联合书院院长，并参与创办香港中文大学。

可惜，森林在政策条文里的热度，恰似部长办公室的沙发还未坐热，还有倏忽来去的罗隆基。1957年的反右运动中，罗隆基被划为“右派”。1958年1月，民盟中央宣布，撤销他的民盟中央副主席职务。同时撤销的，还有其森林工业部部长职务。

毛泽东梦寐以求的，仍是九州大地处处竖起烟囱。高高烟囱，被认为是工业化现代化的标志。这是一个工业化号令天下的时期，冶金、建筑、煤炭、交通、轻工等行业，无不跑步进场，唰唰集结，对木材需求量急剧增加。曾任中国林业科学研究院首席科学家的彭镇华回顾：出于经济发展需要，学习苏联模式，将木材生产作为林业部门的核心工作。“（当时）一提到我们的森林如何评价，我们的专家就认为，单位面积内，还是这个林分，这块地，这个工程里头，产多少方木材，就一个指标，甚至木材的质量好坏，都不考虑。”

这种仅看重森林的经济价值，照搬苏联“大面积皆伐，等待间隔皆伐，实行天然更新”的采伐政策，后来被称为“大木头主义”。

从 1958 年开始，“兵锋”所至，必有“凶年”。

对森林而言，这“兵锋”乃“钢铁元帅升帐”，领袖在中共八届二中全会上说是“六千万人上阵”，“几千万人上山”（找矿）。数不尽的山林里，白鹳、猫头鹰，发声凄厉。金莲花、紫堇，践踏成泥。野猪、林鼠，仓皇出逃。反复的斧斲和滚滚热浪，使得云杉、马尾松的树皮裂开，黏稠的树脂，如泪珠一样流下。无际绿海，百年光阴，顷刻间化为炉中的柴炭、铁渣。

西南天然林区，本是东北林区之后的国内第二大原始林区，因交通不便，且该地区有长江、黄河的源头，及沿江流域，宜以防护江河，不宜开发用材，近代以来郁郁葱葱、山清水秀。然而，在“卫星”密似飞蝗、冰雹及几乎每一天都在发射伟大神话的 1958 年，西南地区的嘉陵江、涪江、沱江流域的森林覆盖率，从 28% 迅速减少到 60 年代初的 3%—5%。这一带多为丘陵地貌，地表土层薄，常常一场暴雨过后，沟壑黄滩滚滚，水土漫流，大片农田颗粒无收。许多区县，由于过度砍伐树木，老百姓的生活用材已无处可取。据《广西壮族自治区志·大事记》载：仅大明山林区，有案可查的 10 万人，驻扎在山上砍树，共砍伐森林面积 31 万亩；大瑶山林区 8 个县，一天之内，砍伐树木 10 万立方米。公社书记化装成英雄好汉，上台打擂放“钢铁卫星”，老百姓呢，男女老少被编入“杨宗保”“穆桂英”“罗成”“佘太君”突击队和生产连，似乎进入一个全民戏剧嘉年华的日子……

据广西林业厅的报告，当年全自治区共砍伐各种木材，折合森林蓄积量为 3700 万立方米，是国家该年从广西采购木材数量的 10 倍之多。

中部地区，杀伐遍野。《江苏大学学报》（社会科学版）2013 年第 4 期刊文《“大跃进”运动中的工业“技术革命”》，其第三小节，透出一组数据：“大炼钢铁之后，仅湖北省森林面积，就比 1957 年减少了 32.43%，其中，成林面积减少 58.50%，森林蓄积量下降 33.70%。”就是说，全民“大炼钢铁”“土法炼钢”，导致湖北森林面积减少将近 1/3。

湖南亦如此，毛泽东在长沙读书时的老师徐特立，当时已是 82 岁的老人。

他 1956 年前回过湖南老家，1958 年底再度返乡，昔日草木萋萋的丘陵，黄泥裸露，林子全毁了。当公社党委书记向他汇报“跃进战果”时，他马上打断：“山上的树哪里去了？”书记只好实说：“烧炭炼钢铁。”老人摇头叹气：“我们不能毁祖宗山，作子孙孽呀！”

江西亦然。曾是解放军唯一的女将军李贞，1980 年回到当年打过游击的江西吉安一个村子，见乡亲们日子过得凄惶。追问缘由，村干部细说来历：“当年后山上，有数不清的几个人都合抱不过来的大树，前山上碗口粗细的树，也密密麻麻地长满全山，但是‘大炼钢铁’以后，全给砍光了……”

华北，也是烟光四起。国家计委、外交部、文化部、解放军总后勤部的大院，都像打了鸡血针的猛汉阳物，竖起朝天的土高炉。你很快就看到那些钢的样子：“装了一台小鼓风机，嗡嗡地响着，好像一窝飞行的屎壳郎。炼出的东西，是一团团火红的粘在一起的锅片子，看起来是牛屎的样子。有一位手持钢钎的叔叔说，这就是钢。”后来，王小波写道：“那一年我只有 6 岁，以后有好长一段时间，一听到钢铁这个词，我就会想到牛屎。”

你再看承德。有清一代，很多北京城的居民（旗人居多），奉御旨携家带小，去了承德。承德作为“首都行政副中心”，有一整套行政班子。康熙和乾隆、嘉庆，一年有小半年，在此避暑山庄度过。承德还是总面积达 1 万多平方公里的木兰围场的重要组成部分，每年秋狝之日，鸣号角、击铜鼓，彻响山林。一声令下，康熙、乾隆等皇帝，牵黄擎苍，千骑随驱，气势磅礴，顷刻间，一片狐奔鹿闪，金钱豹长啸……承德，还怀抱一块“清东陵后龙风水禁地”，从清朝顺治年间被御封起，至今已有 270 余年，林区内古树参天，峰奇石秀，野生动植物 2000 余种。不过短短几年，承德地区毁林炼铁、开荒，毁草种粮，又过度放牧，山林、草原破坏，共超过 80 万亩。当地有百姓，估计不会是满人，袖手破棉袄里，眼珠骨碌碌远眺，打油道：“抬头望山秃，低头见河干。山地脱皮下河川，冲走沿河万亩田。大风一起难睁眼，一把柴火跑遍山。”

1958 年江苏省镇江市，在野外、野地里建的土高炉群。当时已建成 500 余座

东北林区，大兴安岭、小兴安岭和长白山，至“文革”前，原始红松林多数被采伐。东北气温低，夏季最热时不过 20℃，红松生长期每年只有三四个月，生长十分缓慢，唯其纹理细密，才能抗风化、耐腐蚀；且枝杈很少，出材率高，一棵三四百年的红松，往往可以出材十多立方米。20 世纪 50 年代，林业砍伐工人主要靠斧劈人拉肩扛，那时，砍倒一棵树至少得一个小时。到了“文革”的高峰期，各种动力机械，尤其是油锯的使用，在“迎山倒”和“顺山倒”的号子声中，一个伐木工人一天可以生产 500 立方米，相当于砍倒三四百年树龄的红松 40—50 棵。

黑龙江生产建设兵团一个师的知青，一个月里就能砍伐 20 万立方米。一棵十几米高的红松，在林中倒下，虽说不上天旋地坼，却足以让初见者胆战心惊：根部锯断之后，先是慢慢地倾倒，像是不肯离去这方白山黑水；不一会儿，速度渐渐加快，仿佛在痛苦地默想，你无义如此，我何必持节有情呢？

旋即，呼呼作响，如狮吼象怒，势不可当地砸向所有敢阻挡它倒下的别树枝干；最后“轰”的一声，砸在林间雪地上，雪花四溅，断枝横飞，地面陷坑。一棵直径几十厘米、冬天冻得发脆的红松，“顺山倒”时，可以摔断成几截。

此刻，知青们大约有着亲睹林彪那架三叉戟飞机砸下蒙古国沙漠里的快感。此时，虽还可见樟子松、落叶松、白桦树、柞树林，一般碗口粗细。或抬头看，碧空蓝天下，也能寻宝记式地发现几棵树径 50 厘米以上、高 20 米的钻天大树。但大树不成气候，朝夕相望不相闻，早不是当年杨子荣穿林海过雪原的莽莽苍苍的形态了……

中共哈尔滨市委党史研究室，曾调查、计算得出：1937 年至 1941 年，日本侵略者 4 年中掠夺黑龙江五常林区的木材 32 万立方米。1959 年，五常林区的山河屯林业局，一年的采伐量达到 50 多万立方米[①]。日伪时期的采伐方式是“拔大毛”，哪棵树大，采伐那棵，采大留小，期待来年；1949 年以后，许多年里，采取的是“剃光头”的方式，不管是大的小的，统统下山……

“文革”那些年里，南方残存的一点可怜山林，也像阳光下的雪人一样，轻易倒下。

曾任广东省统计局局长的卜新民，那年月是个回乡知青。他所在的梅县松口镇南下村，村后群山连绵。但集体化后无节制的砍伐，只剩下离村庄一小时多路程的裤裆山山腰上的一片松林。它们能“大隐隐于野”，侥幸于伴着一座丘三爷的墓地。墓前几百级石板路，盘山势逶迤而下。墓堂前三四十米的斜坡上，立有十几棵百年老松，披着盔甲般的树鳞，侧枝如盘虬卧龙、大蟒出山，有几棵胸径超过 60 厘米，上十丈高，足以昭示墓地的历史沧桑。丘三爷活着时何等牛气。1974 年秋，“抓革命促生产”，靠着梅江的生产大队，决定造船跑运输搞创收。派身怀木工技艺的卜新民，带着一班人马，到此砍伐松林，并解体用作船料。

---

① 《山河屯林业局志》。

1949 年前，丘墓曾被盗过，后人重修如故，前几年再次遭劫。丘姓后人到了这一辈，早被整得没有脾气，有敢嚎几声的，蝉只是个哑蝉。一行人开到时，触目散乱的棺材板，几块暗夜偶泛磷光的骸骨，墓碑早已不知去向。唯墓堂和拜坛完好无损，成了安营扎寨的好场所。卜先生退休后，回忆起这段不信鬼神的日子，写有《斧声坎坎在幽谷》一文：

> 三爷自身难保，其所庇护的老松的命运，也只能是斧钺加颈，化身为船，为社会做最后贡献了。遐想中突然一激灵，应该写几个字，苦中寻趣，给酸涩的山林生涯添点亮色。我马上行动，拿出几块当天搭床铺用剩的松木板，灶膛里扒出火碳，白板黑字，用谁也不会恭维的卜体，就眼前景况，写下了“人声、锯声、斧声，哑蝉复鸣；巧干、苦干、实干，三爷献宝”对联，以现实场景“生死同眠”作为横批，找几枚铁钉，把三块木板钉在了茅屋的出入口。我端详了一阵，意犹未尽，觉得还需表明这是个什么场所。在当时的记忆里，上海造船厂，是中国最大最具实力的，似已改名为新中国造船厂了。于是，找块木板，写下了“新中国造船厂南下车间”几个字，挂在横批上方。横看竖看，觉得这有点意思了，坟地有了工场的味道、劳作的品味，似乎也相应地得到了提高……

乌托邦般的迷思，竭泽而渔式的发展。

走到 1978 年，高烧退去的中国社会，伤痕累累的朝野上下，难得地获得一个共识：

不能再鼓吹“阶级斗争”了，不能在“与天斗、与地斗、与人斗”的道路上再走下去了。但人们的心智和社会的成熟，还没有进入生态层面。中国人绷紧了几十年的心弦，有了放松，森林的采伐速度，却未见放缓的迹象。1981—1997 年，中国木材需求缺口，平均每年增长 10% 左右，木材生产作为“硬任务”，其序位，始终高于作为“软任务”的造林。20 世纪 80 年代末，

1958 年，广东省琼中县（现属海南省）的群众，在“全民大炼钢铁”运动中砍伐树木，给土高炉作燃料用

有学者用形象化的数字说，在我们这个本来树木就不多的国家里，学校每上一堂课的时间，有 4000 亩森林被毁；每吃一顿饭的工夫，有 2000 亩森林被砍伐一空；甚至，每眨一下眼睛，有 12 亩林木，从我们的土地上消失……

再有，1958 年至 1978 年，是中国人口增长最快的时期，人口由中华人民共和国成立之初的 5.4 亿，增加至 20 世纪末的约 13 亿人。森林破坏与人口密度、人口迁移有很大关系，民间樵采，毁林垦田，挖山开矿、引渠，人口密度越大，空间分布越广，森林遭破坏则越严重。即使在 1979 年农村实行土地联产承包责任制以后，土地划分，几乎隔几年一变动，谁愿意让自家种的树木，随土地流转到他人手里呢？于是，每次变动，在主人的喜乐哀愁外，还有树木的暗泣与倒下。

当时从北京至河南，一千几百里路，无论坐火车还是乘大巴，在沿途，几乎看不到树龄超过 20 年的树，而只有小树、幼树，且绝大部分是速生杨树。

杨树是成材快、成荫快，所谓“政绩工程”最明显的行道树。种杨树还很经济：绿化用的一年生小杨树苗，一棵只要五六块钱；胸径五六厘米的杨树，一棵只要二三十块钱。杨树也不像其他树种苗得费心照顾，它皮实，“至贱”无敌，可以裸根栽种。近20年里，华北城市大多种下的是杨树雌株，同龄的幼苗，雌株要比雄株长得更快、更粗壮。

看着这些人工林、速生林，很容易以为，我们真是40年跨过了人家300年的路。农村更不必说了，“如果种生长缓慢的树种，土地流转了，树才胳膊粗，是刨还是不刨？刨吧，纯粹是害性命；不刨呢，不是白忙活吗？”[①]

有统计数据显示，至1999年，中国半个世纪的木材消耗总量，达到86亿立方米。这相当于1949年时中国所拥有的全部森林储量。

960多万平方公里的大地上，几乎到处留下绿色的巨创，以及森林的废墟。

不仅如此，东亚这片季风惠泽、雨热均衡的大地上，原本世界生物多样性最丰富的种库，生物们只能“戴镣长街行”，或已引颈就戮。且不说唐人“果落见猿过，叶干闻鹿行”“虎豹夹路啼，熊罴对我蹲”早成绝响，“两个黄鹂鸣翠柳，一行白鹭上青天”还须意淫，残存的森林伸出舌头，大都空空荡荡。“关东三宝”的野山参、紫貂、乌拉草，已是罕见；东北虎、梅花鹿、丹顶鹤，濒临灭绝。西南、华南地区，被兽夹夹断脚的白鹇，被子弹击中的藏羚羊，被龟笼套中的穿山甲……年复一年，日复一日，森林里在悄无声息中血腥着什么、惨烈着什么，多数中国人并不知道，他们有感知的，只是森林外的场面：

黄河流域，成为我国乃至世界上水土流失最严重的地区。高原上植被稀少、沟壑纵横，沟里海拔高处称作沟头。许多地方沟头每年平均前进3米左右，把地面切割得支离破碎。每年经黄河流走的泥沙有16亿吨之多，水中含沙量平均37%，泥沙剧增，使之黄河下游河床高于两岸地面数米，到郑州河段竟高达7米，形成“地上河”。民国年间，平均2.5年发生一次的泛滥、

---

① 阎连科语。

决口，一旦再次发生，后果真是不敢设想。黑龙江林区，失去大树力挽的大量下泄泥沙，淤积在松花江河道，造成行洪不畅。松花江哈尔滨江段的河床，也比 20 世纪 50 年代抬高 30—50 厘米，美丽的松花江，只流淌在郑绪岚天籁般的歌声里，由清变浊，已成“黄河”。

“黄河”，在歌唱家、诗人那里，也许还不脱“母亲河”所指，在专业领域，却显示为一颗巨大的“定时炸弹”。1979 年，农业专家刘遒维，提交《长江有变成第二条黄河的危险》的报告。他认为，若再不改弦易辙，积极植树造林，保持水土，对长江流域的生态环境将面临不可挽回的伤害。

总是获国之厚待优遇的首都呢？

40 年前的北京，最怕刮风，新华社电讯稿《风沙紧逼北京城》，描述为：“一旦尘暴袭来，首都上空更是一片灰黄，白昼如同黄昏。”北京周围有五大风沙区，从不同方向，往城里“灌沙”。1977 年，联合国环境规划署，在肯尼亚首都内罗毕宣布：北京是“世界沙漠化边缘城市”。唯一的解决办法就是绿化，绿化最快最具性价比的办法，自是种杨柳树。多少年里，只要有一个温度适宜的春日，杨柳们就被集体唤醒，从上午 10 点到下午 4 点，正是气温最高时，无边的杨柳絮，散逸在城市露天的每一寸空间，一个人行走街头，如同一尾鱼儿，在吸尘器的集尘器里游泳……

1984 年，中国开始实施《森林法》及其他相关森林法规，试图将林业工作的重点，逐步转为植树造林、扩大绿化。但落实到操作层面，这场转型极为困难。

不去说各方具体原因，只探寻背景。

自小学课本上，精卫填海、后羿射日、夸父逐日、愚公移山、大禹治水、盘古开天辟地……我们的神话，概括起来就是征服自然。西方的《创世记》说，人和万物，都是上帝造出来的；而我们是一身油光光的腱子肉，凭着满盘弯弓，马革裹尸，自己打出来的江山。传统上缺乏宗教背景的中国人，在“天人合一”的如风幌子下、“道法自然”的唇舌若轮中，其实对大自然进攻性、目的性太强，不是所有人，却是大多数人，缺乏一颗平等之心、一怀悯世之情。

而由日月盈昃、清风玉泉、花光树影，乃至黎明的每一滴清露、晚间的每一声虫鸣，组成的大自然的秀蔚，一定是一个民族富有人性与灵性的最初精神启蒙。因此，是否可以作如是观，在继对大自然难持恭谨态度之后，中国人在同类之间，除家族、宗族外，也必然缺少一股亲和力。一旦大大释放人性阴骘一面的“政治运动”和商业化大潮来袭时，前者彼此间的身心伤害，尤为剧烈生猛；后者有形无形中的互害模式，几乎只有你想不到的，没有他不敢做的……

我们一以贯之地对物质世界的提升与进步，敏感、急切，即便是最大的“保守党魁”——长年住在山光水色、花团锦簇的颐和园里的慈禧，也知晓大清必须有一支亚洲最强大的海军舰队，本人也袅袅款款，在西人镜头前，留下不少临花照水的御照。一句话，别人家有的，咱大清必须得有。或者说，现代化，也是大清的强国梦。但在中国语境中，现代化，多被描述为富国强兵、工业化、高科技等物质、研发、制造层面的东西，按照此种语境，再有 10 年，中国必将成为全球最“现代化”的国家。

20 世纪以来的历史，却证明，只有以“现代性”作为目标的“现代化”，才是完全意义的现代化。

任何国家完成工业化之后，都面临社会现代性转型的门槛。西方社会进入现代阶段后，许多著名思想家，包括马克思、恩格斯的经典马克思主义，卢卡奇、阿多诺的西方马克思主义等，都对西方现代社会进行尖锐批判，促使其“现代性转型”；我们则往往将现代化的深刻内涵，浅薄为几组风驰电掣的高铁，异化成一幅可绚烂迷醉于世界夜空的烟火、灯光秀，对精神世界的阴影与病灶，一向迟钝、麻木，缺乏内省、反思，并加以翻然改造的力量。

中国，又一次转身

1987年5月6日，大兴安岭漠河古莲林场区，因工人野外吸烟，引起森林大火。这场1949年之后最严重的森林火灾，由5.8万多名军警民，经过28个昼夜的奋力扑救，于6月2日彻底扑灭。大火直接损失5亿多元，火场总面积1.7万平方公里（包括境外部分），境内森林受害面积101万公顷，大量的中幼林被烧死，一处处炭山焦岭，烟尘久久不散，触目剜心。此外，烧毁房屋63.65万平方米，烧毁国家储存木材85.5万立方米，灾民5万余人，丧生211人。

"那场火烧得人心痛啊！中国残酷的森林现状，一步步向我走来，我不能释怀。"

那几年，作家徐刚，从武夷山走到海南岛的原始森林，再到天目山及国内的几大林区，写出《伐木者，醒来！》。

徐刚先生在浙江山林采访

无论在阳光下，还是月光下，只要屏息静听，就会听见从四面八方传来的中国滥伐之声，正是这种滥伐的无情、冷酷和自私，组成了中国土地上生态破坏的恶性循环：越穷越开山，越开山越穷；越穷越砍树，越砍树越穷！

我们的同胞，砍杀的是我们赖以生存的肌体、血管，从这个意义上说，中国是一个天天在流血的国家。

被称为世界生态文学里程碑之作，美国海洋生物学家蕾切尔·路易丝·卡森的《寂静的春天》，在20世纪70年代已有中译本。全球著名智库——罗马俱乐部——1972年提出的首份报告《增长的极限》，在80年代初举国秉烛读书的岁月，也被译介到国内，列为当年影响很大的《走向未来》丛书之一。1992年，联合国环境与发展大会通过《21世纪议程》，高度凝聚了当代人对可持续发展理论的认识。1995年，美国作家、评论家罗伊·莫里森，出版《生态民主》一书，提出现代意义上的生态文明的概念，即真正把生态文明看作工业文明之后的文明形式。在欧风美雨激活下，1987年，中国生态学家叶谦吉首次使用“生态文明”一词。他从生态学和生态哲学的角度，阐述生态文明。他认为，生态文明是获利于自然又还利于自然，改造自然又保护自然，人与自然之间保持着和谐统一的关系。

1988年前后，关于中国生态环境严重恶化的现状，多有作家、记者揭示、呼吁，郑义的《中国之毁灭》、马军的《中国水危机》、刘贵贤的《中国的水污染》和《生命之源的危机》、沙青的《北京水危机》和《北京失去平衡》、陈桂棣的《淮河的警告》、航鹰的《生命之水》……一时，无边忧患，多方呼吁，恰如“砌下落梅如雪乱，拂了一身还满”。

好像别人拂了就过去了，大抵唯有徐刚，30年如一日“如雪乱”，矢志为自然界一切被损害、被遗忘的无言者代言，奔走于山野林莽、湍流大川、孤烟瀚漠。在时代还有文坛上，常常热闹得像装进竹篓的螃蟹一样，翻动出太多白花花的功利泡沫，他却若穷街陋巷里的一名拾荒者，寂寞又矜持地走在生态的江山，从中年写到老年，从黑发写到白发，而今飘飘洒洒的银发披肩，腰椎间盘突出困扰多年。先后有《沉沦的国土》《中国：另一种危机》《中国风沙线》《守望家园》《江河并非万古流》《绿色宣言》《国难》等多部著作出版。近年的一部，是他对森林草木之沉默而高贵的心灵倾诉的《大森林》。

“拾荒者”掌中的一柱孤光，居然穿透太多“不知今夕何年”一类的文字帘幕。

二十几年过去，林业系统的许多人，回首往事，从昔日砍树毁林为业，到现在遍及全民的种树、护树，《伐木者，醒来！》是其观念球场上破门的第一脚，是诸多地方政府部门林业思路的惊蛰之刻。徐刚因整体性、文化性、持续性的写作，堪称中国生态文学的奠基者。有评论道："我们几乎可以称徐刚为中国的卡森……他的《伐木者，醒来！》，应可比于《寂静的春天》之于美国。"

马永顺，第一代林业工人。20 世纪 50 年代，因一人完成 6 个人的工作量，创下手工伐木年产量 1200 立方米的全国最高纪录，先后 11 次被评为黑龙江省、东北森林工业总局劳动模范，多次获全国劳动模范奖章，兴安岭上无人不知。1960 年开始，每年春天，他清晨上山总要早去一会儿，下山总要晚一阵子，中午工组同伴休息，他也利用上，在空地栽上几棵树苗。1982 年退休前，一位老伙计和马永顺打趣道："以前报纸上老夸你，'踏遍青山人未老'，现在再上山看看吧，你把青山都踏光了。"一句话，引得他脸上赧然生热。

前 30 年睡不醒，后 30 年睡不着。折腾一夜，翻出箱底自己大半生获得的一大堆奖章，摘下大半边墙奖状，其后果，却是荒山秃岭、水土流失、灾害频发……床上思来默去，这三十几年，摊到个人头上，他采伐了 3.6 万多棵树。他也曾栽下一些树，但相较于几乎已成森林墓场的兴安岭，不过是抱盆水救城门之火，往天空上做填空题。那阵的老马，大约只是"模范"意识，闲不住的党员角色。此刻的他，有了"偿还"意识，还具修行者的角色，兴安岭俨然莲花宝座上的观音。他向"菩萨"许愿：

退休后，老骨头能撑多久，就得栽树多久。此生栽的树，一定要超过砍倒的树！

撒泡尿，都会冻成冰棍的严寒中，干的都是重体力活。伐木工大多能喝酒。身高 1.83 米的马永顺，块头大，喝酒更是海量，年轻时曾一次喝过 3 斤白酒。退休前，他便盘算退休金尽量用在买树苗上，要喝酒，只喝林区生产的一块多钱一斤的"小烧"，也别要什么下酒菜了，一个苹果、一个柿子，或一根酱萝卜就成。退了休，一个苹果、柿子，在老花眼里，都是刚刨出来的树苗，一跺脚，把至少是一个甲子的酒瘾给戒了。

1991年，马永顺已是78岁，掐指算了一下，差近千棵树，还上采伐“欠账”。这年8月，他又发现，一年前自己在营林所南山栽下的200多棵落叶松树苗，有一小半遭毁。老人痛定思痛，不管服不服，不服也得服，此后全家都跟着他上山。一家三代18口人组成的马家军，既造林，又育林、护林，一连九个春秋，每天扳着指头算。至1999年，马家军在荒山上栽植树苗已有5万多棵。像是大愿归零，此生才可落幕，次年2月，马永顺因心脏病突发去世，享年87岁。2009年，马永顺获得“全国十大绿化标兵”称号，被评为100位“感动中国人物”之一。

普遍而又深刻改变朝野上下森林保护观念的事件，是1998年特大洪水。

这年夏秋季的洪水，涉及长江、嫩江、松花江等。长江洪水，是继1931年和1954年两次洪水后，20世纪发生的又一次全流域型的特大洪水之一；嫩江、松花江洪水，亦是150年来最严重的全流域特大洪水。除重灾区江西、

马永顺全家上山植树

湖南、湖北、黑龙江四省外，全国还有 29 个省（区、市）遭受不同程度的洪涝灾害，受灾面积 3.18 亿亩，受灾人口 2.23 亿人，死亡 4150 人，倒塌房屋 685 万间，直接经济损失达 1660 亿元。

除上年爆发的百年来最强的厄尔尼诺现象等其他因素，这次洪魔肆虐、黄汤滚滚，是长江流域森林乱砍滥伐造成的水土流失、中下游围湖造田带来的直接后果。两岸 80% 的森林遭砍伐，长江流域 180 万平方公里土地中，有 20% 发生水土流失，每年丧失表土 24 亿吨，每年从上游携带下来 5 亿吨以上的土沙，顺着长江流入东海。长江的河床，多年前已高出地面，成为继黄河之后的又一条"悬河"。《春江花月夜》描绘的"江流宛转绕芳甸，月照花林皆似霰"，早成沉沙铁戟，一去黄鹤，长江的泥沙扑腾劲儿，可与黄河比较……

同年，中共中央、国务院印发《中共中央、国务院关于灾后重建、整治江湖、兴修水利的若干意见》。文件要求"全面停止长江、黄河流域上中游的天然林采伐，森工企业转向营林管护"，并随之启动"天然林资源保护工程"。2001 年 3 月，退耕还林工程，被列入第十个五年计划，并规定，在全国停止天然林采伐、封山植树的基础上，对 25° 以上坡地和沙化严重的耕地，陆续退出耕种，植树造林。当时的基本政策是，长江流域以南的地区，退一亩坡耕地，国家给 300 斤的原粮；长江以北的地区，退一亩坡耕地，国家给 200 斤原粮。

前一年，普天欢庆里香港回归，看起来人间岁月静好，而实际上进入了国土上自 1949 年后罕见的"紧急状态"。这国库实打实拨付的巨额粮食，与其说是补偿历来以砍树毁林为生的民众，不如说是历来大无畏的国族，对已濒于枯竭的森林的紧急"输血"，对一向任意搓揉、视如草芥的大自然的"赎买"。

"劳动乌托邦的咏叹"戛然而止了。对林业工人爬冰卧雪、伐木不止，献了老子献儿子的赞美之歌，日渐喑哑。许多赞歌，无论如何优美动听，却只能飘在天上云端，不可能落到人们心坎里。世界上有一些劳动，不管多么号歌惊天、飞汗撒地，它只属于一个短暂的时代。这个困窘的时代，结束得越快，劳动越能恢复“劳动创造世界”的本义，而劳动者可以早日卸下其背负的大自然之殇。比如伐木工，将无愧地告诉后代，森林里有无数美妙的声音，但不再会有伐木和砍树的声音。

首先是长江沿岸、黄河流域，斧头、大锯入库。

“种粮不如种树，放羊不如种草”，从“兄妹开荒”，变为“兄妹造林”。仅延安，就有几十万羊倌下岗，太多农民从眼红牛粪羊蛋，到争抢一匝绿荫。山峁上、沟畔边的农地，不再种庄稼，大面积栽种树木和经济作物。红枣、苹果、香梨，依季开花结果，侧柏、刺槐、苜蓿，次第盈枝苍翠。在延安市退耕还林工程管理办公室提供的4张卫星遥感植被覆盖度图像中，从2000年的“半黄半绿”，到2010年的“一片碧绿”，再到2015年的“整片深绿”。20年来，延安大地经历了一场由黄到绿、由绿变美、由美而一跃为“全国森林城市”的历程，为国内同类苍凉贫瘠、森林绝迹的土地，提供了一个“生态修复”的成功样本。现在的延安，森林覆盖率提高到惊人的53.07%，植被覆盖率更高达81.3%。2016年，延安已经被国家林业局授予“国家森林城市”称号。

位于陕西省榆林市长城一线以北的毛乌素沙漠，横跨宁夏、陕西、内蒙古，面积有四五万平方公里。古代，这里水草丰美、风光宜人，南部一度是匈奴人的政治中心和经济中心。后来，这里遭遇不合理开垦，又历经气候变化、战乱更迭，明清两代形成茫茫大漠。著名的“榆林三迁”，就是被毛乌素扩张给逼的。20世纪80年代以来，榆林市先后投资上千亿元，在沙漠腹地，种植万亩以上的成片林地，建成总长1500公里的4条大型防护林带。在全国所有沙漠地区中，毛乌素涌现出最多的民间植树英雄：石光银、乌云斯庆、牛玉琴、张应龙、盛万忠、王有德、白春兰、宝日勒岱、殷玉珍……

石光银，是“人民公社”时代的劳模，他用20多年时间，在63公里长的沙漠边缘，种下6公里宽的一个绿带。这个“人进沙退”的速度，相当于清末同治年间流沙侵蚀榆林速度的两倍有余。殷玉珍，只是毛乌素沙漠里的一名农家女。她19岁嫁到这里，过门的第40天，才见一个人如孤独的鸟影，从她的家门远远经过。面对一望无垠的荒漠，她咬牙发誓：“宁肯种树累死，也不叫沙欺负死！”一年后，她用打工挣的钱换回600棵树苗，一场持久的人沙战斗开始了。没有钱买树苗，丈夫离家到外面给人淘粪、盖房子、干农活。刚栽下的树苗，被风沙吞噬，再栽；再吞，再栽。殷玉珍在这里一过，便是二三十年，她使尽一个女人最好的年华，将7万多亩荒漠变成绿意葱灵的绿洲。

如今，毛乌素沙漠植被覆盖率达80%。榆林全市林木覆盖率达到33%。而陕西，成为我国第一个完全“拴牢”流动沙地的省份。

2018年，周恩来的特型演员刘劲，自导自演电影《周恩来回延安》，纪念周总理120周年诞辰。刘劲带领剧组，来到延安傻眼了，怀疑自己是不是回了一个假延安。1973年，周总理回延安，那时还是千沟万壑、黄天黄地、绿意难寻。影片得有真实场景，剧组必须拉出去，结果方圆300公里，无论是陕西还是山西，都没寻到可以摄入镜头的没有植被、唯有黄土的场景……

接着，是吉林、黑龙江、内蒙古，“金盆洗手”“立地成佛”。

停伐，打破了国有林区原有利益链条，形成倒逼改革机制，使森工企业加快转型。大兴安岭林区累计有1.7万多名职工，转向森林管护工作，管护面积覆盖全部林业用地。更多的人自主创业，从事林下特色种植养殖，种植香菇、蓝莓、黑木耳等作物，养蜂、养鹿和养殖森林鸡、森林猪等特色畜禽；或凭借原生态优势，做起森林四季旅游和农家乐、民宿客栈等配套项目。许多林区，变“砍树”为“看树”，变“卖山头”为“卖生态”，变“卖木材”为“卖景观”。

过去，林场人家烧火取暖，门前常会堆放一垛一垛的木材，被称为木拌子，有人家的围墙，都是用木拌子搭的。木拌子的多少，往往看得出各户过日子的好坏。如今兴旺红火的标准是，看谁家凭经营的一片林子，钞票来得最猛、最久。林区劳动走出大山进城务工的也有，最远的去了俄罗斯远东西伯利亚林区。大兴安岭原 9 个林业局的近 2000 名伐木工人，无须 40 岁改学吹打了，在大口“咕嘟”伏特加后，还干着砍树的老本行，获得工资的同时，再获得设备租赁的收益……

马永顺纪念馆，坐落在铁力林业局大院里，已经快 20 年了。

大厅正中，是一幅古铜色浮雕，马永顺端坐的半身像周围，是数十位当年的伐木工人，徐步向前，神态各有不同，但都透着一股精神饱满、目光坚定的劲儿。群像后，是被红松、云杉层层覆盖的小兴安岭。这与深受苏联风格影响的国内众多的人物雕塑一样，满满的“正能量”——总得在伟人或英模的引领下，民众大步迈向一个新时代。在我看来，人物神情缺乏这个时代隐忍、郁重，某些时刻还有悲壮的气质。

“什么企业改制，说不管我们，一下就不管我们了……”一种弃儿的感觉，曾如冬日森林里彻寒透骨的朔风一样，在人们心头久久回旋。访遍东北林区，有几家未曾经历满腹苍凉、前景迷茫的日子？有几人不曾有过失岗的困窘、创业的艰难？

哪来什么“华丽的转身”，有的只是被迫而又决绝，“除了老板娘，全部清仓”。但在荒山大岭上一层层新绿的漫溢中，一种新的劳动方式，乃至新的生活方式里，他们熬了过来，由被迫而蹒跚，由蹒跚而心安，由心安而坚定，走到一个新的历史阶段。

所谓新的历史阶段，是指就森林生态而言——在经历漫长的农牧业破坏森林阶段、工业化迅速发展前后掠夺式采伐阶段，进入森林修复、康养阶段。这个新阶段，在西方大体从资本主义工业化完成后，到“二战”结束。我们比起人家晚了 50 多年。

在北方、南方，这些年，春季林中如金莲花、银莲花之类早开花的植物，普通民众里，像马永顺、石光银、殷玉珍这样人物的频频出现，是我们国家进入这个新阶段的一个重要信号。

甘肃武威凉州区长城乡村民王天昌，村子背靠腾格里沙漠。王天昌领着儿子压沙植树，一干就是10年，成效却不明显。父子俩在沙漠腹地建了一座“地窝铺”，干脆扎寨住下，一住又是8年。每日风沙洗脸、风沙拌食，人省着喝水，树苗不能省，为解水困，东拼西凑1.8万元钱，买了两峰大骆驼，在3公里多的风沙线上驮水，一个来回得3小时。浇水时，用的是勺子，滴水都舍不得洒。常人难以想象、承受的环境里，王天昌一家前后投入近百万元，如蚂蚁啃骨头，硬是在瀚海啃下7500多亩沙地，共栽植苗木600多万株。如今，已过80岁的王天昌，虽干不动了，但每天还巡护在这片绿色之中。

河南焦作修武县农民宰银根，本是大货司机，放着能挣钱的跑车生意不做，去村后绵延起伏数十里的山岭上，承包土地种树。他先后种植泡桐、核桃、柿子、香椿树，20余年下来将近20万棵。他常年住在山上与林为伴，等于把家给撂了，三间破旧的瓦房，东间顶棚早坍塌，靠块塑料布遮掩。屋内，几张没人要的桌子和椅子，嗅不到改革开放后的一点新气息。十几年前，媳妇受不了一直赔钱种树，有时连买面条、青菜的钱都抠抠搜搜，骂一句“神经病”后，把他给撂了，独自回了四川老家。由于经营欠法，加上交通闭塞，老宰开着三轮车，在布满石块的山涧河床上，蹦蹦跳跳前行，速度比步行还慢，至今不显人民币的曙光。已经57岁的他，却不打算下山，仍将坚持下去。有记者听说有这么个“野人”后，摸到他山里住的小石屋，见有野猪的影子，在屋外倏忽一闪，称他是“传奇”……

1993年，时年28岁、毕业于北京航空航天大学的廖理纯，创立晨拓集团。该集团现为中关村知名企业，是国内计算机外围产品重要提供商。“办企业，搞科研，国家不缺人才。帮助残障人群，也有很多人在做了。唯有植树造林，自愿参与的人，寥寥无几，那我偏要试一试。”

2006年，廖理纯辞去公司总经理，只保留董事长一职。3年里，他考察各地林区，到漠河、进川藏；赴塔克拉玛干、库布齐等大沙漠，每到一处，向附近村镇居民了解沙漠的演变和现状，体察当地志愿者的实践，规划、联组自己的队伍。

从2011年开始，每年的4月初至11月中，每周至少一趟，几十名来自各行各业的志愿者，随廖理纯乘一辆蓝色大巴上路，在距离北京最近的沙源——内蒙古浑善达克沙地——的南沿，建立第一个绿化基地。2013年，他又在河北省张北县的盐碱地上，建立第二个绿化基地。6年来，有239批近1万人次的志愿者，在这两个基地种植杨树、榆树、樟子松、云杉、油松和落叶松，培育出130万株树苗，每年新增绿化面积上千亩。

建立基地、培育苗圃、支付志愿者食宿等费用，都是廖理纯自掏腰包，迄今已花费1700多万元。他还计划，在柴达木盆地建立第三个基地，一旦实施，每年的投入将是四五百万元。看不出这位平时一顿饭有一碗面条落肚就知足的人，会是“金主”；也难看出，曾一年卖出上千台电脑，是华南地区销售一把手的他，运锹如飞，挖树洞下去，一锹土是旁人的三倍。团队里伙伴们给他起的绰号，是“锹王”。

廖理纯的办公桌上，有一个“人生倒计时”的台历。某一天，台历卡片上写着“9217”的数字，这是按照目前国内男人76岁的平均寿命计算，代表他的生命还剩下9217天。台历边，是他站在种植的树苗旁的留影。浑善达克沙地上，4米高的杨树和榆树，绵延千亩。原先光秃秃的沙堆，有了绿洲的雏形。他最欣喜的事，是见树苗如读初中的儿子的见识，一天天地在蹿高；还有雨季来临时，两个基地周边的雨水量，明显多了近百毫升。

他开始畅想，或许几年十几年后，这里将是一片郁郁葱葱、虫鸣鸟叫的景象。2015年，他完成《对抗荒漠化》一书，印刷上万本，赠送给每位参与植树的志愿者。书里有他一个期盼，多有一个人去种树，就多有一个人成为对抗荒漠化的“种子”。倘若每位公民一生种活100棵树，中国14亿人，按照乔木 25 棵每亩的密度，尚有 300 万平方公里荒漠化土地的中国，只要约 60 年，我们的孙子辈，只能去词典中查找“荒漠化”了。到底是学理工科的出身，总是用数字说话……

廖理纯的人生大转折，始于一位日本农学家远山正瑛。

1991 年，远山来到距包头市 60 公里的恩格贝沙漠开发示范区，这里被认为是库布齐大漠上最难治的“癌症”。曾任日本沙漠实践协会会长的他，被聘为总指导，当时已是 84 岁高龄。来前，时任中日友好协会会长的孙平化，与他聊及治理沙漠可不是一两年能够见效的，潜台词是请老人悠着点。远山说，我搞不完，儿子继续搞；儿子搞不完，孙子再接班。

从此，一个日本“愚公”的身影，出现在恩格贝，头戴遮阳帽，身穿米色工作服，脚蹬一双高筒雨靴，背着一个工具袋，每年在此工作八九个月，每天工作近 10 个小时。其余有几个月，他回日本现身说法。库布齐沙漠，距日本直线约 1500 公里，面积约 1.61 万平方公里，差不多有半个九州岛大。早春的偏西风，异常猛烈，其裹含的黄沙，甚至会漂洋过海飞到日本，是东亚沙尘暴的主要源头。“解决环境问题，必须世界一盘棋子，绿化中国沙漠，也是在帮助自己”，日本国民不妨每周省下一顿午餐钱，来中国植树。在他的感召下，日本成立了“中国沙漠日本绿化协力队”，先后有 7300 多名日本志愿者，参与进来。

曾与远山一起工作过的摄影师卢彤景，目睹了这支队伍：“严格遵守种树的每一个步骤，树苗的坑洞有严格的深度和宽度要求，树苗摆放正中的距离、树苗之间的距离、土壤的松软程度等，都是标准化流程。当日工作完成后，铁锹等用具会清洗干净，现场不会有任何杂物、垃圾遗留。”

廖理纯正是在恩格贝结识远山正瑛的。“鬼子进村”、扑鸡宰羊的日本人，只在影视片里看过。现在他现场见到的日本人，其中，不乏银发飘飘者，“他们一天能挖 70 多个坑，背负那么大捆的树苗，在沙地上能走 1000 米……中国人没几个行的。中国人，理应做得比他们更好才是”。今日，恩格贝沙漠治理和开发初显成效，种下的3万多棵乔木，已成方连片，1/3的沙地，约4万亩，披上绿装。

2004年2月，远山正瑛因病不幸去世。根据10年前就立下的遗嘱，他的骨灰，一半埋在日本故乡，一半埋在恩格贝。当地为其建立的纪念馆，外围长9米，进深9米，象征老人享年99岁（虚岁）。联合国授予他“人类贡献奖”，中国政府授予他“中国政府友谊奖”和“沙漠绿化之父”的称号。

与远山正瑛先生比起来，大龙隆司，要算是不速之客。

大龙隆司大学毕业后找工作，看见报纸上一张日本环保志愿者在中国植树的照片，他被打动了，“当时我心想，这么大的沙丘也能变绿的话，一定非常有成就感”。

1997年，背着父母，大龙选择来离日本最近的一个沙漠——内蒙古的科尔沁沙漠——种树。这块历史上出过孝庄皇后的地方，大半个世纪前，还长满杏树、山里红，不时有狐狸、獾子出没。无序放牧和过度放牧，科尔沁草原早成“科尔沁沙地”。当地百姓，起初以为他是来找石油的，一个人里里外外、忙进忙出，没有一个人搭理他。他每天刨树洞七八个小时，赶上沙尘冰雪极端天气，回不去，他就像只土狼一样瑟缩在牧民帐包前。开始人家害怕，他进去也害怕。为了树苗成活，还

远山正瑛

远山正瑛（右）带领日本志愿者在沙漠植树

没收入的他，掏出自己读书时节省下来的生活费，在沙漠上打出第一口机井。恐牛羊啃毁苗木，他再拉起一大片围栏。小树苗渐渐长高，当地人又有了新的判断：日本土地促狭、资源贫瘠，这小子莫不是来此经营林木，待到树长大，统统再运回日本？

还有人理解为，一定是日本政府出资，让他在科尔沁植树，为日本挡住风沙。

干完头三年，大龙回了一趟本土，与好友斋藤晴彦，成立“绿化网络”。其宗旨，不仅是让荒漠变绿洲，而且，希望当地人从植树活动中获得经济效益。“绿化网络”每年组织志愿者前来种树，一些日本大学生的毕业旅行，也被“忽悠”到了科尔沁。有来的年轻人，质疑大龙的身份：看他一身被风沙染黄的衣裤，去牧民家无畏那冲喉烧脑的大碗烈性酒，用蒙语反复劝说将牲畜在家里圈养的好处；他与汉族居民则以“老乡”相称，时不时冒出“唠嗑”“咋整啊”等东北土话，还把为他做饭的一名库伦旗满族女孩，宝贝似的塞进初恋；除了劳动时不自禁用日语哼几句《北国之春》，这哪像个日本人？

也许正为着大龙隆司不像个日本人，掰碎其青春岁月，播撒在几千里之外的异国科尔沁。“绿色网络”，引起诸多国际企业的关注。日本富士胶片集团、日本电信公司 NTTC、美国的户外休闲品牌 Timberland、JBC 等企业，每年都会拨款赞助，并有员工一起加入植树的行列中来。从 25 岁到 35 岁，大龙和他的团队，在科尔沁的 15 个旗县，造林 2.7 万余亩，种下 400 多万棵树。绿洲中长出的蘑菇、松子、文冠果、山杏，以及嫁接后的新品种大扁杏等经济作物，让当地人获得了经济收益，大龙也有了足以养活妻子和孩子的收入。

2010 年，中央电视台原主持人柴静，来科尔沁采访。见到目光干净得仿佛来自另一个星球、外表永远像个大男孩的大龙，她在节目中说：“跟这个人交谈，你很容易忘掉他的国籍、民族，你只觉得他是一个人，一个热爱自然和单纯生活的人，一个种下树苗并且耐心看它成长的人，一个对自己生存的地球和将来的后代有责任感的人。大龙并不将这一切强加于人，但也许恰恰如此，他会影响我们；他并不试图让人们记得，但也许恰恰如此，他也会留在我们的心中。”

中国沙漠日本绿化协力队

1978年以来，中国一次次地挪动巨大的身子，从阶级斗争的“火线”上转过来，从现代迷信的“教义”上转过来，从计划经济的威权下转过来；这20年里，它又一次从对自然界的征服、对GDP的崇拜下转过来。每一次转向，都由保守性、封闭性，深广地接近开放性和现代性。每一次转向，总是形势比人强。这形势里，既有全民族付出巨大代价后感性的呼唤，也有中国放在全球背景下的理性审视。

犹如中国人这40年所做的事情，可能马甲换了，话语簇新，其实，百分之七八十，其内囊，不是在愈合历史的创痛，就是补上历史的残缺，或仍旧陷在历史的流沙里，难以自拔，总归一句话，离不开历史。这40年的改革开放，看起来“中国制造”，大江大海，满坑满谷，充塞全球每个角落。其实，静影沉璧，“空里流霜不觉飞”中，世界影响中国之肌理，也至广至深，大凡吃穿行宿，遑论打开电脑、手机，你总归得与世界紧密相连。

特别是在生态环境上，一个地域广大、人口众多却生态环境窳劣的中国，就是全球性的生态危机。一颗千疮百孔、负重不堪的星球，再也没有能力支持工业文明的继续发展，必须开创一个新的文明形态，来延续人类的生存，这就是“生态文明”。

如是，才容易理解当今有众多的外国非政府环保组织，有太多的如远山正瑛、大龙隆司这样的外国人，“不远万里，来到中国……毫无利己的动机，把中国人民的解放事业当作他自己的事业”。

一切国家，向现代性的逼近，得由无数民众的心智变革开始，却也离不开政府的呼应。

自1949年建政以来，中国政府森林养护的立场之坚定，相关制度政策出台频度之密，打击破坏森林的力度之大，均堪称空前。投入的幅度，也是空前的。国家实行了分山到户，确定林农对于林地的使用权、经营权和林木的所有权；国有林区、国有林场改革，虽艰难阵痛，却在阵痛里步步前行，催生新的生活方式、新的一代人。举国造林绿化加快推进，天然林资源保护、退耕还林、防护林体系建设、野生动植物保护及自然保护区建设等，一批重大林业生态保护与修复工程，挤挤挨挨，你呼我应，进展扎实，深得民心。

根据第九次全国森林资源清查（2014—2018年），全国森林面积2.2亿公顷，活立木总蓄积量197.07亿立方米，森林蓄积量175.6亿立方米，森林覆盖率22.96%。与第八次清查相比，森林面积增加了1266.14万公顷。其中，天然林面积增加了215万公顷。生物多样性保护初见成效，白鹤、大熊猫、东北虎、朱鹮、藏羚羊、扬子鳄等野外种群，不再是民国或更古老的传说，而是“还乡团”结伴回来，数量稳中有升。

2019年9月中旬，有微博、网文，不断惊叹：

> 现在新疆的植被，以一年150公里的速度在狂奔；
>
> 内蒙古的植被，今年是以40公里的速度在狂暴地恢复；
>
> 黑龙江的林区，出现大量的肉植阔叶，就三年而已；
>
> 河套植被三年恢复的数量，是过去二十年的总量，因为以前是种树，但是树下没草（降水不足），现在降水充沛后，河套地区的树下已经开始长灌木和草，并且喜大普奔的是，发现了兰花；
>
> 塔里木盆地，植被变化比较明显，连续三年出现了降雨；
>
> 1999年，黄土高原的植被覆盖度为32%；至2013年，其植被覆盖度增加至59%，几乎翻了一番……

作者系一介草民，幕燕难翔，不易证实上述说法。但可以确定的是，2019年2月12日，美国航天局（NASA）发了一条推特，其卫星观测到，过去20年中，世界变得越来越“绿色”。“卫星资料显示，是中国和印度的行动，主导了地球变绿！”

此前一日，英国《自然》杂志网站一篇文章，介绍美国波士顿大学的一项观察成果：

研究人员通过检视 NASA 卫星在 2000 年至 2017 年期间收集的遥感数据，发现全球绿化面积增加 5%，相当于多出一个亚马孙热带雨林的面积。其中，仅中国的植被增加量，占到过去 17 年里全球植被总增加量的至少 25%。“闾阎相望，桑麻翳野”，中国新增绿化面积的 42%，来自植树造林，32% 来自农业。中国，成为同期全球森林资源增长最多的国家。

春季，开始从森林的地表唤醒。

从冬日阴霾的天空降下的不再是雪，而是带来生机的雨水。阳光持续性地照了进来。有了水、光线和温暖，就有了美妙的光合作用，就能借风邀月，百兽率舞，生烟万象，有了所有生命神奇、壮观的吞吐、繁衍、生息之旅。

春日的上海太仓路

大森林，已在中国大地，重启一部声与形、色彩与气味的交响曲。

太阳底下无新鲜事

莺飞草长、杂花生树的时节，被外界誉为“烟雨江南、溪水人家”的江西省婺源县，不只有漫山遍野的油菜花。赋春镇上，一个只有 40 多户人家的源头村，还有一片面积不小的红豆杉群。

这些红豆杉，都是野生的，属于国家一级保护植物，是第四纪冰川遗留下来的古老树种，享有植物王国里的“天然活化石”之称。建村前，这些树就一直生长在这里，到如今，它们树龄都在 1000 年以上，其中最大的一棵，直径超过 1.4 米，需要好几个成年人才能环抱，树龄已有两千多年。

我曾为这片红豆杉群感到庆幸，你是何方神圣，怎么能够躲避春秋战国以来这块土地上社会的动荡、朝代的更迭，有记载和没能记载的自然灾害，而寻觅到这样一方“世外桃源”的呢？

在你每一棵树的血管里，究竟隐藏着多少面对风啸雷劈、斧钺硝烟、九死一生的勇气？

看到这片红豆杉群，我更为你的后代——如今生长在这块东方古老土地上的一切树木、无际森林——感到庆幸。

生逢其时，正逢其时。

中国 40 年改革开放的实践中，具彻底转身意义、取得历史性成就，可谓举世瞩目的生态文明建设，其总枢纽，就是森林康养。用官方语言表述，这是“构建生态安全屏障的重要支柱，是建设美丽中国的重要内容”。不仅是经济问题，而且是政治问题。

因此，你后代的枝叶上，不会猝然折断春日秋光的欢乐，树冠上不会压满步步紧逼的沉重恐惧，不会再忍看那远未成材的小木，成排倒下，也不会再有那正在地表下曲折盘突的壮根，遭撕心扯肺般的“拆迁”。它们将拥红日寒鸦、伴繁星丽空、作蝶梦鹃声，随秋风中一年年的满地静叶、一圈圈的年轮慢慢地圆润、滋长，应该有着百年之许、千载之望。

我又怀有几分忐忑。

以下事情、事件，近些年屡见报端，恐眼下还会在现实中明里暗里继续发生。不过少有人，将其与树族的不幸、林木的歌哭，联系起来——

2008年1月，中共江西省委十二届四次全会上，刚来江西履新省委书记的苏荣，在讲话中说："我已年逾花甲，到退休还有不到5年时间，我力争在这大约1800天里（最终干了5年零4个月，共1925天），在江西的每一天，都有实质意义，多干点实事和好事。到我离任的时候，只要江西人民说，这个人还行，干了点事，我就心满意足了。"

同年5月，有着吉林大学经济管理学院国际经济系世界经济专业在职研究生学历获经济学硕士学位的苏荣，在"深化省情认识，加快江西发展"为主旨的演讲里，提出造林绿化"一大四小"工程建设。紧接着，官方文件下达："一大"——确保到2010年，全省森林覆盖率达到63%；"四小"，一是县城和市府所在地的绿化，二是乡镇政府所在地的绿化，三是农村自然村的绿化；四是基础设施、工业园区和矿山裸露地的绿化。

"四小"里，说到底，最要紧的，是高速公路两侧的绿化。

为什么放着仍有的荒山野岭不去绿化，非要在高速公路两侧租田种树呢？

时任林业厅厅长刘礼祖，这般解释："通道绿化，特别是高速公路两侧的绿化，是一个地方的'窗口'和'门面'。江西的森林覆盖率很高，但乘车从高速公路经过，却看不到森林，就是因为通道绿化水平低。如果通道绿化搞不好，到江西来的人，一路上看不到绿色，怎么谈得上绿色崛起？通道绿化水平上去了，投资环境就改善了，来江西的客商就会多起来，从而带动经济发展，实现绿色崛起。"

文件制定了严格的考核机制：各级政府主要领导，为第一责任人，层层签订责任状，"一大四小"任务完成情况，纳入对市、县政府六项考核评价体系，作为领导干部政绩考核、选拔任用和奖惩的重要依据。在制度的安排和政治的动员之下，一场声势浩大的造林“大跃进”，在江西的“窗口”和“门面”，开始了！

江西婺源篁岭上的一棵枫香树，还是唐朝种下的，距今一千二百余年

高速公路、国道、铁路两侧，绿化带宽度各不少于 20 米。省道两侧，绿化带宽度各不少于 10 米。县道、乡道两侧，绿化带宽度各不少于 5 米。为确保交通干线沿线可视范围内乡村全面绿化，“白天不见村庄，晚上不见灯光”，多数市、县都不同程度提高了绿化带宽度标准：高速公路两侧绿化带各 50 米，国道两侧绿化带宽度各 30 米。政府以一年每亩 500—600 元，或每亩 600 斤谷子的价格，将土地租走种树。事后，能按约定支付租金，却是少数。

公路两旁的水田，一般是当地最好的农田，如今要毁良田栽树，而且多栽下观赏价值低、经济效益差的杨树。苗木大多从山东购买，经过长途运输，刚到赣地不久，便死掉一批；种下去之后，即使能存活下来应付检查，第二年也会死掉；最好的地方，其成活率也不到 30%。杨树并不适合江西潮湿、炎热的天气。第二年，仍不忘“一夜成林、一夜成景”的憧憬，政府又要求改种风景树，且不允许种只需 2 元钱的本地树苗，得从指定的福建、浙江苗木商那边购买，其苗木价格，至少高出市场正常价格 20% 以上。哪怕需要一到两个月，运来的树苗成了死苗，百姓也得种下去；或换成从外地山林里挖运而来的 2000 多元一株的成树，许多乡镇一级的财政收入，还不够买成树的钱。“人挪活，树挪死”，成树再栽下去的日子，也多是遥望远山告别故地的最后一瞥……

“一大四小”，日渐走上荒诞之路。

然而，在苏荣的“慧眼”里却是，现在抓造林绿化，是党政领导推着林业部门走，基层推着上级走，群众推着干部走。他经常下去检查公路两侧的绿化，“有一段路的绿化不行，他把县委书记、县长叫过来训斥说：‘不把这个搞好，你们的县委书记、县长，不要当了。’讲完，拍拍屁股就走了”。省林业厅，一度被称为“全国最有权力的林业厅”。一个处长下去调研，必须是县委书记、县长亲自陪同。而作为造林“大跃进”运动最主要和最坚定的鼓吹者、执行者，苏荣离开江西前一年，刘礼祖升任江西省政协副主席。从林业厅厅长晋升到副省级干部，无论在江西省还是全国来看，都罕见先例。

据说，那些年，江西的干部和百姓，几乎没有不骂娘的，尤其是基层的干部，怨声载道，欲哭无泪。民间评价“一大四小”工程说：“一大四小，纯粹乱搞，田里栽树，岭上长草！”

毁良田栽树，这种连小学生都知道违背基本常识的事，为什么会出自堂堂省政府的红头文件？在其决策形成过程中，省人大、省政协，起了什么监督作用？被视为“智库”“高参”和“智囊团”的省社会科学院、省参事室，是不知道民意，还是不反映民意？拥有大批林业科技工作者的省市县林业部门，是制止“作案”，还是协同“作案”？

从这个角度上说，将“一大四小”罪责，都归结到苏荣一人头上，也欠公平。

“昔者楚灵王好士细腰，故灵王之臣，皆以一饭为节，胁息然后带，扶墙然后起。比期年，朝有黧黑之色。”[①] 可曾记得50年前，有将军程世清，在江西主政，“全国那时搞六七万辆汽车，他说江西也要搞六七万辆。哪有那么多钢板？全国进口粮食的任务，他要江西包下来。过去，江西长时期每年只上交十五亿斤粮食。那时，全国每年进口粮食一百零七亿斤，江西全年只产一百九十七亿斤稻谷，折合一百三十三亿斤大米。把全国进口粮食都包下来，老百姓只剩下九十亿斤稻谷，那还不造反！这些人胆子大，他们说搞什么，就搞什么……”[②]

太阳底下无新鲜事。风吹草偃，上有所好，下必效焉。精致的利己主义，与愚昧的盲从主义，充斥官场，只是一轮毫无新意的轮回。

江西最大的优势，就是生态环境，森林覆盖率为61.5%，位居全国第二位，本没有造林跃进的必要。2013年，中央第八巡视组已提出批评，“江西省搞‘一大四小’绿化工程，脱离实际”。2014年6月，中央纪委发布消息，全国政协副主席苏荣，因涉嫌严重违纪违法，正接受组织调查。

兔子参与菜园规划，总得大种红萝卜。寓言果然成真，2017年1月，苏荣以受贿罪被判处无期徒刑，剥夺政治权利终身。当年，苏荣家属亦如鬼出电入，频频穿梭于“一大四小”工程。有报道称，仅苏荣弟弟，介绍一苗木商人到江西做生意，该苗木商赚了5000万元，送给苏荣弟弟1000万元。苏荣罪项里却无渎职罪。有公开资料显示，“一大四小”工程，总共耗费江西民脂民膏约225亿元。

有首老歌叫《江西是个好地方》，可即使好到处处青山，如此折腾几回，又能好去哪里？

秦岭，在秦始皇统一中国之前，被称为昆仑；后来，又因秦岭矗立在秦

---

① 《墨子》。

② 陈云《调整国民经济，坚持按比例发展》，一九七九年三月二十日，中央政治局会议上的讲话。

国都城之南，又被称作终南山，或者南山。从蓝田猿人在灞河两岸弥漫起一缕缕温情的炊烟，半坡人以旧石器、新石器、陶器、青铜器，标识人类文明的曙光一点点透亮。直到公元前 1 世纪，司马迁在《史记》中，写下“秦岭，天下之大阻”这句话，秦岭，才有了正式的文字记载。

秦岭，不仅是中国南北方的界山，还因它威武、逶迤达 1600 公里长的山躯，阻断南北气流，国中便有了南雨北雪、南船北马以及南方的阴柔与北方的豪放等，以及气候、资源、人文差异的多样。秦岭，也不只是长江、黄河的分水岭，还是长江、黄河最大支流——汉江和渭河——的源头。汉江和渭河，将秦岭“马头看桃花，马尾扫风雪”的色彩与气质，推向强盛的汉唐。

从历史上看，2500 年前，春秋时期的老子，骑着青牛缓缓而来，在秦岭北麓的石楼山（今称楼观台），向尹喜授《道德》五千言。“荆溪白石出，天寒红叶稀。山路元无雨，空翠湿人衣。”王维，诗与画的巅峰之作，大抵集中出现在秦岭山中一个叫辋川的地方。李白跋涉古木丛林之中，听子规号啼，见猿猱腾跃，写下长诗《蜀道难》，所描述的“有鸟道”的太白，正是秦岭里最高的山——太白山。徜徉在秦岭白云深处的仙游寺，留下千古绝唱、不朽画作的，有王勃、韩翃、白居易、吴道子、卢纶、岑参、苏轼、赵涵等名士高人。

从生态上看，如欧洲的阿尔卑斯山、美洲的落基山，秦岭被世界公认为自然的天堂，“万类霜天竞自由”，有数千种的植物、数百种的动物，在此繁衍自乐。

20 世纪 90 年代以后，秦岭并未像国内的许多名山一样，获得休养生息，山上的几家国有林场仍在大量砍伐树木，运送木材的车辆，高峰时将整个山道都堵塞了。不法人员的私自盗伐，也时有发生。进入 21 世纪后，林场萧条了，房地产商火了，古老的西安城，冒出一片片水泥、钢化玻璃的大林之后，盯上秦岭北麓，从开始的星星点点，到漫山遍野的“野蛮生长”：紫薇山庄、麓鸣园、南山庭院、高山流水、提香溪谷、鸿禧山庄、秦岭山水、西安院子、达观天下、群贤别业、草堂山居……占地从百亩到千亩不等，包括洋房、联排、双拼和独栋别墅，先后有近万套入市。每个楼盘名字，或扑上古意的“白粉”，或抹了欧美的“口红”，实际上开发水平较低，当地一般民众收入也不高。

随后，有大贵大富之人登场，他们立意要将空气中都飘满绿色元素的秦岭北麓，打造成西安真正的“后院”。

这些人或以投资建厂的名义，在厂区内修建私家别墅；或以建设特色小镇、度假区等文旅项目圈地，再将其变成一期、二期的公馆。每套别墅占地几亩，院墙和大门，坚固几像西安城门楼，园内月桥花院，琐窗朱户；亭台楼阁，依山傍水。如此美景，一般国人削尖脑袋也挤不入的良辰，却纷纷以茂密的树木、高高的围墙遮隐。已入住的小区保安，无一例外精光四射，对外人的好奇，保持着高度的警惕。

几年来，陆续有当地民众质疑，媒体不间断报道。时任陕西省省长赵正永、副省长祝列克等要员，作出批示；省市派员清查，一度还大张旗鼓督拆。2014年，有202栋别墅被拆除。但查下来，大多“手续齐全”；即使不全者，风头过后，虽然拆了，也能原地复建。于是，西安“后院”越做越大。近年，秦岭南麓，也遭“宠幸”。离西安42公里的商洛市柞水县营盘镇，海拔1000—2802米，牛背梁国家森林公园所在地，负氧离子含量高出西安4倍。2018年7月24日，当地朱家湾村一名村民，其自留山林长了几十年的19棵松树遭砍伐；砍树之前，傲慢得没有任何人打招呼。被砍树木最大胸径为49厘米，最小的也在12厘米。后经记者了解，砍树的是附近“秦岭·时光康养小镇”项目部的架电施工队……

终于震惊北京，陕西省委仅有202栋别墅存在违建问题的报告，被视为瞒报谎报。中纪委副书记徐令义亲自带队督战，坐镇陕西，整治秦岭北麓违建别墅问题，称之为“秦岭保卫战”。暮秋萧瑟，早冬寒凉，秦岭上下为之摇撼，上百万平方米的违建，被夷为平地，众多豪华别墅，化为一堆堆碎石瓦砾。仅长安区所属，拆除违建别墅293栋371套，计18.29万平方米。有意思的是，临近拆除之日，大部分别墅公馆，连主人都无法找到，仿佛这里是外星人来地球生活过的一片遗迹。

陕西官场，迎来一场政治整肃、思想整顿的疾风暴雨。

“眼看他起高楼，眼看他宴宾客，眼看他楼塌了。”赵正永，祝列克，副省长陈国强，主政长安区多年又任西安市副市长、终为省委常委兼秘书长的钱引安，西安市委副书记、市长上官吉庆……多名省部级高官，多米诺骨牌一样，倒于中国的“龙脉”之下。

骨牌上，资本、权力、高端社区、特色小镇、绿色环保、美景美色、空转批示……令人眼花缭乱；骨牌背面，球友圈、老板圈、老乡圈，利益勾兑，张机设阱，圈圈贼不走空。

在城市，在山野乡间

在城市里，做一棵树不容易。

1997 年，南京中山门外，玄武湖附近，一片梧桐树遭砍。中山东路、中山北路、中央路两侧路岛，也各砍去一排。“当年国民党当政时候种植的法国梧桐，大概差不多给砍掉一半了吧。”一位市民，非常惋惜地对《民主与法制时报》记者说。

时任市长后任市委书记的王武龙，坊间称其为“砍树王”或“砍树市长”。在市长任上，王认为南京城里的悬铃木太厚太大，把商场的霓虹灯光都遮住了，不利于塑造大都市形象。他提出“亮化城市”的口号，而其亮化手段，就是砍树。2006 年，王武龙因他案事发被逮捕。

2018 年圣诞节，成都霓虹闪耀，满街光影迷离。市中心的人民南路一段，沿街一排一身绑扎密匝匝线路和白色锥形小灯管的梧桐树，远看上去，既像披了一张破落、扭曲的渔网，又如一只蹲在马路边的巨型刺猬，很是蜷曲、痛苦的样子。这猛地一扎眼，顿时想起，在老夫所在和到过的许多城市，押来大树、小树、老树，给“亮化工程”背书，为节日喜庆站台，这俨然已是常态了。

人们是否有刹那间念过，这树木亦是一条生命，是否会感到腹背灼热、身心不安？倘若它真有思维，是否如即将被宰杀的流浪狗一样，深感人性之恶？

在山野乡间，做一棵树，恐仍有高风险。

一个朋友的老家，在江西吉泰盆地的乡村。“记事起，桂花树就一直竖立在宅子前面的泮池边，一直这么大、这么高，荫佑着百余平方米的院子，高过老屋的屋顶。老辈人也说不清是谁种下的，但都肯定说是老屋建成时就有了，是与老屋一直同风共雨的守护神。家族当年的族长森继公，用擘窠大字写榜书对联时，横批常常写‘兰桂腾芳’，以表达对这个家族的祝福。看到这四个字，我就想到那棵庭院深处的桂花树，以及生存在树底下的张姓子孙们。”

前几年，国庆长假回家，父母亲告诉他，最近族里 30 多户人家，开会决定，以 8000 多元的价格，出售这棵桂花树，所得款项，以户为单位均分。现在正等着城里的买主来办移植手续。

一向安宁的老屋的门廊下，在黄昏时分，第一次迎来巨型的挖掘机。这种庞然大物，第一次光临宁静的村子，竟然就是来“刨根问底”的。它锋利而迅速地在桂花树下挖开了一个大坑。整整一夜，老屋前灯火通明，机声隆隆。母亲后来告诉我说，一直挖到凌晨 4 点，这棵巨大的桂花树，才无力地连根倒下，倒在边上干涸了的池塘边。但令人讶异的是，无论人们如何使力，都无法把她装上汽车。桂花树躺在老屋门口，仿佛在用尽最后的力气，作一丝无言的留恋。这不关乎力气。移树的这些城里人，似乎意识到其中的一丝玄妙与神圣。平常习惯以大把金钱来呼三喝四的他们，面对百年旧物，这时也不敢过于恣意妄为。他们只好在凌晨敲开小镇上商家的店门，买来一只雄鸡和几挂鞭炮，以一种虔诚的方式，洒血敬献，鸣炮起行，桂花树才被缓缓吊起，开始了她异乡的漂泊远行。

西方关于植物迁徙，有一种说法：移植树木，宜在冬天进行。这是树族长睡的冬眠时节，人为地更改它的住处，不至于引起它的痛苦与哗然。待它在春天睁开眼睛，啊呀，世界有些新鲜、新奇。不过这也正常，变化的是他者，而非它自身。它呼出一口长气，又一路没心没肺地活了下去。

即便这个说法真有“仁慈”的效果，人们也很少能等到冬天。在不少地方，一个大拆迁局面，如眼前刚揭开红布的西班牙斗牛，已等不及了，城市急需那些本不属于城市的大树；达官与商人的意志，可以在任何季节，指拨大树的空间错位。而且，这大拆迁，打的是城镇化的旗号，打的是“新农村”的旗号，打的是“亮化工程”“景观工程”的旗号，有着舆论、政策、行政手段开路，必要时增加法律手段保障——给对抗者扣上违法的帽子，公检法强制执行。

法国大革命时期，著名的政治家罗兰夫人，被雅各宾派送上断头台前，在自由神像前留下了一句为后人所熟知的名言：“自由，多少罪恶，假汝之名以行！”

“发展是硬道理”，如今，“发展”之名下，乡间还会有多少大树老树，魂飞魄惊……

先是乡村精神的毁灭，生活方式的毁灭。种庄稼的方式，而今也不一样了，过去是犁地、锄草、施肥，如今得靠除草剂和农药。鸟革翚飞的古屋，日益黯然。青年人“衡阳雁去无留意”。最后，村头屋前的古树大树，也无幸免。这些积攒了千百年精气神的东西消失之后，乡村的文明，就几乎被抽干了。园子渐渐荒芜，衰草长到房阶上，空屋比比皆是，春节主人都不回来了。挂满蜘蛛网的窗口，白天都黑洞洞的。不要说燕子、蜻蜓成了罕物，村里静得连狗叫的声音都失去了……想想一个村子的命运，还不如一朵野百合花，其花籽熬过秋霜冬雪，总有春天。

今日，人们可以在不少内陆乡村，目睹这样一个过程。

即便是发达地区的乡村，如2008年上海世博会中国乡村主题馆宁波案例馆的主角中的宁波滕头村，有“联合国全球生态500佳明星示范村”之誉，年产值已达 30 亿——现在也完全找不到过去的痕迹：街道和城市一模一样，村民们住进简化版的欧式独栋别墅。村委会办公室里，陈列着一个沙盘，上面展示规划中的“美国郊区别墅群”……

国际建筑设计最高奖普利策奖获得者著名建筑师王澍先生，曾对记者发表一番或许是危言耸听的看法：对于当下中国，保护传统乡村、保护传统文化，基本上进入了一个救亡图存的时代，这是坍塌之前最后的奋斗。一旦坍塌，要想成体系地重建，将会异常艰难。

德国人与黑森林，俄罗斯人与白桦林，希腊人、意大利人与地中海，美国人与西部拓荒历史，台湾少数民族与其传统猎场和部落旧址……人类的每一区域文化，均孕育自独特的自然环境。这些地方，即便墓草久宿、众散如烟，也为其后代提供了祖先发轫、播迁及毅魂雄魄的心路过程，有利于建立归属感、认同感及永续责任。

英国是一个老牌资本主义国家，在“日不落”时代，它是工业化与现代化的代名词。可英国的贵族、精英眼里，“拥挤的生活一文不值”，世世代代，保持着对于乡村生活的热爱。英国作家杰里米·帕克斯曼，写过一本书《英国人》，在对英国历史有过深刻审视之后，他说：“在英国人的脑海里，英国的灵魂在乡村。”英国人坚持认为，“他们不属于近在咫尺的城市，而属于相对远离自己的乡村，真正的英国人，是个乡下人”。

城市，在英国人心目中，仅是一个生命场的一个向度。在结束这个向度上的忙碌、喧嚣，不胜枚举的必要或矫情的程序、礼仪后，大部分中产阶级，即卸下“马甲”“面具”，似翩翩鱼尾，纵身跃入另一向度，返归乡村生活。

1804 年，因病赴欧洲休养的美国作家华盛顿·欧文，在《见闻札记》中，如是描述英国乡村：

英国园林景物的妍丽，确实天下无双。那里真的是处处芳草连天，翠绿匝地，其间巨树蓊郁，浓荫翳日，在那悄静的林薮与空旷之处，不

英国乡村

时可以看见结队漫游的鹿群，四处窜逸的野兔，与突然扑簌而起的山鸡，一湾清溪，蜿蜒迂徐，极具天然曲折之美，时而又汇潴为一带晶莹的湖面，远处幽潭一泓，林木倒映其中，随风摇漾，把水面的落叶轻轻送入梦乡……

一个真正的英国绅士，一定是热爱乡村野趣的。

英国的大学，更是镶嵌在乡村里的风光。首先是乡村、是森林，其次才是古老典雅的建筑、像从画屏中走出来的师生。剑桥大学即如此。2017 年夏，我去造访，康桥上下，仍是无边金柳、粼粼碧波，偶尔有尖头轻舟划过。15 世纪的石头建筑，隐隐于郁郁葱葱的古木，映着落霞的老藤曲蔓，爬满墙壁。这些风景，与 80 年前徐志摩《再别康桥》中的歌吟并无二致。牛津大学亦然。

一所大学，就是一派田园风光、一个乡镇，让天籁的幽静、自然的和谐化为思想的幽远、学术的澄静。

不由得回望，沪上江湾一隅的大学母校，本素面朝天，偶传蛙鼓蝉鸣。自 20 世纪 90 年代后，日渐阔大、庄隆，仅瞧高耸的两座巨型炮弹般的摩天大楼，其富丽堂皇、骄奢气扬，头一回经过的路人，多半会错以为这是一个超级跨国公司，自觉寒夫贫士，岂敢贸然！ 2019 年出炉的一份“资本圈核心职群毕业院校 TOP50 榜单”显示，母校和北大、清华并肩，已成国内上市公司、公募私募基金管理者及分析师的摇篮。

中国，是至少有着 3000 年“耕读传家”历史的国家。

在 40 年经济的高速发展之后，广大的乡村地区，迎来一场城镇化与城市化的改造，倘若不是必要、精准的扶贫拆迁，而是大树拔了进城，老屋拆了再盖“美国郊区别墅群”……这是一种远见，还是一种短视呢？

或者问：如果说英国人的灵魂在乡村，那么，我们的灵魂去哪里寻找呢？

I. 你的灵魂将与我同在

森林，不只是修复生物圈、丰富自然文化景观的关键所在，它还将人类的命运与地球的命运连接在一起，将人类的社会经济系统与自然生态系统连接在一起，将你们与林子里栖居着如此之多人类的朋友连接在一起，将那些日趋贲张变态的城市与日渐凋零的乡野连接在一起。

它若一台投影机，将人所表现的种种勃勃雄心，投射于不过是自然中借用而来、一切自要归还的种种风物之中。它还像是一台时光穿梭机，让你们往返于今日、往日与明日时光之间，并落脚一个叫作精神原乡之地。

我的内心，早已洞悉一切

我的世界里，现存一棵最古老的树，被世人发现，起因于1964年8月6日。

一个名叫唐纳德·卡雷的年轻人，当时就读北卡罗来纳大学教堂山分校，简称北卡大学教堂山分校。该校排名美国最顶尖的5所公立大学之一，又居于“公立常春藤”最初的8所大学之列。校友中，有6位诺贝尔生理学或医学奖获得者，但名气最响亮的，是迈克尔·乔丹，被公认为美国篮球史上最伟大的球员之一。

卡雷是植物遗传学的研究生，他从教授那里申请到一笔科研费，研究领域是“树轮年代学”，又称“树木年轮学”“树轮学”。树木年轮的研究历史，可以追溯到500多年前。文艺复兴时期的大咖达·芬奇，就曾观测到树木年轮宽度与降水间的直接关系。“树轮年代学”在美国正式成为一门学科，是在20世纪上半叶，由亚利桑那大学教授、树轮研究实验室的创办人A.E.道格拉斯发展起来：树木年轮生长的宽窄状况，取决于某些自然因素，如适宜的温度和降水、土壤湿度、光照，与光合作用有关的树叶表面积大小，以及土壤正常矿物质的供给等。由于树木依赖当地的环境而生长，反过来，就可以从一棵树的生活史中，提取这些气候环境因子的变化情况，故在考古学领域有着重要的价值。

靠着这笔科研费攥在手心，一瓣当成两瓣花，卡雷已经跑遍大半个美国。1964年8月6日这一天，他登上了加州中部的白山——内华达山脉的第三高峰，由古老的沉积岩组成，地质历史近6亿年。其地质碱性很重，属白云石类，远观呈白色，故得其名。在其3048米高度的山坡上，拥有一大片刺果松森林，有的枝干硕硕、绿叶凛凛，告知仍在生命不倦的旅途；有的只剩躯干，或倾倒在地，姿态各异，不乏古树包石头的异象，牵人联想，恍若被千百年的风刀霜剑雕琢成的巨大根雕作品。

有一位作者写了一篇文章《如果一棵树的倒下无人听见》，记叙了卡雷的故事。卡雷看中一棵编号为WPN-114的刺果松。依惯例，他打开钻机开钻，感觉钻头进入比钻花岗岩还费劲，四次进入，有两根钻头折断。他使的最长钻头有71厘米，仍然无法取得连续的树芯。他想把这棵树砍倒，直接取其横截面。陪着来的当地巡林员，见卡雷一身大汗，脸上憋得像一块割下来的小牛肝，也寻思：WPN-114，并非什么“玉树琼枝”，看起来很粗很沧桑，高度也就七八米；这片刺果松林里的古树，少说也有几百棵，砍就砍了吧。在那个无人注意的夏日，WPN-114就这样倒下了，几份树轮截面被卡雷取下来带走，不管是他本人，还是下山后知道了这几份树轮截面来历的人，都不觉得这是什么大事儿。

直到卡雷回到北卡大学教堂山分校，一头钻进自己的实验室，发现这棵刺果松有4862条年轮。正常情况下，每年产生一圈年轮，但在环境过于恶劣的情况下，会无法生成，年轮的数量总是低于实际年龄。根据经验，WPN-114应该至少有4900岁，甚至可能超过5000岁。换言之，那天他砍倒的，是地球上已知最古老的单体生物。它冒出第一点绿芽之时，人类刚结束蒙眬睡意，打起精神，发明了地球上最初的文字。

卡雷相关的论文，在次年专业杂志上发表，但几年之后，才被人们注意到。当地愤怒的民众，将唐纳德·卡雷称为“杀死了地球上最老生命的人”，并指责加州林业部门同意并领着此人上白山，像傍晚前遛狗一样随便。劈头盖脸的舆情风波，让白山上的这片刺果松林子，很快被划成管理严格的国家公园，卡雷本人似“负荆请罪”，不顾舟车劳顿，多次参与建立国家公园的游说。不久，这片林子里发现真正的古树老大，当局将这棵树隐瞒下来，不对外公布。

2004 年，已成知名地理学家的卡雷因病去世，享年 70 岁。8 年之后，当局公布了白山上的古树老大，这棵刺果松年龄约为 5062 岁。有一些植物体，拥有更长的寿命，它们却不是单一生命，而是无性繁殖代代传承的克隆体。迄今为止，白山的刺果松，依然是现存单体生物最长寿命纪录的保持者。卡雷先生终得以瞑目，不必以“杀死了地球上最老生命的人”之恶名，而载入史册。

这棵刺果松，寓意着我的世界——

抵御时光长河的磨洗与喧嚣，挑落风蓬一样转动的五光十色的光荣与梦想，有着一种不属于人类的“时间性”与“正义性”。

夏天，那个站在树荫下的懵懂少年，变成秋风里蹒跚于街头的策杖老翁；西湖边，大朵大朵的桃花下，曾经如许多纤纤娉婷的“嫣然美姝”，渐渐流散为一个个深院陋巷里闭门少出的衰妇老媪。个体存在于我的世界，只是秋日一枚黄叶的静静回旋、清晨一粒雨珠在柔枝上的悄悄滑落。

树的生命是长久的，凡没有陨石砸落、地震、火山一类的天崩地坼，和人为的干扰、破坏，我的兄弟姐妹、父老乡亲的期寿，不仅远远涵盖你们个体，几代、十几代乃至几十代人的生命期，而且，俯瞰并痛惜着，许多民族命运的一次次“弯道期”“盘曲期”，那是“在祖先设下的历史循环圈里‘鬼打墙’”——甚至超越某种人类文明的生死。

如今，秦始皇的阿房宫，在哪里？

“九千九百岁”的魏忠贤，及其徒子徒孙，在哪里？

那些躺在金丝楠木的棺椁里欲享万年吉壤的天皇贵胄，又在哪里？

“悉荡为飞烟，化为冷灰过者。”

你们熟悉，或者不熟悉，这些曾让上帝听了，也可能嫉妒或者发抖的名字——

恺撒、西塞罗、屋大维、安东尼和埃及艳后克里奥佩特拉，还有五贤帝（涅尔瓦、图拉真、哈德良、安敦妮、奥利略），以及君士坦丁大帝。在他们名字的壮丽且不乏诡谲的星空下，一个南欧台伯河畔的小国，不断打败强敌，日渐强盛，建立一支无坚不摧的罗马军团，征服和统治了高卢（法国）、西班牙、北非、小亚细亚、帕提亚、不列颠、日耳曼，基本上降服大半个欧洲，顺便将地中海牵来，变成自己的内湖。算上东罗马帝国，国祚长久，史称古罗马文明，存在近 1500 年，让其他帝国难以望其项背。

可今日，你只能从靠后来填塞了大量砖石方可不会倾圮的巨大斗兽场、万神庙遗址大门口白日无时不排着长龙的游客队伍，还有罗马市内市外到处可见，蓝天下生长着一排排气势非凡、看似蘑菇又像云朵的松树阵里，方能依稀追怀当年的气度与风光。

我的刺果松，却依然活着，并年年开枝散叶。

不过，几千年下来，人们对树木的看法渐渐地改变，从“树本身就是神”，过渡到“树是神灵、精灵栖息的处所”，由此，树被褪去神性，转变成无生命的物体。再后来，作为栖息地的森林，大片消失，那只不过是可作为经济、生活资源使用的木材肉身。近代至今，在越来越多的地方，树又从原本被敬畏的对象，变成了需保护的对象。我的世界，精神谱系却从未改弦更张、涂涂抹抹，几千年下来，贯之如一，亘古如斯。

换一句话说，我的世界，比起人类世界，更持恒、更从容、更深谋远虑，恍若你们与我一道，进入宇宙间的一个迷宫，玩一场游戏，你们还在迷宫中摸索、在游戏里张狂，而我的内心，早已洞悉一切：

顺应天道，不违时序。

追逐阳光，向着雨水，借道惠风，霞友云朋，和谐共生，万物各美。

林子里，不乏意外之美、奇崛之美、对称与不对称之美、残缺之美、朦胧之美、梦幻之美……还有一种看起来很可能被忽视，却至为深刻的美，那就是平安祥和地生长、栖居，众生万物，都有机会慢慢变老。我斗胆猜，所谓神的日子，不过就是这种日子。

大树不屏蔽小花野草的歌唱，肉食者未剥夺食草者的梦想。

没有新词层出不穷，没有执念，一头撞向南墙。

没有谁，给了谁一毛钱的恩惠；也没有谁，必须比谁活得久长。

地球上再卑微的生命，地衣、苔藓、菟丝子、狗尾草，且能在我的怀抱里找到归宿。林子里再惹眼、高调的活物，若两片柔翅上总是呈现对称几何图形的各类蝴蝶，总为痴情苦恋点灯、在暗夜划过迷离曲线的萤火虫，也尽可在我的怀抱里展示自家的美丽、风骚。

活着时若白鹳行云，恣意舒展，悠然忘机；离去时如老象归尘，五内感铭，不会临死了还抓住上帝的空袖筒不放。

生生死死，死中有生。花开过，叶落过，鸟叫过，雪飘过。冰轮远驾，云胡不喜？

伟到古樟，渺如蒲公英，随时欢欣人类的到来，虽然不会如作家售书那样，煞有介事地签名，可从来免费。只盼你们在享受负氧离子饱和的空气之后，荡胸层云，有思而去，载美而归……

由此，我说，我是你们看得见的，也可能是你们看不见的。

当耳朵、眼睛及心灵，贯注在森林

森林，有物质的森林、生物的森林。

上个千禧年的最后 1/4 世纪，科学家已经使用此前人类无法获取的先进仪器，将树皮以内的部分和黑暗中的树根部分，查个泾渭分明、纤毫毕现。但作为精神的森林，还有智性或灵性的森林，不是所有人都具资格进入。

这资格，用不着获文凭、满世界拉关系，说简单，却不简单——

一颗童心，再加上沉静。

每个人都从孩子时代走来，你们中的许多人，现在都有孩子。你们是否感觉，中外孩子们，无不爱听爱看发生在森林里的童话故事。几乎不管多闹多屌的孩子，这都是让他们一下坐下来的定海神针、不二法器。你们童年最欢喜的事情之一，想必也是节假日拽着父母的手，嚷着要去公园、动物园；你们童年的梦里，最多的也是和小伙伴一起，去野外林地踏青、采花、挖笋、爬树、扑蝴蝶、数星星……

来自世界各地的相关实验，皆证明：将树木花草当朋友，为其乐而乐，为其忧而忧，比起许多成人的皮厚老辣之心，儿童与植物的感应、沟通、遐想能力，要好得多。2019 年诺贝尔文学奖获得者彼得·汉德克曾说："如果一个作家总和儿童一起玩耍，还保持一颗童心，那他就是一个好作家。"

面对城市离开森林越来越远的现实，还有，书架上往往童话显得枯燥、雷同，而说教、神话、八卦，满血复活，屡见不鲜——

倘若你们已为人父母，我强烈建议你们，经常带着孩子到大自然中去、到大森林里来，至少也得让孩子接受森林教育。森林教育，是指在林地环境里，为儿童或青少年提供亲身体验的机会，展开鲜活，获取新知，体验惊奇，醇厚天性。

20 世纪 90 年代中期，丹麦森林幼儿园的模式，传入英国。从此，森林教育在英国、美国、德国和日本境内，如鲜花着锦、烈火烹油。目前，德国各地以促进儿童的自然和环境意识为宗旨的幼儿园，大约有 1500 家。迄今，英国森林学校协会，总共对超 1.2 万名教师和其他专业人员进行了森林教育培训。政府部门发起"到绿地中去""从公园开始""积极的森林运动"等活动，"乡村青年""自然英格兰"等民间团体，不断扑街。

在亚洲，至 2015 年，全日本有近 4000 所自然教育机构，利用列岛妩媚的山河，森林公园、湿地公园、野生动物园等，开展自然教育活动。中国台湾、香港地区的自然教育机构，随之纷纭挂牌，其教学、经营模式，深受日本影响。

2012年以来，中国的自然教育机构，也不经意间拉出大阳线，尤其在北、上、广等大城市，其规模以中小型居多，方式以亲子、儿童教育和自然体验为主。我以为，森林教育，是具有大好前途的“朝阳产业”。用股评家的话说，对于孩子的父母而言，投资此项，在买什么事后可能都难免悔青肠子的当下，确是一只叮当作响、如假包换的潜力股！

寂寞，不等于沉静，有激活灵魂深处麋鹿般跳跃的寂寞，才是沉静。

若南山下濯足清泉的陶渊明，瓦尔登湖畔的梭罗，隐没在维也纳近郊森林的贝多芬。

独处，也不一定是沉静。倘若缺乏一对能听见风声、鸟鸣与泉水叮咚的耳朵，一双能欣赏大自然的眼睛，那独处，只能叫荒凉、荒芜。

夏日林子里的风，经过你们的皮肤，是怎样的一种温柔？

秋日越过树梢的风，拂动在你们的脸上，是怎样的一阵清爽？

两个季节里，夕照漫漶在林子最美，初夏撩拨于新树密叶间，眺之如彩缎，晚秋点染于黄叶之上，抚之如锦绣。

还有，松树、冷杉、橡木，那幽峻的木质香气，像极了民国年间的知识分子。

地衣苔藓，灰绿的斑驳苍凉，恰如你们中落户不了城市又回不去乡间的“农民工”。

林语堂先生，感喟秋叶“知道生命上的极限，在丰富的经验之下，才有色调儿的调谐，其丰富永不可及，其绿色表示生命与力量，其橘色表示金黄的满足，其紫色表示顺天知命与死亡”。

法国早期浪漫主义的代表作家夏多布里昂，在其《基督教真谛》一书中，不懈地将风声、树声与流水声，与祈祷声、赞美造物主的声音联系起来：“没有比这些风、橡树和荒漠中的芦苇吟唱的赞美歌，更加宗教的了……”

据说，人类的视网膜，可以分辨两千种色彩，嗅觉可以捕捉一万多种味道。

前提是你们得沉静下来。当耳朵、眼睛及心灵，都贯注在森林，你们就会发现，“在几乎任何一种文化（也许沙漠文化除外），不同的树木，都被赋予了极其丰富的象征意味：神圣、情色、温柔、抵抗、坚贞、诱惑……每一种人类的情感，几乎都可以通过不同的树来表达”。[①]

你们会惊讶：

森林，不只是修复生物圈、丰富自然文化景观的关键所在，它还将人类的命运与地球的命运连接在一起，将人类的社会经济系统与自然生态系统连接在一起，将你们与林子里栖居着如此之多人类的朋友连接在一起，将那些日趋贲张变态的城市与日渐凋零的乡野连接在一起。

它若一台投影机，将人所表现的种种勃勃雄心，投射于不过是自然中借用而来、一切自要归还的种种风物之中。它还像是一台时光穿梭机，让你们往返于今日、往日与明日时光之间，并落脚一个叫作精神原乡之地。

在此，你的沉静，将丰满无比。

你的灵魂将与我同在。

---

① ［法］阿兰·科尔班：《树荫的温柔》，苜蓿译，生活·读书·新知三联书店 2016 年版。

九 “所有这一切……”

血海之旅，亡命之船

也许，世上每个人看到树，不管大树小树、春树秋树、古树新树，都会泛泛地联想到生命的轮回、四季的逡行。

但在一个犹太人的眼里，树那种根盘干虬、绿盖如帐，以及慵懒枝喧、哗哗叶动，吟啸于雨泼风骤的样子，就不只是人们眼里的一般寓意了——

它代表着犹太人关于生命天道的图腾，一个叫犹太的民族几千年的喋血呼喊，大半个世纪一个国家枕戈待旦的假寐状态。

几乎这片土地所有的历史与传说，都能够概括为：放逐远方，重返家园。

太多的中国人，心有戚戚地把本国的近代史，说成“列强环伺”“多灾多难”，其实，凭诚实、理性去看，“列强环伺”“多灾多难”的年代少，“祸起萧墙”“攻讦内乱”的时候多，自家摔盆子砸碗。犹太人却几乎完全因着外因，几千年来，一直处于秋风扫落叶般的被放逐状态，在地球上，这个民族，似乎就是为了诠释“天涯沦落人”而存在！

犹太人历史，始于公元前第二个一千年之初，这是圣经时代，其始祖是亚伯拉罕，其子以撒和其孙雅各。雅各与神（天使）角力并取胜后，改名为以色列，意为“与神角力者”。一场遍及全国的饥荒，迫使雅各和他的儿子们，即 12 个部落的祖先，移居埃及 430 年之久，他们的后代沦为奴隶。公元前 15

世纪，众人随摩西出埃及，踩着摩西用手杖划开的红海滔滔波浪，摆脱奴役，奔向自由，最终返回迦南地（现今巴勒斯坦）。其间，犹太人在西奈沙漠上流浪 40 年，在热风与沙暴的锤击下，夯实为一个民族。

公元前 1000 年，大卫统一各部落，建立以色列王国，定都于耶路撒冷。所罗门接过父亲的权杖，将王国发展成为繁荣的商业强国，并动用 20 万人，耗时七载，在耶路撒冷最著名的神庙山上，兴建了一座华丽的圣殿，作为朝拜犹太教神主耶和华的地方，被誉为“上帝的居所”。公元前 586 年，王国被巴比伦人征服，圣殿付之一炬，犹太人被逐出耶路撒冷，以至于整个巴勒斯坦地区，大部分流散在巴比伦。公元前 539 年，巴比伦帝国被波斯人征服，许多犹太人返回故土，重建圣殿，大约稳定 480 年。

从公元前 60 年起，耶路撒冷，俨然成为世界的轴心。作为三大宗教魂牵梦绕的圣地，从来不是一个独立的存在，它一直被窥视、被争夺、被占领、被毁灭、被重建，也被朝拜。罗马人、埃及人、阿拉伯人、波斯人、奥斯曼帝国的土耳其人和英国人，走马灯般轮番登场，或反复交叉登场，八爪鱼一样死缠烂斗。

公元 135 年，犹太人起义失败后，逐渐沦落，并遭驱逐，多流散欧洲，遍及全球 70 多个国家。连万里之遥的北宋京都汴梁（今河南开封），都有犹太人由天山南路入境的屐履。进入明代，中国境内已有 500 余户犹太家庭，四五千人的规模，他们自称“一赐乐业”教徒，这像是“Israel”（以色列）的音译。周围老百姓，见其宰杀牛羊时都会剔除脚筋，则称其为“挑筋教”。

由于地缘相近，犹太人主要的流散地，原在西欧，并给当时蒙昧、落后的基督教西欧，带去新鲜的阿拉伯文化、希腊文化、东方文化。犹太人获得的回报却是，只能在指定的地区居住，不得拥有土地，禁止从事生产活动。他们唯有经商、放贷为生。不料，打狗棍变成点金棒，世界最早的股票交易所——阿姆斯特丹交易所——41 人的董事会里，犹太人有 37 个，世界最早的跨国公司——荷属东印度公司——股东的 1/4 是犹太人。其职业又引起新的祸端，各国和各自治城市的统治者，常常借故剥夺犹太人的财产，以此既可勾销各自征战、挥霍欠下的高额债务，又可让民间普遍的忌恨，踩在犹太人的垫脚石上，升级为一层难得的高傲感。《威尼斯商人》中的夏洛克，大约就是这样诞生的。

1347 年，黑死病横行欧洲，夺去 1/4 人口的生命。因为注重环境卫生、个人健康，犹太人多在 1/4 外，教会趁机描绘，是犹太人和魔鬼合伙带来这场瘟疫，许多犹太人遭处死。最为疯狂的是西班牙、葡萄牙的宗教裁判所，三个半世纪里，有 40 万犹太人被关押，3 万人命填沟壑。唯有法国大革命后，拿破仑宣布：应该给犹太人一个家了，法国可以给他们一个耶路撒冷！ 15 世纪末，犹太人基本被赶出西欧。19 世纪末，全世界 770 万犹太人中，有 500 万飘落在俄国。“二战”之前，波罗的海东岸的立陶宛，境内有超过 20 万犹太人，其首都维尔纽斯，曾有“北方的耶路撒冷”之称……

7 世纪始，阿拉伯人成为巴勒斯坦地区的新户主。2500 年里，犹太人几乎遭受了人类所能想到的最恶毒的歧视和非议，没有自己的土地，没有自己的国家，使用各寄居国的语言，致使希伯来语作为口语逐渐消失（仅作为书面语继续存在），其历史早被世界遗忘。据美国人种学家统计，无论什么民族，一旦亡国 500 年，必定会被其他民族同化。开封犹太人便是如此，宋徽宗赐予他们“赵、张、艾、李、石、金、章”等 17 个汉人姓氏。开封，建有犹太会堂，此时他们还做礼拜，诵希伯来文经典，遵守安息日、逾越节、普珥节等节期。入明代后，他们使用汉语，可与外族通婚，穿戴汉人服饰，渐渐荒废本教活动，甚至部分犹太人改宗回教。到了清朝，还有一个叫赵承基的犹太人后裔，通过科举考试，做到陕西固原州（现宁夏回族自治区固原市）西路游击（这是个从三品武官），不久，又任正三品武官的参将。在其图案为云豹的官服下，跳动的活脱脱是一颗“大清”的心。

开封犹太人，只是罕见划过犹太历史天空的“陨石”。

即使如瓢饮入漠漠黄沙也不流失的犹太民族，狐死首丘，代马依风，一直试图返回祖先之地。

从1881年起，有犹太富人从奥斯曼帝国和阿拉伯人手中购买土地并且定居，从数百到上千人不等。1878年，巴勒斯坦的佩塔提克瓦，出现第一个大型的犹太人农场殖民区。当第一批犹太移民来到《圣经》上说的“应许之地”，他们吃惊地发现，这里并非“流着奶和蜜的地方”，在奥斯曼帝国的极度压榨之后，极其贫瘠、荒寒，连树木也早已被土耳其人、阿拉伯人砍光。遍地的黄沙，扑面的黄尘，被黄沙搅得找不到北的马克·吐温先生，1904年在以色列，写下这么一段话：“景色凄凉，山上寸草不生，色彩单调，地形不美，一切看起来扎眼。无遮无碍，没有远近的感觉，在这里距离不产生魅力，这是一块令人窒息、沉闷、毫无希望的土地。”

再凄凉的土地，也是自己的故土。

先驱们除了购买宜耕土地，更大量购买廉价的不适宜耕作的荒地。先驱们筚路蓝缕，带来扎下根的希望。这开始是从在地中海沿岸买来的1.2万棵橄榄树开始的，这种树5年就能结果，而且，是寿命最长的果树。作为锡安主义（犹太复国主义）组织的执行机构，1901年，在维也纳建立了犹太国家基金会，其最早的业务，就是在世界范围内募捐，然后到“应许之地”购买土地，提供给犹太人开荒造屋、植树造林。世界各地的犹太人，共投入1.25亿英镑的巨大资本，其中2500万英镑来自捐赠，1亿英镑是移民自己带来的私人资本。其间，约有4万名犹太人返回定居。到1939年，犹太移民已开垦出土地16万英亩，加上犹太国家基金会掌握的，达到25万英亩，占到巴勒斯坦地区所有土地的5%，或全部可耕地的1/9。

犹太人不仅仅是“天涯沦落人”，还和残酷、惨烈两个厉鬼，同在一条船上。如果不知道这民族命运之船上，密插荆棘铁藜，布满骸骨与至死未瞑目，以及一路喷涌红宝石般的血水，你就难以理解，犹太民族的血海之旅、亡命之船，为何如此不辞万难，决绝而行。

19世纪后半叶，欧洲各国经济危机接踵而至，社会动荡不安，民族主义情绪偾张，第一次世界大战爆发……一只只肥硕的“臭虫”，跳将出来。人们扑不到臭虫，反闹出“反犹主义”的一把大火，将“床垫”给烧了。

1881年，沙皇亚历山大二世遇刺身亡，嫌犯中有一名犹太女子，沙俄将刺杀罪名扣在犹太人头上，在敖德萨对犹太人进行屠杀，白俄罗斯和波兰也随之掀起残害犹太人的狂潮。1905年革命时期，在俄国、东欧100个城市里，计有4000多犹太人被杀，1万多名犹太人被打成残废。犹太人在俄国不能随便定居，沙皇在俄国西部划定了一块犹太人保留地。中国共产革命早期历史上十分威武的俄国顾问鲍罗廷，就来自这里。

先后有2万多名苏俄犹太人，沿中东铁路，逃到哈尔滨，他们修建教堂、商店、银行、学校、医院和养老院、难民救济会等，担负组织和服务犹太人的一切社会职能，当时世界上最大的犹太人难民墓，就在哈尔滨。犹太社区毗邻该市最繁华的中央大街，自然也成为哈尔滨经济、文化和社会活动的中心。

更多的犹太人，从德国、俄国和东欧其他地区，逃到美国。到1924年，共有大约200万犹太人，移民至美国。犹太人口在美国的比例，从几乎可以忽略不计，到20世纪初的不足1%，再到30年代的3.5%。在此期间，已经逝世的女诗人埃玛·拉莎罗斯的诗歌《新巨人》的一段，被镌刻上纽约哈得孙河口自由女神像的底座——

把你的疲惫、你的贫穷，
你那蜷曲但渴望呼吸自由的身躯，
都交给我吧，
被遗弃在拥挤的海岸上、沮丧的人们，
无家可归、颠簸流离的人们。
我高举火炬，站在金色之门！

希特勒，利用深植于欧洲民众中的反犹意识和宗教情结，一上台，即推行一整套疯狂的反犹灭犹政策：禁止犹太人与德国人通婚，撤销其在政府、银行、股票交易所的职位，不得从事经济学、律师、医师、私人顾问等职业，出门统统得佩戴黄星标记。当时的德国到处张贴“犹太人是祸害”的标语，犹太人的公寓被没收，连酒店、公园、城市森林，也不让犹太人进入，“不要让犹太人的气味，破坏森林中的清新空气！”犹太人若想离开柏林，得缴纳动产或不动产的5%。这些还算是“文斗”，随后，一个“水晶之夜”，洗劫了100多座犹太教堂，2万多犹太人遭逮捕，36人被杀害；大规模地禁书，海涅、托马斯·曼、弗洛伊德、爱因斯坦等的著作，化为灰烬。

烧书后必烧人。按纯粹的财政考量，枪毙欧洲所有犹太人难以承受，通过根绝立陶宛和拉脱维亚犹太人的尝试，纳粹获得使用毒瓦斯的大规模屠杀的“最终解决”手段——装上本用来拉牲口的闷罐车，走的都是运货车的备用路线，以防一般民众知道。抵达后，在奥斯维辛集中营，当犹太人罹难前碎碎念经：“哦，耶路撒冷，我的土地。”旁边的守卫听到，指着焚尸炉的烟囱说：“你的土地？那就是你们的耶路撒冷！”

奥斯维辛，是距波兰首都华沙300多公里的奥斯威辛市附近大小40多个集中营的总称，纳粹在此屠杀110万人，受害者绝大部分是犹太人。还有设在德国、比利时境内的达豪、萨克森豪森、布痕瓦尔德、毛特豪森、布伦东克集中营，以及拉文斯布吕克妇女集中营，它们多是藤扯藤、蔓纠蔓式的超大型集中营。“二战”期间有近600万犹太人，其中包括100万儿童，消失在烟囱喷吐出的彻夜不息的浓烟里，成为人类史上最不堪回首的一幕。

1940年，死里逃生来美国的犹太人，增长至470万。1950年，美国犹太人达到500万。除了哈得孙河口的自由女神像，上海提篮桥——一个中国人都很少知道的地方——对腥风血雨中的欧洲犹太人来说，也是他们心中的挪亚方舟。这里曾经居住近3万名犹太难民，与哈尔滨一样，有着齐全、兴旺的社团组织与商业社会，甚至还有50多种刊物，一支小小的部队——上海万国商团犹太分队。以至提篮桥一带，当时被称为“小维也纳”。上海接受的犹太难民，超过加拿大、澳大利亚、印度、南非、新西兰五国所接纳的总和，形成远东地区最大的犹太社团。当时，世界上绝大多数国家对纳粹德国奉行鸵鸟策略，对刀下之羊的犹太人，唯恐避之不及，而仅持中华民国驻维也纳总领事何凤山签发的“生命签证”，惊魂甫定来到上海的，就有数千犹太人。

1944 年至 1948 年，还有 20 多万犹太人，变卖家产，垢面烂衣，迂回曲折，通过各种途径，几乎只剩下一副骨架，终于仆倒在祖先的土地上。

“二战”结束后，巴勒斯坦地区已经有 60 万犹太居民。在犹太国家基金会的安排下，他们渐渐恢复元气的同时，一小片一小片地购置土地，一棵一棵地种树，日复一日，年复一年，全然不理会天外的战火，不理会身边阿拉伯人的敌意。拉比委员会，对社会生活的干预是多方面的，管人们的结婚、离婚，管安息日是否还在哪里偷偷摸摸干活挣钱，管商店、饭馆的食物是否洁净、是否符合犹太食规……在种树上，拉比不是监工，甚于监工。拉比们的长胡子和白色长袍上，覆满尘土，远看如爬上一层蝗虫，光着暴突滚滚青筋的大脚，喋喋不休地强调植树的重要：就像逾越节须吃无酵饼、住棚节得住木棚一样，植树就是扎根，造林就是为民族立基。即使建国泡汤，甚至犹太人最终又被武力逐出故土，但树木仍是上帝指派犹太人立命寄身在此的信物，召唤后代子孙再度跋涉、总能重返的“绿色念想”。在建国之前，原本光秃秃的北部卡梅尔山等地，已被回流的犹太人全部种上了树。

原户主犹太移民的到来，与新户主阿拉伯人之间的关系，日趋紧张。早在 1897 年，在瑞士巴塞尔，犹太人后裔的维也纳记者和剧作家西奥多·赫茨尔，召集了第一届“世界锡安主义大会”，大会的结论是：“没有自己的家园，犹太人永远不会安全。”大会决议建立“一个得到公众承认的、有法律保障的家园（或国家）”，很快得到全世界犹太人的热烈追捧，犹太复国的声音也在国际上越来越响。

时任英国殖民大臣的约瑟夫·张伯伦提出，沧海桑田，两千多年过去，不必杀回老家，但可在西奈半岛、非洲的英国殖民地乌干达或肯尼亚——后有美国人提出在美洲最南端的巴塔哥尼亚（今属阿根廷）——划块地方，作为犹太民族的领地。这三个方案，一度引起锡安主义运动的分裂，但最终立场一致：离开了锡安山（耶路撒冷旧城南端的一座山，山上有大卫王的衣冠冢墓，是犹太人的神圣之地）的建国，以色列将狗屁不如；倘若没有哭墙，这个国家将如一个失去子宫的女人。

1947 年 11 月，联合国通过第 181 号巴勒斯坦分治决议。决议规定，在 2.7 万平方公里的巴勒斯坦地区，建立犹太国和阿拉伯国，耶路撒冷国际化。阿拉伯一方，拒绝接受联合国决议，理由是阿拉伯人占巴勒斯坦人口的 2/3 强，只得到 43% 的土地；犹太国的人口仅占 1/3，却得到 57% 的土地。而且，前者内陆，后者靠海。

1948 年 5 月 14 日，最后一任英国高级专员阿兰・康宁汉爵士，在英国托管巴勒斯坦到期后，从海法港登船离去。前一天的子夜，在特拉维夫艺术博物馆，以色列国正式宣布建立。犹太人个个泪光蒙蒙，跳着霍拉舞，彻夜长歌狂欢；阿拉伯街区阒无一人，家家关窗闭户，备感有猫玩老鼠一样的耻辱。

一位名叫阿布杜尔－阿齐兹・科里纳的阿拉伯年轻上尉，身着便装，面孔冷峻，匆匆赶往吕大机场，然后前往布拉格。他此行的任务，是购买 1 万条步枪，还有 1000 挺机枪，这将是阿拉伯人的首批军火。此前四个月，一个出身于乌克兰基辅木匠家庭的犹太女子，时任耶路撒冷犹太代办处政治部主任的果尔达・梅厄，也从这个机场出发，在凛冽寒冬中飞抵纽约。她没带行李，只有一套穿在身上的单薄春装和拎着的一只手袋。海关人员见她手袋的钱包里只有 10 美元，问她在美国如何生活，她回答：“在这里有我的家人。”

两天后，在芝加哥的一次来自全美 48 个州的犹太人社区领袖的会议上，梅厄宣布，她此行来，就是为了请求美国犹太人拿出 2500 万至 3000 万美元，购买重型武器。不等如雷的掌声爆棚，就有人小跑上讲台，表示保家卫国，责无旁贷。她喝第一口咖啡之前，已收到超过 100 万美元的现金。梅厄一个城市接一个城市地巡回，有时一天做三四次演讲。每一次演讲，都引发像在芝加哥一样的疾风骤雨，若天马之不可羁。当梅厄返程时，从美国带走5000万美元。这款项，两倍于以色列首任总理戴维·本-古里安期望的数目，三倍于1947年沙特阿拉伯全部的石油收入。

以色列宣布建国的第二天，阿拉伯联盟国家——埃及、伊拉克、黎巴嫩、叙利亚，以及外约旦（后改称约旦）——拒绝承认以色列，共同对以色列宣战，第一次中东战争爆发。由于在经济和军事上提前做好准备，以色列掌握主动权，在10天的战斗中，夺取了1000平方公里的土地。在这场战争中，犹太人第一支武装帕马尔契成员，以旅长身份率师打通耶路撒冷交通线而成名的伊扎克·拉宾，在1967年6月初的5天战争（史称“六五战争”）中担任以军总参谋长。100个小时内，阿拉伯联军被以军打败，英国托管时的巴勒斯坦，落入以色列彀中；以军还攻入埃及的西奈半岛、叙利亚的戈兰高地，侵占相当于本国领土三倍的阿拉伯土地。拉宾，一时成为以色列人心目中的英雄。此后，在占领的土地上，以色列大举兴建犹太移民定居点，力求通过改变其人口结构，建立一个大以色列国。数十万阿拉伯平民由此无家可归，沦为难民。

在美国的斡旋下，以色列先后归还埃及的西奈半岛和叙利亚的部分戈兰高地。1973年10月，埃、叙等国军队，也以突袭方式，发动第四次中东战争，但遭惨重失败。20世纪80年代初，以色列再吞并东耶路撒冷、戈兰高地。以色列的赫赫声名，确实是靠枪杆子打出来的。1992年7月，拉宾担任总理兼国防部部长后，“铸剑为犁”，寻求与曾经面对面作战多年的敌人和解。1993年9月，拉宾与巴勒斯坦总统——公开场合总以黑白或红白相间的方格头巾示人的阿拉法特——在华盛顿白宫的草坪上握手言和，以方愿意以“土地换和平”。次年5月，加沙60%左右的土地交回巴方，实现自治。2005年9月，以色列完全撤军，加沙彻底归还巴勒斯坦。为此，拉宾、阿拉法特，以及时任以色列外长的佩雷斯，共同获得1994年诺贝尔和平奖。

1995年11月4日晚，特拉维夫市中心国王广场，一个以色列民众祈祷和平的集会正在举行。拉宾发表讲话：“我当了27年的军人，只要和平没有到来，我就会矢志不渝地斗争下去。我相信现在有一个机会，一个争取和平的伟大机会，为了站在这里的人，为了更多的不在这里的人，我们必须把握住这个机会……”

讲话一结束，广场上掌声如脱水的鱼尾纷纷甩打，许多民众挥拳喊起“要和平，不要暴力”的口号。10 分钟后，拉宾手挽夫人莉娅，走到自己的防弹轿车旁。正待保镖打开车门，一名刺客手持 9 毫米贝雷塔牌手枪，向其射击。当拉宾捂住腹部弯下腰去，凶手第二次扣动了扳机。子弹一颗打在脾脏上，另一颗直入脊椎。其中一颗子弹，是国际上被明令禁止使用的“达姆弹”，即俗称的“炸子”。医生们倍加小心地取出子弹，但“达姆弹”已在拉宾体内爆炸，大量血管破碎，血流如洗，鲜血染红了手术台……

次日下午，拉宾的葬礼，在耶路撒冷的赫茨尔山公墓举行。来自世界 80 多个国家的代表赶来出席，其中有 13 位国家元首、22 位政府首脑。为避免刺激以色列人的情绪，阿拉法特没有露面。在“六五战争”中，他领导“法塔赫”所属的“暴风部队”，在以色列占领区作战。1989 年当选为巴勒斯坦总统后，阿拉法特转变对以色列的策略，主张化干戈为玉帛。

2004 年 11 月 11 日，比拉宾多活了 9 年的阿拉法特，在法国巴黎突然殒命。他的死因长期存在争议，洛桑大学辐射物理研究所发布报告，称在其穿过的内衣上，发现无法解释的大量钋 −210，其含量足以杀死 20 人。至今，又是十几年过去，干戈仍在，玉帛难寻。耶路撒冷、约旦河西岸、加沙地带和戈兰高地，几个地名，常常如餐盘边飞来飞去的苍蝇，令人扫兴，却又驱之不去，成为全球新闻媒体的焦点。

以色列，本是一个历史只存在于《圣经》里的国家。很多人认为，《圣经》只是一部著作，没有什么特别之处；或者只是一部神话而已，没有多少现实性。但是，不管你有无基督的信仰，一个不可忽略的事实是，远在以色列人复国前 2300 多年问世的《旧约圣经》，上帝之光一刻没有远离。这老人家的手，一直在书写以色列的历史。

《圣经·旧约·民数记》23 章 9 节，摩西借神对犹太人的预言：“我从高峰看他，从小山望他。这是独居的民，不列在万民中。”《耶利米书》32章37节，神说：“我在怒气、忿怒和大恼恨中，将以色列人（即犹太人）赶到各国，日后我必从那里将他们招聚出来，领他们回到此地。”《以西结书》37章21—22节，神说：“我要将以色列人从他们所到的各国收取，又从四围聚集他们，引导他们归回本地，我要使他们在那地，在以色列山上，成为一国……他们不再为二国。”

神的话，果真被应验，犹太民族不但没有从世界民族之林中被抹去，而且，以色列人饱经劫难却奇迹般地从全球各地回到近两千年前的故园立国。现任以色列国家教育部部长、大流散事务部部长的纳夫塔利·本内特2019年表示，大约有20万名犹太人，准备近期从法国迁回以色列。用不了多久，以色列的犹太人数将达到600万人，首次超过美国的犹太人人数570万人，将成为全球犹太人最多的地区。

哭墙，是在圣殿断垣残壁的遗址上修建起的一段护墙，实为伊斯兰教两处著名圣地——岩石清真寺和阿克萨清真寺——西墙的一段，长度不过52米，高约19米，均由大石块筑成。其中5块巨型石，有两千多年的历史。耶路撒冷，被全球犹太人、基督徒和穆斯林，公认为“离上帝最近的地方”，世界各地信众写给上帝的信件，一直源源不断地被投递到这里；哭墙，则被视为一道“天国的阶梯”，当地邮局把信件转呈上帝的方式，就是日复一日、层层叠叠塞到哭墙的缝隙里。千百年来，流落在世界各个角落的犹太人，回到耶路撒冷，都会来到旧城此墙前，男左女右，目光沉郁，泣语绵绵，怀故国“衰烟荒草，乱鸦红日”之痛，诉“断肠人在天涯”的无根之苦。世界上落下眼泪最多的建筑，应该就是它了。哭墙之名，不胫而走。

在此祷告后，许多人会往墙缝里塞写着自己心愿的纸条，并祈望上帝让愿望成真。历经千年的战火硝烟、风雨剥蚀，和无数朝圣者的抚摸浸润，哭墙的石头，泛出一种特别的似火焰映照炭精般的光泽。自1967年“六五战争”中以军从约旦手中收复哭墙后，除了安息日，哭墙广场白天黑夜总是人潮不息，几乎人手一本犹太经典《托拉》（*Torah*，即《圣经》的前五卷书，又称

《摩西五经》)，靠近墙身面壁，小声祷告或默祷。正统派犹太教徒，一下便可从各国游客中区别开来：他们清一色黑外套，大多头戴一顶有蓝、白、花多种颜色的“卡巴”小盖帽。“卡巴”遮住头顶中央，是对上帝表示敬畏。纸条塞进墙缝后，有的长跪在地，闭目冥想；有的坐在自带的椅子上，“非礼勿动”，“非礼勿视”，在与上帝的心灵融通中，眼空无物……

犹太人在哭墙边祈祷最殷、塞进墙缝的纸条上写得最多的，会是什么呢？

我琢磨，最殷最多的，无疑是要和平，不要战争。

耶路撒冷，希伯来语意即“和平之城”。这个城市的命运却偏偏背向而行，干戈与橄榄枝相交，神圣与野蛮并存，毁灭与再造轮替……世间还有什么地方，比在耶路撒冷、比在晴日哭墙广场上那成群飞来的鸽子羽翼上，更能让人彻悟和平的珍贵，感受家园的美丽？

再有，一定是没有最强大，只有更强大——为了不再灭族，不再流落。

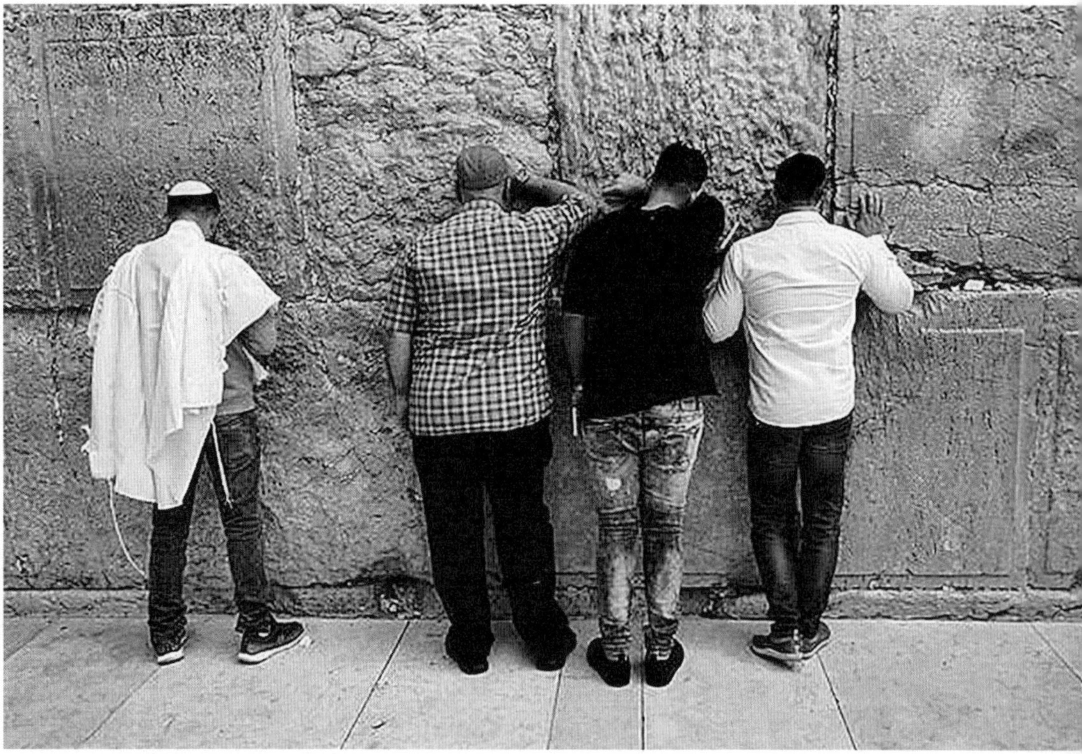

离上帝最近的地方

一个建国初期只有 80 万人的小国，用了整整一代人的时间，打了 5 场卫国战争与不计其数的小规模冲突。在半导体收音机还造不出来的 20 世纪 50 年代，以色列却砸锅卖铁，焚膏继晷，立志搞出核武器。许多专家认为，在 1967 年的“六五战争”时，以色列已拥有 4 个核反应堆，手上抓有原子弹，不过隐忍未发而已。“摩萨德”（全名为“以色列情报和特殊使命局”）在世界各地对纳粹逃犯穷追不舍，其代表作之一，当属 1960 年不远万里，赴阿根廷生擒德国纳粹高官、“二战”大屠杀“设计师”阿道夫·艾希曼。而且，在全球没有“摩萨德”弄不来的东西。1966 年 8 月，从阿拉伯空军严密防守下，他们居然弄出一架当时最先进的米格 –21 型战斗机。以色列国防军狙击手，使用以色列 TCI 公司生产的 M89SR（89 型狙击步枪），射击命中率，全球无人可以匹敌……

强敌环伺的外部环境下成长起来的以色列政治家，从本 – 古里安、梅厄夫人、拉宾、“独眼将军”摩西·达扬、沙龙……到时下的内塔尼亚胡，无不是睡觉也睁开一只眼睛的人物，其线条峭拔、神情冷峻的脸上，似乎总写着八个字：“乌云压城”“只争朝夕”。

在这样的一片国土上，将会生长出怎样一片树木呢？

大卫王墓附近执勤的女兵

本－古里安的巨大身影下

中东地区，被称为世界的“油库”，几乎一根针落地，都有油气油花冒出来。在这从地中海东部、南部，到波斯湾的大片地区，约有 24 个国家，“毫不利己，专门利人”的上帝，唯独给了自己的居所一块资源最贫乏的土地。以色列花了 40 年，如野生岩羊一样在沙漠中寻来找去，结果就是没有一滴石油，而且，连人生存的起码条件——水资源——都稀缺。

国土面积 1.49 万平方公里，比 1.6 万平方公里的北京还小，可耕地仅 60 万亩。沙漠占国土面积的 2/3。横亘南方的内盖夫沙漠地区，不似传统沙漠一片明黄如毯起伏，地貌奇特，几百万年前本是一片海床，随着陆地上升，慢慢浮出海面。由于海水冲刷，沟壑万千，形成光秃或锯齿状的山峰，一直延伸至红海的大峡谷，其上因矿物质构成不同，而披有不同颜色的沙砾，遥看色彩颇有几分迷离。仅内盖夫的面积，就占到国土一半以上。非沙漠地区，除西部沿海的耶斯列河谷等少数地方，因傍约旦河，土壤膏腴，水源不缺，多半也土质极差，系石灰石或玄武岩山丘。

以色列有一点，如我在英国湖区所见，普通人家就地取材，其住宅外墙，大抵由长方形的白砖砌成，白砖系软石灰石，开采时容易切割，一接触空气便会坚硬，朴素、耐用，却又不失典雅。以色列属地中海型气候，特征为夏季漫长而又炎热、少雨，冬季凉爽、多雨，却较为短暂。一年里有 7 个月以上滴雨不落，从北到南，依次是亚湿润干旱区、半干旱区、干旱区、极干旱区。全年降雨量不到 200 毫米，内盖夫地区不到 30 毫米，国人人均水资源，只有世界平均水平的 2%。

上帝，却给了以色列人另外珍贵的东西——聪明的脑袋和坚毅的意志。

其实，资源也算匮乏的英伦三岛、日本列岛，何以能在世界首先诞生工业革命，在亚洲首推社会转型——明治维新成功——是否也可作如是观。

1953 年 12 月，已经担任总理 5 年的本－古里安，突然向议会提出辞职。理由是，自 1906 年 20 多岁的他，满怀复国的热血，同一批先驱者乘船离开波兰，移居巴勒斯坦后，经过长期军事和政治斗争的断磨，感到有些筋疲力尽了。现在复国大业落地，追随他的一批年轻人已成长、成熟，足以承担起管理国家的重任，个人的历史任务可算完成。67 岁的他，需要改换一种生活方式。他表示，将举家去内盖夫沙漠定居。后来担任以色列第三任总理的梅厄夫人回忆："这个消息，简直像个晴天霹雳。我们恳求他不要走，但他执意要走，谁也无法使他回头。"

本－古里安，长期以来将修建犹太人移民定居点，视为复国的一项基本战略。移民从全球各地来到故土，良禽择木，都盼居住在生态较好的西部沿海和北部气候温润的地区。但僧多粥少，那里许多地方，早已为阿拉伯人所聚居。土地之争时有发生，往往成为两个民族冲突的导火线。为避免把国家搁置在火药桶上，移民到南方去，开发少有人居住、人口只占以色列总人口 8% 的内盖夫沙漠地区，使这片蛮荒之地未来成为以色列发展与繁荣的基地，应立为国策之一。当然，他明白，内盖夫的开发将异常艰难，可能耗去一两代人，也难见其功，很多移民不愿意去。

次年 1 月，本－古里安换上当年的军装，与妻子保拉，移居内盖夫腹地刚建立的一个叫萨德博克的基布兹。以色列在英国托管初期，直至建国后许多年，独创了两种农业社区类型：基布兹（Kibbutz，希伯来语，意为"聚集"）与莫沙夫（Moshav，希伯来语，意为"定居点"或"村庄"）。前者共同劳动，按能力分配劳动任务；一切财产和生产资料，为全体成员所共有，实行民主管理，人人平等，住一样的房屋，吃一样的饭菜，每月可分得一点零花钱；人们平时为农，战时为兵，每个成年人也是预备役军人，发展经济与军事两不误。若是教师、律师、科学家、艺术家，或政府官员，不一定要住在基布兹，也可住在城市。他们参加基布兹的部分活动，享受基布兹的一切待遇，其职业收入得全部交给基布兹。这种组织模式至今百年不倒，在全球范围的集体主义农庄实践中一枝独秀，盖因基布兹不同于中国人民公社等其他集体主义的实验品——以宗教为根基，以复国立国为己任，且领袖率先垂范。

一个国家的领导者，无须要太多的论著、口号，凡要民众做的，都先从自己做起，必然跟随者如马踏飞燕、雁阵排天。成千上万追随本－古里安加入基布兹的人，都是虔诚的犹太教信仰者，爱国之弦铮铮作响者。1967 年的“六五战争”中，以色列空军 30% 的驾驶员，陆军近 1/4 的军官，是基布兹成员；这场战争以方阵亡 778 人，其中 200 人，来自基布兹。

后者莫沙夫，为一个规模约 60 户人家的村庄集体，每户人家拥有自己的房屋和土地，自给自足。但均从属于集体，集体以联合的形式负责供销，并提供教育、医疗和文化服务。

本－古里安，做的是一个普通基布兹成员，人们不再称他“老首长”“老革命”“老领导”，而是直呼其名“戴维”。

年轻志愿者和四五十岁的移民，每天忍受烈日的暴晒，在流沙中建泥巴房子，在岩石缝里植树造林，种耐旱作物，凿运河，掘水渠。分配给戴维的工作，是运送粪肥。后来，看他步履蹒跚、气喘吁吁，就改为照看羊群，管理小气象站。戴维白天出工，晚上看书和处理信函。从为复国四处奔波开始，他每天读 50 页书的目标，雷打不动。在同友人通信时，他写道，两年来，他对这种平民生活已如鱼得水。

1955 年 2 月，军人出身的纳赛尔，登埃及大位，急于甩开三板斧，与以色列频频擦枪走火，苏伊士运河战争爆发在即，朝野上下都在追问：“廉颇老矣，尚能饭否？”老人不得不换上早已褪色的卡其布军装，回到耶路撒冷。他对记者坦言，要不是揪心军事形势，就是 100 台推土机，也不能把我从内盖夫拉回来！

那几年，推土机从未闲着，从约旦河上游加利利海开始，抓铁留痕，在沉沉沙漠里一道道开凿出长达 130 多公里的运河、管道与隧道，修建众多泵站与水库，形成一个覆盖大部分人口密集区的巨大输水系统。但是，虽然犹太人在约旦河中下游努力挖渠引水，但仍然无法满足农业、造林及人们日常生活的需求。1962年，农艺师斯迈哈·博拉斯，发现自家花园一角，有一片植物长得格外茂盛。仔细观察后，发现一条浇花用的水管上有一处微小的破损，从中不断渗出的水滴，滋润了植物根部。还有一个工程师看见，同一块沙漠里种下的树苗都会死，只有一棵活得好好的，一查是它近处的水管渗漏。受此启发，人们想到，沙漠地面浇灌蒸发量太大，无效水分太多，应该将水管埋到地下，“鬼子静悄悄地进村”。

看起来一个简单想法，做起来像在螺蛳壳里布阵排兵。灌溉的总体布局上，所经每一株植物的根部，都有一个开有滴头的支管。这些四通八达、密密麻麻的滴管，完全由计算机控制，自动测试植物的生长环境、水分、养料等，又据此向植物根部输送水和养料。这一滴灌技术的独特之处，在于既减少水分的蒸发和渗漏，还可使水分在土壤中均匀扩散，将沙漠里每一滴水的作用发挥到极限。20世纪80年代，中国就此派出去学习的代表团不下百个，最终多抱憾而归，理由都是工艺复杂，或成本太高。此后，以色列专家专门给中国设计了一套低成本、容易向农民普及的滴灌技术。

今日的以色列，除草坪、大面积的庄稼采用喷灌方式之外，几乎所有树林、花开之处，其生命的沐浴与欣喜，都在地下。老夫我曾在内盖夫沙漠里乍见一棵大榕树，其腰围得两个人牵手才能抱起，至少有上百年历史。擦擦眼，不知是自己身在梦中的七闽八桂，还是七闽八桂的榕树穿越到中东？树前插着铭牌，明明写着只有28年树龄。其下不见泥土，根部只有大大小小的颗粒状沙石，从远处的火山岩运来，再就是蛇一般穿没其中的塑料管子。

滴灌技术，还攀登到空中：在首都特拉维夫，街边的许多小树，树根被形似大南瓜的铁皮桶裹着，铁桶则用三根铁丝悬挂在离地一尺高的空中，桶下有洞眼漏水，人们不时将水注入桶中，小树就靠吸收水中的养分茁壮成长……

自 1987 年开始，以色列又实施一项雨水集流计划，即通过将雨水或径流导入沙漠里不能自然生长树木的小块土地，依据水分状况，种植单株、丛状或片林。该计划在内盖夫地区建立了三个植树造林区，此后以每年 200—300 公顷的速度增加。

以色列，不只执世界滴灌领域之牛耳，还拥有全球最大规模的海水淡化设施，大型淡化厂的成本做到了 1 美元 / 立方米以下，最少的做到 0.54 美元 / 立方米。如此便宜的价格，使得淡化水可以作为农业、种植与生活用水大规模使用。2015 年，以色列海水淡化水的供水量，已超过总用量的 50%。相邻国家不时为约旦河水的使用权，厮杀得鱼死网破，以色列却从不限制居民用水，不过以色列回收水用于农业的比例世界最高，达 17%。洗脸水用毕，可以洗脚；洗脚后可以冲厕所；冲厕所的可以净化后，拿来给植物浇水；到了地下，通过水井再抽上来养鱼。以色列的地下水含矿物质太多，不适合饮用，却发现废水有一种鱼非常喜欢，于是拿来养这种鱼。

莎士比亚倘若活到今天，看到犹太人对每一滴水，乃至于每一寸沙漠，也如此吝啬，大概会一把将《威尼斯商人》剧本撕了，重新再写。

设在内盖夫的本 - 古里安大学应用研究所，从 20 世纪 60 年代起，从世界各地引进 1000 多个树种，让其在沙漠气候条件下筛选、培育、适应。霍霍巴，是生长在美国西南和墨西哥西北一带干旱沙漠地区的一种灌木植物，有一人多高。古人就发现，其种子富含一种液态蜡酯，榨出油后，可用于皮肤保养与治疗，有油料之王之称。以色列 20 世纪 70 年代中期开始人工种植这种植物，80 年代初，国际市场上开始流行霍霍巴油，并应用于医疗和美容等行业化妆品中。为什么花儿这样红？以色列高颜值、高智商的女神，可一下毒瞎男人的眼睛。中国人都熟悉的奥斯卡影后、哈佛学霸、哥伦比亚大学客座教授娜塔莉 · 波特曼；曾在军队做过作战教练，摘下过以色列小姐的桂冠，又是三个孩子的妈妈，并出演《速度与激情》《神

耶路撒冷街头的柠檬树

奇女侠》等好莱坞巨片里的超级女英雄盖尔·加朵。除了她们都对自己有着强烈的自我认知，对女人生命的本质有着非同寻常的追求，大约融合了犹太智慧和有机生活哲学的以色列护肤品，也助她们如天人般惊艳。其中，必有精油浸润的死海海盐的磨砂膏，富含天然橄榄油、霍霍巴油等成分的沐浴油……

桉树，大多来自澳大利亚，属常绿高大乔木，其种、亚种、变种，共600余种。有案可查，其最高纪录达156米，为全球最高，也为全球存活时间最长，有一株桉树已存活1.3万年。桉树树冠形状有尖塔形、多枝形和垂枝形等，能绿化美化、防风固碳、涵养水源，在世界各国风景园林、防护林中，常见到它们雄视百载、睥睨众生的英姿。桉树现占到澳大利亚森林面积的78%。如果没有桉树守护，有世界第四大沙漠、面积达155万平方公里的澳大利亚沙漠里，人们现在得牵骆驼、卷黄沙，听着驼铃过日子。考拉、袋鼠、鸸鹋等特有动物，也许不复存在。不同桉材，用途不一，但它们大多耐腐耐磨，是世界公认的硬木。大花序桉，有“澳洲大花梨”之称，悉尼歌剧院便取材于此。20世纪初，犹太国家基金会专门致力于组织种植桉树，因它还能发出一种奇异的怪味，可以防止胡拉谷地疟疾的蔓延。

在以色列，主要树种除霍霍巴、桉树，还有本土植物橄榄树、金合欢树、红柳、椰枣等。椰枣是以色列特产之一。每年9月至10月，若从约旦入境，放眼望去，路边你追我赶，风急火燎般地长满被深橙黄色的累累果子压矮了的椰枣树。

犹太植树节，犹太人传统节日之一，在希伯来历法一年中的第11个月，称细罢特月（公历1月初开始，并延伸进入2月）的第15天。犹太人眼里，这一天，是树木从冬眠中最早复苏的时刻，是树的“新年”开始的首日。这一天被视为民族的“吉日”，许多重要机构都选择这一天，亮相叫嗓——1918年的植树节，是耶路撒冷希伯来大学的建校日。1925年的植树节，是海法的以色列理工学院的建校日；而国家议会，则在1949年的植树节宣布开张。这一天，不分男女老少，几乎人人出门种树，连幼儿园也放假，有关方面早早地为 2 岁到 6 岁的幼童辟出不同的区域，让孩子们在父母的带领下种花植树，为花木除虫、施肥、浇水，让其张开双臂，拥抱亲吻路边或公园里的大树。

按照传统，植树节这天必要聚餐，人们喝白酒和红酒，食用圣地的干果：小麦、大麦、橄榄、椰枣、葡萄、无花果和石榴。人们还以吟诗、诵经或歌唱的方式，高声赞美上帝和大自然，感谢树木对以色列的福佑，让其子民富足安康。为什么不吃新鲜水果？在沙漠里吃新鲜水果，早非难事。两千年都在颠沛流亡中的犹太先人，无论身在何方，都会思恋故国约旦河畔清凌凌的水果，可当时交通断绝、交易管控以及保存困难，人们只能在热泪潸然下，一点点地品尝来自故国的干果，干果就是乡愁。今日的人们就站在乡土之上，仍陷于这浓得化不开的“乡愁”。

在整部流亡异乡的历史中，犹太植树节，让一代代流亡者，与以色列地保持了坚韧的精神联结，并使他们有朝一日重返故土的盼望，不致断绝。

1948 年重新建国之后，住在境外的犹太人，以捐资帮助祖国栽种新树的方式来庆祝植树节。他们虽然不能亲自前来拓荒，犹太国家基金会会实地为他们种下一棵、几棵或更多的树，他们会收到一张证书，证明你对圣地所做的贡献，并告诉你，买这棵树或这些树，不只能纪念一个或几个在你心中特别的人，也为祖国提供了一个长久、显见的祝福。在长盛不衰的美剧《生活大爆炸》里，主人公之一的犹太人霍华德就说：“我妈留给我的遗产，有以色列的三棵树。”1948 年以来，以色列已募集足以栽种超过两亿棵树木的资金。由人们捐资种植的树林，一片接一片出现。最壮观的一片，位于耶路撒冷西侧，成为新城区的一个数十公里厚的巨大“绿肺”。

管理着全以色列公用土地的犹太国家基金会，还有一个重要的附带功能——

呼吁全世界各地的人，上网帮助以色列种一棵树，也欢迎亲临圣地种下一棵树。自1901年成立以来，通过这两种方式，该基金会已种下2400万棵树。参与其中的，既有伊丽莎白·泰勒、波姬·小丝、格利高里·帕克等国际电影巨星，也有来以色列旅游的普通人。参与植树的手续并不复杂，登录基金会KKL-JNF网站，找到“亲手在以色列种棵树”链接，在线提交种树要求即可。几天后，有工作人员和你联系，约定种树地点和时间，按章付费：18美元一棵，随行孩子10美元一棵，居然还有折扣价！完成后，你就能去自选的植树点，由护林员带着去种树了。在以色列人眼里，外人若在以色列种下一棵树，就是向以色列示好的善人，被视为可交的朋友。

犹太人复国之后，其实，天天都是植树节。

阳光旖旎的初春植树，寒风暴走的冬日植树；婴儿呱呱坠地时植树，逝者入土为安时植树；新婚宴尔时植树，“挥手自兹去”时也植树；新燕啄春泥时植树，远方隆隆炮火时植树；前来定居者植树，即将离去的移民也植树；上学第一天植树，毕业典礼植树，每个学生在校期间至少种过一次树，无一遗漏。民众为爱国植树，政治家为民气也植树。2009年2月，以色列大选来临前，现在仍为利库德集团领导人的内塔尼亚胡，去戈兰高地上亲手种下两棵桉树苗，以示一种不会妥协的强硬立场。到现在，外国政要来以色列，不种下一棵树，都不好意思回去。意大利前总理贝卢斯科尼，一口气种下10株橄榄树。美国前总统奥巴马，大费周章，空运过来一棵白宫外面的玉兰树，亲手在以色列总统佩雷斯的花园种下。

人们在纪念历史人物时会植树。在耶路撒冷义士大道上，有一棵经过的游人都会摸一摸的树，这是奥斯卡·辛德勒手植的树。凡看过电影《辛德勒的名单》的人，对这位从纳粹手中挽救了1200个犹太人的德国人，都会有深刻怀念。人们在祝贺在世的外国友人时也植树。2008年，马英九当选中国台湾地区领导人，以色列有关方面，在耶路撒冷南部的观光胜地“和平森林”，种下9棵树。除了“9”与马英“九”的名字契合外，根据犹太民族的希伯来文传统，“9”更代表母亲怀胎九月，意味着新生、光明……

在以色列，地面上，是图腾、是信念、是豪迈、是行云流水的现代诗。

地面下是科学，是走钢丝绳般的慎之又慎，是升斗小户家的有几撮米放几勺水，是句句难缠的格律诗。

树苗落地前，必须由科技人员进行规划设计，根据土壤退化的不同程度，确定不同的植树造林项目。而且，必须计算出该树林所需的集水汇流面积，以水分平衡和“适地适树”原则，确定该地带植树的多少和树种的搭配，方可动土。以色列不追求大面积和高密度的造林，不一味讲究高大乔木和景观美化。在城镇的T形台上，树木做一队风情万种的漂亮模特，固然不错；树苗却更应该如基布兹的青年男女，到艰苦的地方去，到祖国最需要的地方去，去千年不见鸟拉屎的大漠，去荒寒岁月在山涧峡谷冲刷出的沟壑万千，恢复植被，抓住水土，安抚沙地，力挫风蚀和水击。

树苗种下去之日，即有相应的护林者。除官方的森林督查员外，一旦发现砍伐，护林者如急救车、救火车，最快的几分钟就可到达现场。无论是成片造林，还是家庭门前屋后零星种树，依法都只许种不许砍，哪怕是砍伐私有树林，也得经过批准，否则就要受到重罚甚至制裁。政府为国家所有珍稀受保护的树木精心绘制了地图，使你能清楚地看见什么地方有什么样的珍稀树木，以及它们的树龄和背后的故事。每个社区，都有自己的森林联合管理组织，负责制定森林愿景和起草森林总体规划，对责任区林木进行复查、培土、施药、保洁等日常管护，并通过社区网站向公众发布有关信息。该组织基本由社区居民为基础的志愿者组成。他们除了对植物学、林业学和环保等有强烈兴趣，还须有林业部门专业化的森林资源调查经历，曾接受森林病虫害防治的培训等工作。除成年志愿者外，也有青少年和小学生，如一股股清泉活水，年年补充到这一组织中来。

不妨打个比方，在马克·吐温称之为“一块令人窒息、沉闷、毫无希望的土地”上，企图揽绿拥翠、花果飘香，艰难几近于一辆重型卡车在斗室间掉头。算算破土、滴灌、来水的不易，加上养护的大量人力、心力，有人说，在以色列种活一棵树，至少得花10万美元。

造林，从种下信念与誓言开始。以一圈圈庄严的年轮记录，以一茬茬的新绿描绘，以色列的历史，就是一部治理、开发和利用荒漠化土地的历史。

地表上已是一片片逐渐展开的经济林、防护林、牧区片林、非灌溉果林、景观林、大规模人工荒漠林、废水灌溉造林及小片林营造等。至今，在这片以沙漠和荒山为主的土地上，种植了2.4亿棵树，若以人口900万计算，人均将近30棵，成为世界上为数不多的比一个世纪前有更多树木的国家之一。

在以色列岂有种树还是种“数”之疑？岂有“年年植树不见树，岁岁造林不见林”之说？

> 只有通过全国、自愿付出巨大努力的人民，具有勇敢精神和受到英雄事迹激发的年轻人，冲破传统思想束缚，能深入研究国家特殊问题的科学家……的联合努力，我们才能完成发展南部与内盖夫重大而神圣的任务。

20世纪50年代，戴维·本－古里安的这番预言，在南部的内盖夫，也在整个以色列，早成为令世人惊叹的现实。

昔日荒寒苦逼的大沙漠，俨然一条巨型阿拉伯魔毯，一旦抽去，无数林场、农场、牧场和葡萄园，呼啦啦地冒了出来。这里到处绿树峥嵘、绿草如茵、绿垄成陌、绿波荡漾、绿韵盎然，连杂草也长得率性，荆棘也疯得旁若无人，看不出脚下每寸土地被精心侍弄过的痕迹。再添鲜花没日没夜开放、硕果没心没肺争宠，未见花果，先闻飘香；再有牛哞羊咩，大棚成阵，红顶白屋，各具特色，医院、银行、书店、超市等一应俱全……这似城非城、似乡非乡，难免你会有疑真疑幻之感。

但你确实是走在内盖夫。

特拉维夫郊外的橄榄树林

有一串串“基布兹”为证：虽早褪去苦难行军时期大家一起搭伙拉扯着过日子的味道，不得拥有个人生产资料的僵化模式，变成允许生产工具等自给；公共食堂不再免费，而要酌取少许费用；由林农业为主，转向科技开发、生态旅游为主，但土地依然公有，人们仍保持亲切友爱的集体风貌。每年第一批水果成熟，基布兹便排开“百家宴”，家家户户摆上自家果园、温室采摘的水果，排牙品尝，载歌载舞……

在邻国屡为吃不饱饭而犯难求援时，以色列成为中东为数不多的实现粮食自给的国家，其自给率达到 95%。以色列生产的许多花卉、瓜果、蔬菜，生长期、成熟期，甚至形状、颜色，都可用计算机控制，牢牢占据欧洲近一半的市场，也让中国人躬逢其盛。30 年来，以色列出口的樱桃番茄，又称圣女果，始终是中国果蔬市场上的热销产品。

可为你做证的还有，你正走在戴维·本－古里安的巨大身影下。

1970年退出政治舞台后，他重回内盖夫萨德博克的基布兹，“痴儿了却公家事，快阁东西倚晚晴”。1973年12月1日，87岁高龄的本－古里安辞别人世。他领导国家20余载，历经4次中东战争，为成就一个强大、现代、绿色的以色列，至死不渝。他的去世，被以色列人看作一个时代的终结。

根据他的遗嘱，葬礼没有颂词，只有无声的默哀。石头棺葬在基布兹残存的一块沙漠深处。日后同样高龄去世的夫人保拉，也与丈夫并排安息于此。没有花团锦簇，唯有棺盖上两排细碎的石子，代表永不凋谢的鲜花。离其墓地不远，是本－古里安大学的Sede Boqer校区，主校区位于Be'er Sheva，但其地质学、矿物学、农林业学等科目，从设立起，就扎寨内盖夫沙漠。一直以来，该校为以色列本科生的第一选择，在诸多学科领域拥有创新前沿技术中心，位于全球最好跨学科研究型大学的前茅。至今，超过1万名毕业生，在以色列的研发、工业、经济、社会、卫生保健、文化与教育行业中，担当要职大任。

“三棵树”

在世人眼里，以色列，总是像谜一般存在。

耶路撒冷旧城，天刚放亮，阿克萨清真寺高高的宣礼塔上，就传出响亮、悠长，还有几分悲凉的唤拜声；耶稣圣母大教堂里，管风琴的伴奏下，徐徐海浪般溢来基督教徒赞美诗的歌声，还有身穿绛红色法衣的神父，在做庄严的弥撒。面积仅有1平方公里的旧城，分成四区：犹太教区、伊斯兰教区、基督教区和亚美尼亚教区。各区之间，不是钢筋混凝土建成的高墙，就是用道道铁丝网分隔。古老的石板路，狭窄沉闷，街巷蜿蜒曲折，恍若迷宫。路边多卖手工艺品的店铺和民居，也是石头建造。一片片的白色房顶，在晨曦中泛出浅黄色的光芒，像是人间与天堂，咫尺相望。

19 世纪后建立起来的新城，比旧城大几倍。映入眼帘的，满是高级酒店、写字楼，高档住宅区、宽阔熙攘的长街，以及五光十色、应有尽有的商场、超市。很多建筑带有德国“包豪斯学院”派的设计风格，衬着满城的红花绿叶，在地中海时空下独步风流，使得该城有“中东曼哈顿”的美称。

约旦河，汇集赫尔蒙山的溪流雪水，自北向南，如一条银链，将加利利湖和死海这两颗夺目宝石，缀在一起。前者虽然不大，却供给全国近一半的生活饮用水，可称以色列的母亲河。两岸桉树长拥，花藤成云，情侣絮语。星月闪烁时，“夜阑风静縠纹平，小舟从此逝，江海寄余生”，真有些太平光景的意思。如果放上放大镜，岂有太平的战争质感，如杨花“蒙蒙乱扑行人面”：太多的隔离墙、边检站，狼牙交错，犬耳高耸。机场、车站，乃至街头院角，三三两两荷枪实弹的军警。大量年轻男女，在本该读大学谈恋爱的美好年华，一边背着书包，一边挎着 AK 枪服兵役。上课是军服，课外也是一身军服。耶路撒冷、特拉维夫等城市，只要军人挥手，不管是私家车、公车，还是出租车，都会立即停下，免费载他们返回军营、基地。以色列的国会大厦地面建筑只有两层，却有七层建在地下。很多高层建筑上，建有直升机停机坪，以备恐怖事件发生时可紧急抢运伤员……

如圣城，“它还是唯一拥有两种存在的城市：天堂和人间”，以及东方和西方、现代和传统、世俗和宗教、资本主义和社会主义；金发碧眼的欧洲犹太人、黑头发黄皮肤的亚洲犹太人、阿拉伯犹太人，和库尔德人、伊拉克人、德鲁兹人；希伯来语、英语、俄语和意第绪语……差异，如此云泥判别，却相生共处，呼吸相通。这个一柄尖刀一样插进中东的蕞尔小国，宛若一片晨雾浮沉、扑朔迷离的小林子，总让世人在敬佩之外，普遍感觉奇讶。

这片“林子”里，从老夫看来，最为突出的是三棵树。

第一棵树，是“信仰”。毋庸赘言，这是一把砸在犹太民族心灵上的实锤。

2018 年 4 月 18 日，以色列庆祝建国 70 周年，并于 5 月 14 日举行一场特大规模的合唱，超过1.2万人，以及8位指挥、40位音乐家，塞爆特拉维夫体育场。主唱之歌《所有这一切》，在强大国力的背景下，歌声里却没有血腥、没有仇恨，没有因国强民富而肆意张扬；有的是高度的价值认同和对神的坚定信仰，对和平生活的向往和对未来更美好的期盼：

所有这一切
甘甜有时，痛苦有时
不论苦与乐，我们珍贵的儿女
亲爱主，请赐下你的祝福
经过水火，越过漫长的归途

所有这一切
亲爱主，请赐下你的祝福
求你不要拔除所栽种的
不要忘记我们的盼望与梦想
求引领我，得以归回，
回到这美好的应许之地……

第二棵树，是“学习”——

古代犹太人，将书看得破旧不能再看了，就挖个坑，庄重地将书埋葬。大人对孩子说：“书是有生命的东西。”父母对子女经常说的一句话：“我们犹太人没有别的办法，连国家都没有，唯有比别人多读书。”学习不是记住已有的东西，而是探索未知的领域。教育不是靠填鸭、靠背书，而是二三人一组，边读边讨论、辩论，老师讲的可以反驳，上帝讲的可以质疑。回到家，父母不问孩子学了什么、考了几分、班上名列第几，问的是：今天你提了问题吗？提出了有意思的问题吗？

获得诺贝尔奖最多的民族，是犹太民族。以色列境内加境外的，前后有162位，约占总数的20%。2004年，获诺贝尔化学奖的以色列科学家阿龙·切哈诺沃，这样告诉记者："小时候，妈妈告诉我，走进一条河流，可以顺水走，也可逆水走，你要永远逆水走。天下难做的事情，容易做成，因为没有人碰，对手少。容易的事情，对手一定多。挑难的事情做，要做大的事情。"

当太平洋、大西洋和印度洋所有航道上，几乎塞满装运中国衣物、鞋子、玩具、食品等货物的大船时，《2019年中国数字阅读市场研究报告》显示：2019年我国人均纸质图书阅读量为4.67本（电子书3.32本），远低于韩国的11本、法国的20本、日本的40本、以色列的64本；国人人均每天读书时间，差不多够抽两支烟，有13.43分钟。

今天，以色列人均读书比例，以及以色列人均拥有图书馆和图书量，均居世界第一。以色列的经济，其主打，早已经不是农业、林业，高科技产业的产值已占工业总产值的50%以上，对出口的贡献率也达50%。900万人口，不及北京人口一半，却有4000多家高科技企业，平均每2250人就拥有一家；其中100多家，在美国纳斯达克上市。

世人都知硅谷厉害，但硅谷最厉害的公司，都在特拉维夫设研发中心。

不妨可以说，以色列就是世界的硅谷。

第三棵树，一般人注意到的不多。

国旗军旗上飘拂有无形的十个大字：寸土必争，犯我虽远，必诛；成立于1987年的一个伊斯兰运动极端组织"哈马斯"，在巴勒斯坦政坛战胜"法塔赫"后，其主要目标，就是"将以色列从地图上抹去"。从以军完全撤出加沙至今，"哈马斯"已向以境内发射了6000多枚火箭弹。以色列驻华大使安泰毅先生，曾对中国媒体说："世界上没有一个国家，能够忍受在8年的时间里，15%的国民，生活在武力和恐怖袭击的威胁之下。请中国的朋友们想象一下，如果广州每天都被火炮袭击，中国的政府会做些什么？"

此外，今天在世界各地，尤其一些欧洲国家，依然有反犹势力，反犹情绪有不断升温迹象。近年来，越来越多的犹太人，返回以色列，誓死保卫以色列……

但和平温润如白玉的愿望，并没有骤变为嗜血的战争獠牙。

为减少平民伤亡，以色列不惜牺牲突袭效果，在地面攻击前十分钟，拨声讯电话，通知攻击地点的百姓离开；同时散发大量阿拉伯语的传单，要平民远离“哈马斯”，切莫成为其“人体盾牌”。攻击时，常使用的是装药量只有 22.7 公斤、附带毁伤比传统炸弹小得多的精确制导武器——GBU-39 型小直径智能炸弹。

从集中营尸骨堆里爬出来的民族，大约更能体恤个体生命的宝贵，承认别族生存的权利。自家每日成百吨花果菜蔬运往欧洲，也得让邻居在院子内外种一片橄榄树，榨几桶橄榄油。巴勒斯坦没有自己的海关。根据以巴双方 1993 年达成的协议，在巴勒斯坦实现完全自治之前，由以色列控制其进出货物，并代收税款，定期将所征税款移交给巴民族权力机构。正常情况下，以方每月向巴方移交逾 1 亿美元，约占巴财政预算的 2/3。这意味巴勒斯坦政府公务员的工资，都经以色列政府发给。

巴国经济落后，每天早晨都可见到，以色列许多口岸，有大量的巴勒斯坦人持签证通过，去隔壁的以色列城区打工。他们多靠此份工作养家糊口，也算分享到以色列发展的红利。

国家意识形态，没有跑马圈地，狂踩社会生活：不极端，不危言耸听，不打压弱势人群。风声鹤唳下，长年照旧书声琅琅，书卷飘香；硝烟弥漫中，依然植树不倦，邀约花期鸟语。政府议会中，有 20 多位阿拉伯以色列人；在军队和政府机构里，都有以色列籍的阿拉伯人，机关、学校很重视“种族歧视”的投诉。以籍的巴勒斯坦人，儿童同样享受免费义务教育，受教育程度远比一墙之隔的同胞们高，人均寿命也超过周边的阿拉伯国家；晚年积蓄和幸福指数，也非墙外同胞可比。以色列同巴勒斯坦及其他阿拉伯国家发生冲突之时，以籍阿拉伯人很少被殃及，自然他们多少免不了尴尬———不管在哪一边，他们都

希伯来大学

特拉维夫街上的持枪者

像是异乡人。

在国内一些人的印象里，以色列穷兵黩武，似乎常常被世界所抗议，其国内也烛影斧声，人肉炸弹出没。倘若真是如此，高频率投中犹太民族的诺贝尔奖，便可视作瞎眼如一个个瓦片了！其实，以色列的社会安全指数颇高，想去以色列旅游的同胞们，大可把心放在肚子里。

这第三棵树，就叫“常识常态”。

窃以为，有没有这第三棵树，是一个国家能否长治久安、民族是否兴旺发达的一个标志。

后　记

大约从2011年起，有10年了，每逢夏日秋天，清晨或傍晚，总有一个老家伙，出现在这片小林子里，冷杉、桦树、枫树及橡树，疏疏落落，还有一些灌木。

林子的一角，是一个简单的篮球场，紧挨着给孩子们玩的秋千、吊篮、滑梯等设施。节假日外，极少见到有大人或大人带孩子来。平日有老人牵狗来此遛遛。有年头了，路边竖着一个一米见方、乳白色的有拱顶的木箱。打死了，起初也料不到这是个书柜，里面上上下下，紧挨着好几排书，是社区的居民，将自己看过的书不断捐出在此，想看的人取走就是，看完又放回来……

小林子，在美国密歇根州的安娜堡市布莱尔山（Brair Hill）社区。

离底特律机场40分钟车程的安娜堡，是一座大学城。这里建于1817年的密歇根大学（University of Michigan，UM），是美国历史最悠久的公立大学之一。多项调查显示，它超过70%的专业，排在全美前10名，被誉为“公立常春藤”“西部哈佛”。2020年泰晤士高等教育世界大学排名中，其位列世界第21名。其校友中，包括1位美国总统、25位诺贝尔奖得主。著名华裔诺贝尔物理学奖得主丁肇中，就出生于安娜堡，并在该校获得博士学位。我的大学同窗张欣，也在此成为中美建交以来第一位中国留美经济学博士。

1871—1909年，任该校校长的詹姆士·安吉尔，曾于1880年和1881年，由海斯总统任命为特使，赴中国协商修约，并在北京签订《中美续修条约》。

密歇根大学秋景

1911年至1917年，留学密歇根大学的中国学生约有五六十人。1972年，庄则栋率中国乒乓球代表团，应密歇根大学乒乓球队的邀请，访问底特律、安娜堡。此前，密歇根大学乒乓球队已访问中国。这两次访问，结束了1949年以来中美两国长达20余年老死不相往来的对峙、敌对状态，为中美两国正式建交奠定了基础。

安娜堡，也被称为树镇，市内市郊，铺满绿茵的丘陵地带上，有一片片色彩随四季变幻的森林、一块块起伏有致的湿地，甚至一座尼科尔斯植物园。每年开学，新生得到的第一个忠告是："别忘了，带地图和指南针！"广袤，宁静，恬美。秋天更是色彩缤纷的美丽世界，柏树、雪松、枫树，连绵不绝，以苍朴铁灰的树躯，叶片闪耀的红色、黄色、金色的美丽光芒，默默衬托着这座已有200多年历史的大学城。

与大学校园紧密依存的地方，美国三大汽车公司福特、通用、克莱斯勒的高管、工程师，包括日本丰田、尼桑等在内的各国汽车研发人员，有许多也住在这里。安娜堡是一个居民素质高、安全祥和的小城，被票选为全美最适合居住的城市之一。在路上，我多次看到一长排小车停下来，静静地等候一队加拿大鹅一家，大大小小十几口，大摇大摆地横穿过马路……

中国留学生习惯如此叫的"安村"，晚上9点多以后，看不到几处灯光，唯有星星点灯，还有小湖边的灌木丛里倏忽来去的萤火虫，陪伴人们陆续进

校园里一只落单的鹿

入梦乡；每日清晨，人们总是在松鼠嬉戏、雀鸟啁啾中醒来。太阳升起一会儿，家家户户凡草木处，皆有自动喷水头洒水的嘶嘶声，“蝉噪林逾静，鸟鸣山更幽”，当真是人生如梦。

无论是旅居者还是来访者，总有一刻萌生恍惚，是身处空气里也溢满智慧与奋发的大学城，还是偶遇了一个商业化与时尚皆缺席的乡野小镇？

老家伙在林子里，伸展双臂，转腰踢腿，再吊一会儿杠，甩手抖肩，便去外面都是绿茵连绵的路带走步。途中，有时会驻足，怔怔地望着某棵树、树上的某只鸟、悠然而去后的某朵云。也不怕上帝在云端窃笑，总挂出一副若有所思的样子。

是的，在这块异国的土地上，总能想到故国太多的事情，想起太多的人。

20 世纪 80 年代，是中国文学情怀纯真而又浓烈的时代，也是作家们沉湎于文学可以伸张一切正义、纾解众生苦难、藻雪历史堂奥的年代。标志性的事件，发生在 1988 年秋，以中央级刊物领衔，遍及各省市、军内外上百家刊物，联合发起的“‘中国潮’报告文学”征文，一时间，以直面社会现实、历史进程的报告文学热，席卷神州大地。

“眼前飞扬着一个个鲜活的面容”，与那个年代的许多写作者一样，他也深深怀念80年代，那个年代文学沛然的元气与血气；星月流转，风雪扑头，怀念老去或已离世的朋友。还记得与《当代》交往多年的日子，秦兆阳、朱盛昌、何启治。尤其是他多篇作品的责编刘茵，她因职业高尚感与使命感而不竭的热情，对报告文学应有品质的洞察及铸造，以及始终如秋水般的谦和、不乏天真的善良，现在想来，已云山相隔，邈如旷世。正是在他们的提携、把握下，让他有着思辨与忧患特色的几部作品问世，大抵可说是没有愧对80年代。

此后，浑如小行星上路，无论如何使劲，也改变不了自身的运行轨迹。其文字底色保持至今，30年来，力图在近现代以来大的历史事件与当今的各种文化现象中游走，在人文学科的前沿思想、人物、事件与自己的生命体验之间

安娜堡的秋林

游走，在知识分子写作与民众的平常生活、喜怒哀乐之间游走。写作，本与装潢时代、营销自己无关。写作和造屋、做瓷一样，就是一个手艺活，自然得为稻粱谋，但也得如日本“金刚组”。他所熟知的景德镇瓷师，如元华堂、九段烧、居和堂，对自身选定的职业及其“道”，心生庄敬，容不得一点亵渎。

某一年，某一天，一只美洲红雀，飞来小林子，莫不是它珊瑚色的尖喙，衔来一枚可语言转化的芯片，老家伙觉得，脑腔子里与森林相隔的一片“盲区”，一下打通了。早在半个世纪前，他在中国南部九岭腹中的一个蕞尔小县做工人。离县城几十公里，就有麂子、野鸡出没的林子。他从未钻进去过，他无感无知——放下几十磅的榔头，下了班躲在阁楼斗室，搜刮狗肚鸡肠，写一些颂扬“文化大革命”新生事物的押韵文字，妄图以几首破诗，改变其惨淡的人生。当时光机一推过，用昆德拉的话说是，“只配被人家遗忘”。连废墟边的破瓦砾都比不上，瓦砾踩上去硌脚，还有点个性呢。说穿了，只是神差鬼使地被“遛狗”。

这20余年，趁改革开放大势，也托儿子的孝思，他游走了不少国家，有意无意地钻了太多的林子。且若一只落进米缸里的老鼠，曾泡过几所世界驰名大学的东亚图书馆，从无感到渐渐有感，从相隔违和到恍若走失于江湖离乱的兄弟，猛然在穷途荒野中的鸡毛店里相遇，“别来沧海事，语罢暮天钟”，彼此有太多的话，要喷出来！

这个老家伙，便是我。

而书里凡第一人称的“我”，读者应视为森林。

我与森林，在安娜堡这偶然又特定的时空下，相遇相知，拊掌厮磨，又揖手各别。

于是，从上年待在美国，到这次又在安娜堡待了四个多月，其间，还去加拿大安大略省、魁北克省，地中海畔的意大利、马耳他，前后一年有余，仍是游走状态。不过，这是一次时间较长、空间广阔的游走——

16亿年前，率先登陆“诺曼底”的苔藓，跟进者有一身软体、柔弱如水，可怜巴巴的三足虫。2007 年末，来江西履新省委书记时，好话鸣禽一样流啭、自信绝对犀牛般爆棚的苏荣。约 3000 年前，黄河、西湖边，大象如绅士一样悠闲、徐徐地散步。大航海年代，地球西方犹如点金杖一般令人着魔的橡树。枫丹白露森林里，至今拿破仑、约瑟芬绕梁不去的吟唱。总是像谜一般存在的以色列，谜底是否就在那“三棵树”……

这游走，亦像一次阅兵。

地中海沿岸的橄榄林、俄罗斯白桦林、北美的红松红杉林、澳洲的桉树林、巴西的亚马孙雨林……在美学、生态学、社会学，也在文明史的阅兵广场上行进，齐齐巍巍，休休有容，或描头画角，缺密残疏，没有雄伟进行曲的伴奏背景，走来行去，皆为本音本色。

倘若说，这森林于读者，过去有看得见的与看不见的、听得见的与听不见的、物质性的与精神性的、中国的与外国的，那么，当翻到本书最后一页之时，你们是否听见了——

喂，我是森林，
喂，我是森林，
喂，我是森林……

看见了——

森林，正嘭嘭地敲门！

这一年有余，游走之外，在纸质文本和互联网上，也浏览了太多相关的资讯，丰富了相当的知识，尤其是丹尼尔·查莫维兹的《植物知道生命的答案》、彼得·沃莱本的《树的秘密生命》等几本书。必须向他们，遥遥千万里，深深拱手致意！

作者在温哥华雷尼尔山国家公园

还得告知读者，对植物学、遗传学、生态学，对书里所涉各国的历史、文化等，我都是一个跨界打酱油的，片面、粗疏，一定难免，或许还有谬论之处。可以哂笑，恳请海涵。好在本书并非应试应职的专业书，不过一本床头柜头的睡前书、旅途中的解闷书，读者看后，不觉又是一丛印刷精美的废纸，还能真听到森林嘭嘭地敲门，已是我最大的欣慰。

借此书出版的机会，老夫要说一句必须说的俗话。以前在所著的后记里有所踌躇，未说过。话虽是俗的、空的，变不成一毛钱，淌不出一滴蜜，多少年压在心里，却是旬旬的沉实：

得由衷感谢张秋林、王先成、马平、刘蕴漪、钱卫清、鲁思明、赖晓忻、胡星、徐武、王东华、褚赣生、唐建福、阳继波、李意、许德民、薛祥华、张国功、潘博、陈翠玲、熊玉霜、向元华、王志刚、刘瑞华、李胜、谢卫锋、晏奔、汤海涌、周劲松、曹东林、胡孝桂等以上各位；再有俨然西班牙斗牛士，二十年来总挥我以“有深度、有温度、有情怀、有视野”之红布的出版人刘景琳；还有，允我从来在家油瓶子倒了都不扶的老伴王明瑜。

对你们，老夫心境，恰如宋代词人姜夔的一首《扬州慢·淮左名都》：在我几十年常是“渐黄昏，清角吹寒”的游走里，是你们，给予了理解、融通或加持，给我拂面温煦，让我深感，“二十四桥仍在”，还有“桥边红药”（芍药），“年年知为谁生”。

2019年10月18日

定稿于安娜堡

12月5日再改于南昌